Jørn Lier Horst

Wisting und der Atem der Angst

PIPER

Zu diesem Buch

»Nach der Festnahme und während des Prozesses vor vier Jahren war sein Gesicht in allen Medien zu sehen gewesen. Glatt rasiert, dunkle Augen, dichtes, kurz geschnittenes Haar. Gepflegt, um einen möglichst guten Eindruck zu hinterlassen. Jetzt sah er aus wie ein Mann, der fähig war, grausam zu morden. Die Schultern waren breiter geworden, der Brustkasten wirkte kräftiger. Die Haare hingen ihm in die Stirn. Sein Gesicht war blass, die Haut unrein. Er blickte nach vorn und kaute mit offenem Mund auf einem Kaugummi herum.«
Trotz höchster Sicherheitsvorkehrungen gelingt Tom Kerr an diesem Tag tatsächlich die Flucht. Und allen Beteiligten wird klar: Sein Komplize, »Der Andere«, ist nicht bloß ein Hirngespinst, sondern erschreckende Realität!

»Ganz oben bei den besten Krimiautoren aus dem Norden.«
The Times

Jørn Lier Horst, geboren 1970 in Bamble/Norwegen, war Kriminalhauptkommissar bei der norwegischen Polizei, bevor er 2004 als Kriminalschriftsteller debütierte. Seitdem schrieb er sich mit seinen Romanen um Kommissar William Wisting in die erste Liga der norwegischen Krimiautoren und erhielt zahlreiche Preise, unter anderem den renommierten Petrona Award.

MS

Jørn Lier Horst

WISTING

und der Atem der Angst

Kriminalroman

Aus dem Norwegischen von
Andreas Brunstermann

PIPER

Mehr über unsere Autorinnen, Autoren und Bücher:
www.piper.de

Wenn Ihnen dieser Kriminalroman gefallen hat, schreiben Sie uns unter Nennung des Titels »Wisting und der Atem der Angst« an *empfehlungen@piper.de*, und wir empfehlen Ihnen gerne vergleichbare Bücher.

Von Jørn Lier Horst liegen im Piper Verlag vor:
Wistings Cold Cases:
Band 0: Wisting und die Stunde der Wahrheit
Band 1: Wisting und der Tag der Vermissten
Band 2: Wisting und der fensterlose Raum
Band 3: Wisting und der Atem der Angst
Band 4: Wisting und der See des Vergessens

Diese Übersetzung wurde von NORLA, Norwegian Literature Abroad, gefördert. Wir bedanken uns herzlich.

NORLA
NORWEGIAN LITERATURE ABROAD

Unser Versprechen für mehr Nachhaltigkeit
• Klimaneutrales Produkt
• FSC®-zertifiziertes Papier
• Hergestellt in Europa

FSC www.fsc.org MIX Papier | Fördert gute Waldnutzung FSC® C021394

Ungekürzte Taschenbuchausgabe
ISBN 978-3-492-31913-3
März 2023

Titel der norwegischen Originalausgabe:
»Illvilje«, Capitana, Oslo 2019

Published in agreement with Salomonsson Agency.
Redaktion: Annika Krummacher
Umschlaggestaltung: zero-media.net, München
Umschlagabbildung: Eva Van Oosten / Trevillion Images
Satz: psb, Berlin
Gesetzt aus der FrieghtText
Gedruckt von ScandBook in Litauen
Printed in the EU

1

Line hob den Kopf und schaute durch das kleine Fenster in der Tür. Dahinter, am Ende des Gangs, sah sie ihn. Tom Kerr. In Begleitung zweier Vollzugsbeamter kam er auf sie zu.

Er hatte sich verändert.

Nach der Festnahme und während des Prozesses vor vier Jahren war sein Gesicht in allen Medien zu sehen gewesen. Glatt rasiert, mit dunklen Augen und dichtem, kurz geschnittenem Haar. Gepflegt, um einen möglichst guten Eindruck zu hinterlassen. Jetzt ähnelte er dem Mann, der er eigentlich war. Fähig, die Dinge zu tun, derentwegen er hinter Gittern saß. Die Schultern waren breiter geworden, der Brustkasten wirkte etwas kräftiger. Die Haare hingen ihm in die Stirn. Sein Gesicht war blass, die Haut unrein. Er blickte nach vorn und kaute mit offenem Mund auf einem Kaugummi herum. In einem seiner Mundwinkel klebte etwas schaumiger Speichel.

Jetzt trat er an die Tür, hinter der die Polizeibeamten auf ihn warteten. Tom Kerr bewegte den Kopf von einer Seite zur anderen und ließ die Schultern kreisen, als wolle er irgendwelche Verspannungen lösen.

Line sah zu Adrian Stiller, der ihr kurz zunickte.

Sie hob die Kamera und machte sich bereit, trat einen Schritt zurück.

Ein kalter Luftzug fuhr durch den Gang, als der Vollzugsbeamte die Tür öffnete. Tom Kerr verzog den Mund zu einem Lächeln, als hätte er gerade etwas Angenehmes gehört. Dann trat er über die Türschwelle. Line richtete das Objektiv auf ihn und startete die Aufnahme. Kerr trug Jeans, ein graues T-Shirt und eine schwarze Trainingsjacke.

Adrian Stiller trat einen Schritt vor und erschien im Kamerabild. Er war einen halben Kopf kleiner als der Mann vor ihm. In einer Hand hielt er eine Dokumentenmappe und in der anderen einen Funksender, weswegen er sein Gegenüber nicht mit Handschlag begrüßen konnte.

»Tom Kerr«, sagte er in einem betont offiziellen Ton. »Sie haben sich bereit erklärt, an diesem strafrechtlich relevanten Ortstermin teilzunehmen. Alles, was Sie sagen, wird aufgenommen und ist Teil ihrer offiziellen Aussage. Sie können sich jederzeit mit Ihrem Rechtsanwalt beraten, ohne dass diese Gespräche aufgezeichnet werden.«

Line zoomte etwas zurück, damit auch Claes Thancke ins Bild kam. Der Anwalt trug einen dunklen Anzug und schwarze Schuhe, die für die bevorstehende Begehung ungeeignet schienen.

Claes Thancke hatte schon in vielen umstrittenen Fällen die Strafverteidigung übernommen. Seine Mandanten gehörten zur schlimmsten Sorte – Menschen, vor denen die Gesellschaft beschützt werden musste. Er galt als fähiger Verteidiger, allerdings mochte Line es nicht, wie er seine Fälle in der Öffentlichkeit verharmloste.

»Ich werde den Ortstermin leiten«, fuhr Stiller fort. »Wir werden beide mit Mikrofon und Sender ausgestattet, damit Ihre Aussage aufgezeichnet werden kann.«

Er machte eine Bewegung mit der Hand, in der er den Funksender hielt.

»Ich befestige jetzt den Sender.«

Tom Kerr reagierte mit einem Nicken. Stiller reichte ihm das kleine Mikrofon, damit er es sich an den Halsausschnitt seines T-Shirts anklipsen konnte. Daraufhin trat Stiller hinter Kerr und befestigte den Sender an seinem Gürtel.

»Können Sie bitte etwas sagen, damit wir wissen, ob es funktioniert?«

»Test, Test«, sagte Kerr.

Seine Stimme klang rau wie Sandpapier.

Line überprüfte die Tonqualität an der Kamera und nickte Stiller zu. Aufnahmekapazität und Batterie reichten für zwölf Stunden. Mehr Zeit, als sie mit dem Babysitter vereinbart hatte.

»Tragen Sie etwas bei sich?«, wollte Stiller wissen.

»Was meinen Sie?«, fragte Kerr.

»Haben Sie etwas bei sich? In den Taschen?«

»Nein.«

Stiller zog ein Paar Latexhandschuhe aus der Gesäßtasche.

»Ich muss das überprüfen«, erklärte er.

Kerr hob die Hände über den Kopf, offenbar kannte er die Prozedur bereits. Stiller fuhr mit der Hand über Kerrs Hosentaschen.

»Mund auf!«

Tom Kerr streckte die Zunge heraus und hob sie dann an den Gaumen, um zu beweisen, dass er nichts in der Mundhöhle versteckt hatte.

»Ziehen Sie die Schuhe aus«, fuhr Stiller fort.

Kerr streifte den rechten Schuh ab.

»Ich habe vier Jahre da drinnen gesessen«, sagte er, während er den linken Schuh auszog. »Glauben Sie etwa, ich hätte hier irgendwas gefunden, was ich mit nach draußen schmuggeln wollte?«

Stiller gab keine Antwort, sondern hob die Schuhe auf und blieb halbwegs mit dem Rücken zur Kamera stehen, während er sie untersuchte.

Line blickte auf, betrachtete seinen Rücken und die harten Muskeln unter dem dünnen Hemd.

»In Ordnung«, sagte Stiller schließlich und stellte die

Schuhe wieder vor den Häftling. »Abgesehen vom Fahrer, der Kamerafrau und Ihnen sind wir sechs Leute im Auto.«

Er streifte die Latexhandschuhe ab und schaute sich nach einem Mülleimer um, sah aber keinen.

»Kommissar Gram ist während des Ortstermins für die Sicherheit zuständig«, fuhr Stiller fort und deutete auf einen Polizisten in Einsatzmontur.

Line richtete die Kamera auf ihn.

Gram hielt Handschellen und Fußfesseln für den Transport bereit. Er trat zu dem Häftling und bedeutete ihm, die Hände vorzustrecken.

Kerr drehte sich zu Stiller um.

»Fußfesseln auch?«, fragte er resigniert.

»Er hat hier das Sagen«, erwiderte Stiller und zeigte auf Gram.

Die Rollenverteilung wirkte abgesprochen, wobei der Polizist in Uniform den strengen Part übernahm.

»Sie gelten als fluchtgefährdet«, konstatierte Gram knapp.

Der Anwalt mischte sich ein.

»Schon im Wagen sind Sie acht gegen einen«, gab er zu bedenken. »Vor Ort sind vermutlich noch mehr von Ihren Kollegen. Ist das wirklich nötig?«

»Keine weiteren Diskussionen«, erwiderte Gram. »Ihre Beschwerde bei der Polizeibehörde hat immerhin dazu geführt, dass wir bei diesem Termin keine Waffen dabeihaben.«

»Und das aus gutem Grund«, fuhr der Anwalt fort. »Bei der Festnahme haben zwei Beamte Schüsse abgegeben, ohne dass dafür der geringste Anlass bestand. Es war reiner Zufall, dass mein Mandant nicht erschossen wurde.«

Gram ignorierte ihn und blickte Tom Kerr direkt an.

»Lösen Sie den Gürtel«, forderte er ihn auf.

Tom Kerr tat, was von ihm verlangt wurde. Line hielt die Kamera auf die beiden und dokumentierte, wie Gram eine

Kette durch eines von Kerrs Hosenbeinen zog und den daran montierten Schließbügel an Kerrs Knöcheln befestigte. Das andere Ende der straffen Kette wurde mit den Handschellen verbunden.

Die Gefahr eines Fluchtversuchs bestand durchaus. Kerr war zu einundzwanzig Jahren Gefängnis verurteilt worden, wovon er mindestens fünfzehn absitzen musste. Nach Ablauf dieser Zeit war Sicherungsverwahrung angeordnet worden, die jeweils um fünf weitere Jahre verlängert werden konnte. So lange, bis nach Ansicht des Gerichts keine Gefahr mehr bestand, dass er nach der Freilassung neue Verbrechen beging. Letztlich konnte die Sicherungsverwahrung auch eine lebenslängliche Unterbringung bedeuten. Kerr hätte mit einem eventuellen Fluchtversuch also nichts zu verlieren gehabt.

»Sind wir so weit?«, fragte Stiller.

Gram nickte und gab etwas über Funk durch. Einer der Vollzugsbeamten öffnete die nächste Tür, um die Gruppe zu dem wartenden Minibus durchzuschleusen.

Line war auf Abstand geblieben und hatte sich Tom Kerr nur durch die Kameralinse genähert. Jetzt kam er auf sie zu. Aufgrund der Fußfesseln konnte er nur kleine, schlurfende Schritte machen. Als er an Line vorbeikam, drehte er sich zu ihr um und warf einen Blick direkt in die Kamera. Er war plötzlich so nah, dass Line seinen Geruch wahrnehmen konnte. Ein muffiger und abgestandener Geruch wie bei einem Haus, das lange leer gestanden hatte.

2

»Da drüben«, sagte Hammer und zeigte auf einen Streifenwagen, der den schmalen Schotterweg blockierte. William Wisting bremste ab, betätigte den Blinker und hielt am Wegesrand.

Der andere Wagen setzte etwas zurück, um Platz zu machen. Das Seitenfenster fuhr herunter, und eine junge Polizistin blickte zu ihnen herüber. Wisting war ihr Name entfallen, sie war noch nicht so lange beim Streifendienst.

Er fuhr ein Stück vor, blieb neben dem Streifenwagen stehen und ließ das Fenster auf seiner Seite herunter. Marlene hieß sie, wie ihm plötzlich einfiel. Marlene Kohr.

»Sie sind noch nicht eingetroffen«, verkündete sie.

»Wir sind ziemlich früh«, sagte er. »Irgendwelche Bewegungen?«

Marlene Kohr schüttelte den Kopf.

»Wir stehen seit drei Stunden hier«, erwiderte sie und hielt ein Klemmbrett mit einer Liste der Personen hoch, die vorbeigekommen waren.

»Nur Ortsansässige«, erklärte sie.

Hammer beugte sich vor. »Und bislang keine Presse?«

»Keine Presse«, versicherte Marlene Kohr.

Wisting bedankte sich mit einem Kopfnicken. Ein paar Steinchen knallten gegen den Radkasten, als er weiterfuhr.

Rechts und links des Wegs lagen frisch gepflügte Äcker. Nach einer Weile führte der unbefestigte Weg in einen dichten Laubwald. Es war Mitte September, etliche Blätter hatten sich bereits verfärbt, manche Bäume hatten ihr Laub schon ganz verloren.

Sie fuhren an einer flachen Feldmauer entlang. Einige kleine Zufahrten führten zu ein paar Sommerhütten. Nach fünf Minuten Fahrtzeit kamen sie zu einer Wiese, wo sich das Gemäuer eines alten Sägewerks befand.

Wisting wendete und stellte den Wagen so hin, dass er den anderen nicht im Weg sein würde, wenn sie ankämen.

Es war zehn vor elf.

Er öffnete die Autotür, fasste mit beiden Händen nach dem Rahmen und zog sich aus dem Wagen. Es war ein milder Herbsttag, die Sonne stand hoch am Himmel. Eine Weile verharrte er und lauschte dem Vogelgezwitscher in der Nähe. Schließlich schloss er die Tür, trat an die Motorhaube und stützte sich darauf ab.

Hammer stellte sich neben ihn und schob die Hände in die Hosentaschen.

»Was glaubst du?«, fragte er.

»Kann schon sein«, erwiderte Wisting und spähte zu dem Wäldchen hinter der Wiese.

Hammer und er waren vor vier Tagen schon einmal hier gewesen und hatten etliche der kleinen Wege untersucht. Sie kannten das Terrain. Eftangland war eine hügelige Halbinsel mit fünf Quadratkilometern Wald und landwirtschaftlichen Nutzflächen. In östliche Richtung zog sich ein Moorgebiet bis zum Ulavei, der natürlichen Begrenzung der Halbinsel. In allen anderen Richtungen endete das Gebiet an der Küste, die von Felseninseln und flachen Sandbuchten gesäumt war.

Irgendwo da draußen könnte sie liegen.

Taran Norum.

Sie war neunzehn, als sie auf dem Heimweg von einer Party mit Freundinnen im Osloer Stadtteil Bekkelaget spurlos verschwunden war. Die Strecke betrug nicht mehr als sechshundert Meter und verlief mitten durch ihre direkte Nachbarschaft. Gegen zwei Uhr am nächsten Tag war eine Suchaktion in Gang gesetzt worden. Alles, was man gefunden hatte, waren ihr Handy und ein Schuh.

Es gab in dieser Vermisstensache keine konkreten Hinweise auf eine Tatbeteiligung von Tom Kerr, doch zwei Monate zuvor war die etwa gleichaltrige Thea Polden unter ähnlichen Umständen in einem Wohngebiet in Stovner verschwunden. Ein Ermittler hatte bereits damals auf die Parallelen zwischen den beiden Fällen hingewiesen, allerdings war es erst dann zu heftigen Spekulationen gekommen, als ein weiteres Mädchen, Salwa Haddad, auf dem Heimweg von ihrem Freund in Hellerud verschwand. Thea Polden und Salwa Haddad hatte man tot am Nøklevann gefunden. Beide waren schwer misshandelt worden. Taran Norum war die zweite junge Frau, die vermisst wurde, doch im Laufe der Ermittlungen war von ihr stets als dem dritten Opfer die Rede, dem Mädchen, das niemals gefunden worden war.

»Die Hunde hätten ja was finden müssen, als sie hier waren«, meinte Wisting.

Hammer zog einen Snusbeutel unter der Oberlippe hervor und warf ihn auf einen großen Haufen grauer Sägespäne.

»Das ist jetzt fast fünf Jahre her«, wandte er ein. »Ich weiß ja nicht, wie gut diese Hunde sind. Außerdem ist gar nicht sicher, dass ihre sterblichen Überreste alle an einer Stelle liegen. Die anderen Leichen waren ja zerstückelt.«

Gedankenverloren bohrte Wisting seine Schuhspitze in den Boden. Vor fünf Tagen waren sie darüber in Kenntnis gesetzt worden, dass Tom Kerrs drittes Opfer womöglich in ihrem Polizeidistrikt verscharrt liegen könnte. Ein Mithäftling hatte sich an die Gefängnisleitung gewandt und berichtet, dass Kerr ihm gegenüber den Mord an Taran Norum zugegeben habe. Konfrontiert mit diesen Beschuldigungen, hatte Kerr überraschenderweise ein Geständnis abgelegt und sich bereit erklärt, den Ermittlern der Abteilung für ältere und ungelöste Fälle bei der Kriminalpolizei die Stelle zu zeigen, wo er sie begraben hatte.

»Ich weiß nicht, worauf Tom Kerr eigentlich hinauswill«, fuhr Hammer fort. »Aber irgendwie kann ich nicht so recht glauben, dass er mit der Polizei zusammenarbeiten möchte.«

»Strategie«, meinte Wisting.

Im Gegenzug für sein Geständnis hatte Kerr die Verlegung aus der Sicherungsverwahrung in die weniger strenge Haftanstalt Halden verlangt. Dort wäre er nicht mehr zusammen mit psychisch kranken Häftlingen untergebracht und hätte zudem bessere Weiterbildungsmöglichkeiten. Ein vorbehaltloses Geständnis galt als Beweis dafür, dass ein Häftling sich von seinen Taten distanzierte. Die damit einhergehende Verhaltensänderung war notwendige Voraussetzung für eine spätere Erwägung einer probeweisen Entlassung aus der Haft.

Wisting glaubte nicht, dass Kerr vorzeitig entlassen werden würde. Seine Taten waren so brutal und durch und durch bösartig gewesen, dass weit mehr geschehen musste, um ihn wieder in die Gesellschaft einzugliedern.

Bei den wochenlangen Verhandlungen mit Kerr waren die oberste Polizeibehörde und der norwegische Generalstaatsanwalt involviert gewesen. Wisting hatte bislang nie mit Kerr zu tun gehabt, da die Mordermittlungen vom Polizeidistrikt Oslo durchgeführt worden waren, aber Kerr hatte das alte Sägewerk Refsholt als Treffpunkt gewählt. Von hier aus würden sie zu dem Ort gehen, wo sein drittes Opfer begraben lag.

Ganz offensichtlich war Kerr schon einmal hier gewesen. Er hatte präzise Beschreibungen der großen Wiese, des alten Sägewerks und der Überreste der dort befindlichen Maschinen geliefert, allerdings hatte er sich bisher bedeckt gehalten, weswegen er ausgerechnet diesen Ort als Ausgangspunkt gewählt hatte.

Das Funkgerät an Hammers Gürtel meldete sich plötzlich. Ein Kollege im Minibus gab die Ankunft an der Hauptstraße durch.

Nachdem Kerr diesen Treffpunkt genannt hatte, war die Umgebung des Sägewerks mit Hunden abgesucht worden, denn man hatte gehofft, ihm zuvorkommen zu können. Die Aktion war jedoch ergebnislos geblieben, was von Kritikern als Beweis dafür gewertet wurde, dass Kerr den Ortstermin nur deshalb arrangiert hatte, weil er einen Fluchtversuch plante. Frühmorgens war am Zufahrtsweg ein Kontrollposten eingerichtet worden, und an den umliegenden Straßen waren unauffällige Beobachtungsfahrzeuge postiert. Man hatte alle Vorsichtsmaßnahmen ergriffen.

3

Der schwarze Minibus wurde von zwei Streifenwagen begleitet. Dahinter folgte Kerrs Anwalt in einem Mercedes mit getönten Scheiben.

Einer der Polizeihunde begann in seinem Käfig zu bellen, als die Fahrzeuge anhielten.

Adrian Stiller stieg zuerst aus. Seit vier Jahren hatte es keine aktiven Ermittlungen im Fall Taran Norum gegeben. Man hatte jeden Stein umgedreht, jede Möglichkeit in Betracht gezogen, doch die Spur war erkaltet, und nach einer Weile war der Fall routinegemäß an die Abteilung für ältere und ungelöste Fälle abgegeben worden. Somit war Stiller nun als Leiter für die Wiederaufnahme des Falls zuständig.

Wisting reichte dem Kollegen zur Begrüßung die Hand. Hammer folgte seinem Beispiel.

»Wie sieht's mit dem Helikopter aus?«, fragte Stiller und richtete den Blick in den blauen Herbsthimmel.

»Der neue Helikopter wird gerade bei einer Suchaktion in Kongsvinger benötigt«, erklärte Hammer. »Ein verschwundener Neunjähriger. Aber die können in etwa fünfunddreißig Minuten hier sein. Der alte Hubschrauber wird derzeit repariert. Gram weiß Bescheid.«

Hammer deutete mit dem Kopf auf den großen Polizisten, der neben dem Minibus stand und telefonierte. Kittil Gram hatte an allen Vorbereitungstreffen teilgenommen, bei denen die Aufgaben verteilt worden waren. Während der eigentlichen Aktion würden Wisting und Hammer nur als Beobachter zugegen sein.

»Ich möchte, dass der Helikopter mit einer Wärmebildkamera über das Gelände fliegt. Ich will wissen, ob sich hier irgendwo Personen befinden«, sagte Stiller.

Er ging zu Gram hinüber. Nach einer kurzen Beratung schienen sie sich über das weitere Vorgehen einig zu sein. Gram gab ein paar knappe Befehle. Der Polizeihund wurde herausgelassen, dann stiegen die anderen aus dem Minibus. Zunächst zwei Polizisten, gefolgt von einer Kollegin. Stiller nickte ihr kurz zu. Maren Dokken hatte in der Ermittlungsabteilung hospitiert und war bei ihren Vorgesetzten positiv aufgefallen. Sie verfügte über den analytischen Blick, der nötig war, um wichtige Details zu erkennen. Bestimmt würde sie eine gute Ermittlerin werden, derzeit arbeitete sie aber beim Streifendienst.

Line kam mit ihrer Kamera aus dem Wagen. Wisting verschränkte die Arme vor der Brust. Es missfiel ihm, dass seine Tochter von Stiller für diese Sache engagiert worden war.

Ihre beruflichen Wege hatten sich schon mehrmals gekreuzt. Sie hatten klar verteilte Rollen gehabt – sie als Journalistin und er als Ermittler –, aber Wisting wollte nicht, dass Line einem Menschen wie Tom Kerr so nahe kam. Einem Menschen, der wie kein anderer die Bosheit verkörperte.

Line betrachtete die Sache von einer ganz anderen Seite. Sie hatte die Nutzungsrechte für die Aufnahmen im Rahmen eines späteren Dokumentarfilms ausgehandelt und war bereits in Kontakt mit einer Produktionsgesellschaft, die sich für ihre Idee interessierte. Tom Kerrs Taten waren selten bestialisch gewesen, und der Prozess gegen ihn hatte nicht alle Fragen beantworten können. Im Gegenteil. Tom Kerr hatte einen unbekannten Helfer, der von den Medien als »Der Andere« bezeichnet wurde.

Wisting hatte Line auf einen schwierigen Interessenskonflikt im Rahmen des Projekts hingewiesen. Sie konnte nicht an einer Filmdokumentation arbeiten und gleichzeitig einen Auftrag für die Polizei übernehmen. Line hatte dem Vorschlag zugestimmt, ihre Tätigkeit für die Kripo offiziell zu beenden, bevor sie sich weiter mit ihrem Filmprojekt beschäftigte. Allerdings war sie der Meinung, dass ihre Anwesenheit während des Ortstermins eine einzigartige erzählerische Perspektive darstellte. Ungeachtet dessen würde noch viel Zeit vergehen. Zunächst musste der Mord an Taran Norum aufgeklärt und Tom Kerr rechtskräftig dafür verurteilt werden. Das Ganze konnte noch Jahre dauern, doch Line wollte den Prozess unbedingt mitverfolgen.

Wisting ging zu den anderen hinüber. In einem Halbkreis blieben sie vor dem Minibus stehen. Tom Kerr erschien in der Türöffnung. Die Fußfesseln klirrten, als er die Füße vom Trittbrett auf den Boden setzte.

Er blieb stehen. Hob den Kopf und sah in den Himmel. Dann blickte er reihum die Menschen an, die seinetwegen an diesen Ort gekommen waren.

»Wir müssen reden«, sagte er plötzlich und ließ den Blick dabei auf seinem Rechtsanwalt ruhen.

Claas Thancke trat einen Schritt vor und sah zu Stiller.

»Wo können wir uns ungestört unterhalten?«, fragte er.

»Sie können zusammen in den Bus steigen«, schlug Stiller vor.

Ein misstrauischer Zug erschien auf Thanckes Gesicht, als ob er fürchtete, dass sie abgehört werden könnten.

»Können wir uns in meinen Wagen setzen?«, fragte er.

Stiller blickte Gram fragend an.

»Wenn ich die Autoschlüssel bekomme«, entgegnete der Kommissar.

Thancke fischte sie aus der Hosentasche und warf sie ihm zu.

»Der Sender«, sagte Tom Kerr.

Adrian Stiller trat zu ihm, zog das Mikrofonkabel ab und nahm den Sender an sich. Währenddessen untersuchte Kittil Gram den Wagen des Anwalts.

»Auf der Rückbank«, sagte er und hielt die Tür auf.

Der Rechtsanwalt und sein Mandant setzten sich ins Auto. Die Streifenpolizisten positionierten sich um das Fahrzeug herum.

Wie schon sein Vater und Großvater war Claes Thancke Strafverteidiger und gehörte zu den bekanntesten Anwälten des Landes. Wisting war ihm einige Male begegnet und konnte ihm durchaus etwas abgewinnen. Er war äußerst umstritten und wurde häufig kritisiert, weil er unter anderem für eine Legalisierung von Drogen eintrat, aktive Sterbehilfe befürwortete, Prostitution zulassen und das Schutzalter für sexuelle Beziehungen abschaffen wollte. Provokante Ansichten, die viele Menschen verärgerten. Er hatte sich Chauvinist und Frauenhasser schimpfen lassen müssen, doch Wisting respektierte ihn als Verfechter individueller Meinungsäußerung und sah in ihm einen Garanten für Rechtssicherheit. Er war ein profilierter und mutiger Anwalt, der sich für die Schwachen und Ausgestoßenen der Gesellschaft einsetzte und schwierige Fälle übernahm. Thancke war vorurteilsfrei und kümmerte sich um seine Mandanten, die häufig als gesellschaftlicher Abschaum galten: Pädophile, Vergewaltiger, Mörder, Rassisten und Gewalttäter, die Frauen misshandelten.

Tom Kerr war einer dieser Menschen. Inzwischen war er dreiundvierzig Jahre alt. Thancke hatte ihn vor fünfundzwanzig Jahren zum ersten Mal vertreten. Damals war er wegen Voyeurismus in sieben Fällen sowie Tötung mehrerer Haustiere in der Nachbarschaft verurteilt worden. Wisting hatte die Akten gelesen. Vor Gericht hatte Kerr erklärt, dass er seine Wut abreagieren könne, wenn er Tiere quälte und tötete.

Wisting konnte die Konturen der beiden Männer hinter den getönten Scheiben erahnen. Ein paarmal glaubte er, ausladende Bewegungen zu erkennen, als ob einer der beiden etwas erklärte oder auf etwas zeigte.

»Worüber reden die wohl?«, fragte sich Hammer. »Die hatten doch im Gefängnis eine ganze Stunde zur Verfügung, ehe es losging.«

Wisting erwog, zu Line hinüberzugehen, doch im selben Moment wurden die hinteren Autotüren geöffnet, und die beiden Männer stiegen aus. Claes Thancke strich seine Anzugjacke glatt, Tom Kerr blieb abwartend neben dem Wagen stehen. Stiller trat zu ihm und befestigte abermals Sender und Mikrofon. Line setzte sich ihre Kopfhörer auf.

»Sind Sie bereit?«, fragte Stiller.

Kerr nickte und spuckte auf den Boden. Dann hob er die Hände, so weit es die Handschellen zuließen, und deutete auf einen Weg jenseits der Wiese.

»Da lang«, sagte er.

4

Der Weg wurde anscheinend nicht häufig benutzt. Line ging hinter Stiller als Fünfte in der Reihe und musste ständig Zweigen ausweichen, die zurückschnellten, nachdem sich die anderen vor ihr daran entlanggedrückt hatten.

Line hatte Adrian Stiller bei den Ermittlungen zu zwei verschiedenen Kriminalfällen kennengelernt. Beim ersten war sie noch bei *VG* angestellt gewesen und hatte einen Podcast über einen ungelösten Entführungsfall aus den Achtzigerjahren produziert. Das zweite Mal war sie ihm im letzten Jahr begegnet, als sie zusammen mit einer Gruppe von Ermittlern nach dem Ursprung einer großen Geldsumme gesucht hatte, die in der Ferienhütte eines verstorbenen Politikers gefunden worden war. In beiden Fällen hatte Line zur Aufklärung beigetragen.

Stiller hatte sich als gründlicher Ermittler erwiesen, doch Line hatte auch die Erfahrung gemacht, dass er bei dem, was er tat, häufig Hintergedanken hatte.

Dies war der dritte Auftrag, den sie für ihn und die Abteilung für alte und ungelöste Kriminalfälle übernahm. Im ersten Fall war es darum gegangen, ein Feature über die Vorgeschichte eines Verbrechens zu liefern. Beim zweiten Fall hatte sie die Rekonstruktion eines Kriminalfalls dokumentiert, bei der ein Mann einen zwölf Jahre zurückliegenden Mord gestanden hatte.

Doch das hier war etwas anderes.

Als Stiller sie vor einer Woche anrief, hatte sie zunächst

gedacht, er wolle sie um ein Date bitten. Es hatte ein bisschen in der Luft gelegen, und Line hatte sich schon Gedanken gemacht, wie sie ihn am besten zurückweisen könnte. Er war nicht unattraktiv, und der Altersunterschied zwischen ihnen fiel kaum ins Gewicht. Er war nur sechs Jahre älter als sie. Aber Line wollte es lieber bei der professionellen Beziehung belassen.

Wortlos bewegte sich die kleine Prozession weiter.

Line wusste nicht, was Tom Kerr der Polizei über den Mord an Taran Norum erzählt hatte, doch sie wusste, was er mit den anderen Opfern getan hatte.

Es waren unmenschliche und sadistische Handlungen gewesen. Die beiden jungen Frauen, deren Leichen man aufgefunden hatte, waren mehrere Tage gefangen gehalten und schließlich zu Tode gequält worden. Die Rede war von wiederholten Vergewaltigungen, auch unter Hinzunahme diverser Gerätschaften. Einige davon hatte er erhitzt, bevor er sie in die Körper der Opfer einführte. Die Obduktion hatte gezeigt, dass die Brustwarzen mit einer Zange herausgerissen worden waren, während die Opfer noch gelebt hatten, außerdem waren Darm und Harnwege zerstört. Nachdem er die Frauen getötet hatte, zerstückelte er ihre Leichen. Vermutlich um sie einfacher loszuwerden, hatte er Kopf, Arme und Beine vom Torso abgetrennt.

Ohne die Kamera zu bewegen, drehte Line sich um und sah ihren Vater, der als einer der Letzten in der Reihe ging. Er wirkte gealtert, seine Bewegungen waren langsam. Wenn Tom Kerr keine Fußfesseln getragen hätte, wäre Wisting vermutlich hinter die anderen zurückgefallen.

Ein umgestürzter Baum lag auf dem Weg. Kerr benötigte Hilfe, um darüber hinwegzusteigen.

»Stiller!«, hörte Line ihren Vater rufen.

»Ja?«

»Auf ein Wort, bevor wir weitergehen?«

Adrian Stiller bat die anderen, kurz zu warten. Wisting holte ihn ein, und Line hörte die leise Unterhaltung über ihre Kopfhörer mit.

»Das gefällt mir nicht«, sagte ihr Vater. »Wir sind jetzt hundert Meter gegangen, das führt doch zu nichts.«

»Was meinen Sie?«, fragte Stiller.

»Die anderen Fundorte lagen weniger als zwanzig Meter von der Stelle entfernt, wo er den Wagen abgestellt hatte. Warum sollte er diese Leiche so weit weggeschleppt haben?«

Stiller warf einen Blick auf den Weg hinter sich, drehte sich wieder um und schaute geradeaus.

»Ist es noch weit?«, fragte er.

Line zoomte Kerr etwas heran und hörte über Kopfhörer, wie er schmatzte und dann erneut ausspuckte.

»Nein«, antwortete er.

»Wie weit denn?«

Kerr zuckte mit den Schultern. Es dauerte einen Moment, ehe er antwortete:

»Zweihundert Meter. Auf der rechten Seite gibt es einen alten Zaun. Da ist eine Öffnung, dann sind wir fast da.«

Stiller trat ein paar Schritte auf ihn zu.

»Weshalb haben Sie sie so weit hier reingeschleppt?«

»Damit sie nicht gefunden wird«, erwiderte Kerr. »Hat doch geklappt, oder?«

»Ich weiß, welchen Zaun er meint«, hörte Line ihren Vater sagen. »Der liegt aber mindestens dreihundert Meter von hier entfernt.«

Gram war zu ihnen gekommen.

»Was machen wir jetzt?«, fragte er.

Stiller wollte antworten, aber Claes Thancke kam ihm zuvor.

»Tut mir leid, dass der Weg für Sie etwas länger wird. Aber

mein Mandant muss Ihnen nun mal die Stelle zeigen, wo sie tatsächlich liegt«, bemerkte er ironisch.

»Das hätte früher abgeklärt werden müssen«, meinte Gram.

»Er hat gesagt, dass er mit den Infos erst rausrückt, wenn wir hier sind«, erklärte Stiller. »Er hat weder verraten, in welche Richtung es geht, noch wie weit die Stelle entfernt ist.«

Vorn auf dem Pfad war Kettengerassel zu hören. Wegen der Fußfesseln musste Kerr den Kopf zu den Händen hinunterbeugen, um sich an der Stirn zu kratzen.

»Wir gehen weiter«, entschied Stiller.

Kittil Gram schickte den Hundeführer voraus und befahl ihm, bis zu dem alten Zaun zu gehen. Die anderen folgten Kerr in seinem Tempo. Nach ein paar Metern stolperte er über eine Baumwurzel, versuchte, den Sturz abzufangen, doch die Fußfesseln hinderten ihn daran. Irgendwie schaffte er es, sich halbwegs auf die Seite zu drehen, und traf mit der rechten Schulter auf den Boden.

»Alles in Ordnung?«, wollte Stiller wissen.

Kerr gab keine Antwort. Er machte ein paar Bewegungen mit dem Oberkörper, als ob er versuchte, den Dreck von seiner Kleidung abzuschütteln.

»Diese Fußfesseln sind nicht dafür geeignet, dass man damit durch den Wald marschiert«, meinte Claes Thancke. »Ist es wirklich nötig, dass sich mein Mandant damit in Gefahr begibt? Er ist doch kooperationswillig und unterstützt die Polizei.«

»Und das hier ist ein Teil der Kooperation«, sagte Kittil Gram und überprüfte die Handschellen. »Vorwärts.«

Sie gingen weiter. Tom Kerr bestimmte das Tempo. Trockenes Laub aus dem Vorjahr raschelte zu ihren Füßen. Line nahm die Kamera in die andere Hand und ließ sie etwas sinken. Sie wog nicht mehr als zwei Kilo, doch es war anstrengend, sich die Kamera die ganze Zeit vor die Augen zu halten.

Der Weg wurde breiter und bog etwas nach Norden ab. Der dichte Laubwald wurde von größeren Bäumen mit groben Stämmen und gekrümmten Ästen abgelöst.

Tom Kerr drehte sich um und blickte hinter sich. Line hörte ihn durch die Kopfhörer atmen. Kurz und stoßweise.

Als er sich erneut umdrehte, verlor er das Gleichgewicht. Der Polizist neben ihm versuchte ihn aufzufangen, doch Kerr fiel hin.

Line nahm die Kamera und zoomte heran. Als man Kerr wieder hochgeholfen hatte, war eine kleine blutende Wunde an seiner Wange zu sehen.

»Sie haben eine Schramme abbekommen«, sagte Kittil Gram. »Sollen wir die behandeln, oder wollen wir weitergehen?«

Claes Thancke protestierte erneut gegen die Handschellen und die Fußfesseln, wurde aber nicht erhört.

»Gehen wir weiter«, erwiderte Kerr.

Nach etwa zwei Minuten tauchte auf der rechten Seite ein alter Maschendrahtzaun auf. Die Weide dahinter war wieder zugewachsen, ein paar Zaunpfosten waren verfault, Teile des Zauns waren herausgebrochen und lagen im hohen Gras.

Der vorausgeschickte Hundeführer wartete neben den Überresten eines Gatters. Von dort aus erstreckte sich ein Abhang zu einem Bach hinunter.

Alle blieben stehen.

»Wir müssen da runter«, erklärte Kerr mit einer Kopfbewegung.

»Das Gelände ist hier noch unwegsamer«, kommentierte Claes Thancke. »Absolut ungeeignet, um in Fesseln da runterzusteigen. Sie gehen das Risiko ein, dass mein Mandant sich noch einmal verletzt.«

Kittil Gram und Adrian Stiller traten zu Wisting. Line schob ihre Kopfhörer zurecht. Sie schwitzte darunter, wollte sie aber aufbehalten, um zu hören, was gesagt wurde.

»Ein berechtigter Einwand«, meinte Lines Vater.

Stiller stimmte ihm zu.

Wisting sah hinüber zum Häftling und richtete seinen Blick dann auf Gram.

»Geht es in Ordnung für Sie, wenn wir die Fußfesseln entfernen?«, fragte er.

Gram nickte. »Solange die Handschellen dranbleiben.«

»Dann machen wir es, wie Sie wollen«, meinte Stiller.

Tom Kerr wurde aufgefordert, seinen Gürtel zu öffnen. Gram entfernte die Fußfesseln von Kerrs Knöcheln und zog die Kette durch sein Hosenbein. Dann löste er die Kette von den Handschellen und reichte sie einem Polizeibeamten, der einen Rucksack dabeihatte.

Kerr hob die Hände ans Gesicht und fuhr sich mit den Fingern über die Wunde an der Wange. Dann betrachtete er das Blut an seinen Fingern, schob sie in den Mund und leckte sie ab.

Der Polizeihund bellte ungeduldig. Kittil Gram gab den Befehl zum Weitergehen.

Kerr konnte sich jetzt leichter bewegen, ging aber nicht schneller. Er lief schräg über die alte Schafweide und steuerte auf den Bach zu, der aus dem Wald heraustrat. Es sah aus, als gäbe es dort eine Öffnung im Zaun und auf der anderen Seite einen Karrenweg.

Die Streifenpolizisten folgten ihm und verteilten sich im Gelände. Line sah sich nach ihrem Vater um. Er und Nils Hammer bildeten die Nachhut. Der Anwalt mit den glatten Schuhsohlen war ebenfalls etwas zurückgeblieben.

Plötzlich änderte Tom Kerr seine Bewegungen. Er beugte die Knie und lehnte seinen Oberkörper etwas vor. Line hörte über Kopfhörer, wie er tief einatmete. Dann rannte er los.

5

Die lauten Rufe erregten Wistings Aufmerksamkeit. Er bewegte sich am Ende der vierzehnköpfigen Prozession, und seine Gedanken waren bereits zum nächsten Schritt der Operation gewandert. Falls Tom Kerr die Stelle benennen könnte, wo Taran Norum begraben lag, würde es in Wistings Verantwortungsbereich fallen, die menschlichen Überreste auszugraben und die kriminaltechnische Untersuchung zu veranlassen.

Als er die Warnrufe hörte, war Tom Kerr bereits auf den Karrenweg zugestürmt, der hinter der Weide in den Wald hineinführte. Irgendwie hatte er es geschafft, die Handschellen auf der einen Seite zu lösen. Sie hingen an einem Arm und baumelten hin und her, während er weiterrannte. Kerr hatte etwa zehn Meter Vorsprung, als er durch die Öffnung im Zaun schlüpfte.

Dann ertönte ein heftiger Knall. Wisting wurde von einem intensiven Licht geblendet und zu Boden geworfen. Sinnlose Farbmuster wirbelten vor seinen Augen. Schreie und lang gezogene Rufe waren zu hören. Erde und Sand, die von der Explosion aufgewirbelt worden waren, fielen wieder zu Boden.

Es dröhnte in seinen Ohren. Das Atmen fiel ihm schwer.

Wisting stützte sich auf die Ellbogen und blieb auf allen vieren, um sich etwas zu sammeln. Er versuchte zu begreifen, was passiert war. Ein junger Polizist kroch panisch über den Boden und stieß unverständliche Laute aus. Dann richtete er sich auf, stolperte über seine eigenen Füße und kroch weiter. Ein anderer näherte sich auf schwankenden Beinen und mit ausgestreckten Armen. Seine Kleidung war zerrissen, sein Gesicht blutig und verdreckt. Er hob den Kopf und blickte nach oben, ehe er auf die Knie fiel und in Tränen ausbrach.

Wisting kam auf die Füße, öffnete den Mund und schluckte, um die Gehörgänge frei zu bekommen. Jemand stieß einen durchdringenden Schrei aus. Wisting drehte sich um. Maren Dokken war unterwegs zu einem gleichaltrigen Kollegen, der am Boden lag und sich in Schmerzen wand. Ihre Uniform war zerfetzt, die Kollegin blutete aus mehreren Wunden im Gesicht, ihr linker Arm hing steif und blutverschmiert an der Seite herab.

Wisting machte ein paar Schritte, blickte umher und entdeckte Line. Sie lag ein Stück von ihm entfernt auf dem Boden. Er rannte zu ihr hin, aber sie streckte bereits die Hand nach der Kamera aus und erhob sich mühsam.

»Blieb, wo du bist!«, sagte er und legte ihr eine Hand auf die Schulter. »Geh nirgendwohin.«

Mit der Hand auf ihrer Schulter verharrte er und versuchte, sich einen Überblick zu verschaffen. Sämtliche Muskeln waren angespannt, Adrenalin wurde in die Blutbahn gepumpt, der Puls dröhnte in den Ohren. Ein durchdringender Geruch von Sprengstoff hing in der Luft.

Wo der Wald begann, war jetzt ein Krater, der restliche Zaun war weggesprengt. Zwei Polizisten lagen am Boden. Beide wanden sich vor Schmerzen.

»Bleib hier!«, sagte Wisting abermals zu seiner Tochter.

Der Hundeführer brüllte einen Befehl, schickte den hechelnden Schäferhund in die Richtung, in die Tom Kerr geflohen war, und rannte dann hinterher. Kittil Gram versuchte, ihn zurückzurufen.

»Der Weg ist vielleicht vermint!«, warnte er.

Im selben Moment waren zwei Pistolenschüsse zu hören, und das Hundegebell erstarb.

Wisting kümmerte sich um die verletzten Polizisten. Einer hatte sich aufgesetzt und hustete Blut. Dem anderen schien ein Fuß abgerissen worden zu sein. Er schrie nicht mehr, sondern lag bleich und bewusstlos im hohen Gras. Hammer kam angerannt und überprüfte Puls und Atem des Mannes. Wisting hob das Bein mit dem zerschmetterten Fuß an, um den Blutstrom aufzuhalten. Vorsichtig löste er den Stiefel ab. Sehnen und abgerissene Muskeln ragten aus der offenen Wunde.

Hammer zog seine Jacke aus, schälte sich aus seinem Hemd und zerriss es in Streifen, die er Wisting reichte. Der drückte ein paar davon auf die Wunde, dann wickelte er die anderen um das verletzte Bein und straffte den improvisierten Verband.

»Ich brauche sofortige medizinische Unterstützung«, hörte er Gram über Funk durchgeben. »Es gab eine Granatenexplosion. Drei schwer verletzte Kollegen, mindestens vier weitere mit leichten Verletzungen.«

Die Einsatzzentrale wusste, welche Operation Gram gerade leitete. Der Funksprecher nahm die Meldung auf, ohne weitere Fragen zu stellen.

Mehrere der anderen Polizisten in der Gruppe hatten kleinere Verletzungen im Gesicht davongetragen und bluteten aus Nase und Ohren. Gram beorderte zwei von ihnen zum Wagen, um Sanitätsausrüstung und Waffen zu holen. Ein weiterer übernahm Wistings Platz.

Über Funk meldete sich eine neue, entschieden wirkende Stimme und bat um einen Lagebericht.

Kittil Gram blickte hinüber zu dem Karrenweg, wo Tom Kerr verschwunden war.

»Wir haben die Kontrolle über die Zielperson verloren«,

gab Gram durch. »Er ist bewaffnet und bewegt sich zu Fuß in südöstliche Richtung.«

»Wir brauchen Straßensperren«, sagte Wisting. »Und den Helikopter.«

Gram bat über Funk um die Errichtung von Kontrollposten an Kreuzungen und strategisch wichtigen Stellen.

»Ich ersuche um Unterstützung durch Heli 3-0 und Bereitstellung von Uniform 3-0.«

Uniform 3-0 war die Bezeichnung für das Polizeiboot, das um diese Jahreszeit für gewöhnlich einsatzbereit im Hafen lag.

»Verstanden«, ertönte es aus dem Funkgerät.

Stiller hatte telefoniert. Nun beendete er das Gespräch und trat zu den anderen. Sein Gesicht war mit Sand und Erde bedeckt.

»Ich habe Zivilfahrzeuge, die die nächstliegenden Straßen kontrollieren können«, erklärte er. »Vier Einheiten.«

Irgendeines der Funkgeräte gab ein krächzendes Geräusch von sich.

»Der Rettungshubschrauber ist unterwegs«, gab die Einsatzzentrale durch. »Der Notdienst schickt fünf Fahrzeuge mit medizinischem Personal zu euch.«

Gram bestätigte den Eingang der Meldung.

Weitere Meldungen kamen per Funk herein. Ausrückende Einheiten gaben ihre Positionen und die berechnete Ankunftszeit durch, und Gram dirigierte die Mannschaften an die Einsatzorte.

Nach und nach wurde die Lage vor Ort etwas übersichtlicher. Die Verletzten waren in Obhut ihrer Kollegen, nun mussten sie nur noch auf die medizinische Hilfe warten.

Wisting warf einen Blick auf den bewusstlosen Polizisten. Der um seinen Knöchel gewickelte Stoff war blutdurchtränkt, die Blutung selbst jedoch schien nachgelassen zu haben. Der junge Mann war kaum älter als Mitte zwanzig. Seine Uniform war zerfetzt, das Gesicht wies blutende Verletzungen auf.

»Das wird schon wieder«, versicherte Hammer. »Abgesehen von dem Fuß hat er keine weiteren äußeren Verletzungen davongetragen.«

»Mich beunruhigt eher, dass der Druck innere Verletzungen verursacht haben könnte«, sagte Stiller und sah zu dem Polizisten, der immer noch Blut hustete. »Womöglich sind die Lungen in Mitleidenschaft gezogen.«

Hammer hob seine Jacke vom Boden auf und zog sie an.

»Was ist überhaupt passiert?«, fragte er und sah sich um.

Wisting umrundete den Krater, untersuchte den Boden und fand schließlich, wonach er suchte. Im Gras lag eine Angelschnur.

»Ein Stolperdraht«, kommentierte Hammer.

Er griff nach der Schnur und zog sie zu sich. An ihrem Ende hing der Sicherungsstift einer Handgranate.

»Er hat sie ausgelöst, als er durch die Zaunöffnung gerannt ist«, sagte Hammer und deutete hinüber zum Karrenweg, wo Tom Kerr entlanggelaufen war. Der Hundeführer kam auf sie zu. Seine Hände und seine Uniform waren gefärbt von dem Blut des toten Hundes, der ein Stück weiter weg lag.

In der Ferne waren Martinshörner von Einsatzfahrzeugen zu hören.

Der Hundeführer stellte das Funkgerät an seiner Brusttasche leiser und schaute sich wütend um. Sein Blick blieb an Claes Thancke hängen, als wäre alles die Schuld des Rechtsanwalts.

»Er hatte eine verdammte Pistole«, sagte er und hob seine blutigen Hände. »Jemand hat irgendwo eine Waffe für ihn deponiert.«

Die Männer, die Kittil Gram zum Wagen geschickt hatte, um die Erste-Hilfe-Ausrüstung und die Waffen zu holen, kamen zurück. Einer der beiden hatte auch eine Landkarte dabei, die er jetzt ausbreitete. Wisting stellte sich etwas abseits des Halbkreises, der sich um den Mann bildete, konnte sich aber dennoch gut auf der Karte orientieren. Er entdeckte den Bach und die gestrichelte Linie, die den Karrenweg symbolisierte. Dieser mündete in eine Privatstraße, die zu einem Hüttengebiet direkt an der Küste führte.

»Gut«, sagte Gram und streckte den Rücken durch. »Drei Mann.«

Er wählte den Hundeführer und zwei der erfahrensten Streifenpolizisten aus.

»Ich will, dass diese Straße abgesucht wird, bis hinunter zum Wasser.«

Die drei Männer bewaffneten sich mit Maschinenpistolen. Dem Hundeführer wurde die Leitung anvertraut.

Gram wollte gerade noch etwas sagen, wurde aber von der Einsatzzentrale gerufen:

»Die Polizeipräsidentin hat sich mit ihrem Stab beraten«, gab der Einsatzleiter durch. »Es gibt folgende vorläufige Anweisung: Tom Kerr darf das Gebiet nicht verlassen. Er muss mit allen erforderlichen Mitteln aufgehalten werden.«

»Verstanden«, erwiderte Gram und blickte in die Runde, um sicherzugehen, dass die Meldung bei allen angekommen war.

Claes Thancke hatte sich bis jetzt schweigend im Hintergrund gehalten. Nun ergriff er das Wort.

»Mit allen erforderlichen Mitteln«, wiederholte der Anwalt. Seine Stimme klang dünner als sonst. »Was meint sie damit?«

Er bekam keine Antwort.

Metall schlug auf Metall, als der Hundeführer die Waffe durchlud und entsicherte. Die beiden anderen folgten seinem Beispiel. Dann zogen sie los.

6

Die Kamera hatte die ganze Zeit weitergefilmt.

Die ersten Sanitäter kamen mit ihrer Ausrüstung auf dem Rücken über den Waldweg gelaufen. Einer hatte eine Trage dabei. Line verfolgte sie mit der Kamera, bis sie die Unglücksstelle erreichten.

Man hatte die Situation beeindruckend schnell und effektiv unter Kontrolle bekommen. In den ersten Minuten nach der Detonation hatte pures Chaos geherrscht. Die durchdringenden Schreie des Polizisten, dessen Fuß durch die Explosion zerfetzt worden war, waren weithin zu hören gewesen. Ein anderer Mann mit einem verletzten Arm hatte völlig apathisch gewirkt.

Kittil Gram hatte die Leitung der Operation inne. Die Umstände waren zunächst recht unübersichtlich, aber Gram hatte den Umfang der Verletzungen und Schäden schnell einschätzen können. Er hatte Aufgaben verteilt und für die nötige Erste Hilfe gesorgt. Dann hatte er sich auf den entflohenen Häftling konzentriert.

Tom Kerr konnte sich überall in dem großen Gebiet versteckt halten. Als Line vor zehn Jahren für die hiesige Lokalzeitung gearbeitet hatte, hatte sie die Suchaktion nach einem Sechsjährigen dokumentiert, der sich verlaufen hatte. Freiwillige und Mannschaften vom Roten Kreuz hatten jeden Winkel durchkämmt, auch Hunde und ein Helikopter waren beteiligt gewesen. Dennoch war ein ganzer Tag vergangen, bevor man den Jungen schließlich fand. Unterkühlt und mitgenommen, aber in insgesamt gutem Zustand war er unter einer Hütte hervorgekrochen, als er Stimmen gehört hatte.

Line zoomte mit der Kamera auf ihren Vater. Er stand etwa fünfzehn Meter von ihr entfernt. Sein Gesicht wirkte extrem angespannt. Über Stillers Mikrofon hörte sie, was ihr Vater dem Kollegen von der Kripo über die Gegend berichtete.

Etwa dreihundert Menschen hatten hier ihren festen Wohnsitz. Im Sommer erhöhte sich die Einwohnerzahl durch die vielen Feriengäste zwar um ein Vielfaches, doch jetzt im Spätsommer gab es nur noch wenige Auswärtige. Hunderte Ferienhütten standen leer und konnten Tom Kerr einen Unterschlupf bieten, wobei er vermutlich am ehesten versuchen würde, an ein Auto oder ein Boot zu kommen, um sich damit aus dem Staub zu machen. Was wiederum bedeutete, dass alle, die hier in der Gegend lebten, sich in akuter Gefahr befanden. Tom Kerr hatte die Polizei in eine Falle gelockt und war jetzt auf der Flucht, bewaffnet mit einer Pistole. Mit einer Verfolgungsjagd ging man das Risiko ein, dass er sich mit Waffengewalt eines Fahrzeugs bemächtigte oder Geiseln nahm.

Ihr Vater drehte sich zu ihr um und blickte in die Kamera, als habe er plötzlich gemerkt, dass sie ihn filmte. Stiller tat das Gleiche. Die beiden wechselten einen kurzen Blick, dann kamen sie auf Line zu.

Sie ließ die Kamera sinken, die Aufnahme aber weiterlaufen.

»Hast du die Ereignisse filmen können?«, fragte ihr Vater.

»Ich glaube schon«, erwiderte Line. »Ich habe die ganze Zeit versucht, die Kamera auf Kerr gerichtet zu halten, weiß aber nicht, was eigentlich passiert ist. Ich muss mal nachsehen, was ich aufgenommen habe.«

»Können Sie die Datei dann gleich zu mir schicken?«, fragte Stiller.

»Klar, sobald ich nach Hause komme«, versprach Line.

Stiller bedankte sich mit einem Kopfnicken.

»Sie können die Kamera jetzt weglegen«, sagte er.

»Ist es okay, wenn ich noch etwas weiterfilme?«

Stiller schien zu überlegen. Dann deutete er auf die Kamera und sagte: »Aber vergessen Sie bitte nicht, dass alle Aufnahmen Eigentum der Polizei sind«, sagte er. »Ohne unsere Genehmigung kann nichts davon verwendet werden.«

»In Ordnung«, erwiderte Line.

Dann hob sie die Kamera wieder an.

7

Das Dröhnen eines Helikopters näherte sich von Osten. Wisting sah auf die Uhr. Für den Polizeihubschrauber war es noch zu früh, zudem kam er aus der falschen Richtung. Es musste sich um den Rettungshubschrauber handeln. Er blickte zu den Baumwipfeln empor, sah aber nichts.

Stillers Handy klingelte. Er meldete sich, nahm eine kurze Nachricht in Empfang, löste dann das kleine Ansteckmikrofon von seinem Kragen und zog das Kabel durch den Hemdsärmel heraus.

»Sie müssen mit mir kommen«, sagte er zu Wisting.

»Wohin gehen Sie?«

Stiller schwieg, nahm das Sendegerät von seinem Gürtel und gab es zusammen mit dem Mikrofon an Line weiter.

»Folgen Sie mir nicht«, bat er.

»Wohin wollen Sie?«, fragte Line.

Stiller antwortete auch dieses Mal nicht und drehte sich wieder zu Wisting um.

»Ich brauche Ihre Ortskenntnisse«, sagte er und deutete mit dem Kopf auf die abseitsstehenden Fahrzeuge.

Der Rettungshubschrauber tauchte über ihren Köpfen auf. Er senkte sich flach über die Baumwipfel herunter und blieb einen Augenblick in der Luft hängen, während das Gras unter ihm zu Boden gedrückt wurde. Dann landete er behutsam auf einer ebenen Fläche nahe dem Bach. Der Rotor wurde langsamer, und eine Tür wurde geöffnet. Zwei Männer in roten Overalls kletterten heraus und kamen geduckt unter den Rotorblättern hervorgelaufen.

Wisting nahm Blickkontakt mit Hammer auf und signalisierte ihm, dass er Stiller begleiten werde.

»Wohin geht ihr?«, wollte Hammer wissen.

»Er muss hier irgendwo sein«, sagte Stiller. Seine Stimme klang gedämpft und war bei dem Lärm des Helikoptermotors gerade noch zu hören. »Vielleicht haben wir jetzt die Gelegenheit, ihn zu finden.«

Wisting sah sich um. Stiller hatte nicht von Tom Kerr gesprochen, sondern von dem Anderen.

Auf dem Weg zu den Autos begegneten sie mehreren Sanitätern, die mit ihren Fahrzeugen so dicht wie möglich an den Wald herangefahren waren.

Hinter dem Minibus, mit dem Tom Kerr gekommen war, stand ein grauer Kastenwagen. Wisting erkannte ihn sofort. Es war ein Fahrzeug, das für besondere Operationen eingesetzt wurde. Als er das letzte Mal daringesessen hatte, trug der Wagen litauische Nummernschilder und das Logo einer fiktiven Handwerkerfirma. Jetzt war er völlig anonym.

Stiller zog die Seitentür auf und ließ Wisting den Vortritt. Ein Mann saß vor einer Tafel mit mehreren Bildschirmen. Er reichte Wisting die Hand.

»Ove Hidle«, stellte er sich vor, ohne seine Berufsbezeichnung oder seine Arbeitsstelle zu nennen.

Stiller zog die Tür wieder zu.

Ove Hidle kam direkt zur Sache.

»Ich bin ihm durch den Wald bis zum Schotterweg gefolgt«, sagte er und deutete auf eine Landkarte, die auf dem größten Bildschirm zu sehen war.

Wisting konnte sich problemlos orientieren. Er erkannte sofort die alte Schafweide, die sich zum Bach hinunterzog, und die Stelle, wo die Granate explodiert war.

Ove Hidle sah auf die Uhr.

»Er war bis vor vierzehn Minuten in Bewegung«, erklärte er.

»Und wo steckt er jetzt?«

»Hier.«

Hidle zeigte auf ein paar Häuser am Ende eines Wegs, der zum Wasser hinunterführte. Darüber war ein rotes Stecknadelsymbol zu sehen.

»Ich habe seine Schuhe verwanzt, bevor wir das Gefängnis verlassen haben«, erklärte Stiller. »Zur Sicherheit.«

»Tom Kerr befindet sich also dort«, sagte Wisting und zeigte auf den Bildschirm.

Ove Hidle reichte ihm ein Päckchen mit Desinfektionstüchern.

»Wir haben ihn unter Kontrolle«, versicherte er und wechselte von der Landkarte zu einem Satellitenbild und zoomte die Häuser heran.

Wisting wischte sich das restliche Blut von den Händen und betrachtete das Satellitenbild. Sechs Sommerhütten mit Gartenhäusern und Anbauten. Insgesamt zwölf Gebäude. Der rote Punkt, der Tom Kerr symbolisierte, stand über dem Anbau eines weiß gestrichenen Kapitänshäuschens. Fünfzig Meter davon entfernt befand sich ein Anleger mit einem Segelboot.

»Er ist jetzt seit einer Viertelstunde da drin«, fügte Hidle hinzu.

Wisting ließ sich auf einen freien Sitz sinken. Seit der Explosion waren dreiunddreißig Minuten vergangen, rechnete er aus. Kerr hatte achtzehn Minuten benötigt, um zum nächstgelegenen Hüttengebiet zu kommen. Seitdem verhielt er sich vollkommen ruhig.

»Ihr glaubt, dass er auf jemanden wartet«, sagte Wisting und drehte sich zu Stiller um. »Dass er auf den Anderen wartet.«

»Er wird so lange dableiben, bis sich alles beruhigt hat«, meinte Stiller. »So lange, bis die Polizei sich zurückzieht. Dann kommt der Andere und holt ihn ab.«

»Aber die Polizei wird sich erst zurückziehen, nachdem alle Gebäude in der Nähe durchsucht worden sind«, wandte Wisting ein.

»Ich weiß«, erwiderte Stiller und nickte. »Ich brauche Ihre Hilfe, um die Polizeipräsidentin und ihren Stab davon zu überzeugen, dass die Suchaktion abgebrochen werden muss.«

Wisting biss sich nachdenklich auf die Unterlippe. Die ganze Zeit wurden über Stillers Funkgerät Nachrichten durchgegeben. Jemand meldete atemlos, dass ein Paar Handschellen auf dem Karrenweg gefunden worden seien, an der Stelle, wo der Weg in die Straße zu den Hütten mündete.

»Wir können entscheiden, ihn jetzt sofort zu schnappen. Oder wir warten auf den Anderen und schnappen beide«, fuhr Stiller fort. »Aber wir brauchen eine Entscheidung, bevor die Mannschaften ihn finden.«

»Ich rufe die Polizeipräsidentin an«, sagte Wisting und zog sein Handy hervor.

Agnes Kiil war zur Leiterin des neuen, erweiterten Polizeidistrikts ernannt worden, der nach der Umstrukturierung die Regierungsbezirke Telemark, Vestfold und Buskerud umfasste. Wisting war mit dieser Wahl sehr zufrieden. Polizeipräsidentin Kiil war äußerst kompetent und hatte hervorragende Kenntnisse in der Kriminalistik.

»Hallo, Wisting«, sagte sie, nachdem sie den Anruf angenommen hatte. »Wir halten gerade Kriegsrat. Was können Sie mir berichten?«

Wisting sah die verschiedenen Abteilungsleiter vor sich, die ihr bei strategischen Entscheidungen in außergewöhnlichen Fällen zur Seite stehen sollten.

»Die Flucht war präzise vorbereitet«, sagte Wisting. »Alles

deutet darauf hin, dass Kerr Hilfe bekommen hat. Wir vermuten, dass der Andere ihm beigestanden hat.«

»Ich stelle Sie mal laut«, verkündete Kiil.

Was Wisting vorzubringen hatte, war ein delikater Vorschlag.

»Wer ist denn noch da?«, fragte er, um sicherzugehen, dass keine Außenstehenden etwas mitbekamen.

Nachdem Agnes Kiil die Namen der festen Stabsmitarbeiter heruntergerasselt hatte, fuhr Wisting beruhigt fort und erklärte, wie es ihnen gelungen war, Tom Kerr zu orten. Niemand am anderen Ende der Leitung kommentierte, dass es sich streng genommen um eine unzulässige Personenüberwachung handelte.

»Wir haben Grund zur Annahme, dass er auf weitere Unterstützung wartet, um von hier wegzukommen«, meinte Wisting.

»Inwiefern?«

»Ich denke, dass er auf den Rückzug der Polizei wartet, damit ihn derjenige, der die Flucht vorbereitet hat, abholen kann.«

»Was schlagen Sie denn jetzt vor?«, wollte Agnes Kiil wissen.

»Dass wir das Ganze von einer Suchaktion in eine Überwachungsaktion umwandeln. Wir wissen, wo Kerr sich befindet, und können einfach abwarten, bis er Besuch bekommt.«

Der für die operativen Einsätze zuständige Abteilungsleiter ergriff das Wort:

»Wo genau befindet sich Tom Kerr denn jetzt?«

»In einem Sommerhäuschen an der Küste«, entgegnete Wisting. »Das umliegende Gelände und die Vegetation erlauben, dass wir ihn aus der Deckung observieren. Es gibt eine Straße, die dorthin führt, aber sehr wahrscheinlich kommt der Andere über den Seeweg. Es sind etwa fünfzig Meter von dem Haus bis hinunter zum Anleger. Ich kann Ihnen die Koordinaten schicken.«

Ein Helikopter flog über den Wagen, in dem Wisting saß. Der am schwersten verletzte Polizist befand sich jetzt auf dem Weg ins Krankenhaus.

»Was Sie vorschlagen, erfordert allerdings ein Scheinmanöver zur Tarnung«, fuhr der operative Leiter fort. »Wir können uns da nicht einfach so rausziehen, sondern sollten in den nächsten Stunden die Aktivität in der Gegend aufrechterhalten.«

»Außerdem würden wir die Medien bewusst in die Irre führen«, warf jemand anderes ein. Wisting nahm an, dass es sich um den Mann handelte, der für Pressekontakte und Kommunikation im Polizeidistrikt zuständig war.

Die Polizeipräsidentin schaltete sich wieder ein.

»Wir brauchen etwas Zeit, um das genauer abzuwägen«, sagte sie. »Ich rufe Sie wieder an.«

8

Wisting starrte erwartungsvoll auf den Bildschirm, als könne sich der rote Marker jeden Augenblick in Bewegung setzen.

»Diese ganze Geschichte wird sicher noch genauer untersucht«, sagte er. »Es wird eine interne Ermittlung geben.«

»Die Operation lag in Ihrer Verantwortung«, gab Stiller zurück.

Wisting richtete den Blick auf ihn. Schuldzuweisungen interessierten ihn eigentlich nicht, doch Stiller hatte recht. Wistings Polizeidistrikt war für die Sicherheit während des Ortstermins zuständig. Die operative Verantwortung lag bei Kittil Gram. Er hatte einen detaillierten Plan erarbeitet, dabei allerdings nicht die Bewaffnung seiner Leute durchsetzen können.

»Ich möchte niemanden beschuldigen«, fuhr Stiller fort. »Ich wollte nur klarmachen, auf wen sich die interne Ermittlung konzentrieren wird.«

»Das sehen wir, wenn es so weit ist«, erwiderte Wisting. »Eigentlich hätte das alles überhaupt nicht passieren dürfen. Von dem Moment an, als klar war, dass Tom Kerr das Gefängnis verlässt, hätte Ihre Abteilung seine gesamte Kommunikation überwachen müssen. Er hätte nie erfahren dürfen, für welchen Tag die Begehung vorgesehen war. Dann hätte er auch nichts planen können.«

»Das ließ sich nicht anders machen«, entgegnete Stiller. »Wir mussten einen Tag finden, der auch seinem Anwalt passte.«

»Aber Post und Telefonate hätten überwacht werden müssen, damit er mit niemandem draußen hätte kommunizieren können, ohne dass wir davon erfahren hätten.«

»Das haben wir getan«, versicherte Stiller. »Aber seine Besucher konnten wir nicht auch noch fortlaufend überwachen lassen.«

»Wer hat ihn überhaupt besucht?«

»Eine Frau, mit der er sich schreibt, sein Bruder und ein Ehrenamtlicher vom Besuchsdienst des Roten Kreuzes.«

»Eine Frau?«, wiederholte Wisting. »So eine Art Verehrerin?«

»Die Briefe machen zumindest diesen Eindruck«, sagte Stiller und nickte. »Grundsätzlich hätte sie in seinem Auftrag die Informationen und Instruktionen aus dem Gefängnis schmuggeln können.«

»Wer ist denn diese Frau?«

Ove Hidle zog eine Mappe hervor.

»Lone Mellberg«, sagte er, ohne die Mappe zu öffnen. »Dreiundvierzig Jahre alt, wohnt in einer Souterrainwohnung in Hokksund. Geschieden, eine siebzehnjährige Tochter, für die sie kein Sorgerecht hat. Sie arbeitet in einem Lebensmittelladen. Nicht vorbestraft.«

»Wie lange läuft dieser Briefwechsel denn schon?«, fragte Wisting.

»Fast drei Jahre.«

»Kannten sie sich von früher?«

»Nein.«

»Wann hat sie ihn zuletzt besucht?«

»Gestern.«

Wisting fuhr sich mit der Hand durch die Haare, die nach der Explosion immer noch voller Sand und Erde waren.

»Sie hätte ihn bis zum Termin der Begehung überhaupt nicht besuchen dürfen«, sagte er.

Stiller zuckte mit den Schultern, als wollte er sagen, dass man hinterher immer klüger sei.

»Das muss auch gar nichts mit dem Anderen zu tun haben«, fuhr Wisting fort. »Möglicherweise hat er die Frau überredet, ihm zu helfen. Er könnte sie instruiert haben, die Waffe und eine Handgranate zu besorgen und den Stolperdraht zu verlegen.«

»Vielleicht«, entgegnete Stiller und gab Ove Hidle ein Zeichen.

Der änderte die Bildschirmansicht.

»Wir überwachen sie«, erklärte er.

Eine Satellitenaufnahme von Hokksund zeigte eine Mischung aus Wohn- und Gewerbegebäuden am Drammenselv. Ein roter Marker befand sich über einem großen Parkplatz.

»Sie ist bei der Arbeit«, erklärte Hidle und zoomte etwas näher heran. »Das hier ist der Kiwi-Supermarkt. Wir haben ihren Wagen geortet. Er steht auf dem Kundenparkplatz.«

»Abgesehen davon wird sie auch direkt überwacht«, fügte Stiller hinzu. »Wir haben eine Zivileinheit von zwei Männern auf sie angesetzt.«

»Wie lange steht sie schon unter Beobachtung?«, wollte Wisting wissen.

»Seit heute früh.«

»Das heißt, sie kann gestern oder letzte Nacht hier gewesen sein und die Flucht vorbereitet haben?«

»Theoretisch möglich«, gab Stiller zurück. »Wir warten noch auf die Aufzeichnungen der Mautschranken.«

»Überwachen Sie auch Kerrs Bruder und den Mann vom Besuchsdienst?«, fragte Wisting.

Stiller schüttelte den Kopf und verwies auf mangelnde Ressourcen.

»Wir haben uns für Lone Mellberg entschieden. Ich halte sie am ehesten für beeinflussbar. Vielleicht hat sie sich von

Kerr überreden lassen. Natürlich könnte Tom Kerr auch irgendwelche Briefe über Besucher eines Mithäftlings oder sogar über jemanden vom Personal rausgeschmuggelt haben. So etwas wäre nicht zum ersten Mal passiert, und Kerr hatte genügend Zeit, alles sorgfältig zu planen.«

Draußen waren die Geräusche eines großen Wagens zu hören. Autotüren wurden zugeknallt, und ein paar Kommandorufe ertönten. Der Kastenwagen, in dem sie saßen, hatte weder Seiten- noch Heckfenster, aber die außen angebrachten Kameras zeichneten das Geschehen auf und schickten Bilder auf den Schirm. Acht Beamte von der lokalen Einsatztruppe machten sich gerade bereit.

Wistings Telefon klingelte. Er ignorierte es.

»Sie haben darauf gewartet, dass irgendwas passiert«, sagte er und blickte Stiller direkt an. »Sie haben schon vermutet, dass er mit der Unterstützung eines Helfers fliehen würde. Es ging Ihnen gar nicht darum, Taran Norum zu finden. Sie wollten nur den Anderen aus der Reserve locken.«

Stiller sagte nichts, sondern starrte auf Wistings Telefon, das immer noch klingelte. Das Display zeigte einen Anruf der Polizeipräsidentin.

Ohne den Blick von Stiller abzuwenden, ging Wisting dran.

»Wir folgen Ihrem Vorschlag«, ertönte Agnes Kiils scharfe Stimme aus dem Hörer. »Wir schnappen uns beide.«

9

Inzwischen war der Polizeihubschrauber eingetroffen. Er kreiste einen Augenblick über der Wiese, bevor der Pilot die Maschine südlich des alten Sägewerks auf den Boden setzte.

Wisting beobachtete die Landung. Das Dröhnen der Rotorblätter fuhr durch seinen ganzen Körper. Der Wind ließ die umliegenden Bäume erzittern und drückte das Gras flach auf die Erde.

Die Tür des Cockpits öffnete sich. Der Leiter der Bereitschaftstruppe Oslo nahm seine Kopfhörer ab, legte sie auf seinen Sitz und kam zu Wisting herüber. Hinter ihm stieg seine Mannschaft aus der Maschine und bereitete die Ausrüstung vor.

»Stenberg«, begrüßte er Wisting und reichte ihm die Hand. »Ich habe die Nachricht bekommen, dass Sie Informationen für mich haben.«

Wisting nickte. »Kommen Sie mit.«

Er begleitete den Leiter der Bereitschaftstruppe zum Kastenwagen, wo Stiller die Bewegungen von Tom Kerr verfolgte. Der Leiter der lokalen Einsatztruppe, Robert Vinje, stand neben ihm. Er war als Einsatzleiter vor Ort ausgewählt worden und hatte die operative Verantwortung von Kittil Gram übernommen. Wisting stellte die Männer einander vor und kam gleich zur Sache.

»Bevor Tom Kerr das Gefängnis verlassen hat, wurde einer seiner Schuhe mit einem Sender präpariert«, erläuterte er. »Aus diesem Grund wissen wir, dass er sich jetzt 1,7 Kilometer von hier entfernt in einem Sommerhäuschen befindet.«

Er ließ den anderen etwas Zeit, sich auf dem Satellitenbild zu orientieren.

»Er hat Unterstützung bei der Flucht bekommen«, fuhr Wisting fort. »Möglicherweise von derselben Person, die ihm geholfen hat, die Morde zu begehen, für die er verurteilt wurde.«

»Der Andere«, sagte Robert Vinje.

Wisting nickte.

»Wir gehen davon aus, dass Kerr sich versteckt hält, weil er auf Unterstützung wartet«, berichtete Wisting. »Es könnte sein, dass die Person, die ihm zur Flucht verholfen hat, hierherkommt und ihn abholt. Die Polizeichefin und ihr Stab wollen, dass wir ein Scheinmanöver durchführen. Im Laufe des Nachmittags werden wir uns aus der Gegend zurückziehen und das Ganze wie eine missglückte Suchaktion aussehen lassen.«

Der Leiter der Bereitschaftstruppe trat näher an den Bildschirm mit der Satellitenaufnahme. Er nickte und schien mit dem Plan einverstanden zu sein.

»Drei von unseren Leuten haben sich ein Stück an ihn herangeschlichen«, erklärte Wisting. »Die haben aber die klare Anweisung, sich von dem Gebäude fernzuhalten.«

»Könnte es sein, dass er den Sender gefunden hat?«, gab Stenberg zu bedenken, ohne den Bildschirm aus den Augen zu lassen. »Ist der Marker womöglich ein falsches Signal?«

Wisting überließ Stiller die Antwort.

»Er trägt zwei Sender bei sich«, sagte Stiller. Wisting war diese Information neu. »Einen im rechten Schuh und den anderen am Hosenbund.«

»Wie konnten Sie die denn anbringen, ohne dass er etwas gemerkt hat?«

»Den Schuh haben wir im Rahmen der Leibesvisitation präpariert«, erklärte Stiller. »Vor der Abfahrt aus dem Gefängnis haben wir Kerr außerdem ein Mikrofon angesteckt und einen Sender an seinem Gürtel angebracht, um seine Aussagen während des Ortstermins zu dokumentieren. Dabei wurde auch gleich die zweite Ortungseinheit am Hosenbund befestigt. Die Dinger sind kaum größer als der Kopf einer Reißzwecke.«

Ove Hidle aktualisierte die Bildschirmansicht. Der Sender am Hosenbund und der Sender im Schuh befanden sich am selben Ort.

»Wir müssen die Zielperson sichern«, meinte Vinje.

Hidle überließ seinen Platz vor dem Bildschirm den beiden Männern, die für die praktische Durchführung der Operation verantwortlich waren. Sie diskutierten die Vor- und Nachteile des Terrains, erörterten strategische Stellen, an denen weitere Beobachtungsposten eingerichtet werden könnten, und erwogen Möglichkeiten zur Verhinderung einer Flucht über den Land- oder Seeweg.

Stenberg erteilte über Funk ein paar Anweisungen und schob seine Ohrstöpsel zurecht. Jede Bewegung und jedes Wort strahlten Autorität aus.

Nach knapp fünf Minuten hatten sie sich auf einen Plan geeinigt.

»Alles klar«, sagte Stenberg und drehte sich zur Tür. »Wir errichten hier draußen auf dem Platz einen Kommandoposten. Da wird auch Vinje Stellung beziehen.« Er sah zu seinem Kollegen und richtete dann den Blick auf Stiller. »Sie sollten ihm jederzeit bei Bedarf zur Verfügung stehen.«

Stiller nickte.

»Im Laufe der nächsten halben Stunde wird der Helikopter umkehren, um aufzutanken«, fuhr Stenberg fort. »Dann kommt er zurück und bleibt hier weitere zwei Stunden. Wichtig ist, dass das Polizeiboot in Bereitschaft bleibt, bis das Ganze hier vorbei ist. Die Mannschaften werden umfassend informiert, ansonsten geben wir nur die allernötigsten Informationen heraus.«

»Sehr gut«, meinte Wisting.

»Dann also los«, sagte Stenberg, zog die Autotür auf und stieg zusammen mit Robert Vinje aus dem Wagen.

Die Mannschaften standen schon bereit. Außerdem waren zwei Hundestaffeln hinzugekommen. Wisting hielt nach Nils Hammer Ausschau, aber der befand sich anscheinend noch immer mit Line unten an der ehemaligen Schafweide. Als Wistings Stellvertreter musste auch Hammer auf den aktuellen Stand gebracht werden. Er zog sein Handy aus der Tasche, um Hammer anzurufen, zögerte aber einen Moment. Irgendetwas an Stillers Worten ließ ihn vermuten, dass er selbst nicht alles erfahren hatte.

»Gibt es sonst noch etwas, das ich wissen müsste?«, fragte Wisting.

Adrian Stiller zögerte.

»Nichts, was diese Aktion betrifft«, sagte er schließlich.

»Überlassen Sie bitte mir zu entscheiden, ob die Information relevant ist«, entgegnete Wisting.

Stiller schob die Seitentür des Kastenwagens wieder zu und ließ sich einen Augenblick Zeit mit der Antwort.

»Wir glauben, dass der Andere auf eigene Faust aktiv geworden ist«, sagte er.

Wisting lehnte sich zurück.

»Nanna Thomle«, sagte Stiller.

Wisting kannte den Fall aus den Medien. Die junge Frau war an einem Samstagabend Mitte Juli auf dem Rückweg von einem Ausflug nach Oslo verschwunden. Sie war mit dem Zug nach Lillestrøm gefahren, doch in ihrer Wohnung fünfhundert Meter vom Bahnhof entfernt war sie nie angekommen. Die letzte Spur von ihr stellte die Aufnahme einer Überwachungskamera am Bahnhof dar. Drei Wochen später hatte ein Wanderer ihren rechten Arm im Svartskog entdeckt, einem Waldgebiet südlich von Oslo. Bei einer Durchsuchung der Gegend wurden weitere Leichenteile gefunden, die offenbar von Tieren auf der Suche nach Nahrung ausgegraben worden waren.

Diese Vorgehensweise passte zu Tom Kerr und seinem Helfer. Die Entführung und Ermordung von jungen Frauen, die abends oder in der Nacht allein draußen unterwegs waren.

»Die Leichenteile von Nanna Thomle hatten in einem Chlorbad gelegen«, erklärte Stiller.

Auch das gehörte zu Tom Kerrs Methoden. Er hatte seine Opfer getötet und zerstückelt, damit er die Leichenteile in eine Wanne legen und mit einer Chlorlösung behandeln konnte. Diese Lösung hatte er übrigens auch schon im Rahmen seiner Folter eingesetzt, um den Darm und die Harnröhre der Opfer zu spülen, und zwar zu einem Zeitpunkt, an dem sie noch am Leben waren.

»Eine äußerst effiziente Methode, um biologische Spuren zu entfernen«, meinte Wisting. »Ein anderer Täter könnte den Modus Operandi übernommen haben.«

»Sie ist auf dieselbe Weise misshandelt worden«, führte Stiller weiter aus. »Die Brustwarzen wurden mit einer Zange abgerissen. An den Hand- und Fußgelenken fanden sich die gleichen Knoten.«

Kerrs Opfer waren bei ihm zu Hause an ein Bett gefesselt gewesen, während er sie quälte. Die Seile waren erst nach dem Tod wieder durchtrennt worden.

»Palstek mit doppeltem Halbstek als Knotenschlinge«, fügte Stiller hinzu.

Wisting konnte sich nicht erinnern, von diesen Details gehört zu haben.

»Verstehe«, sagte er.

»Der Andere hat schon einmal auf eigene Faust gehandelt«, fuhr Stiller fort. »Wir denken, dass es nur eine Frage der Zeit ist, bis das wieder passiert. Zwischen der Entführung Thea Poldens und dem Verschwinden von Taran Norum liegen zwei Monate. Aber es vergingen nur vier Wochen bis zum Verschwinden von Salwa Haddad.«

»Sie haben es also ganz bewusst zu Tom Kerrs Fluchtversuch kommen lassen?«, hakte Wisting nach. »Um den Anderen aus der Reserve zu locken?«

»Wir haben das einkalkuliert, ja«, entgegnete Stiller.

»Drei Polizeibeamte sind dabei fast ums Leben gekommen.«

»Bei keinem der Szenarien, die wir durchgespielt haben, ist es zu so etwas wie einer Explosion gekommen«, sagte Stiller. »Wir haben vermutet, dass er mit einem Wagen kommt. Deshalb auch die Zivilstreifen auf allen umliegenden Straßen. So etwas konnte doch niemand vorausahnen.«

Wisting war sich nicht sicher, wie weit Stiller eigentlich zu gehen bereit wäre. Womöglich war alles nach Plan verlaufen.

»Der Einsatz ist hoch«, fuhr Stiller fort. »Hoffentlich bekommen wir entsprechende Resultate.«

Wisting starrte den roten Marker auf dem Bildschirm an. Auf einmal verschob er sich ein bisschen, als sei Tom Kerr gerade von einer Seite des Hauses zur anderen gegangen.

Wisting nahm sein Handy und rief Hammer an.

»Ich muss mit dir reden«, sagte er.

10

Line war Hammer gefolgt und dann zum alten Sägewerk gegangen, wo Rettungssanitäter und Einsatzkräfte einen Sammelpunkt eingerichtet hatten. Unterwegs waren ihr die Spezialmannschaften der Bereitschaftstruppe und die Hundestaffeln entgegengekommen. Über ihr zog der Polizeihubschrauber immer größere Kreise.

Die verletzten Polizeibeamten waren bereits abtransportiert worden. Drei Rettungswagen standen neben weiteren Einsatzfahrzeugen auf der Wiese am Sägewerk. Überall waren krächzende Funkgeräte, klingelnde Handys und Stimmengewirr zu hören. Line hob die Kamera und bannte die düstere Stimmung aus Unruhe und Verwirrung auf Film.

Seit der Explosion waren eine Stunde und siebzehn Minuten vergangen. Die ersten Journalisten waren aufgetaucht und standen in einem Grüppchen am Wegesrand. Anscheinend waren sie von den äußeren Absperrposten dorthin dirigiert worden. Die eifrigsten Reporter hatten sich möglicherweise auch auf eigene Faust durch den Wald zum Tatort vorgearbeitet. Line erkannte einige von ihnen. Es waren überwiegend Journalisten, die bei den Lokalzeitungen in Sandefjord und Larvik arbeiteten, aber auch ein Reporter und ein Kameramann von der NRK-Lokalredaktion in Tønsberg und zwei Fotografen, die anscheinend freiberuflich tätig waren.

Line zog ihr Handy hervor, um nachzusehen, was die Online-Ausgaben der Zeitungen schon veröffentlicht hatten. Bei ihrer früheren Zeitung *VG* bildeten die aktuellen Ereignisse die Hauptnachricht. Mindestens drei Polizisten seien bei einem Einsatz verletzt worden, hieß es. Ein Einsatzleiter bestätigte, dass es eine Explosion gegeben habe, konnte aber keine Einzelheiten und Hintergründe des Einsatzes nennen. Ein Kartenausschnitt illustrierte, wo die Explosion ungefähr erfolgt war. *VG* hatte auch in Erfahrung gebracht, dass in der Gegend mehrere Straßensperren errichtet worden waren. Sämtliche aus dem Gebiet kommenden Fahrzeuge wurden überprüft, während der Verkehr in die Gegenrichtung unterbrochen war.

Mit einem Presseausweis um den Hals tauchte Lines früherer Kollege Morten Pludowski auf und gesellte sich zu den anderen Journalisten. Von ihm hatte sie seinerzeit viel gelernt, und sie hatten sehr gut zusammengearbeitet. Gleichzeitig war er aber auch der Kollege gewesen, mit dem sie sich am häufigsten gestritten und der sie immer wieder wütend gemacht hatte.

Line wollte auf keinen Fall, dass er sie hier entdeckte, denn das würde sie in eine zwiespältige Situation bringen. Er würde Genaueres über die Ereignisse wissen wollen, doch sie unterlag der Schweigepflicht und konnte ihm daher nichts erzählen.

Aber es war schon zu spät. Er winkte sie zu sich. Ihn jetzt zu ignorieren war unmöglich.

Sie ging zu ihm, umarmte ihn freundschaftlich und nickte den anderen Pressevertretern zu.

»Du bist ja von der schnellen Truppe«, sagte sie.

»Ich hatte Glück«, entgegnete Morten P. »Wir waren gerade in Tønsberg mit einer anderen Sache beschäftigt, als die Meldung reinkam.«

Er entfernte sich ein paar Schritte von den anderen. Line folgte ihm.

»Was tust du hier?«, wollte Morten P wissen.

»Ich bin freiberuflich unterwegs«, erwiderte Line. »Eine Filmdoku für die Polizei.«

»Worum geht es denn? Und was ist hier überhaupt passiert?«

»Ich kann leider nichts sagen«, erklärte Line. »Sonst bekomme ich keine weiteren Aufträge.«

Morten P nickte verständnisvoll. Er war ein schlaksiger Mann um die fünfzig mit wachem und neugierigem Blick.

»Alles klar«, sagte er. »Es heißt, dass wir gegen ein Uhr Näheres erfahren.«

Line sah auf die Uhr. Noch eine gute Viertelstunde.

»Aber sag mal, diese Explosion ...« Morten P trat einen Schritt zurück und musterte Line. »Warst du etwa dabei?«

Line betrachtete ihre Kleidung, auf der Erde und Gras Spuren hinterlassen hatten. Am linken Ärmel hatte sie ein paar Blutflecken. Sie stammten eigentlich von ihrem Vater, der einem Verletzten geholfen hatte.

»Ich habe alles auf Band«, sagte sie und zeigte auf die Kamera. »Die Aufzeichnung ist Eigentum der Polizei«, fügte sie hinzu, merkte aber im selben Moment, dass sie schon zu viel gesagt hatte. Wenn die Zeitung erst einmal wusste, dass eine Aufzeichnung existierte, würden die Redakteure unter Androhung juristischer Klagen darauf drängen, sie auch publizieren zu dürfen.

Line blieb bei den anderen Journalisten stehen, hielt sich aber weiter in dem mit Absperrband markierten Bereich auf. Wenn sie den verließ, würde es vermutlich schwierig werden, wieder hineinzukommen.

Sie konnte weder ihren Vater noch Adrian Stiller entdecken. Wahrscheinlich saßen sie in dem grauen Kastenwagen, in den auch Nils Hammer geklettert war.

Der NRK-Reporter berichtete live von dem Polizeiposten, den sie hatten passieren müssen, um hierherzukommen, hatte über die eigentlichen Geschehnisse jedoch nichts Neues zu erzählen. Inzwischen waren auch *Dagbladet* und TV2 aufgetaucht. Kurze Zeit später erschien ein Radioreporter vom Rundfunksender P4.

Der Polizeihubschrauber, der in regelmäßigen Abständen über ihnen aufgetaucht war, entfernte sich in nördliche Richtung. Es war kurz vor eins. Zwei weitere Journalisten erschienen. Line fragte sich, wer von der Polizei das Pressebriefing übernehmen würde, rechnete aber damit, dass es Stiller sein würde. Schließlich war der Ortstermin auf seine Initiative erfolgt.

Doch offenbar hatte ihr Vater die Aufgabe bekommen, mit der Presse zu reden.

Mit schwerfälligen Schritten näherte er sich den versammelten Pressevertretern. Irgendwo hatte er ein Hemd und eine Jacke ohne Blut- und Schmutzflecken aufgetrieben, doch beide Kleidungsstücke waren eine Nummer zu klein für ihn. Er schien sich angesichts der ihm zugefallenen Aufgabe unwohl zu fühlen, doch Line wusste, dass in seinen Augen die Information der Presse gleichbedeutend mit der Information der Öffentlichkeit war. Und die Öffentlichkeit hatte immer das Recht auf Auskünfte. Zumindest wenn es um Ereignisse wie dieses ging.

Line trat ein wenig zur Seite und filmte die Pressevertreter statt ihres Vaters. An Aufnahmen von ihm würde sie auch später noch herankommen. Wozu gab es Kollegen? Viel mehr interessierten sie die Reaktionen der Journalisten, wenn er anfangen würde, über Tom Kerr zu berichten.

Anders als bei amerikanischen Pressekonferenzen, bei denen sich alle Behördenvertreter um den Sprecher scharten, um zu beweisen, dass sie Zeuge einer wichtigen Begebenheit oder eines dramatischen Ereignisses waren, trat Lines Vater allein vor die Kameras.

»Ich habe nur ein paar knappe Informationen für Sie«, begann er, ohne sich an irgendwelchen Notizen zu orientieren. »Wir stecken noch mitten in einem Einsatz.«

Als hätten sie sich abgesprochen, nahmen die Journalisten ihre Positionen ein. Die Kameraleute und die live berichtenden Reporter bekamen die besten Plätze. Die übrigen Pressevertreter scharten sich mit ihren Aufnahmegeräten um sie herum. Die Fotografen mit den größten Objektiven hielten sich im Hintergrund.

Line überprüfte den Akku ihrer Kamera. Er reichte noch für eine halbe Stunde, dann würde sie den Ersatzakku einsetzen müssen.

»Mein Name ist William Wisting«, fuhr ihr Vater fort. »Ich stehe vor Ihnen in meiner Eigenschaft als Ermittlungsleiter der Polizeidienststelle Larvik.«

Er legte eine kurze Pause ein und ließ seinen Blick über die Versammlung wandern.

»Die Abteilung für ältere und ungelöste Fälle bei der Kriminalpolizei sollte heute weitere Ermittlungen in Verbindung mit einer fünf Jahre zurückliegenden Vermisstensache durchführen. Der wegen Mordes verurteilte Tom Kerr hatte sich bereit erklärt, die Stelle zu benennen, an der er Taran Norum vergraben hat.«

Die Kameraauslöser der anwesenden Journalisten und Fotografen klickten ohne Unterlass.

»Während des Ortstermins ist es Tom Kerr gelungen, sich den geltenden Sicherheitsmaßnahmen zu entziehen. Er ist jetzt bewaffnet und muss als gefährlich eingestuft werden.«

Einer der Journalisten unterbrach Lines Vater.

»Ist Tom Kerr geflohen?«

»Er ist uns um 11:23 Uhr entwichen«, bestätigte Wisting. »Er trug ein graues T-Shirt, eine schwarze Adidas-Jacke,

Jeans und graue Freizeitschuhe. In Kürze erhalten Sie Fotos, die letzte Woche von ihm gemacht wurden.«

Mortens Stimme war unter den anderen deutlich herauszuhören: »In den Meldungen, die uns vorliegen, ist von einer Explosion und mehreren verletzten Beamten die Rede.«

Lines Vater nickte. »Bei der Flucht wurde Sprengstoff verwendet. Drei Polizeibeamte wurden ins Krankenhaus gebracht und einige andere wegen leichter Verletzungen vor Ort behandelt.«

Es hagelte zahlreiche Fragen, die Wisting jedoch ignorierte.

»Details zu den Geschehnissen können wir leider erst zu einem späteren Zeitpunkt herausgeben. Ich möchte wiederholen, dass Tom Kerr bewaffnet und somit äußerst gefährlich ist. Der Bevölkerung vor Ort wird dringend angeraten, hinter verschlossenen Türen zu bleiben. Falls irgendwer Tom Kerr zu Gesicht bekommen sollte, möchten wir darum bitten, auf keinen Fall einzugreifen, sondern umgehend die Polizei zu verständigen. Vielen Dank.«

Dann drehte er sich um und zog sich hinter die aufgereihten Polizeifahrzeuge zurück.

11

Line hielt die Kamera weiter auf die Journalisten gerichtet. Sie kam sich angesichts ihrer Tätigkeit recht zynisch vor. Dieses Gefühl ereilte sie häufig, wenn sie als Journalistin unterwegs war und ihre Aufgabe bei einem Unfall oder einer anderen Tragödie nur darin bestand, darüber zu berichten.

Sie hatte den Auftrag für Stiller abgeschlossen und filmte jetzt einzig in der Absicht, die Aufnahmen für einen Dokumentarfilm über Tom Kerr und den Anderen zu verwenden. Der ohnehin schon bizarre Fall hatte gerade eine dramatische Wendung genommen, und das Material, das sie zur Verfügung hatte, war einzigartig.

Langsam schwenkte sie die Kamera über die Wiese.

Rechtsanwalt Claes Thancke stand außer Sichtweite der Journalisten mit Stiller und ihrem Vater zusammen. Der Anwalt schüttelte demonstrativ den Kopf, bevor er zu seinem Wagen ging. Ein paar Journalisten erspähten ihn und riefen ihm hinterher, doch Thancke hob abwehrend die Hand, setzte sich in den Wagen und fuhr davon, während die Kameras ihn weiter verfolgten.

Line ging zu Stiller und ihrem Vater.

»Wo ist dein Wagen?«, fragte Wisting.

»Der steht bei der Kripo«, erwiderte sie und deutete mit dem Kopf auf Stiller. »Ich sollte mit ihm dahin zurückfahren, sobald Kerr wieder sicher hinter Gittern sitzt.«

»Nimm meinen«, sagte ihr Vater und fischte die Autoschlüssel aus der Tasche.

Doch Line wollte noch bleiben.

»Ihr könnt euch meine Aufnahmen ansehen«, bot sie an. »Jetzt gleich.«

Stiller schüttelte den Kopf.

»Wir sind nicht die Einzigen, die sich dafür interessieren«, sagte er. »Sie müssen die Aufnahmen auf den Server hochladen, damit auch die Polizeipräsidentin und die Leitung der Kripo sie sehen können.«

Line seufzte. Hätte sie ihr Laptop mitgenommen, wäre das sofort möglich gewesen.

»Ich würde gern hierbleiben, bis alles vorbei ist«, sagte sie.

»In den nächsten Stunden wird hier nicht viel passieren«, erklärte Stiller.

»Woher wollen Sie das wissen?«, fragte Line. »Habt ihr ihn schon geschnappt?«

Stiller reagierte mit einer Gegenfrage: »Geben Sie mir Bescheid, sobald Sie die Videoaufnahme hochgeladen haben?«

Line nickte.

»Aber bitte schicken Sie den entsprechenden Link nur an mich«, fuhr er fort. »Ich leite ihn dann weiter.«

Er drehte sich um und trat auf den Kastenwagen zu. Lines Vater löste die Autoschlüssel von seinem Schlüsselbund und gab sie ihr.

»Er hat recht«, meinte er. »Es bringt nichts, hierzubleiben. In den nächsten Stunden wird nichts passieren.«

Line nahm die Schlüssel. Ihr Gesichtsausdruck verriet, dass ihr die Situation nicht gefiel.

»In Ordnung«, sagte sie. »Er ist übrigens mit meinem Mikro und meinem Sender abgehauen«, fügte sie leicht pikiert hinzu. »Sag Bescheid, wenn ihr die findet. Die waren nämlich nicht billig.«

Sie schaltete die Kamera aus, ging zum Wagen ihres Vaters und setzte sich hinein.

Ein Zweig schlug gegen die eine Seite des Autos, als sie vom alten Sägewerk in den Waldweg einbog. Im Radio lief der Sender P2. Sie schaltete es aus und blickte in den Spiegel. Hinter ihr wirbelte der Kies auf.

Die Strecke durch den Wald bestand eigentlich nur aus zwei mit Schlaglöchern übersäten Wagenspuren. Auf beiden Seiten wuchs dichter Wald. Irgendwo unterwegs stand ein verrostetes Landwirtschaftsgerät am Wegesrand.

Line bremste ab und blieb stehen. Sie nahm die Kamera vom Beifahrersitz und schaltete sie wieder ein, um die Polizeisperre an der Hauptstraße filmen zu können.

Im Rückspiegel registrierte sie einen Schatten, als bewege sich jemand hinter dem Wagen. Sie drehte sich um, entdeckte aber nur einen Vogel, der sich von einem Ast erhob, als sei er von etwas erschreckt worden.

Ein unangenehmes Gefühl erwachte in ihr. Da draußen war nichts, aber ihre irrationale Angst veranlasste sie, die Türen zu verriegeln. Die Reifen drehten leicht durch, als sie wieder anfuhr.

Nach kurzer Zeit öffnete sich die Landschaft. Der Wald wurde von frisch gepflügten Feldern abgelöst. Unten an der Landstraße standen zwei Streifenwagen, einer mit blinkendem Blaulicht. Ein alter blauer Ford war gestoppt worden, und die Polizisten hatten den Kofferraum geöffnet.

Line trat auf die Bremse und zückte die Kamera. Der Kofferraum wurde geschlossen, der Ford durfte weiterfahren. Nach zwei Minuten kam ein weiterer Wagen, ein kleiner Toyota. Durch die Kamera konnte Line zwei Frauen sehen, die darinsaßen. Der Wagen wurde angehalten, die Polizei überprüfte die Papiere, öffnete die Hecktüren und kontrollierte den Kofferraum, ehe das Auto wieder wegfahren durfte.

Eine Polizistin war auf Line aufmerksam geworden und stieß einen Kollegen an, der sich umdrehte. Die Frau umfasste ihre Waffe, die in einem Gurt steckte. Line legte die Kamera weg und fuhr zu den beiden hinüber. Auf ein Signal hin hielt sie an, ließ das Fenster herunter und zog ihren Führerschein aus der Jackentasche. Die Polizistin stellte sich direkt neben die Fahrertür.

»Wir suchen nach diesem Mann«, sagte sie und hielt Line ein Handy mit einem Foto von Tom Kerr auf dem Display hin. »Haben Sie ihn gesehen?«

Line hatte kein Bedürfnis zu erzählen, was sie gerade erlebt hatte.

»Tom Kerr?«, sagte sie nur. »Nein.«

»Würden Sie bitte die Heckklappe öffnen?«

Ein Polizist überzeugte sich davon, dass die Ladefläche leer war, und schloss die Klappe wieder. Die Polizeibeamtin gab Line den Führerschein zurück.

»Halten Sie nicht an, falls Sie ihn sehen sollten«, warnte sie. »Gute Fahrt!«

Line behielt das Gelände rechts und links der Straße im Auge, als sie weiterfuhr. Ein Hund bellte sie an, als sie an einem Haus an der Straße vorbeikam. Auf einer Weide standen ein paar Pferde. Eine ältere Frau auf einem Bauernhof nahm Wäsche von der Leine.

An der Kreuzung zur nächsten Landstraße gab es einen weiteren Kontrollposten. Line legte die Kamera aufs Armaturenbrett und ließ sie laufen.

Einigen Fahrzeugen wurde die Weiterfahrt gestattet, während andere zurückgehalten wurden. Vermutlich Schaulustige und andere, die hier nichts zu suchen hatten und nicht in der Gegend wohnten.

Der Wagen vor Line wurde genauso wie an der Absperrung zuvor kontrolliert. Line ließ das Seitenfenster herunter und wartete, bis sie an die Reihe kam.

Abermals wurde ihr ein Foto von Tom Kerr gezeigt, ehe sie

die Heckklappe öffnen musste und der Wagen erneut untersucht wurde.

Nach fünfundzwanzig Minuten war sie endlich zu Hause in Stavern. Sie ging direkt in den Keller hinunter, wo sie ihr Arbeitszimmer eingerichtet hatte. Dort schaltete sie den Fernseher ein, und CNN erschien auf dem Bildschirm. Line wechselte zum norwegischen Nachrichtenkanal. Werbung.

Sie nahm die Speicherkarte aus der Kamera und überspielte die Aufnahme auf ihren Computer. Die Kamera war fast die ganze Zeit in Betrieb gewesen. Sie hatte sie nur zwischendurch ein paarmal angehalten, damit die Dateien nicht zu umfangreich wurden, was die spätere Handhabung erschweren konnte.

Es erforderte ein wenig Arbeit, die Videos auf einen Kryptoserver hochzuladen, damit auch andere darauf zugreifen konnten. Stiller wollte das Rohmaterial haben, es musste gar nicht bearbeitet werden. Sie schickte ihm eine E-Mail mit einem Link zu den Dateien sowie ein automatisch generiertes Passwort. Eine der Dateien enthielt die Aufnahme, die mit der Ankunft des Minibusses am alten Sägewerk begann und etwa eine halbe Stunde nach der Explosion und Flucht endete. Sie schickte Stiller den Namen dieser Datei und setzte sich hin, um sich die Aufnahme anzusehen.

Es gab viel Hin und Her, bevor der Trupp sich in Bewegung setzte. Ein Gespräch zwischen Stiller und Hammer über den ausbleibenden Helikopter war zu hören. Außerdem warteten sie auf die Hundestaffel. Die Kamera zoomte auf Kerr und seinen Anwalt, die sich im Wagen unterhielten, ehe alle losgingen.

Line warf einen Blick auf den Fernsehschirm an der Wand. Der Nachrichtenkanal berichtete live aus Eftang, doch es schien weiter nichts passiert zu sein. Line drehte den Ton leiser und konzentrierte sich wieder auf ihren Computer.

Die Gruppe mit Tom Kerr an der Spitze bewegte sich in den Wald hinein. Line hatte gefilmt, wie er stolperte und hinfiel. Sie hielt die Aufnahme an, spulte etwas zurück und ließ sie erneut laufen. Kerr stöhnte beim Hinfallen, dann half ihm jemand auf, damit er weitergehen konnte. Währenddessen protestierte sein Anwalt gegen die Behandlung, doch die Fußfesseln wurden Kerr erst nach dem zweiten Sturz abgenommen.

Line spielte die Sequenz erneut ab, diesmal langsamer. Eigentlich gab es keinen Grund dafür, dass er gestolpert und hingefallen war. Er war zwar mit dem einen Fuß gegen eine Baumwurzel gestoßen, der Sturz selbst sah jedoch inszeniert aus. Als wäre er Bestandteil eines Fluchtplans.

Die Aufnahme lief weiter. Als Kerr das nächste Mal stürzte, wirkte alles viel dramatischer. Seine Füße waren auf dem Kameraausschnitt nicht zu sehen, daher konnte man nicht genau sagen, ob er wirklich gestolpert war, doch im Kontext seines vermuteten Fluchtplans wirkte auch dieser Sturz inszeniert.

Wegen der Handschellen konnte Kerr den Sturz nicht gut abfangen. Als er wieder hochgezogen wurde, hatte er eine Schürfwunde an der Wange.

Die Truppe bewegte sich weiter voran. Als sie an der abschüssigen Schafweide angekommen waren, legte Claes Thancke abermals Protest ein. Es gab eine Diskussion, an deren Ende beschlossen wurde, Kerr die Fußfesseln abzunehmen.

Während der Schließbügel von seinen Knöcheln abgenommen und die Kette entfernt wurde, starrte Kerr direkt in die Kamera. Als er von den Fußfesseln befreit war, hob er die Hände zum Gesicht und wischte sich das Blut von der Wange. Dann sagte er irgendetwas, ehe er seine Finger in den Mund steckte und das Blut ableckte.

Line spulte abermals zurück, stellte den Lautsprecher höher und versuchte zu verstehen, was er sagte. Es war nur ein leises Flüstern. Sie musste die Lautstärke noch höher drehen und die Aufnahme ein weiteres Mal laufen lassen.

Es klang wie: »Wir sehen uns.«

Line spielte es noch einmal ab. Kerr starrte beim Sprechen direkt in die Kamera, als ob er eine Nachricht übermitteln wollte. Diesmal klang es noch deutlicher nach: »Wir sehen uns.« Als spräche er zum Abschied eine Drohung aus.

12

Die Luft in dem engen Kastenwagen mit den vielen Bildschirmen und der technischen Ausrüstung war warm und stickig. Wisting trug immer noch Ove Hidles Hemd. Der dünne Stoff klebte an seinem Rücken.

Der größte Monitor zeigte die Aufzeichnung aus Lines Kamera. Tom Kerr lief die abschüssige Weide hinunter. Plötzlich fing er an zu rennen. Die Polizisten um ihn herum riefen sich Warnungen zu.

Wisting hielt die Luft an, denn er wusste, was jetzt kommen würde. Die Explosion füllte den Bildschirm mit einem scharfen weißen Licht. Ein dröhnender Laut drang aus dem Lautsprecher. Die laufende Kamera landete im hohen Gras und kippte auf die Seite. Erde und Steinchen regneten vor dem Objektiv zu Boden.

Niemand sagte etwas.

Die Kamera wurde wieder aufgehoben und herumgeschwenkt. Die Aufnahme zeigte verletzte und blutende Polizeibeamte, und Wisting war zu hören, der sich bei Line nach ihrem Zustand erkundigte. Dann fokussierte die Kamera auf den Weg, den Tom Kerr bei der Flucht entlanggerannt war. Der Hundeführer hetzte ihm den Hund hinterher und folgte ihm dann in den Wald. Die Kamera schwenkte wieder herum. Die am schwersten verletzten Polizeibeamten wurden notdürftig versorgt. Dann waren auf der Tonspur zwei laute Pistolenschüsse zu hören. Die Kamera richtete sich wieder auf den Weg.

Nils Hammer drehte sich vom Bildschirm weg, stöhnte

hörbar und wischte sich mit dem Handrücken einen Schweißtropfen von der Stirn.

»Was für ein verdammtes Vabanquespiel«, sagte er und machte keinerlei Anstalten, seine Wut zu verbergen.

»Es war doch nicht geplant, dass es so ablaufen sollte«, versuchte Stiller zu erklären.

»Ihr seid das Risiko eingegangen, und das ist das Ergebnis«, fauchte Hammer wütend. Ein paar Speicheltropfen trafen Stiller.

»Laut Plan sollte er uns die Stelle zeigen, wo er Taran Norum vergraben hat«, entgegnete Stiller ruhig. »Aber natürlich hatten wir einen Back-up-Plan. Wir haben versucht, alle Eventualitäten zu berücksichtigen.«

Hammer schüttelte den Kopf.

»Ihr habt doch gar nicht geglaubt, dass Taran Norum da irgendwo liegt«, murmelte Hammer.

»Wir mussten das aber überprüfen.«

»Ein junger Polizist hat seinen Fuß verloren«, rief Hammer ihm in Erinnerung.

»Wir waren aber nicht für die Sicherung der Umgebung verantwortlich«, entgegnete Stiller und drehte sich zu Wisting um.

Hammer stand abrupt auf und stieß dabei mit dem Kopf an das Autodach.

»Wagen Sie es ja nicht, das auf uns abzuwälzen«, sagte er und zeigte mit dem Finger auf Stiller. »Dieses ganze Arrangement war wie geschaffen, um einen Fluchtversuch zu provozieren. Die Verantwortung dafür liegt bei Ihnen.«

»An wen kann ich mich wenden, wenn es um den Anderen geht?«, fragte Wisting, um die Diskussion zu beenden. »Wer weiß am meisten über ihn?«

»Idar Semmelmann«, erwiderte Stiller. »Er hat die Ermittlung geleitet.«

Wisting konnte sich an den Namen nicht erinnern.

»Er ist erst hinzugekommen, nachdem Kerr bereits verhaftet war«, erklärte Stiller. »Semmelmann hat das Team geleitet, das versucht hat, den Anderen zu finden. Inzwischen ist von dem ganzen Team nur noch er übrig geblieben«

»Haben Sie mit ihm gesprochen?«

»Nicht über die heutigen Ereignisse, aber er wusste von dem geplanten Ortstermin mit Kerr.«

»Haben Sie seine Telefonnummer?«

Stiller nickte, zog sein Handy hervor und las die Nummer vor. Wisting gab die Ziffern in sein Telefon ein, beugte sich auf seinem Stuhl vor und starrte auf den Fußboden, während er wartete, dass abgehoben wurde.

»Semmelmann.«

»William Wisting, Larvik. Haben Sie schon gehört, was heute passiert ist?«

»Ich hab's eben in den Nachrichten gehört. Fangen Sie ihn wieder ein?«

»Wir haben viele Mannschaften hier draußen«, erwiderte Wisting. »Es müsste schon mit dem Teufel zugehen, wenn er entkommt.«

»Sie dürfen ihn auf gar keinen Fall entkommen lassen«, warnte Semmelmann. »Er wird es wieder tun. Er wird wieder morden.«

Wisting richtete sich ein wenig auf.

»Wie weit sind Sie eigentlich damals bei Ihrer Suche nach dem Anderen gekommen?«, fragte er.

Einen Moment lang blieb es still am anderen Ende.

»Sagt Ihnen der Name Thomle etwas?«, fragte Semmelmann schließlich.

»Natürlich. Nanna Thomle ist die junge Frau, die im Sommer verschwunden ist. Stiller hat mich informiert.«

»Als ihre sterblichen Überreste gefunden wurden, habe

ich mir noch mal angesehen, was ich an Informationen über den Anderen hatte«, fuhr Semmelmann fort. »Aber wir wissen heute genauso wenig wie damals.«

»Keine Kandidaten?«

Wieder schwieg Semmelmann einen Augenblick.

»Am einfachsten wäre es wohl, wenn ich alles einpacke, was ich an Unterlagen über ihn dahabe, und zu Ihnen komme.«

»Wann können Sie hier sein?«, wollte Wisting wissen.

»Gegen sieben?«

»Perfekt. Ich warte in meinem Büro auf Sie.«

Jemand versuchte, die Wagentür zu öffnen, aber sie war von innen verriegelt. Wisting zog sie ein Stückchen auf. Vor ihm stand Stenberg von der Bereitschaftstruppe und hielt einen Beweisbeutel mit einem Paar Handschellen hoch.

Wisting zog die Tür ganz auf und ließ den Kollegen herein.

»Ein Hundeführer hat sie gefunden, etwa fünfzig Meter von der Stelle entfernt, wo der Hund erschossen wurde.«

Wisting nahm den Beutel und sah, dass ein Schlüssel im Schloss der Handschellen steckte, bevor er den Beutel an Hammer weiterreichte.

»Woher hatte er den Schlüssel?«, fragte er.

»Das ist ein Standardschlüssel«, erklärte Stiller. »Alle Handschellen, die von der norwegischen Polizei verwendet werden, lassen sich mit dem gleichen Schlüssel öffnen. Vermutlich liefert der Hersteller auch in andere Länder. Kauf und Verkauf unterliegen keinen Beschränkungen. Wahrscheinlich kann man die sogar im Internet bestellen.«

»Schlimm genug«, brummte Hammer. »Aber woher hatte Tom Kerr den Schlüssel? Sie haben ihn doch durchsucht, bevor er das Gefängnis verlassen hat.«

»Lag er vielleicht am selben Ort wie die Waffe?«, mutmaßte Stenberg. »Womöglich hat ihn jemand irgendwo im Gelände deponiert.«

Wisting schüttelte den Kopf.

»Er hat die Handschellen aufgeschlossen, bevor er losgerannt ist«, sagte er und deutete auf den Bildschirm, wo Lines Aufnahme immer noch lief. »Die haben lose an seinem Handgelenk gehangen.«

»Er ist gestolpert und hingefallen«, meinte Stiller. »Und zwar zweimal. Das war ein Teil des Plans, der darauf hinauslief, dass wir ihm die Fußfesseln abnehmen. Der Schlüssel kann irgendwo auf dem Weg gelegen haben. Er hat ihn vielleicht unbemerkt aufgehoben, als er gestürzt ist.«

Hammer seufzte und verfluchte die ganze Situation.

»Bewegung«, meldete plötzlich Ove Hidle, der direkt vor den Bildschirmen saß.

Wisting hob den Blick. Es ging um den Marker, der den Standort von Lone Mellbergs Wagen anzeigte. Er hatte den Parkplatz vor dem Supermarkt in Hokksund verlassen und befand sich jetzt auf dem Weg nach Drammen.

»Fünf nach drei«, bemerkte Stiller. »Sie hat ihre Schicht beendet.«

Stenberg bekam einen Anruf. Er meldete sich, nahm eine Nachricht entgegen und legte wieder auf.

»Beschattung läuft«, sagte er.

Alle fünf folgten den Bewegungen auf dem Bildschirm. Nach etwa sechs Minuten bog der Wagen von der Hauptstraße ab und fuhr in ein Wohngebiet.

Der Marker blieb stehen.

»Ist ohnehin noch zu früh«, meinte Stenberg. »Dunkel wird es erst in fünf Stunden.«

13

Line hatte den Abschnitt der Aufnahme, der den Augenblick kurz vor der Explosion zeigte, dreimal abgespielt. Kerr fing plötzlich an zu rennen und hatte rasch einen Vorsprung von etwa zehn Metern gewonnen. Die eine Hand war von den Handschellen befreit, und er setzte beim Laufen die Arme ein wie ein Kurzstreckensprinter.

In ihrer Kindheit hatte Line manchmal mit den Handschellen ihres Vaters gespielt. Wenn sie nicht allzu stramm saßen, hatte sie sie abstreifen können, indem sie die Hände krümmte und ein wenig hin und her bewegte.

Sie ließ die Aufnahme erneut laufen, um nachzusehen, wie fest die Handschellen bei Kerr saßen. Als er die Hände vors Gesicht hob und sich das Blut von den Fingern leckte, fror Line die Aufnahme ein. Seine Hände waren groß und derb, und die Handschellen saßen stramm, mit nur wenig Spielraum. Wie eine Armbanduhr.

»Wir sehen uns«, sagte Line und wiederholte damit die Worte, die Tom Kerr geflüstert hatte.

Standbilder, die aus einem laufenden Film herausgeschnitten wurden, waren nur selten gut. Dieses hier allerdings wies eine erstaunlich gute Qualität auf und hätte mit dem Blut, den Handschellen, dem Grinsen und dem düsteren Blick ein geradezu ikonisches Verbrecherporträt abgegeben.

Line speicherte das Standbild ab, ließ die Aufnahme ein kleines bisschen vorlaufen und speicherte eine zweite Version ab. Den Vorgang wiederholte sie zweimal. Ein paar Speichelfäden zwischen Kerrs Lippen ließen das vierte Bild besonders eindrucksvoll erscheinen.

Außerdem sah es fast so aus, als hätte er etwas im Mund, etwas Glänzendes.

Line ließ die Aufnahme in Zeitlupe bis zu dem Punkt weiterlaufen, an dem Tom Kerr den Mund am weitesten öffnete. Sie hielt die Aufnahme an und zoomte näher.

Ein kurzer Laut des Erstaunens kam über ihre Lippen.

Es war ein Schlüssel. Ein Schlüssel für Handschellen.

Woher kam der?

Sie schickte sich das Foto aufs Handy, schrieb eine kurze Nachricht über ihre Entdeckung und leitete es weiter an Stiller und ihren Vater.

Die ganze Flucht wirkte sorgfältig vorbereitet, insofern überraschte es Line nicht, dass er auch an einen Schlüssel für die Handschellen gekommen war. Aber woher hatte er den?

Natürlich bestand die Möglichkeit, dass er ihn schon aus dem Gefängnis mitgenommen hatte. Irgendjemand, der zu Besuch gewesen war, hätte ihn hineinschmuggeln können. Andererseits hatte Stiller ihn vor Abfahrt aus dem Gefängnis durchsucht und sogar den Mund öffnen und die Zunge rausstrecken lassen.

Line ließ die Aufnahme weiterlaufen und versuchte die Stelle zu finden, wo er die Handschellen aufschloss, aber da er mit dem Rücken zur Kamera stand, war das kaum zu erkennen.

Eine Nachricht traf auf ihrem Handy ein. Stiller bestätigte den Empfang des Fotos.

Die Aufnahme lief weiter. Das Geräusch der Explosion dröhnte in den kleinen Lautsprechern. Gleich darauf waren laute Rufe und Schmerzensschreie zu hören. Die Kamera war zu Boden gefallen. Als sie wieder aufgerichtet wurde, lief gerade eine mit Blut befleckte Polizistin vorbei und eilte zu einem verletzten Kollegen.

Irgendjemand hatte eine Sprengfalle ausgelegt. Ein Stolperdraht war am Sicherungsstift einer Handgranate befestigt und über den Waldweg gespannt worden, sodass Tom Kerr ihn im Laufen mit sich riss und die Explosion auslöste.

Im Nachrichtenkanal erläuterte der Moderator in groben Zügen die Ermittlungen zu den Verbrechen, für die Tom Kerr verurteilt worden war, und es wurden Aufnahmen gezeigt, die bei der dramatischen Festnahme entstanden waren.

Freja Bengtson wäre beinahe Tom Kerrs viertes Opfer geworden. Sechs Wochen nachdem Salwa Haddad aus Hellerud verschwunden war, hatte ein Mann mit Motorradhelm versucht, Freja in einen Lieferwagen zu zerren.

Was der Mann nicht wissen konnte, war, dass Freja Bengtson aus Göteborg jahrelang Kickboxen trainiert hatte. Sie war sogar Zweite bei den schwedischen Meisterschaften geworden, hatte die Profikarriere jedoch wegen einer Verletzung aufgeben müssen und war dann nach Oslo gezogen, wo sie als Barkeeperin arbeitete. Der Überfall hatte sich ereignet, als sie auf dem Weg zu ihrer Wohnung in Lambertseter gewesen war. Sie hatte sich gewehrt und war weggerannt, dann jedoch eingeholt und zum Lieferwagen gezerrt worden.

Ein Taxifahrer hatte die Szene beobachtet, laut gehupt und Lichtsignale gegeben, was den Täter aber nicht daran gehindert hatte weiterzumachen. Kurz bevor Freja Bengtson in den Laderaum gezogen worden war, hatte der Taxifahrer Gas gegeben und war von hinten auf den Lieferwagen aufgefahren. Freja war reglos am Boden liegen geblieben. Der Mann mit dem Helm hatte versucht, in den Lieferwagen zu klettern, aber einer der Fahrgäste im Taxi war herausgesprungen und hatte ihn festgehalten. Ein weiterer Fahrgast hatte vom Rücksitz des Taxis aus alles mit dem Handy gefilmt. Gerade zeigte der Nachrichtenkanal die Aufnahmen von damals. Der Mann mit dem Motorradhelm war Tom Kerr.

Er war über eine Hecke gesprungen und in einen Garten geflüchtet. Der Lieferwagen war mit hohem Tempo weggefahren. Am Steuer hatte der Andere gesessen. Der unbekannte Mittäter, der nie gefunden worden war.

Auf den nächsten Aufnahmen waren Einsatzkräfte der Polizei zu sehen, die mittlerweile vor Ort waren. Ein Polizeihubschrauber kurvte mit einem hellen Scheinwerfer suchend umher.

Das zerbeulte Taxi stand noch am Tatort. Auf dem Gehsteig lag ein weißes Taschentuch. Während des Prozesses war bekannt geworden, dass es mit einer Mischung aus Aceton und Chlor getränkt war. Eine betäubend wirkende Kombination, die Freja Bengtson allerdings nicht lange genug eingeatmet hatte.

Die Archivaufnahmen waren in bester HD-Qualität. Auch die Produktionsgesellschaft, mit der Line zusammenarbeitete, hatte solche Aufnahmen auf Lager. Line war nicht die Einzige, die Interesse geäußert hatte, eine Filmdokumentation über Tom Kerr und den Anderen zu machen. Für das Gelingen eines solchen Projekts waren gute Bilder natürlich äußerst wichtig. Falls sie die Möglichkeit hätte, zusätzlich die Aufnahmen von diesem Tag zu verwenden, würde sie außerordentlich gut dastehen. Das Wichtigste für die Umsetzung des Plans war allerdings die Zustimmung der Beteiligten und Hinterbliebenen. Die hatte Line. Auch Freja Bengtson hatte einen Vertrag über die Zusammenarbeit mit ihr und der Produktionsgesellschaft unterschrieben. Schließlich ging es nicht zuletzt darum, den Anderen zu finden. Der Einzige, der seine Zustimmung verweigert hatte, war Johannes Norum. Tarans Vater.

Weitere Aufnahmen erschienen auf dem Fernsehschirm. Der Reporter berichtete, wie Tom Kerr in ein Haus eingebrochen war, ein paar Autoschlüssel sowie einen Wagen gestohlen hatte, aber in dem Moment entdeckt worden war, als er sich hineinsetzte. Dann folgten Bilder von der dramatischen Verfolgungsjagd. Kerr war mit dem Wagen von der Straße abgedrängt worden und in einem Graben gelandet. Als er versuchte wegzurennen, hatte ein Polizist einen Warnschuss abgegeben. Völlig unbeeindruckt war Kerr weitergelaufen, worauf zwei Beamte auf ihn schossen – ohne zu treffen. Daraufhin war Kerr in ein Wäldchen geflüchtet. Schließlich hatte ihn ein Polizeihund stellen und überwältigen können. Damit konnte die Polizei ihre Aktivität auf die Suche nach dem Anderen ausweiten. Eine Jagd, die jedoch erfolglos geblieben war. Tom Kerr war stumm wie ein Fisch geblieben, und es wurden auch keine DNA-Spuren gesichert.

Die Reportage im Nachrichtenkanal berichtete weiter von zwei brennenden Gebäuden, einem Wohnhaus und einer Scheune östlich von Oslo, die beide in Tom Kerrs Besitz waren.

Es handelte sich um einen kleinen Hof, der ursprünglich einem Onkel von ihm gehört hatte, nach dessen Tod jedoch verfallen war. Tom Kerr hatte den Hof nach Verbüßung einer Strafe wegen Vergewaltigung übernommen.

Die Nachricht über das Feuer war eine knappe Stunde nach Kerrs Festnahme hereingekommen. Zu diesem Zeitpunkt hatte er noch nicht einmal seinen Namen genannt. Erst mithilfe eines Fingerabdruckvergleichs hatte man ihn später identifizieren können.

In der abgebrannten Scheune hatten die Ermittler die Reste des Wagens gefunden, mit dem der Andere entkommen war. Das Feuer war ganz offensichtlich in der Absicht gelegt worden, alle Spuren von Thea Polden, Salwa Haddad und Taran Norum zu beseitigen, die hier gefangen gehalten und umgebracht worden waren. Und natürlich alle Spuren, die es eventuell möglich gemacht hätten, den Anderen zu identifizieren.

Eine Woche nach dem Feuer hatte die Polizei das erste Grab gefunden. In einem trockenen Moorgebiet etwa sechshundert Meter östlich des alten Hofs hatte ein Polizeihund die Stelle angezeigt. Es sah aus, als wäre die oberste Torfschicht erst abgetragen und dann wieder zurückgelegt worden. Die aus der Erde herausragenden Leichenteile stammten von Salwa Haddad. Am nächsten Tag war Thea Polden unter ähnlichen Umständen gefunden worden.

In der Fernsehreportage wurden Aufnahmen von Tom Kerrs Arbeitsplatz gezeigt. Durch seine Tätigkeit in einer Firma, die Zubehör für den Bau und Betrieb von Swimmingpools lieferte, war er problemlos an größere Mengen flüssigen Chlors gekommen. Damit hatte Kerr die Leichen desinfiziert und alle biologischen Spuren beseitigt.

Der Moderator der Nachrichtensendung erschien wieder auf dem Bildschirm und fragte einen Reporter vor Ort, ob es etwas Neues gebe.

»Die Suche nach Tom Kerr wird mit allen Mitteln fortgesetzt«, erklärte der Reporter in Eftang und fügte hinzu, dass für 17 Uhr ein weiteres Pressebriefing angekündigt sei.

Line sah auf die Uhr. Noch anderthalb Stunden. Eigentlich müsste sie zum Haus ihres Vaters gehen, ein frisches Hemd für ihn heraussuchen und es ihm bringen.

14

Ein schwarzer Vogel mit gelbem Schnabel saß auf dem Weg und pickte an etwas herum. Als Wisting näher kam, erhob er sich in die Luft und flog davon.

Eine kaum zu ertragende Rastlosigkeit hatte Wisting ergriffen. Die körperliche Unruhe machte ihn reizbar, und er hatte das dringende Bedürfnis verspürt, aus dem engen Kommandowagen ins Freie zu kommen.

Die Kriminaltechniker waren jetzt seit zwei Stunden am Ort der Explosion. Bald müssten sie sagen können, ob verwertbares Material aufgetaucht war, von dem man ableiten konnte, welche Art von Granate verwendet worden und woher diese gekommen war. Vielleicht hatten sie auch Hinweise auf die Person gefunden, die Tom Kerr zur Flucht verholfen hatte.

Im Laufe der letzten Stunden hatten sich viele Menschen auf dem Waldweg hin und her bewegt. Wisting suchte die Stelle, wo Tom Kerr zum ersten Mal gestolpert war. Teile einer Baumwurzel ragten ein wenig aus der festgetretenen Erde hervor. Wisting trat mit dem Fuß dagegen. Tatsächlich konnte man leicht darüberstolpern, gleichzeitig bot sich die Stelle geradezu perfekt an, wenn man so tun wollte, als stolpere man darüber und falle hin.

Er ging weiter und kam zu der zweiten Stelle, wo Tom Kerr gestürzt war. Auch hier ragte eine Baumwurzel etwas aus dem Boden hervor.

Auf beiden Seiten des Wegs war dichter Wald. Wisting

legte den Kopf in den Nacken und entdeckte einen Streifen blauen Himmel über den Bäumen. Ein paar Vögel zwitscherten irgendwo in den Baumkronen, vom laufenden Polizeieinsatz war hingegen nichts zu hören.

An einem der Bäume, die nah am Wegesrand standen, fehlte etwas Borke. Es sah aus, als sei sie herausgeschnitten worden. Vielleicht hatte ein Waldbesitzer markiert, welche Bäume er von den Waldarbeitern fällen lassen wollte.

Wisting trat näher. Es handelte sich um ein rechteckiges Feld, etwa drei Zentimeter breit und zehn Zentimeter lang. Ein paar Tropfen Baumharz hatten sich an der offenen Stelle gebildet. Die herausgelöste Borke, die vor dem Baum im Gras lag, hatte sich zusammengerollt und erinnerte an einen kleinen Ball.

Wisting zog sein Handy hervor und fotografierte den Schnitt am Baumstamm und die Borke auf dem Boden. Dann trat er wieder auf den Weg zurück. Zwei Meter vor der Baumwurzel, über die Kerr gestolpert war, lag ein flacher Stein von der Form und Größe eines Handys. Der Stein war mit einer feinen Schicht hellgrünen Mooses überzogen.

Wisting hob ihn mit der Schuhspitze an und drehte ihn herum. Die Unterseite war völlig glatt und sauber. Nichts deutete darauf hin, dass er hier schon länger gelegen hatte.

Womöglich war der Stein Bestandteil eines gut durchdachten Fluchtplans gewesen. Tom Kerrs Aufgabe hatte darin bestanden, nach einem markierten Baum Ausschau zu halten. Dort sollte er stolpern und unter einem flachen Stein den Schlüssel für die Handschellen finden. Es wäre ein Leichtes gewesen, ihn aufzuheben und in der Hand zu verbergen, ohne dass jemand etwas bemerkt hätte.

Ehe er weiterging, fotografierte Wisting den Stein. Er würde einen Kriminaltechniker bitten, den Stein und die Borke zu sichern und untersuchen zu lassen.

Am Ort der Explosion arbeiteten drei Techniker in ihren weißen Overalls. Wisting ging zu dem, den er am besten kannte, Espen Mortensen. Bis vor einiger Zeit hatte er ein eigenes Büro und ein kleines Labor im Polizeipräsidium in Larvik gehabt. Doch bei der Umstrukturierung des Polizeidistriktes waren alle Kriminaltechniker einer Einheit zugeordnet worden, die ihren Sitz weiter nördlich im Regierungsbezirk hatte. Was bedeutete, dass Mortensen zwar nicht mehr im täglichen Kontakt mit den Ermittlern stand, dafür aber mit stärker spezialisierten Fachkollegen zusammenarbeiten konnte.

Mortensen zog sich den Mundschutz herunter und nickte Wisting zur Begrüßung zu.

»Na, was hast du gefunden?«, fragte Wisting.

Der Kriminaltechniker führte Wisting zu seiner tragbaren Arbeitsbank, die er in der Nähe aufgebaut hatte. Die Funde der Spurensicherer lagen in durchsichtigen Beweisbeuteln darauf verteilt.

»Wir haben Fragmente der Granate gefunden«, erklärte Mortensen.

Er hielt einen Beutel mit einem schwarzen Teilchen in der Größe eines Fingernagels hoch.

»Wir haben es mit einer hochexplosiven Schockgranate zu tun«, fuhr Mortensen fort und reichte Wisting den Beutel. »Das hier ist ein Teil des asphaltimprägnierten Materials im Inneren der Granate.«

Auf dem Tisch lagen mehrere Beutel mit gleichem Inhalt. Ein paar der Teilchen trugen Spuren einer gelben Aufschrift.

»Eine Schockgranate?«, wiederholte Wisting.

»Die enthält nur Sprengstoff, keine Splitter«, erklärte Mortensen. »Dennoch sind Verletzungen möglich, wenn man infolge des Drucks von losen Gegenständen getroffen wird. In diesem Fall also von Ästen und Steinen. Der Druck selbst kann sich im Übrigen auch schädlich auf innere Organe auswirken. Aber in erster Linie ist so eine Granate dazu gedacht, den Gegner orientierungslos zu machen.«

Wisting legte den Beutel zurück.

»Und woher kommt die?«

»Das lässt sich derzeit nicht sagen. Ich weiß noch nicht, was für eine Art von Granate das war. Allerdings ist in letzter Zeit so einiges Material aus Militärlagern verschwunden, ich muss das nachprüfen.«

»Sonst noch was?«, fragte Wisting und deutete auf die Arbeitsbank.

»Zwei leere Patronenhülsen«, sagte Mortensen und suchte den entsprechenden Beweisbeutel heraus. »Neun Millimeter.«

»Das weltweit am meisten verwendete Kaliber«, bemerkte Wisting.

Mortensen drehte sich zum Waldrand.

»Die lagen da drüben auf dem Weg«, sagte er. »Die Handschellen wurden auch dort gefunden, aber die habt ihr schon, oder?«

Wisting nickte. »Was ist mit Schuhabdrücken?«

»Bis jetzt haben wir keine gefunden«, sagte Mortensen. »Wer immer hier gewesen ist, wird den Wagen an derselben Stelle wie ihr abgestellt und dann denselben Weg benutzt haben. Vermutlich ist das höchstens vierundzwanzig Stunden her, aber es wäre sinnlos, jetzt nach Reifenspuren oder Fußabdrücken zu suchen. Der Untergrund ist ohnehin nicht weich genug, als dass man dort etwas finden könnte.«

»Verstehe.« Wisting trat auf den Weg zu, wo Tom Kerr verschwunden war. »Kannst du ein Stückchen mit mir kommen?«

»Was hast du vor?«, fragte Mortensen und streifte die Latexhandschuhe ab.

»Jemand muss die Pistole irgendwo für ihn hinterlegt haben«, sagte Wisting. »Habt ihr die Stelle schon gefunden?«

Mortensen schüttelte den Kopf.

Seite an Seite gingen sie ein Stück des Wegs. Mortensen zeigte auf die Stelle, wo der Stolperdraht gespannt worden war.

»Die Explosion erfolgte zwei oder drei Sekunden nach Auslösen des Mechanismus«, erklärte er. »Somit war Kerr schon weit genug entfernt, während seine Verfolger von der Explosion getroffen wurden.«

Wisting warf einen Blick hinter sich und ging dann mit Mortensen weiter. Nach etwa dreißig Metern fand er, was er suchte. Einen grauen Baumstamm, dem etwas Borke fehlte.

Er berichtete von dem ebenso markierten Baum auf der anderen Seite der Schafweide.

»Könnte stimmen«, meinte Mortensen. »Die Patronenhülsen sind etwa hundert Meter weiter gefunden worden.«

Auf dem Boden vor dem Baumstamm lagen zwei Zweige, die offenbar von einem dicht belaubten Busch abgeschnitten worden waren und sich perfekt eigneten, um darunter eine Handfeuerwaffe zu verbergen.

»Ich hol mal die Kamera«, sagte Mortensen und wandte sich um.

Wisting folgte ihm. Die Rastlosigkeit war plötzlich wieder da. Noch viele Stunden lang würden sie nichts anderes tun, als auf den passenden Moment zu warten, um Tom Kerr und seinen Komplizen zu schnappen. Etwas in ihm sträubte sich gegen diese abwartende Vorgehensweise. Die Spuren wurden mit jeder Minute kälter.

15

Line wählte das blaue Hemd, das sie ihrem Vater zu Weihnachten geschenkt hatte. Es würde hervorragend zu der dunklen Steppjacke passen, die er so gern trug.

Das Hemd war frisch gewaschen und hing im Schrank, war aber nicht gebügelt. Zu Hause baute sie das Bügelbrett vor dem Fernseher im Wohnzimmer auf und verfolgte dabei die Nachrichtensendung. Während sie darauf wartete, dass das Bügeleisen heiß wurde, rief sie Sofie an, um sich zu erkundigen, wie es mit Amalie ging.

An Sofie wandte sich Line meistens, wenn sie einen Babysitter brauchte. Ihre Tochter war nur ein paar Monate älter als Amalie, die beiden Mädchen spielten oft zusammen und besuchten denselben Kindergarten. Sie hatten ausgemacht, dass Sofie die beiden abholen und mit zu sich nach Hause nehmen würde.

Als Line anrief, war Sofie mit den Mädchen gerade im Supermarkt.

»Heute gibt's Fisch«, erklärte Sofie. »Pasta mit Lachs und Erbsen in Sahnesoße. Ich hab das Rezept in einer Zeitschrift entdeckt.«

»Klingt gut«, gab Line zurück.

Inzwischen war das Eisen heiß. Line fing an, das Hemd zu bügeln, während sie ein paar Worte über die Kinder wechselten.

»Ich weiß noch nicht, wann ich sie abholen kann«, sagte Line. »Hast du davon gehört, dass Tom Kerr geflohen ist?«

»Ja.«

»Das war die Story, an der ich gerade dran war«, erklärte Line.

»Wirklich? Was ist denn eigentlich passiert?«

»Ich erzähl es dir später, wenn ich Amalie abhole. Aber wie gesagt, ich weiß noch nicht genau, wie spät es wird. Ich bin jetzt zu Hause, um meine Aufnahmen rüberzuspielen, muss aber gleich noch mal los. Und mein Auto steht zu allem Überfluss in Oslo.«

»Hast du die Flucht gefilmt?«, wollte Sofie wissen.

»Erzähl ich dir später«, versprach Line.

»Amalie kann gern hier übernachten, falls es zu spät wird«, bot Sofie an.

»Danke, das ist lieb von dir.«

Line legte das fertige Hemd ihres Vaters zusammen und nutzte die Gelegenheit, um ein paar eigene Sachen zu bügeln. Im Nachrichtenkanal wurde ein Interview mit Johannes Norum gezeigt, dem Vater des Opfers, dessen sterbliche Überreste Tom Kerr bei dem Ortstermin hatte lokalisieren sollen.

Line stellte das Bügeleisen weg und betrachtete den Mann, der nach Larvik gekommen war und mit verschränkten Armen an der äußeren Absperrung stand. Line hatte ihn vor vierzehn Tagen aufgesucht, um ihn über ihr Filmprojekt in Kenntnis zu setzen. Er war davon überzeugt, dass Kerr seine Tochter umgebracht hatte, und hielt nicht viel von den Ermittlungen der Polizei, war aber dennoch nicht bereit gewesen, bei der Filmdoku mitzuwirken. Line ahnte, dass es etwas mit seiner Vergangenheit zu tun hatte. Er war unter anderem wegen Vergewaltigung verurteilt worden und hatte im Gefängnis gesessen. Seine Tochter hatte sich völlig von ihm distanziert. Jetzt äußerte er sich dennoch vor der Kamera.

»Wussten Sie, dass Tom Kerr den Mord an Ihrer Tochter gestanden hat?«, wollte der Reporter wissen.

»Die von der Kripo haben mich angerufen und es mir erzählt«, antwortete Johannes Norum. »Ich habe gesagt, dass ich dabei sein will, wenn sie sie da rausholen, aber das wurde mir nicht gestattet.«

Er deutete mit dem Kopf auf den Kontrollposten hinter sich.

»Wäre ich heute hier gewesen, wäre das niemals passiert«, sagte er. »Dann wäre er nicht entkommen.«

Er fügte ein paar Bemerkungen hinzu, die unter normalen Umständen von der Nachrichtenredaktion gestrichen worden wären. Das ganze Interview wirkte völlig unredigiert.

»Was denken Sie über die Ereignisse?«, fragte der Reporter.

»Ein Skandal«, erwiderte Norum. »Die ganze Sache ist ein einziger Skandal.«

»Inwiefern?«

Johannes Norum wirkte unsicher, als er gebeten wurde, sich näher zu äußern.

»Er ist ja schon das letzte Mal ungeschoren davongekommen«, sagte er. »Die konnten ihn nie dafür verurteilen, was er Taran angetan hat. Jetzt ist er wieder davongekommen, gerade jetzt, wo wir endlich eine Antwort kriegen sollten.«

Der Reporter stellte ein paar Fragen zu der Zeit nach der Ermordung der Tochter. Als Norum erzählte, wie schwierig diese Phase gewesen sei, hätte man den Eindruck bekommen können, dass Tarans Mutter und er noch immer ein Paar seien. In Wirklichkeit hatten sie sich scheiden lassen, als Taran zwei Jahre alt war. In der überwiegenden Zeit ihres Heranwachsens hatte er durch Abwesenheit geglänzt.

Der Fernsehbeitrag war zu Ende. Line schaltete den Fernseher aus und setzte sich mit den Sachen ihres Vaters ins Auto. Streng genommen waren sie nur ein Vorwand, um an den Ort des Geschehens zurückfahren zu können.

Vor dem Kontrollposten gab es eine Warteschlange. Zwei Fahrzeuge vor ihr mussten umkehren. Line nahm Führerschein und Wagenpapiere heraus und hielt sie dem Polizisten hin, als sie an die Reihe kam.

»Mein Vater ist William Wisting«, sagte sie. »Das hier ist sein Wagen. Ich habe ihm saubere Sachen für den nächsten Pressetermin mitgebracht.«

Es klappte. Der Mann an der Sperre nickte.

»Halten Sie die Türen verschlossen«, sagte er und winkte sie weiter. »Halten Sie nicht unnötig an.«

Line verriegelte die Türen und fuhr weiter.

Abgesehen von einem entgegenkommenden Streifenwagen herrschte kein Verkehr.

Die Mannschaften am inneren Absperrring waren von neuen Kollegen abgelöst worden. Line wies sich aus und wurde auch diesmal durchgewinkt.

Kurz hinter der Einfahrt in den Wald kam ein Mannschaftswagen von der Polizei aus der anderen Richtung. Line musste abbremsen und rückwärts in eine Ausbuchtung fahren, um ihn vorbeizulassen.

Das Auto ihres Vaters war nur wenige Jahre alt und verfügte über Rückfahrsensoren, die auf die Vegetation am Wegesrand reagierten, als Line zurücksetzte. Es piepte in immer kürzeren Intervallen, aber Line musste so dicht wie möglich an den Wegesrand heran, damit der Polizeiwagen vorbeifahren konnte. Sie hörte Zweige und Büsche an der Seite entlangschaben, dann schnitt ihr plötzlich ein unangenehmes Geräusch von Metall gegen Metall in die Ohren.

Line rammte den Fuß auf das Bremspedal. Sie ließ den Mannschaftswagen passieren, fuhr dann ein Stückchen vor und stieg aus, um nachzusehen, womit sie kollidiert sein mochte.

Der Kotflügel des Wagens hatte eine ordentliche Schramme abbekommen. Aus den Büschen am Wegesrand ragte ein Eisenrohr hervor. Es schien sich um die Überreste einer alten Bewässerungsanlage zu handeln.

Line fluchte, ging in die Hocke und inspizierte den Schaden. Der Kratzer war zu tief, als dass man ihn einfach hätte wegpolieren können. Die Reparatur würde bestimmt ein paar Tausend Kronen kosten.

Sie erhob sich wieder, stemmte die Hände in die Hüften, blieb mit dem Rücken zum Wald stehen und betrachtete den Kratzer. Das konnte sie ihrem Vater nicht erzählen. Jedenfalls nicht heute.

Ein Windstoß ging durch die Bäume und ließ sie rascheln. Line blickte umher. Der Ärger über den Schaden wurde jäh von einem unheimlichen Gefühl abgelöst. Der Motor des Wagens tuckerte im Leerlauf vor sich hin. Schnell setzte sich Line wieder hinter das Lenkrad, schloss die Türen ab und fuhr weiter.

16

Das Wetter änderte sich langsam. Wolken waren aufgezogen, und es war windig geworden.

Wisting klopfte an die Schiebetür des grauen Kastenwagens. Adrian Stiller öffnete und ließ ihn hinein.

»Irgendwas Neues?«, fragte Wisting und blickte auf den Computerbildschirm, wo sich nicht viel getan zu haben schien.

»Wir beobachten das Haus jetzt aus vier verschiedenen Winkeln«, erläuterte Stenberg und zeigte Wisting ein Handy mit Fotos, die von einem der Beobachtungsposten stammten.

»Bewegung?«

»Nein. Alle Vorhänge sind zugezogen.«

»Wissen wir, wie er da reingekommen ist? Gibt es Anzeichen für einen Einbruch?«

Stenberg nickte, scrollte weiter durch die Fotos und zeigte Wisting eines von der Küchentür des Ferienhauses.

»Frische Einbruchsspuren«, erklärte er.

Die Spuren an Türblatt und Rahmen waren kaum zu erkennen.

»Das Häuschen ist ziemlich alt«, fuhr Stenberg fort. »Da braucht es nicht viel, um die Tür mit irgendeinem Gegenstand aufzustemmen.«

Er zeigte Wisting ein weiteres Foto, auf dem ein Spaten an der Wand neben der Treppe zu sehen war. Der war perfekt dazu geeignet, eine Tür aufzubrechen.

»Er hat die Tür abgeschlossen«, fuhr Stenberg fort. »Das Schloss ist anscheinend unbeschädigt geblieben.«

»Haben Sie Ihre Leute zu den Hütten rausgeschickt?«

»Wir haben eine Streife, die von Tür zu Tür geht. Für ihn da drinnen würde es viel zu auffällig wirken, wenn wir keine Befragung der Anwohner durchführen.«

»Wem gehört diese Hütte?«

»Soweit ich weiß einem Autohändler aus Drammen«, erwiderte Stenberg. »Die Kontrollposten wissen Bescheid. Sie werden ihn nicht durchlassen, falls er auf die Idee kommen sollte, mal nach dem Rechten zu sehen.«

Wisting setzte sich und berichtete von den Markierungen an den Bäumen, wo die Pistole und der Schlüssel für die Handschellen gelegen hatten.

»Nicht auszuschließen, dass er auch an ein Telefon gekommen ist«, warf Nils Hammer ein und drehte sich zu Stiller um: »Haben Sie die Möglichkeit, den Mobilfunkverkehr in der Gegend zu überprüfen?«

»Hidle kümmert sich schon darum«, erwiderte Stiller und deutete auf den Kollegen vor dem Bildschirm.

»Wir bekommen die Daten der letzten zweiundsiebzig Stunden«, erklärte Hidle. »Wäre ja interessant zu wissen, wer hier gestern Abend oder in der Nacht unterwegs war. Die Echtzeitdaten sagen nämlich nicht so viel aus, solange wir keine spezifische Nummer haben.«

Wisting bekam eine SMS. Line schrieb, sie sei mit sauberer Kleidung gekommen. Noch während Wisting das Telefon in der Hand hielt, klingelte es. Torunn Borg. Sie saß im Polizeigebäude und kümmerte sich um die eingehenden Hinweise im Fall Kerr.

»Hast du was?«, fragte Wisting.

»Nichts Tragfähiges. Wir haben ein paar Adressen überprüft und einen Bus auf der E18 angehalten, nachdem jemand angerufen und gemeint hat, Tom Kerr wäre an Bord. Ist aber nichts dabei herausgekommen.«

Wisting fuhr sich mit der Hand durch die Haare. Die Verzögerungsstrategie hatte Konsequenzen. Mannschaften und Öffentlichkeit wurden einer zusätzlichen Belastung ausgesetzt.

»Da ist allerdings eine Sache, die du dir vielleicht näher ansehen solltest«, fuhr Torunn Borg fort. »Wir hatten zwei voneinander unabhängige Meldungen über ein Boot, das sich in schnellem Tempo Richtung Norden bewegt. Natürlich ist da jede Menge Verkehr auf dem Fjord, aber Zeitpunkt und Ort könnten passen.«

»Wann war das?«

»Zwischen 12:15 und 12:45 Uhr. Ich habe keine genaue Beschreibung, nur dass es ein offenes Boot mit mittig platziertem Steuerpult war, etwa sechzehn Fuß lang.«

»Verstehe«, sagte Wisting. »Danke.«

Er beendete das Gespräch und berichtete den anderen, was Torunn Borg erzählt hatte.

»Das könnten wir verwenden«, meinte Stiller. »Wir könnten damit an die Presse gehen und sagen, dass Tom Kerr vermutlich aus der Gegend entkommen konnte. Das würde die ganze Sache vorantreiben.«

»Sollten wir nicht die Möglichkeit in Betracht ziehen, dass Tom Kerr tatsächlich entkommen konnte?«, wandte Hammer ein. »Die ganze Flucht war bisher doch anscheinend genau geplant. Er kann die Polizei durchschaut und die Ortungseinheit und den Sender in der Hütte zurückgelassen haben.«

Wisting schluckte. Der Gedanke behagte ihm überhaupt nicht.

»Es gibt immer wieder kleine Bewegungen, die zeigen, dass er zwischen den Räumen umhergeht«, beruhigte Hidle die Kollegen. »Er ist da drinnen. Und wir haben die Kontrolle.«

Jemand klopfte von außen an die Wagentür.

»Ich muss gehen«, sagte Wisting und fasste nach dem Türöffner. »Das ist Line. Sie hat mir was Sauberes zum Anziehen mitgebracht.«

17

»Zieh dich aus«, sagte Line und legte das saubere Hemd über eine Rückenlehne des Minibusses, in den sie beide gestiegen waren.

»Das wäre doch nicht nötig gewesen«, protestierte ihr Vater. »Ich hätte auch so gehen können.«

Es schien ihm nicht zu gefallen, dass sie zurückgekommen war.

»Jetzt bin ich hier«, gab Line zurück.

Ihr Vater warf einen Blick aus dem Fenster.

»Gibt's was Neues?«, wollte Line wissen.

»Eigentlich nicht«, erwiderte ihr Vater und schälte sich umständlich aus der Jacke. »Mortensen hat Projektile und Überreste von der Granate gefunden. Aber das behalten wir vorläufig noch für uns.«

»Was sollte das eigentlich heißen, als ihr meintet, in den nächsten Stunden würde nichts passieren?«, fragte sie. »Woher könnt ihr das wissen?«

Wisting lächelte seine Tochter an. An seiner Stirn und um die Augen bildeten sich feine Fältchen.

»Ich werde dir das später erzählen«, sagte er. »Wenn das Ganze vorbei ist.«

Line ließ nicht locker.

»Geht es um den Anderen?«, wollte sie wissen.

Ihr Vater stand jetzt mit nacktem Oberkörper vor ihr. Er ist älter geworden, dachte sie. Seine Haut war nicht mehr so straff wie früher.

»Im Augenblick geht es um Tom Kerr«, erwiderte er und griff nach dem frischen Hemd.

Er sagte kein Wort, während er das Hemd überstreifte. Wie es aussah, war jetzt nicht der Moment, um mehr aus ihm herauszubekommen.

»Kann ich zurück zum Ort der Explosion gehen?«, fragte Line.

Ihr Vater schüttelte den Kopf. »Deine Arbeit hier ist beendet. Ich kann dich hier nicht weiter rumlaufen lassen.«

Er machte sich zum Aussteigen bereit.

»Tut mir leid«, fügte er hinzu. »Das Beste ist wohl, wenn du jetzt nach Hause fährst.«

Line richtete kurz seinen Kragen und sah ihm nach, während er aus dem Bus stieg. Etwas an dem grauen Kastenwagen, in dem er und Stiller gehockt hatten, machte sie neugierig. Der Wagen war nicht da gewesen, als Tom Kerr hierhergebracht worden war.

Sie gab das Kennzeichen in das Online-Suchfeld der Kfz-Behörde ein, bekam aber die Rückmeldung, dass keine Informationen über den Halter zugänglich seien.

Line nahm ihre Kamera, stieg aus und ging hinüber zu den Überresten des alten Sägewerks, wo sie sich auf eine der ausgedienten Walzen setzte. Zwei Sanitäter standen neben ihren Fahrzeugen und unterhielten sich. Etwas abseits standen drei Polizisten zusammen. Niemand registrierte es, als Line die Kamera auf die Seitentür des Kastenwagens richtete und heranzoomte. Bis zum nächsten Pressetermin waren es noch fünfzehn Minuten. Die Schiebetür müsste sich bald öffnen. Das würde ihr die Möglichkeit geben, zu sehen, was sich dort drinnen abspielte.

Die Kamera lief. Line verdeckte das rote Licht mit der Hand. Für jeden anderen würde es aussehen, als ob sie sich die früher am Tag gemachten Aufnahmen ansah.

Nach zehn Minuten glitt die Tür auf. Zusammen mit Nils Hammer und Adrian Stiller stieg ihr Vater aus dem Wagen. Sie standen vor der Türöffnung und versperrten die Sicht. Das Kameradisplay war ohnehin zu klein, um Einzelheiten erkennen zu können, doch die Einrichtung erinnerte sie an den Regiebus einer Fernsehstation.

Dann wurde die Tür wieder zugezogen. Die drei Männer blieben davor stehen und unterhielten sich leise, ehe ihr Vater sich in Bewegung setzte, um vor die Presse zu treten.

18

Noch während des zweiten Pressebriefings fing es an zu regnen. Kleine feine Tropfen benetzten das Blatt, auf dem Wisting sich Stichwörter notiert hatte.

Er verkündete zunächst, dass die Jagd nach Tom Kerr fortgesetzt werde. Dann nannte er Zahlen und Einzelheiten zu den unterstützenden Einheiten und Mannschaften und informierte die Journalisten über den Zustand der verletzten Polizeibeamten.

»Ganz offensichtlich hat Tom Kerr bei seiner Flucht Hilfe bekommen«, fuhr er fort. »Die Aktion war exakt vorausgeplant, was sich unter anderem dadurch gezeigt hat, dass eine Waffe für ihn im Gelände deponiert wurde. Wir möchten Sie daher bitten, sich bei uns zu melden, falls Ihnen in den letzten achtundvierzig Stunden irgendetwas in dieser Gegend aufgefallen sein sollte.«

»Suchen Sie jetzt nach dem Anderen?«, unterbrach ihn eine Journalistin aus der Gruppe.

»Eine durchaus naheliegende Frage«, erwiderte Wisting und nickte. »Bis jetzt liegen uns jedoch keine konkreten Informationen darüber vor, wer an der Vorbereitung der Flucht mitgewirkt haben könnte.«

Er nannte eine Telefonnummer, unter der man etwaige Beobachtungen melden konnte, und fuhr dann zügig fort, um weiteren Fragen nach Einzelheiten auszuweichen.

»Die Suche nach Tom Kerr dauert noch einige Stunden an und wird zudem ausgeweitet. Womöglich hat Kerr die

Gegend schon verlassen. Es wurden mehrere Boote gesichtet, weswegen wir alle Personen, die sich an der Küste vor Eftangland aufgehalten haben, bitten möchten, Kontakt zu uns aufzunehmen.«

Wisting schloss mit der erneuten Aufforderung, nicht auf eigene Faust einzugreifen, sondern die Polizei zu verständigen, falls Tom Kerr von irgendjemandem gesehen würde.

Einige Journalisten meldeten sich mit Handzeichen zu Wort. Die dringendste Frage lautete, wie es Kerr möglich gewesen sei, seine Flucht zu planen und durchzuführen. Wisting vermied eine Antwort, indem er darauf verwies, nicht an den ursprünglichen Ermittlungen zu Tom Kerr und dem Anderen beteiligt gewesen zu sein, weshalb er sich nur zu der laufenden Suchaktion äußern könne.

Da der Regen stärker wurde, beendete Wisting den Pressetermin und ging zurück zu Stiller und den anderen. Line hatte sich wieder in seinen Wagen gesetzt. Die Scheiben beschlugen immer mehr. Er ging vorbei, ohne mit ihr zu reden.

»Sehr schön«, sagte Stiller, als Wisting wieder in den grauen Kastenwagen stieg.

Einer der Bildschirme zeigte einen Beitrag vom Nachrichtenkanal, der das Pressebriefing live übertragen hatte.

»Sie hätten Line nicht für diesen Auftrag auswählen dürfen«, sagte Wisting und setzte sich.

»Sie ist sehr tüchtig«, wandte Stiller ein. »Wir haben sie schon mehrfach beauftragt. Sie weiß genau, was wir brauchen.«

»Ihr wusstet doch, was passieren könnte«, fuhr Wisting fort. »Und trotzdem habt ihr sie in Gefahr gebracht. Auch Line hätte ein Fuß abgerissen werden können.«

Stiller schwieg. Der Regen trommelte auf das Wagendach.

»Ihr hättet einen von euren eigenen Leuten nehmen müssen«, meinte Wisting. »Nicht eine zivile Freiberuflerin. So schwierig kann das ja nicht sein, einen Typen zu filmen, der ein Grab lokalisieren soll.«

»Sie verbindet damit doch auch eigene Interessen«, rief Stiller ihm in Erinnerung. »Sie braucht die Aufnahmen für ein Filmprojekt.«

Wisting seufzte.

»Sie können sie nach Hause schicken«, sagte Wisting und deutete mit dem Kopf zur Tür. »Sie sitzt im Wagen und wartet darauf, dass etwas passiert. Sagen Sie ihr, dass der Auftrag beendet ist.«

Stillers Blick ließ keine große Begeisterung erkennen.

»Ich habe nur versucht, ihr zu helfen«, sagte er und stand auf.

Wisting schwieg und sah an seinem Gegenüber vorbei. Der rote Marker auf der Karte von Hokksund verschwand. Er war ganz kurz unsichtbar, bevor er auf der Schnellstraße wieder auftauchte.

»Sie ist losgefahren«, sagte Wisting und zeigte auf den Bildschirm. Der Marker bewegte sich langsam in Richtung Drammen. Tom Kerrs Brieffreundin war unterwegs in ihre Richtung.

Ove Hidles Handy klingelte.

»Wir haben es schon registriert«, sagte er nach einem kurzen Wortwechsel und beendete das Gespräch.

Hidle erweckte einen bisher unbenutzten Bildschirm zum Leben. »Die IP-Übertragung steht«, erklärte er und gab Nutzernamen und Passwort in ein Dialogfeld ein.

Eine Straßenansicht tauchte auf dem Bildschirm auf.

»Von der Dashboardcam des Überwachungswagens«, erklärte Stenberg. »Live-Übertragung.«

»Wird das auch aufgezeichnet?«, wollte Stiller wissen.

»Sobald sich im Bild etwas bewegt, wird es gespeichert«, versicherte Stenberg.

Wisting richtete sich auf. Diese Art von Live-Überwachung hatte er noch nie miterlebt. Er war es gewohnt, dass die Beobachtungsfahrzeuge ihre Positionen über Funk durchgaben und er selbst die Bewegungen auf einer Karte nachvollziehen musste. In den letzten Jahren hatte es auch bei der Polizei eine erhebliche Weiterentwicklung der technischen Methoden gegeben. Die ganze Behörde veränderte sich. In vielerlei Hinsicht war die Polizei jetzt besser und moderner ausgestattet, bei den Themen Transparenz und Kontrolle durch die Öffentlichkeit hingegen war nur wenig geschehen.

»Lone Mellberg liegt zwei Fahrzeuge vor unserem Wagen«, erklärte Stenberg und zeigte auf einen älteren grauen Ford.

Die Aufnahmen waren scharf, und Wisting konnte das Nummernschild des Autos direkt vor dem Beobachtungswagen lesen.

Stenberg gab über die Tastatur ein paar Kommandos ein und aktivierte den Lautsprecher. Plötzlich konnte man Musik aus einem Autoradio und Verkehrslärm im Hintergrund hören.

»Hört ihr uns?«, fragte er.

Die Musik aus dem Radio verstummte.

»Wir sind hier«, bestätigte eine Frau.

»Irgendwelche Meldungen?«

»Wir haben Infos von Autopass bekommen«, erwiderte die verdeckte Ermittlerin im Überwachungsfahrzeug. »Der Wagen hat in der letzten Woche keine Mautstation in eurer Gegend passiert.«

Stenberg drehte sich zu Wisting um. »Lone Mellberg hat kein eigenes Auto. Die Kiste, die sie da fährt, ist auf ihren Vater zugelassen. Ob sie noch andere Fahrzeuge zur Verfügung hat, wissen wir nicht.«

»Aber es gibt keinen Hinweis, dass sie letzte Nacht hier

gewesen sein und alles vorbereitet haben könnte?«, fasste Wisting zusammen.

Stiller nickte. »Allerdings ist sie die Letzte, die Tom Kerr im Gefängnis besucht hat. Sie kann das Bindeglied zwischen Tom Kerr und dem Anderen gewesen sein und hat vielleicht Nachrichten zwischen den beiden hin- und hergeschmuggelt. Dabei musste sie nicht mal wissen, worum es ging.«

Der Überwachungswagen fuhr durch einen Kreisverkehr und passierte die Gemeindegrenze nach Nedre Eiker.

»Falls sie hierherkommt, dürfte sie in etwa anderthalb Stunden da sein«, schätzte Wisting. »Wenn es dunkel ist.«

Alle blieben vor dem Bildschirm sitzen und verfolgten die Bewegung der Fahrzeuge. Viel mehr gab es momentan nicht zu tun. Wisting überkam erneut diese innere Unruhe. Er musste zurück an seinen Schreibtisch, sich einen Überblick verschaffen und mit der taktischen Arbeit beginnen.

Die Zielperson und ihre Verfolger fuhren am Drammenselv entlang, durch Mjøndalen und hinein in den Strømsåstunnel. Nach einer Viertelstunde bogen sie auf die E18 in südliche Richtung ab.

»Sie kommt hierher«, kommentierte Stiller.

Wisting sah auf die Uhr. Der ehemalige Ermittlungsleiter im Fall Tom Kerr würde bald eintreffen. Außerdem hatte Wisting noch etwas anderes vor.

»Ich fahre ins Präsidium«, verkündete er und sah Stiller dabei an. »Semmelmann ist bald da. Ich brauche sämtliche Unterlagen über Tom Kerrs Besucher im Gefängnis.«

Stiller reichte ihm eine Mappe. Wisting erhob sich und öffnete die Schiebetür.

»Wir machen das nächste Pressebriefing bei uns im Polizeigebäude«, sagte er. »Damit kriegen wir die Journalisten aus dieser Gegend weg.«

»Ich komme mit«, erklärte Hammer.

Stiller nickte. »Und was ist mit Line?«

Wisting stieg aus. Regentropfen trafen auf sein Gesicht.

»Machen Sie sich keine Gedanken«, sagte er. »Ich fahre sie nach Hause.«

19

Das Regenwasser auf der Frontscheibe ließ alles außerhalb des Wagens undeutlich erscheinen. Line beugte sich zur Fahrerseite hinüber, startete den Motor und ließ Scheibenwischer und Heizung laufen. Automatisch schaltete sich das Radio ein.

Sie saß im Wagen und wartete. Nichts passierte, und die Passivität machte sie ungeduldig.

Vor einer Viertelstunde war ein Fahrzeug mit Essen und heißen Getränken gekommen. Abgesehen davon war alles ruhig gewesen.

Line nutzte die Zeit, um sich per Handy im Internet zu informieren, aber auch die Online-Ausgaben der Zeitungen hatten nichts Neues zu berichten.

Vor lauter Rastlosigkeit begann sie, mit den Füßen auf den Boden zu trommeln. In einer guten Stunde würde es dunkel sein. Sie erwog, ein wenig durch die Gegend zu fahren, um vielleicht eine Polizeistreife auf der Jagd nach Tom Kerr vor die Kamera zu bekommen. *VG* hatte gerade ein Foto von zwei Polizisten in einem Bootshaus am Viksfjord online gestellt. Line kannte den Weg dorthin.

Sie war eben ausgestiegen, um zur Fahrerseite hinüberzuwechseln, als die Schiebetür des grauen Kastenwagens geöffnet wurde. Nils Hammer und ihr Vater stiegen aus, kamen zu ihr herüber und setzten sich in den Wagen.

»Gibt's was Neues?«, fragte sie.

Ihr Vater schüttelte den Kopf.

»Hammer und ich fahren zurück ins Hauptquartier und arbeiten von dort aus«, sagte er. »Aber erst mal fahre ich dich nach Hause.«

Der Wagen holperte über ein paar Grasbüschel, nachdem Wisting ihn in Bewegung gesetzt hatte.

»Wir können deinen Wagen morgen von der Kripo abholen«, fuhr er fort. »Ich muss sowieso noch zum Gefängnis, um Kerrs Zelle zu durchsuchen und mit den Angestellten zu sprechen.«

Line schnallte sich an.

»Fein«, sagte sie.

Sie schwiegen, während sie durch den Wald fuhren. Der Wagen wurde an beiden Absperrposten ohne Kontrolle des Kofferraums durchgewinkt.

»Glaubt ihr, dass er entkommen konnte?«, fragte Line, als sie sich der Stadt näherten.

Ihr Vater schaute in den Rückspiegel und wechselte einen Blick mit seinem Kollegen Hammer.

»Alles war doch so gut geplant«, fuhr Line fort. »Wäre doch eher verwunderlich, wenn er sich kein Auto oder Boot organisiert hätte.«

»Das sind reine Spekulationen«, erwiderte ihr Vater.

Line wechselte ihre Sitzposition. »Aber gesetzt den Fall, was würde er dann machen? Wo würde er hinfahren? Wo könnte er sich verstecken?«

»Ich weiß es nicht«, meinte ihr Vater. »Jedenfalls noch nicht.«

»Hatte die Polizei denn keinerlei Verdacht, wer der Andere sein könnte?«

Wisting atmete hörbar aus.

»Ich treffe mich gleich mit dem damaligen Ermittlungsleiter«, sagte er. »Aber ich fürchte, er wird mir auch keinen Namen nennen können.«

Line bekam eine SMS von Adrian Stiller.

Tut mir leid, dass der Auftrag heute so abrupt beendet wurde und wir keine Zeit hatten, über Ihr Filmprojekt zu sprechen, schrieb er. *Wir müssen das nachholen. Ich werde schauen, ob ich weiteres Material auftreiben kann.*

Line kam es so vor, als läge noch etwas zwischen den Zeilen. Eine Art Einladung.

Was läuft eigentlich gerade?, schrieb sie zurück, bekam aber keine Antwort.

Der Wagen hielt in der Straße, wo sie wohnte.

»Was ist mit Amalie?«, fragte ihr Vater.

»Ich kümmere mich schon um sie«, versicherte Line. »Danke fürs Mitnehmen.«

Line stieg aus und ging zu ihrem Haus. Hammer setzte sich nach vorn, und der Wagen fuhr weiter. Eigentlich müsste sie jetzt Amalie abholen. Noch war es nicht zu spät, um mit dem Fahrrad zu Sofie zu fahren, aber erst musste sie ihre Gedanken ordnen. Sie wollte in ihr Arbeitszimmer, das Material sichten und sich eine neue Struktur für das Ganze überlegen.

20

Im Krankenhauskorridor war es erstaunlich ruhig. Das grelle Licht der Deckenlampen spiegelte sich im frisch gebohnerten Linoleum. Eine ältere Patientin in hellblauem Nachthemd stand über einen Rollator gebeugt da, und vor dem Stationszimmer saß ein Mann in Uniform. Frank Kvastmo war Dienstgruppenleiter und unmittelbarer Vorgesetzter der verletzten Polizeibeamten.

Er erhob sich von seinem Stuhl, als er Wisting und Hammer näher kommen sah.

»Wie geht's denn den Kollegen?«, fragte Wisting.

»Tore Bergstrand liegt im Ullevål-Krankenhaus«, erklärte Kvastmo. »Er wird gerade operiert. Die Ärzte glauben, dass sie sein Bein retten können. Ich fahre morgen zu ihm.«

»Und was ist mit den anderen?«

»Jensen, Ranvik, Otnes und Ramsland haben nur kleinere Verletzungen erlitten und wurden schon wieder entlassen. Heute Abend gibt es ein kurzes Debriefing, dann sind die morgen vermutlich wieder einsatzfähig. Emil Soffer und Maren Dokken liegen noch hier auf der Station. Soffer hat gerade Besuch von seiner Frau. Ich warte darauf, dass sie wieder rauskommt. Er hat innere Verletzungen davongetragen, weswegen sie ihn ein paar Tage hierbehalten wollen.«

»Und Maren Dokken?«

»Die hat ein paar Sehnenrisse in der Schulter«, erklärte Kvastmo. »Sie ist schon operiert, aber wird wohl eine längere Reha brauchen, bis sie wieder einsatzfähig ist.«

»Wo ist sie denn jetzt?«, fragte Wisting und blickte in den Korridor.

»Im Aufwachraum. Es heißt, dass sie vielleicht schon morgen entlassen werden kann.«

»Ich kannte ihren Großvater«, sagte Wisting. »Ove Dokken. Er war Leiter des Streifendienstes, als ich bei der Polizei anfing.«

»Den Namen hab ich schon mal gehört«, meinte Kvastmo und nickte.

»Kümmert sich ihre Familie um sie?«

»Die Eltern sind als die nächsten Angehörigen aufgeführt. Sie wissen Bescheid, kommen aber erst in zwei Tagen von einer Urlaubsreise nach Singapur zurück.«

Ein Pfleger kam aus einem der Zimmer und eilte an ihnen vorbei.

»Gibt es was Neues zu Kerr?«, wollte Kvastmo wissen. »Oder zu dem Anderen?«

Wisting schüttelte den Kopf.

Kvastmo warf einen Blick auf das nächstgelegene Patientenzimmer.

»Nichts, was ich denen erzählen kann?«

»Noch nicht«, erwiderte Wisting.

21

Ein Mann Anfang fünfzig mit dichtem grauem Haar und Bart stand mit einer Zigarette im Mund vor dem Polizeigebäude.

Wisting bog auf den Parkplatz ein und stellte den Wagen neben einen alten, leicht verbeulten und zerkratzten Passat, ein ziviles Polizeifahrzeug.

Der Mann nahm die Zigarette aus dem Mund und zerdrückte die Glut zwischen Daumen und Zeigefinger.

»Ist schon geschlossen?«, fragte er.

»Der Publikumseingang macht um drei Uhr zu«, bestätigte Wisting und streckte zur Begrüßung die Hand aus. »Idar Semmelmann?«

Der andere nickte.

»Kommen Sie mit«, sagte Wisting und deutete auf den Personaleingang an der Seite des Gebäudes.

Idar Semmelmann öffnete die Heckklappe seines Wagens, warf sich eine Computertasche über die Schulter und zog einen Pappkarton heraus, über dessen Rand eine lange Papierrolle herausragte. Dann folgte er Wisting und Hammer ins Gebäude und in den großen Besprechungsraum.

Wisting setzte Kaffee auf und berichtete in kurzen Zügen, wie es Tom Kerr gelungen war zu entkommen. Dann trat er an die Tür, blickte auf den Gang hinaus und schloss sie vorsichtshalber.

»Die Kripo hat ihm vor dem Ortstermin zwei Wanzen verpasst«, fuhr er fort. »Eine im Schuh und die andere am Gürtel. Wir wissen, wo er sich aufhält.«

Semmelmann hob eine Augenbraue.

»In einer Hütte auf der anderen Seite der Halbinsel«, erklärte Wisting. »Jemand hat ihm bei der Flucht geholfen, und wir glauben, dass er nun darauf wartet, von jemandem abgeholt zu werden.«

»Sie glauben also, dass er auf den Anderen wartet«, fasste Semmelmann zusammen.

Wisting schenkte Kaffee in eine Tasse und reichte sie dem Kollegen.

»Ich warte nur ungern«, sagte Wisting.

Er warf einen Blick auf den Karton mit den Ermittlungsunterlagen, den Semmelmann auf den Tisch gestellt hatte.

»Ich will wissen, wer der Andere ist«, fügte Wisting hinzu. »Und zwar jetzt.«

Nils Hammer hatte sich inzwischen in den PC eingeloggt, der mit einem großen Bildschirm verbunden war. Er hatte die IP-Adresse des Überwachungsfahrzeugs bekommen und gab jetzt das Passwort ein, was den Zugang zur verschlüsselten Übertragung erlaubte.

»Ist Ihnen der Name Lone Mellberg aus Hokksund im Kontext dieses Falls ein Begriff?«, fragte er.

Semmelmann schüttelte den Kopf und spähte auf den großen Bildschirm.

»Wer ist das?«, fragte er.

»Die letzte Person, die Tom Kerr im Gefängnis besucht hat«, erklärte Wisting.

Die Landschaft, die außerhalb des Überwachungswagens auf dem Bildschirm zu sehen war, kam Wisting sehr bekannt vor. Die verdeckten Ermittler hatten soeben Tønsberg passiert.

»Sie befindet sich auf dem Weg hierher«, sagte Hammer und zeigte auf Lone Mellbergs grauen Ford. »Wir sind an ihr dran.«

»Ich wüsste nicht, dass ich den Namen schon mal gehört hätte«, meinte Semmelmann.

Er zog die Papierrolle aus dem Karton, breitete sie auf dem Tisch aus und stellte leere Kaffeetassen auf jede Ecke, damit sich das Blatt nicht wieder zusammenrollte.

In der Mitte des Schaubilds befand sich ein Foto von Tom Kerr. Um ihn herum waren mehrere kleinere, mit Namen versehene Fotos angeordnet. Es handelte sich um eine Art Beziehungsdiagramm, auf dem alle Personen verzeichnet waren, die irgendeine Verbindung zu Tom Kerr hatten. Die Fotos in seiner näheren Umgebung zeigten Personen, die engen Kontakt mit ihm hatten. Die weiter an der Peripherie eingezeichneten Personen waren nicht mit Fotos, sondern nur namentlich vertreten.

»Das Diagramm wurde vor etwa vier Jahren erstellt«, erklärte Semmelmann. »Es umfasst etwa siebenhundert Namen von Menschen, mit denen Tom Kerr in irgendeiner Beziehung stand. Familie, ehemalige Arbeitskollegen, Schulkameraden, Jugendfreunde, andere Kriminelle, mit denen zusammen er im Gefängnis gesessen hat. Alle, die wir ausfindig machen konnten, sind hier aufgeführt.«

Er zog ein Laptop aus der Tasche.

»Sie sind in einer Datenbank erfasst«, fuhr er fort. »Ich suche diese Mellberg mal.«

Wisting betrachtete das Schaubild und fragte sich, wie viele Menschen wohl seinen eigenen Weg gekreuzt hatten und ob es möglich wäre, ein solches Diagramm all seiner Beziehungen anzufertigen. Vermutlich nicht.

Direkt neben Tom Kerr befand sich ein Foto seines Bruders Jon Kerr. Daneben war ein glatzköpfiger Mann mit dem Namen Stig Skarven zu sehen.

»Wer ist das?«, fragte Wisting und zeigte auf das Foto.

»Ein Arbeitskollege bei Pool Partner«, erwiderte Semmelmann. »Die beiden haben sich gemeinsam um Verkauf und Wartung von Schwimmbecken gekümmert. Eine Weile war Skarven sehr interessant für uns. Bevor er bei Pool Partner anfing, hatte er als Betriebsleiter für drei Schwimmhallen in Bærum gearbeitet, wurde aber wegen ungebührlichen Betragens entlassen. Er hatte nämlich auffallend viel in der Damenumkleide zu tun, während sich dort gerade Frauen umzogen. Allerdings hat er ein Alibi für die Nacht, in der Tom Kerr verhaftet wurde und sein Hof abgebrannt ist. Das Datenprotokoll seines Internetrouters zeigte, dass er zu Hause in Asker war.«

»All diese Personen sind also als Verdächtige ausgeschieden?«, fragte Wisting und deutete auf das Beziehungsdiagramm.

»Das kann man so nicht sagen, aber wir haben mit allen gesprochen«, erwiderte Semmelmann. »Ohne dass es uns dem Anderen auch nur einen Schritt näher gebracht hätte.«

Er konzentrierte sich auf den Bildschirm seines Laptops.

»Eine Lone Mellberg gibt es hier nicht«, erklärte er.

»Die beiden haben ihren Briefwechsel vor etwa drei Jahren begonnen«, meinte Hammer. »Also nachdem dieses Diagramm entstanden ist.«

Semmelmann nickte. Er gab ihren Namen in die Datenbank ein und fügte eine Indexnummer hinzu, die sie dem inneren Kreis um Tom Kerr zuordnete.

»Gibt es vielleicht andere in ihrer Datenbank, die Mellberg heißen?«, fragte Wisting.

Das Suchergebnis in der Datenbank fiel negativ aus.

»Es gibt aber jemanden, der im selben Ort wohnt wie sie«, fuhr Semmelmann fort. »Rune Ness aus Hokksund. Er und Kerr gingen in dieselbe Grundschulklasse. Der steht irgendwo ganz am Rand der Karte.«

Wisting zog die Mappe mit den Unterlagen heran, die

er von Stiller bekommen hatte, und blätterte darin. »Ich habe hier noch einen anderen Namen, Floyd Thue«, sagte er schließlich. »Vom Besuchsdienst beim Roten Kreuz. Nur er, Kerrs Bruder und Lone Mellberg haben Tom Kerr im Gefängnis besucht.«

Semmelmann gab den Namen ein.

»Ich habe hier zwar einen Floyd, der heißt aber nicht Thue.«

Wisting setzte sich und blickte auf den großen Bildschirm. Der Wagen der verdeckten Ermittler passierte gerade die Abfahrt nach Sandefjord.

»Sie kommen näher«, meinte Hammer.

22

Semmelmann legte vier Ordner auf den Tisch. Einen für jedes von Tom Kerrs Opfern. Thea Polden und Salwa Haddad – die beiden Mordfälle, für die er verurteilt worden war. Taran Norum – der Fall, bei dem das Opfer nie gefunden wurde. Und Freja Bengtson – der Fall, bei dem das Opfer entkommen konnte.

»Unsere Arbeitsweise bestand darin, dass wir rückblickend versucht haben, Tom Kerrs Bewegungen im Vorfeld jeder Tat zu rekonstruieren, um so herauszufinden, mit wem er Kontakt gehabt haben könnte«, erläuterte der ehemalige Ermittlungsleiter. »Irgendwo muss es einen Schnittpunkt mit den Bewegungen des Anderen gegeben haben. Einen Ort, wo sie sich getroffen oder ein Treffen vereinbart haben. Wir hatten am Ende zwar viele Namen, aber leider keine Verknüpfung.«

»Was ist mit telefonischen Kontakten?«, fragte Hammer.

»Telefon, E-Mail und weitere elektronische Kommunikation haben wir natürlich berücksichtigt«, bestätigte Semmelmann. »Aber da gab es nichts zu holen.«

»Er könnte sich ja ein Handy nur zu diesem Zweck angeschafft haben«, mutmaßte Hammer.

Semmelmann nickte. »Wir sind davon ausgegangen, dass die Kommunikation zwischen Kerr und dem Anderen über gesonderte Handys ablief«, sagte er. »Kerr wohnte ja ziemlich abseits. Es gab im Prinzip nur zwei Basisstationen, über die Gespräche von seinem Bauernhof hätten registriert werden können. Wir haben dann jeweils rückblickend drei Tage vor den Entführungen alle registrierten Gespräche von den Basisstationen abgerufen.« Er klopfte mit dem Zeigefinger auf sein Laptop, wie um anzudeuten, dass die Informationen darauf zu finden waren. »Die Daten wurden analysiert, ohne dass wir dahinterkommen konnten, welchen Anschluss er tatsächlich benutzt hat.«

»Bekomme ich einen Zugang zu der Datenbank?«, fragte Wisting und zeigte auf das Laptop.

»Ich schicke Ihnen den Link und das Passwort.«

»Sie fährt von der E18 ab«, informierte Hammer die anderen.

Wisting schaute auf den Bildschirm. Der Wagen von Lone Mellberg fuhr von der Hauptstraße ab und weiter in Richtung Larvik. Die Verfolger blieben ihr dicht auf den Fersen. Mellberg fuhr so, als wüsste sie genau, wohin sie wollte. Sie durchquerte zwei Kreisverkehre und fuhr über den Elvevei am Lågen entlang.

Hammer drehte sich zu den anderen um.

»Sie fährt zu ihm«, konstatierte er.

Wisting rief Stiller an.

»Seht ihr das Gleiche wie wir?«, fragte er.

»Sie ist auf dem Weg hierher«, bestätigte Stiller.

»Und was habt ihr jetzt vor?«

»Die Kontrollposten wurden instruiert, sie genau auszufragen, sofern sie auftauchen sollte«, erklärte Stiller. »Sie werden sie darüber informieren, dass die Straße bis 21 Uhr gesperrt ist. Bis dahin brauchen wir uns nur an sie dranzuhängen. Dann werden wir schon sehen, was sie macht.«

Wisting erörterte noch ein paar praktische Dinge fürs nächste Pressebriefing, während er gleichzeitig die live gesendeten Bilder des Überwachungsfahrzeugs im Auge behielt. An der Mündung des Lågen ging die Fahrt über die Gloppebrücke in östliche Richtung weiter, auf Sandefjord und Eftang zu.

Wisting beendete das Telefonat und wandte sich wieder an Semmelmann. »Was ist mit dem Wagen, mit dem sie Freja Bengtson entführen wollten?«

»Komplett ausgebrannt«, erklärte der ehemalige Ermittlungsleiter und zog eine Mappe mit Fotos hervor. »Der Lieferwagen gehörte zum Inventar, als Tom Kerr den Hof von seinem Onkel übernommen hat. Er wurde allerdings nicht umgemeldet, sondern mit gestohlenen Nummernschildern von einem typgleichen Fahrzeug versehen.«

Semmelmann nahm einen weiteren Ordner zur Hand und blätterte darin herum, bis er einen Ausdruck fand.

»Wir haben Informationen von Autopass über die Mautschranken, die er passiert hat. Wie es aussieht, haben sie dem Wagen jedes Mal neue Schilder verpasst, bevor sie damit unterwegs waren. Zweimal wurden Nummernschilder von typgleichen Autos als gestohlen gemeldet, jeweils in der Nähe von Orten, wo Tom Kerr mit irgendwelchen Schwimmbecken beschäftigt war.«

Zwischen dem Überwachungswagen und Lone Mellbergs Auto befand sich derzeit nur ein anderes Fahrzeug. Die Fahrt ging weiter über die alte Küstenstraße Richtung Sandefjord.

»In fünf Minuten dürfte sie den äußeren Absperrring erreicht haben«, meinte Wisting.

Semmelmann lehnte sich auf seinem Stuhl zurück. Niemand sagte etwas. Alle hielten den Blick auf den Bildschirm gerichtet.

Der graue Ford bog von der Landstraße ab und reihte sich in die Warteschlange vor dem Kontrollposten ein. Da sich immer noch ein Fahrzeug zwischen ihr und den Verfolgern befand, war die Sicht etwas eingeschränkt. Als Lone Mellberg an die Reihe kam, sprach sie eine ganze Weile mit den Polizisten an der Absperrung, bevor sie schließlich wendete. Als sie an ihren Verfolgern vorbeikam, konnten sie einen Blick auf sie erhaschen. Sie hatte ein rundes Gesicht und trug eine Ponyfrisur.

»Lassen sie sie einfach davonfahren?«, fragte Semmelmann, als der Wagen mit den verdeckten Ermittlern in der Schlange stehen blieb.

»Die können sie auch elektronisch orten«, erklärte Hammer. »Das wird schon wieder.«

Wisting beugte sich erneut über das Beziehungsdiagramm.

»Wer von denen ist Ihr Kandidat?«, fragte er.

Semmelmann bewegte den Kopf unschlüssig hin und her.

»Es gibt keinen offensichtlichen Kandidaten«, erwiderte er. »Aber es gibt eine interessante Person, die hier nicht aufgeführt ist.«

»Was sagen Sie da?«

»Als Tom Kerr den Bauernhof übernommen hat, soll sich da ein Osteuropäer aufgehalten haben. Das ist zwar schon eine ganze Weile her, aber wir haben die Information von drei verschiedenen Quellen. Zum letzten Mal wurde er ungefähr achtzehn Monate vor Thea Poldens Verschwinden beobachtet. Damals wurde ein neuer Stromzähler im Hauptgebäude installiert. Ein Ausländer hat dem Monteur die Tür geöffnet.«

»Haben Sie nicht nach ihm gefahndet?«

»Wir haben das erwogen und versucht, eine Phantomzeichnung anfertigen zu lassen, aber die Beschreibung war zu schlecht. Keiner von den dreien, die ihn gesehen haben, glaubt, dass er ihn wiedererkennen würde. Wir wissen nicht mal, von welcher Nationalität hier die Rede ist.«

»Gibt's hier keine Osteuropäer?«, fragte Wisting und deutete auf das Diagramm.

»Zweiundzwanzig sogar«, erwiderte Semmelmann. »Hauptsächlich Männer, die er im Gefängnis kennengelernt hat. Die wurden natürlich alle überprüft, aber keiner von ihnen kam als Kerrs Helfer infrage. Die waren zu dem Zeitpunkt entweder im Knast oder im Ausland oder hatten ein anderes Alibi. Und keiner von denen ist jemals zu Hause bei Kerr gewesen.«

»Was hat er denn selbst dazu gesagt? In der Vernehmung?«

»Er bestreitet es.«

Wistings Telefon klingelte. Wieder war es Stiller.

»Lone Mellberg wurde eben am Kontrollposten angehalten«, sagte er.

Wisting sah auf den Bildschirm. Der Überwachungswagen war wieder in Bewegung, Lone Mellbergs grauer Ford war allerdings nicht zu sehen.

»Sie konnte ihr Anliegen nicht plausibel erklären«, fuhr Stiller fort. »Als sie gesagt hat, dass sie einfach ein bisschen mit dem Wagen herumfährt, wurde sie abgewiesen. Sie hat behauptet, Kerr nicht zu kennen und nichts mit ihm zu tun zu haben, als man ihr ein Foto von ihm gezeigt hat.«

»Also hat sie gelogen?«

»Jedenfalls hat sie nichts davon gesagt, dass sie ihn im Gefängnis besucht hat.«

»Wo ist sie jetzt?«

»An einer Tankstelle an der Gemeindegrenze zu Sandefjord. Die Kollegen am Kontrollposten haben gesagt, dass die Straße gegen neun wieder freigegeben wird.«

Wisting widmete sich erneut den Ordnern, die Semmelmann mitgebracht hatte. Am interessantesten fand er die Geschichte von Freja Bengtson. In einer Mappe befanden sich Informationen über Tom Kerrs Hof in der Østmarka. Landkarten, Grundstückspläne und Fotos von dem Brand. Scheune und Wohnhaus waren komplett abgebrannt.

Die Flammen hatten sich in aller Ruhe ausbreiten können.

Das Feuer war erst relativ spät gemeldet worden, außerdem wurden die Löschmannschaften aufgehalten, weil ein Viehgitter entfernt worden war, das normalerweise quer über der Straße lag. Die Feuerwehr musste erst Bretter über den Graben legen, bevor das Löschfahrzeug weiterfahren konnte. Auf einem der Fotos war eine Kette zu sehen, mit deren Hilfe der Lieferwagen das Viehgitter offenbar zweihundert Meter bis zur Scheune geschleift hatte.

»Wirkt alles sehr durchdacht«, meinte Wisting. »Gut geplant. Wie die heutige Flucht.«

»In der Gebäuderuine wurden Überreste von insgesamt zwölf Benzinkanistern entdeckt«, ergänzte Semmelmann. »Außerdem war an mehreren Stellen im Haus und in der Scheune Dynamit ausgelegt. Der Brandstifter hat offenbar damit gerechnet, dass es einmal nötig sein könnte, alle Spuren zu beseitigen.«

Er zog die Mappe zu sich heran und blätterte bis zu einer Seite mit Fotos von einem ausgebrannten Raum im Keller des Wohnhauses, vielleicht ein ehemaliger Waschraum. Nun lagen überall Dachziegel und Mauerwerk herum. Sogar ein Holzofen aus Gusseisen war aus dem darüberliegenden Stockwerk hinuntergestürzt.

»Wir glauben, dass sie hier gefangen gehalten wurden«, erklärte Semmelmann und blätterte zur nächsten Seite.

Der Kellerraum war offenbar geleert worden. Übrig gebliebenen waren nur eine Waschmaschine in der Ecke und das Skelett eines Eisenbettes. Die nächsten Bilder zeigten Detailaufnahmen von versengten Handschellen, Ketten und Vorhängeschlössern. Auch Sägen, Messer und andere Schneidewerkzeuge waren gefunden worden.

»Alles andere wurde bei dem Brand zerstört?«, fragte Wisting. »Also keine weiteren Spuren?«

»Es konnte Blut von den Opfern nachgewiesen werden«,

erwiderte Semmelmann und blätterte zur Aufnahme eines Ausgusses im Kellerfußboden.

»Aber nichts, was auf den Anderen hinweist?«

»Vermutlich hat er sich per Motorrad abgesetzt«, meinte Semmelmann. »Es wurden Reifenspuren auf einem Weg gefunden, den er benutzt haben muss, um am Viehgitter vorbeizukommen.«

Er blätterte weiter, konnte das Bild aber nicht finden.

»Alles ist in der Datenbank verzeichnet«, meinte er und deutete auf sein Laptop. »Können Sie sich alles anschauen.«

Die Ermittler diskutierten die verschiedenen Aspekte der Fälle. Theorien, Möglichkeiten, Analysen und Hypothesen, die man bis jetzt in Betracht gezogen hatte.

»Haben Sie es mit einem Psychiater versucht, der ein Täterprofil erstellt?«, fragte Hammer.

»Auch das haben wir probiert«, gab Semmelmann zurück. »Aber dabei sind nur Binsenweisheiten herausgekommen. Dass es sich beim Täter um einen Mann mit übersteigertem Selbstbewusstsein und mangelnder Empathie handelt. Solche Dinge.«

»Ein Psychopath?«, mutmaßte Hammer.

Semmelmann schüttelte den Kopf.

»Eher das Gegenteil. Ein Psychopath wird von Impulsen gesteuert. Er sieht nur den unmittelbaren Nutzen oder zieht direkte Befriedigung aus dem, was er tut. Die Psychiater meinen, dass der Andere strategisch und kreativ vorgeht und über eine hohe Intelligenz verfügt, was ihn dazu befähigt, langfristige Konsequenzen zu überblicken.«

»Und so jemand findet sich nicht in Kerrs Umgebung?«, fragte Wisting mit Blick auf das Beziehungsdiagramm.

»Da gäbe es einige«, erwiderte Semmelmann. »Am interessantesten erscheint mir einer, der mit Tom Kerr aufgewachsen ist. Reino Lystad.«

Er beugte sich über die Karte und suchte nach dem Namen, fand ihn aber nicht auf Anhieb.

»Reino Lystad war norwegischer Schachmeister«, fuhr er fort. »Aber die Beziehung zwischen den beiden war nicht positiv. Tom Kerr hat Lystads Katze gefoltert und getötet, als er zwölf war.«

Wisting entdeckte den Namen. Auf dem Foto war Reino Lystad ein erwachsener Mann mit dünnem Haar und Geheimratsecken. Das Foto war offenbar während eines Schachturniers aufgenommen worden.

Er erhob sich und sah auf die Uhr.

»Ich muss die Polizeipräsidentin anrufen«, entschuldigte er sich.

Dann ging er in sein Büro und rief Agnes Kiil an, um sie auf den aktuellen Stand zu bringen.

»Stenberg von der Bereitschaftstruppe hat uns eben einen Lagebericht gegeben«, sagte sie. »Falls im Laufe der Nacht nichts passiert, gehen seine Leute bei Sonnenaufgang rein.«

»Um sechs«, präzisierte Wisting. »Vermutlich ist bis dahin schon längst etwas geschehen, aber wir müssen einen Zeitrahmen für die Beendigung der Aktion abstecken. Die Mannschaften brauchen Ruhe und müssen ausgewechselt werden.«

»Was ist mit Lone Mellberg?«

»Die schnappen wir uns zur selben Zeit.«

Sie einigten sich auf die Schwerpunkte des nächsten Pressebriefings, das Wisting übernehmen sollte. Die personelle Kontinuität sei wichtig, behauptete die Polizeipräsidentin. In Wirklichkeit ging es darum, die Verantwortung auf jemand anderen abzuwälzen. Der Polizei war ein Fehler unterlaufen, und Tom Kerr war geflohen. Niemand von der Anklagebehörde wollte mit dieser Information vor die Presse treten. Wäre Kerr hingegen schon wieder eingefangen worden, hätte sich bestimmt einer der Polizeijuristen den Fragen der Journalisten gestellt. Und falls es ihnen gelingen sollte, auch den Anderen festzunehmen, würde die Polizeipräsidentin höchstpersönlich zu den Medien sprechen.

Um 21:30 Uhr ging Wisting hinunter ins Foyer des Polizeigebäudes, wo das Pressebriefing stattfinden sollte. Die meisten Journalisten hatte er schon bei den Terminen in Eftang gesehen, aber es waren auch ein paar neue hinzugekommen.

Inzwischen waren zehn Stunden seit Kerrs Flucht vergangen. Wisting eröffnete das Pressebriefing mit der Mitteilung, dass Kerr nach wie vor nicht gefasst worden sei.

»Wir werden die Aktion in unserem bis dato primären Suchgebiet in Kürze abschließen«, fuhr er fort. »Es handelt sich dabei um ein Gebiet, das im Norden, Süden und Westen an das Meer grenzt und im Osten an eine Landstraße. Wir haben alle Garagen, Schuppen, Bootshäuser und andere Gebäude untersucht, mit allen Ortsansässigen gesprochen und das Gelände mit Wärmebildkameras überflogen. Leider ohne Erfolg. Wir haben Grund zur Annahme, dass Tom Kerr bereits vor Beginn des umfassenden Polizeieinsatzes die Gegend verlassen hat. Kontrollposten und Straßensperren sind aufgelöst, und wir leiten nun eine neue und operativ ruhigere Phase ein.«

Nie zuvor war Wisting gezwungen gewesen, die Presse auf diese Weise an der Nase herumzuführen. Obwohl es ihn quälte, verhielt er sich so, wie sie es abgesprochen hatten. Er setzte die Journalisten davon in Kenntnis, dass nun ermittlungsinterne und nachrichtendienstliche Spuren verfolgt würden, berichtete, dass während der Flucht eine hochexplosive Schockgranate gezündet worden war, und schloss auch diesmal mit der Warnung, dass Tom Kerr bewaffnet und gefährlich sei.

Die Pressevertreter wollten wissen, wie nun weiter nach Tom Kerr gefahndet werde. Wisting verwies darauf, dass diese Informationen aus ermittlungstechnischen Gründen vorläufig nicht bekannt gegeben werden könnten. Stattdessen erläuterte er etwas genauer, wie die Granate explodiert war, und berichtete, dass die Polizei von der Einsatzgruppe unterstützt werde, die seinerzeit nach dem Anderen gefahndet habe. Schließlich bedankte er sich und verließ den Raum.

Jetzt konnte er nur noch abwarten.

23

Es war kurz nach Mitternacht. Fast drei Stunden waren vergangen, seit die Polizei sich offiziell aus der Gegend zurückgezogen hatte. Der graue Kastenwagen war auf dem Hof des Polizeigebäudes abgestellt worden, und Adrian Stiller und Ove Hidle waren zu Wisting in die Abteilung gekommen.

Im Laufe der letzten Stunde hatten sie die Bewegungen von Lone Mellberg verfolgt. Der Marker auf dem Bildschirm hatte ständig seine Position geändert. Er wies ein ungewöhnliches Fahrtmuster auf, ein ständiges Hin und Her auf derselben Strecke.

Wisting ging rastlos durch den Raum. Das Adrenalin war wieder auf Normalniveau, und seine Gedanken waren verlangsamt. Er wusste, dass er ein paar Stunden Schlaf brauchte. Der kommende Tag würde lang und anstrengend werden, unabhängig davon, was in der Nacht noch geschah.

Eine weitere Stunde verstrich ereignislos. Semmelmann hatte sich ein Hotelzimmer genommen, Hammer döste auf einem Stuhl. Um kurz nach zwei verkündete Wisting, dass er ein wenig schlafen werde. Er ging in das Büro von Christine Thiis, das mit einer kleinen Sitzgruppe ausgestattet war. Wisting hatte hier schon einmal geschlafen und wusste daher, wie er es sich auf dem kleinen Sofa bequem machen konnte.

Doch der Schlaf wollte sich nicht einstellen. Wisting lag da und lauschte auf Geräusche aus dem anderen Raum. Irgendwann war er anscheinend doch eingeschlafen. Als er wieder wach wurde, war sein Körper ganz steif, und er brauchte eine Weile, um sich aufzusetzen.

Draußen war es noch immer dunkel. Die Uhr zeigte kurz nach sechs. Aus dem Besprechungsraum waren Stimmen zu hören.

Wisting stand auf und ging zu den anderen.

»Sie ist in das Gebiet hineingefahren«, sagte Stiller, als Wisting eintrat, und zeigte auf den Bildschirm.

Drei rote Marker waren jetzt auf dem Kartenausschnitt zu sehen. Zwei gehörten zu Tom Kerrs Sendern und einer zum Wagen seiner Brieffreundin. Letzterer bewegte sich an der unbefestigten Straße entlang, die bei den Hütten auf der Südseite von Eftangland endete, wo Kerr ausharrte.

»Sind Stenbergs Leute bereit?«, fragte Wisting.

»Ja«, bestätigte Stiller. »Wir bekommen in Kürze Bilder.«

Lone Mellbergs Wagen würde bald an der Wiese mit dem alten Sägewerk vorbeikommen. Danach teilte sich der Weg. Der rechte führte zu Kerr.

Niemand im Raum sagte etwas. An der Weggabelung kam der Marker zum Stillstand. Dort blieb er fast eine halbe Minute, ehe er sich nach rechts weiterbewegte.

Stiller rief Stenberg von der Bereitschaftstruppe an.

»Sie werden bald Sichtkontakt haben«, gab er durch.

Die Nachricht wurde mit einem »Verstanden« sowie dem Befehl zur Funkstille quittiert.

Hidle rief ein weiteres Programm auf. Rechts auf dem Bildschirm tauchten zwei undeutliche Kamerabilder auf. Wisting erkannte kaum mehr als Schatten und verschiedene Abstufungen von Grau und Schwarz.

»Bodycam«, erläuterte Hidle und klopfte sich auf die Brust, um zu demonstrieren, wo die Kameras montiert waren.

Kurz darauf erschienen auf einem der Bilder zwei Autoscheinwerfer. Die Vegetation verdeckte einen Bereich der Kameralinse, das Bild an sich wurde jedoch schärfer, je näher der Wagen herankam. Ein paar Heckenrosen am Wegesrand wurden angeleuchtet. Der Mann mit der Kamera bewegte sich, die Sicht wurde besser. Ein weißer Lattenzaun und ein paar Gebäude wurden sichtbar.

Wisting orientierte sich am Kartenausschnitt. Lone Mellbergs Wagen fuhr an dem Sommerhäuschen vorbei, in dem Kerr sich befand. Die roten Marker im Inneren bewegten sich leicht.

Die Kamerabilder zeigten, dass der Wagen zum Anleger hinunterfuhr und dann wendete. Mit laufendem Motor und eingeschalteten Scheinwerfern blieb er stehen.

»Wann schlagen sie zu?«, fragte Wisting.

»Unmittelbar nach Kontaktaufnahme«, erwiderte Stiller.

»Und was, wenn die mit dem Wagen entkommen?«

»Ein anderes Fahrzeug befindet sich jetzt auf dem Zufahrtsweg, daran kommen sie nicht vorbei.«

Wisting wischte sich ein Sandkorn aus dem Augenwinkel, dann starrte er weiter auf den Bildschirm, sein Mund wurde trocken.

Das Licht im Innenraum des Wagens schaltete sich ein, als die Fahrertür geöffnet wurde. Die Entfernung war zu groß, um etwas anderes als die Umrisse eines Gesichts erkennen zu können. Lone Mellberg stieg aus und wurde von der Dunkelheit verschluckt.

»Was ist da los?«, fragte Hammer.

Ein winziger Lichtpunkt war zu sehen.

»Sieht so aus, als hätte sie sich eine Zigarette angezündet«, meinte Hidle.

Fast zwei Minuten vergingen, dann wurde die Autotür wieder geöffnet, und der alte graue Ford rollte langsam weiter.

»*Objekt Bravo in Bewegung*«, wurde über Funk gemeldet.

Der Marker für den Wagen verschob sich, während die beiden roten Punkte im Sommerhaus an Ort und Stelle blieben.

»*Allein?*«, fragte jemand.

»*Objekt Bravo ist allein*«, wurde bestätigt.

Der Wagen fuhr am Sommerhaus vorbei und weiter. Abermals war im Hausinneren eine leichte Bewegung zu verzeichnen, aber nicht mehr.

Stiller rief den Überwachungswagen an. Die Kollegen waren darauf vorbereitet, sich an Lone Mellberg zu hängen, sobald sie die Hauptstraße erreicht hätte. Doch an der Gabelung bog sie diesmal scharf nach rechts ab und folgte dem anderen Weg.

Sie fuhr bis an das Ende der Straße, wendete, fuhr zurück und bog in einen Seitenweg ein. Kreuz und quer fuhr sie durch das Gebiet.

»Sie sucht nach ihm«, mutmaßte Hammer.

Wisting trat ans Fenster.

»Es wird bald hell«, sagte er. »Wir fahren hin.«

24

Wisting und Stiller saßen hinten in dem Kastenwagen, Hammer fuhr, und Hidle hockte wie üblich vor dem Bildschirm, auf dem zu sehen war, dass Lone Mellberg sich immer weiter von Tom Kerrs Versteck entfernte. Schließlich befand sie sich wieder auf der Landstraße.

»Wir werden ihr begegnen«, meinte Hidle. »Sie ist auf dem Heimweg.«

Stiller nahm einen Schluck aus einer Wasserflasche.

»Ich verstehe das nicht«, sagte er. »Falls sie abgesprochen haben, dass sie ihn abholen kommt, muss bei der Kommunikation irgendwas schiefgelaufen sein.«

»Wissen wir etwas über den Telefonverkehr in der Gegend?«, fragte Wisting.

»In ein paar Stunden bekommen wir die entsprechenden Daten«, meinte Hidle. »Aber laufende Telefonate konnten wir nicht überwachen.«

Durch eine kleine Fensterluke zwischen Fahrerhaus und Laderaum konnten sie auf die Straße hinaussehen. Es herrschte kaum Verkehr. Ein Lastwagen und ein Taxi kamen ihnen entgegen, dann fuhr der graue Ford mit Lone Mellberg an ihnen vorbei. Das Überwachungsfahrzeug folgte mit einem Abstand von zweihundert Metern. Stiller rief an und gab Anweisung, die Verfolgung fortzusetzen.

»Sobald wir Tom Kerr gefasst haben, soll Lone Mellberg zur Vernehmung abgeholt werden«, schloss er.

Der Kastenwagen schaukelte hin und her, nachdem sie in

den Kiesweg eingebogen waren. Das frühe Morgenlicht färbte die Landschaft aschgrau. Im Laufe der Nacht hatte es immer wieder geregnet, und die Schlaglöcher waren mit braunem Wasser angefüllt.

Sie hielten in der letzten Kurve außer Sichtweite des Hauses an, wo Tom Kerr sich befand. Der Leiter der Bereitschaftstruppe trat hinter einem anderen Sommerhaus hervor. Stiller zog die Seitentür auf, und Stenberg blieb in der Türöffnung stehen.

»Wie lautet der Plan?«, fragte Wisting.

»Wir locken ihn raus, sodass wir ihn im offenen Gelände festnehmen können«, erwiderte Stenberg.

»Und wie wollt ihr ihn rauslocken?«

»Auf die übliche Weise. Wir rufen ihn an. Wenn das zu nichts führt, setzen wir Tränengas ein und zwingen ihn ins Freie.«

»Wann soll das passieren?«, wollte Stiller wissen.

»Wir sind einsatzbereit«, entgegnete Stenberg. »Sobald der Kommandowagen hier ist, geht es los.«

»Wo können wir uns so lange aufhalten?«, fragte Wisting.

»Sie können den Beobachtungsposten an der Nordseite übernehmen«, schlug Stenberg vor und zeigte auf einen kleinen Hügel mit einem Flaggenmast.

Plötzlich war das Geräusch schwerer Fahrzeuge zu hören. Der Panzerwagen der Bereitschaftstruppe näherte sich, dahinter folgten die Hundestaffel und ein Rettungswagen mit medizinischem Personal.

Stenberg gab den Mannschaften den Befehl, ihre Positionen einzunehmen. Ove Hidle blieb im Wagen. Wisting, Stiller und Hammer bewegten sich zum Aussichtspunkt, den Stenberg ihnen angewiesen hatte, legten sich bäuchlings auf den glatten Felsen und spähten über die Kante. Der Abstand zu dem Haus, wo Tom Kerr sich befand, betrug etwa vierzig

Meter. Es lag inmitten eines großen Gartens und war von einem weißen Lattenzaun umgeben. Der Weg führte am Haus vorbei hinunter zu dem kleinen Hafen.

Eine schwache Brise trug den Geruch von Salzwasser heran. Wisting atmete tief ein und blickte aufs Meer hinaus. Es war grau, ein paar Wolken färbten Teile der Oberfläche noch dunkler, und Wellen brandeten gegen die Felsenküste.

Tom Kerrs Versteck war ein luxuriöses Ferienhaus mit Jacuzzi auf der einen Terrasse sowie einer Grillküche mit Pizzaofen und Sitzplätzen für eine größere Gesellschaft. Im Garten stand ein Trampolin, in einem der alten Obstbäume hing eine Schaukel. Ein paar Äste schränkten den Blick aufs Grundstück ein, doch von ihrem Standort konnten sie die Haustür an der Vorderseite und die Wand mit der Seitentür sehen, die Tom Kerr aufgebrochen hatte.

Der gepanzerte Wagen fuhr vor. Drei schwer bewaffnete Kollegen bewegten sich in der Deckung des Fahrzeugs weiter vorwärts. Von der anderen Seite kamen drei Beamte mit Schutzschilden und bezogen Position an der Seitentür.

Adrian Stiller zog eine Videokamera hervor. Sie war so klein, dass sie genau in seine Jackentasche passte, ein Modell, das häufig von Extremsportlern verwendet wurde. Er startete die Aufnahme und stellte die Kamera auf das Fundament des Flaggenmasts.

Ein schwacher Piepton war aus den Lautsprechern des Kommandowagens zu hören. Eine entschlossene Stimme informierte Tom Kerr darüber, dass bewaffnete Polizei das Grundstück umstellt habe, und forderte ihn auf herauszukommen. Die Worte wurden von den weiter umliegenden Felswänden zurückgeworfen, riefen jedoch keinerlei Reaktion hervor.

Eine halbe Minute verging.

»Tom Kerr!«, wurde erneut über Lautsprecher gerufen.

Das Kommando wurde wiederholt und um die Warnung

ergänzt, dass Tränengas eingesetzt werde, falls er der Aufforderung nicht nachkäme.

Das Funkgerät gab ein krächzendes Geräusch von sich. Stenberg wollte wissen, ob hinter den Fenstern des Hauses irgendeine Aktivität zu verzeichnen sei. Die Beobachtungsposten verneinten allesamt.

»*Gibt es Bewegung am Bildschirm?*«, fragte er.

»*Eine kleine Standortveränderung im Inneren des Hauses*«, gab Ove Hidle über Funk zurück.

Zum dritten Mal wurde Kerr gerufen. Diesmal wurde er gewarnt, dass in zwei Minuten Tränengasgranaten abgeschossen würden.

Eine grau gesprenkelte Möwe glitt auf ausgebreiteten Schwingen näher und landete auf dem Dachfirst.

Nach einer weiteren Minute wurde die Ankündigung wiederholt, dann erfolgte die letzte Warnung mit dem Hinweis, dass noch dreißig Sekunden Zeit wären.

Die Möwe erhob sich wieder und flog weiter.

Ein knapper Befehl wurde über Funk erteilt:

»*Feuer!*«

Drei gedämpfte Schüsse ertönten, es folgte das Geräusch von zersplitterndem Glas. Von drei Seiten wurden Tränengasgranaten ins Haus geschossen.

Fünfzehn Sekunden vergingen. Stiller vergewisserte sich, dass seine Kamera noch lief.

»*Keine Bewegung*«, meldete Hidle.

Stiller wurde unruhig. Nach weiteren fünfzehn Sekunden wiederholte Stenberg den Feuerbefehl. Drei neue Tränengasgranaten wurden abgeschossen. Die Polizisten hinter den Schutzschilden zogen sich Gasmasken über das Gesicht. Kurz darauf merkte auch Wisting den Geruch der Chemikalien, die vom Wind mitgetragen wurden und in Augen und Nase brannten.

»Einige Menschen reagieren nicht auf Tränengas«, meinte Hammer.

Fünf Minuten verstrichen, ohne dass etwas geschah. Dann ertönten ein paar Befehle unten auf dem Platz vor dem Haus. Ein Trupp von sechs Personen rückte in Richtung Tür vor. Sie waren mit Maschinenpistolen bewaffnet, trugen schwere Schutzwesten, Gasmasken sowie Helme mit geschlossenem Visier. Einer von ihnen hatte ein Brecheisen dabei. Er schlug es in den Spalt zwischen Tür und Rahmen und drückte die Tür auf. Eine Schockgranate wurde in den Flur geworfen, ehe die Sondereinheit das Haus enterte.

Laute Kommandorufe waren aus dem Hausinneren zu hören. Weitere Beamte, die draußen in Deckung gelegen hatten, gingen auf das Haus zu und postierten sich neben den Fenstern.

»Irgendwas ist faul«, meinte Hammer. »Da stimmt doch was nicht.«

Noch immer war oben auf dem Hügel die Wirkung des Tränengases zu spüren. Wistings Augen tränten. Er versuchte die Tränen wegzublinzeln, ließ das Haus dabei aber nicht aus den Augen.

»Suche abgeschlossen«, wurde über Funk gemeldet.

Zwei Polizeibeamte kamen aus dem Haus und nahmen die Gasmasken ab.

»Zielperson unter Kontrolle?«, fragte Stenberg.

»Negativ«, kam die Antwort. *»Er ist nicht hier. Das Haus ist leer.«*

Wisting stand auf, klopfte sich den Schmutz von der Hose und sah auf das Haus hinunter. Stillers Plan war misslungen. Der Kollege von der Kripo blieb auf den glatten Felsen liegen, als brauche er noch eine Weile, um diese Erkenntnis in sich aufzunehmen.

25

Das Wetter hatte sich merkbar verändert. Die Luft war kälter geworden, und vom Meer trieb grauer Nebel herein.

Wisting kletterte von dem Felshügel, Stiller und Hammer folgten ihm zum Sommerhaus. Die Reste des Tränengases brannten noch in den Augen.

Ove Hidle kam mit dem Kastenwagen vor das Haus gefahren.

»Da stimmt irgendwas nicht«, sagte er. »Ich kriege hier immer noch die Signale aus dem Haus.«

Stenberg erteilte seinen Männern den Befehl, auf ihren Posten zu bleiben, und schickte eine neue Mannschaft hinein, um das Haus noch einmal zu durchsuchen.

»Guckt in die Schränke und unter die Betten!«

Türen und Fenster wurden geöffnet, um das Tränengas abziehen zu lassen. Ein Hundeführer kam mit einem Schäferhund und erhielt den Befehl, sich bereitzuhalten, bis die erneute Durchsuchung beendet war.

Hammer spuckte aus.

»Sie wurden verarscht«, sagte er und blickte dabei Stiller an. »Gleich von Anfang an, als Sie ihn verwanzt haben und glaubten, dass er davon nichts merkt. Er ist nicht hier. In der Zeit, die wir hier mit dieser Aktion vertrödelt haben, hat er sich immer weiter von hier entfernt.«

Stiller schwieg und ging auf das Sommerhaus zu.

»Kerrs Plan war besser als Ihrer!«, rief Hammer ihm nach, ehe er sich zu Hidle umdrehte.

»Sie haben einen gefährlichen Verbrecher entkommen lassen«, sagte er. »Und wieder auf die Gesellschaft losgelassen.«

Auch Wisting ging auf das zu Haus.

»Sieht so aus, als würde es hier einen Keller geben«, sagte er und legte den Kopf schräg. »Einen Kriechkeller.«

Er drehte sich zu Stenberg um.

»Haben Sie den untersucht?«

Stenberg leitete die Frage über Funk weiter. Zwei Kollegen meldeten sich und erklärten, dass niemand unter dem Haus gewesen sei.

»Das Haus steht auf einem Mauersockel«, meinte Stenberg. »Aber es gibt keinen Kellerzugang. Vermutlich ist da gar nichts.«

Hammer machte einen Rundgang ums Haus.

»Irgendwo muss es eine Luke geben«, erklärte er. »Solche Keller müssen durchlüftet werden. Außerdem braucht man einen Zugang zu den Wasserleitungen und Abflussrohren.«

Die Luke befand sich an der Ostseite und wurde von einem Rosenbusch verdeckt, der die Außenwand hinaufgeklettert war. Die Tür war in derselben grauen Farbe wie die Wand gestrichen. Die Erde im Blumenbeet davor war feucht und mit Unkraut übersät. Es gab keine Anzeichen dafür, dass die Luke in letzter Zeit benutzt worden wäre.

Hammer trat mit dem Fuß dagegen. Die Luke sprang auf. Muffige, feuchte Luft strömte ihnen entgegen. Ein Kollege brachte eine kräftige Taschenlampe, reichte sie Hammer und richtete seine Waffe auf die Öffnung.

Im Strahl der Taschenlampe tanzten aufgewirbelte Staubpartikel. Der Abstand von den Bodenbalken zum Boden betrug etwa einen halben Meter. Zwischen den Balkenlagen befand sich Isoliermaterial, eine Stromleitung hing in einem weiten Bogen herunter, und kreuz und quer verliefen Wasserrohre. Diverse Stützmauern machten es unmöglich, den gesamten Keller zu überblicken.

Stenberg rief die Hundestaffel zu sich. Der große Schäferhund legte sich flach vor die Luke und klopfte in Erwartung eines Befehls mit dem Schwanz auf den Boden.

Der Mann mit der Waffe rief eine Warnung und forderte Tom Kerr auf, herauszukommen.

Wisting schüttelte den Kopf. Er glaubte nicht, dass Kerr sich dort unten aufhielt.

»Auf diesem Weg ist er jedenfalls nicht hineingekommen«, sagte er und blickte auf die anscheinend seit Jahren unberührte Erde unmittelbar vor der Luke.

Der Hund wurde hineingeschickt und hinterließ deutliche Spuren auf dem Boden. Er lief im Uhrzeigersinn durch den Raum, verschwand hinter einer Mauer und tauchte kurz danach auf der anderen Seite wieder auf.

Adrian Stiller war zu den anderen getreten und beobachtete die ergebnislose Suche.

»Gib mir mal die Lampe«, bat Wisting.

Hammer reichte sie ihm.

Wisting beugte sich hinunter und richtete den Strahl auf die Stützmauer in der Mitte des Kellers. Im selben Moment ging jemand oben durchs Haus, vermutlich ein Mann von der Bereitschaftstruppe. Die Dielen knirschten, und etwas Staub und Dreck rieselte von den Bodenbalken in den Keller hinunter.

»Das war ursprünglich ein Kapitänshaus«, erklärte Wisting und betrachtete die hellgrau gestrichene Außenwand. »Diese Häuser hatten meist solche Vorratskeller.«

Er erhob sich und ging dann hinüber zum Kücheneingang, der auf der anderen Seite des Hauses lag. Die anderen folgten ihm. Noch immer hingen die Reste des Tränengases in der Luft, und Wisting musste husten.

Die blau gestrichene Küche hatte eine große Arbeitsplatte, Wandregale für die Teller und einen Kamin. Mitten im Raum stand ein abgebeizter langer Küchentisch, der von Stühlen mit Kissen und hohen Rückenlehnen umgeben war. An der Wand befand sich eine Sitzbank, und auf dem Boden lagen zwei bunte Flickenteppiche, von denen einer in der Mitte eine Falte aufwies.

Die Dielenbretter gaben leicht nach, als Wisting zur anderen Seite des Raums hinüberging. Mit der Schuhspitze schob er den einen Flickenteppich leicht zur Seite. Darunter kam eine Bodenluke zum Vorschein.

Stenberg zog den Teppich ganz weg. An der einen Seite der Luke war ein Metallring befestigt.

Wisting dachte nach. Es wäre durchaus möglich, durch die Luke nach unten zu klettern und dabei die Klappe und den Flickenteppich so festzuhalten, dass sich der Teppich wieder über die Luke legte, wenn die Klappe von unten geschlossen würde.

Stenberg nickte zweien seiner Leute zu, die mit Waffen und Schutzkleidung ausgerüstet waren. Wisting trat ein paar Schritte beiseite. Hammer folgte seinem Beispiel. Stiller schaltete wieder seine kleine Videokamera ein.

Einer von Stenbergs Männern klappte die Luke auf, während der andere seine Waffe auf die Öffnung richtete. Die Klappe fiel mit einem Knall auf den Fußboden, aus dem Raum darunter war hingegen nichts zu hören.

Der Mann, der die Luke geöffnet hatte, setzte eine Teleskopstange ein, an der Licht und ein Spiegel befestigt waren, um damit in den Keller zu schauen, ohne sich selbst dabei in Gefahr zu bringen. Er drehte die Stange hin und her, blickte in jeden Winkel, schüttelte schließlich den Kopf und zog sie wieder heraus.

»Leer«, konstatierte er.

Wisting hatte noch die Taschenlampe in der Hand. Er trat an die Öffnung. Eine Leiter führte in einen kühlen Steinkeller hinab. Es war ein offener Raum von knapp zehn Quadratmetern Größe. An den Wänden standen Regale mit leeren Gläsern und verstaubten Flaschen. In der Mitte lagen Kleidungsstücke und ein Paar Schuhe, die offenbar einfach hineingeworfen worden waren.

Wisting reichte Stiller die Taschenlampe und trat zur Seite, damit die anderen auch etwas sehen konnten.

»Das sind seine Klamotten«, stellte Hammer fest und drehte sich zu Stiller. »Ihre Wanzen liegen da unten, und zwar schon die ganze Zeit. Kerr hat sich bloß umgezogen und ist abgehauen.«

Einer der Männer von der Bereitschaftstruppe nahm seinen Helm ab, legte die Maschinenpistole weg und befreite sich von der schweren Schutzkleidung. Dann kletterte er in den Keller hinunter und verteilte Kerrs Sachen auf verschiedene durchsichtige Beweisbeutel.

Stiller rief Ove Hidle an, der immer noch im Kastenwagen saß, und bat ihn zu kommen. Dann wandte er sich an den Leiter der Bereitschaftstruppe.

»Kann er irgendwie in den Wagen von Lone Mellberg gelangt sein? Als sie hier in der Dunkelheit gestanden und geraucht hat?«

Stenberg schüttelte den Kopf.

»Wir haben die Observationsposten um 12:45 Uhr eingerichtet«, erklärte er. »Kerr muss das Haus davor verlassen haben.«

Hidle kam und wurde in groben Zügen informiert. Der Mann, der in den Keller gestiegen war, kletterte wieder heraus und legte die Beutel mit der Kleidung auf den Tisch. Einer davon enthielt Lines Mikrofon und den Sender, mit dem Kerr ausgerüstet worden war.

Stiller überprüfte die Schuhe und fand den drahtlosen Sender, der kaum größer als der Nagel eines kleinen Fingers war.

»Die Sender haben sich hier drinnen bewegt«, sagte Wisting. »Ich habe es selbst gesehen.«

»Es waren nur winzige Ausschläge«, gab Hidle zu bedenken. »Wir haben das so interpretiert, dass er im Haus umhergegangen ist, aber das kann auch an der Satellitenübertragung oder an Störungen durch andere elektronische Signale gelegen haben. Hier waren schließlich jede Menge Funkgeräte in Betrieb.«

Hammer verließ fluchend den Raum. Wisting schloss die Augen und versuchte, sich zu konzentrieren.

»Wo ist Lone Mellberg jetzt?«, fragte er.

»Noch immer im Wagen, auf dem Weg nach Hause«, erwiderte Hidle. »Sie hat eben Drammen passiert.«

»Bringt sie zur Vernehmung.«

Stiller rief die Kollegen im Überwachungswagen an und gab ihnen Bescheid.

Hammer kam aus dem Wohnzimmer und warf ein eingerahmtes Foto auf den Tisch. Es war unten am Anleger aufgenommen worden und zeigte einen Mann in den Vierzigern und einen Jugendlichen an Bord eines Bootes.

»Er hat das Boot genommen«, sagte er. »So ist er entkommen. Er hat die Schlüssel hier im Haus gefunden.«

»Das muss doch gar nicht …«, setzte Stiller an.

Hammer fiel ihm ins Wort.

»Da unten liegt jetzt aber kein Boot«, sagte er und zeigte in Richtung Anleger. »Wir haben einen entsprechenden Hinweis bekommen, wir haben sogar nach zwei Booten fahnden lassen, und dennoch haben wir hier gehockt und einfach nur abgewartet.«

Wistings Handy vibrierte in der Hosentasche. Als er aufs

Display schaute, stellte er fest, dass die Polizeipräsidentin anrief. Er ging hinaus und stellte sich mit dem Gesicht zum Meer, ehe er den Anruf annahm. Er hatte ihr den Plan vorgetragen, die Ereignisse abzuwarten. Jetzt musste er ihr erklären, dass der Plan misslungen war.

26

Line erwachte von einem Geräusch, war sich aber unsicher, ob es aus dem Haus oder von draußen gekommen war.

Sie blieb liegen und lauschte. Das Holz arbeitete die ganze Zeit, und Line hatte sich mittlerweile an die ständigen Knack- und Knirschgeräusche gewöhnt, aber das hier war etwas anderes. Vor einem Jahr hatte sie sich eine Alarmanlage einbauen lassen, schaltete sie aber nur selten ein. Nicht einmal, wenn sie wegfuhr.

Schlechtes Gewissen überkam sie. Eigentlich hätte sie Amalie am Vorabend abholen und in ihr eigenes Bettchen legen sollen. Stattdessen war sie im Keller sitzen geblieben, völlig in die Arbeit versunken, und hatte nur Pausen gemacht, um die Fernsehnachrichten anzuschauen.

Sie zog ihr Handy zu sich heran und sah, dass es fast halb acht war. Zeit zum Aufstehen. Sie wollte unbedingt die aktuelle Nachrichtensendung sehen und wissen, ob die Suche nach Tom Kerr etwas Neues ergeben hatte.

Ihre Sachen vom Vortag lagen auf einem Haufen neben dem Bett. Sie zog sich ein T-Shirt über, huschte barfuß ins Wohnzimmer und schaltete den Fernseher ein. Dann ging sie in die Küche und startete die Kaffeemaschine. Vom Küchenfenster sah sie das Haus ihres Vaters. Sein Wagen war nicht da. Falls er die Nacht überhaupt zu Hause verbracht hatte, war er offenbar in aller Frühe wieder aufgebrochen.

Line räumte etwas auf und sammelte ein paar von Amalies Spielzeugen ein, während sie auf den Kaffee wartete.

Ihre Tochter hatte schon öfter woanders geschlafen, unter anderem bei ihrer Freundin Maja. Letztens hatte Maja bei Amalie übernachtet, und Line hatte die beiden Mädchen am nächsten Tag zum Kindergarten gebracht, so wie Sofie es heute tun würde.

Sofie und Line waren beide alleinerziehend und hatten zuvor in Oslo gelebt, waren dann aber weggezogen und hatten nur noch wenig Kontakt mit ihren früheren Freunden und Kollegen. Line betrachtete Sofie inzwischen als ihre beste Freundin, mit der sie alles teilte.

Der Kaffee war fertig. Line nahm die Tasse mit ins Wohnzimmer und blieb vor dem Fernseher stehen. Das Gesicht von Tom Kerr erschien gleich zu Beginn der Nachrichtensendung auf dem Bildschirm.

»*In den frühen Morgenstunden wurde eine größere Polizeiaktion in der Gegend durchgeführt, die bereits gestern auf der Suche nach dem entflohenen Gefangenen durchkämmt wurde. Allerdings konnte Tom Kerr bis jetzt nicht wieder gefasst werden.*«

Der Beitrag wurde mit Bildern vom Vortag unterlegt. Line wechselte den Sender. Auch der NRK hatte keine neuen Aufnahmen zu bieten, brachte aber die gleichen Informationen und wiederholte die Aufforderung der Polizei, sich zu melden, falls man den gesuchten Gefangenen irgendwo sichtete.

Line nippte an ihrem Kaffee. Sie musste sich etwas einfallen lassen, um dabei zu sein, wenn Tom Kerr gefasst wurde, denn sie wollte unbedingt Bilder von ihm in Handschellen haben.

27

»Was ist eigentlich mit dem Hubschrauber?«, fragte Hammer und ließ sich auf einen Stuhl am Konferenztisch sinken. »Der ist doch mit einer Wärmebildkamera über die Hütte geflogen. Die hätten doch sehen müssen, dass die leer war.«

»Die Thermografen dringen nicht durch Dach und Wände«, erklärte Hidle. »Es gab keinen Grund zu der Annahme, dass er nicht da war.«

Torunn Borg kam in den Raum und sortierte ein paar Papiere. Sie schien noch immer beleidigt zu sein, weil man sie über die geheime Aktion nicht informiert hatte.

»Ich habe mit dem Besitzer des Sommerhauses gesprochen und ihn über die Aktion informiert«, erklärte sie. »Er ist Justiziar bei einer Investmentgesellschaft und wird herkommen, um sich die Schäden anzusehen.«

Sie setzte sich.

»Er hat mir erzählt, dass die Familie ein sechzehn Fuß langes Motorboot besitzt, das normalerweise unten am Steg liegt. Der Schlüssel hängt an einem Haken im Flur.«

»Passt zu der Beobachtung, die aus Kjerringsvik gemeldet wurde«, meinte Hammer. »Ein offenes Boot mit Mittelkonsole.«

»Er konnte mir noch was anderes berichten«, fuhr Torunn Borg fort. »Eine Sache, über die in der Familie viel gesprochen wurde.«

»Was denn?«

Torunn Borg stieß einen kleinen Seufzer aus.

»Vor etwa fünf Jahren haben sie sich da draußen ein Jacuzzi bauen lassen«, sagte sie. »Geliefert wurde es von Pool Partner.«

»Tom Kerrs Arbeitgeber«, fiel Hammer ihr ins Wort. »Also ist er schon mal in der Gegend gewesen und kennt sich da aus.«

»Er war dort eine Woche vor seiner Festnahme«, entgegnete Torunn Borg und nickte. »Als Tom Kerr verhaftet wurde und sein Foto in den Medien erschien, haben sie ihn wiedererkannt. Später wurde ja auch die Firma Pool Partner erwähnt, und es wurde beschrieben, wie er die Spuren der Leichen mit flüssigem Chlor beseitigt hat, das er sich durch seine Arbeit beschaffen konnte.«

»Wie heißt denn der Hausbesitzer?«, fragte Idar Semmelmann.

»Frank Lewy«, antwortete Torunn Borg.

Semmelmann gab den Namen in seine Datenbank ein und bekam einen Treffer.

»Ist hier verzeichnet«, sagte er. »Kerr war zusammen mit Stig Skarven bei Lewy. Einer der letzten Aufträge vor seiner Festnahme.«

Er beugte sich über das Beziehungsdiagramm, das immer noch auf dem Tisch lag.

»Da«, sagte er und zeigte auf das Foto eines kurzhaarigen Mannes mit Krawatte.

»Weshalb befindet sich das Foto von Lewy so nah bei Kerr?«, fragte Wisting. »Gibt es da mehr als eine reine Geschäftsbeziehung?«

Semmelmann widmete sich wieder seinem Laptop.

»Er ist zweimal wegen sexueller Belästigung angezeigt worden«, erklärte er. »Alle, die irgendein abweichendes sexuelles Verhalten gezeigt haben, wurden auf dem Index automatisch höher eingeordnet.«

»Er könnte also der Andere sein?«, hakte Hammer nach.

Semmelmann schüttelte den Kopf.

»Nichts deutet darauf hin. Es gibt keine andere Verbindung zwischen den beiden.«

Torunn Borg ergriff wieder das Wort.

»Ich habe ihn nach dem Boot gefragt«, sagte sie. »Es hat einen 40-PS-Außenbordmotor. Der Benzintank fasst 25 Liter und soll fast voll gewesen sein. Kerr könnte damit also weit in den Oslofjord hinein oder rüber nach Østfold gekommen sein.«

»Den Oslofjord wird er wohl kaum gekreuzt haben«, meinte Semmelmann. »Kerr ist mit Booten nicht sonderlich vertraut.«

»Das Polizeiboot ist schon unterwegs und sucht nach ihm«, fuhr Torunn Borg fort. »Die Kollegen bekommen Unterstützung von zwei Rettungsschiffen, aber die Küste ist lang.«

Stillers Handy klingelte. Er wechselte ein paar Worte, bedankte sich und legte wieder auf.

»Die verdeckten Ermittler«, erklärte er. »Wir haben jetzt den Bruder unter Kontrolle, Jon Kerr. Er wohnt in Jessheim und arbeitet in einer Betonfabrik in Skedsmo.«

»Inwieweit unter Kontrolle?«, wollte Hammer wissen.

»Wir beschatten ihn«, erklärte Stiller. »Die übrigen Familienmitglieder sind schon kontaktiert worden.«

»Wen könnte Kerr sonst noch aufsuchen und um Hilfe bitten?«, fragte Wisting in die Runde.

»Stig Skarven«, meinte Semmelmann. »Den Arbeitskollegen in der Poolfirma.«

»Er steht auf der Liste mit Leuten, die wir ansprechen werden«, erklärte Hidle. »Das Gleiche gilt für Floyd Thue, den Mann vom Besuchsdienst des Roten Kreuzes.«

Jemand klopfte an die Tür. Ein junger Polizist in Uniform schaute herein und blickte Wisting an.

»Lone Mellberg ist jetzt da«, verkündete er.

28

Das Vernehmungszimmer war schlicht eingerichtet. Zwei Stühle mit einem kleinen Tisch und eine Kamera an der Wand.

Wisting rückte mit seinem Stuhl etwas näher an den Tisch heran.

»Erzählen Sie mir von Tom Kerr«, bat er.

»Ich weiß nicht, wo er ist«, sagte die blasse Frau auf der anderen Seite des Tisches. Sie war übergewichtig, und ihr Gesicht sah teigig aus. Ihr Blick war unstet, sie wirkte verwirrt und erschrocken.

»Woher kennen Sie ihn?«, wollte Wisting wissen.

»Ich kenne ihn nicht«, protestierte Lone Mellberg. »Nicht wirklich.«

Wisting suchte in Gedanken nach der passenden Formulierung, um das Gespräch in Gang zu bringen.

»Wie sind Sie denn miteinander in Kontakt gekommen?«, fragte er vorsichtig.

Lone Mellberg zögerte.

»Ich habe ihm geschrieben«, sagte sie schließlich.

»Ins Gefängnis?«

Sie nickte.

»Jeder braucht doch jemanden«, fuhr sie fort. »Jemanden, der dich für deine Taten nicht verurteilt. Ich habe ihm angeboten, für ihn da zu sein, als eine Art Freundin.«

»Aber Sie kannten ihn nicht von früher?«

»Nein.«

Da Wisting sie nicht provozieren wollte, verzichtete er darauf, genau zu hinterfragen, weswegen sie den Kontakt gesucht hatte. Er kannte auch andere verurteilte Mörder hinter Gittern, die Aufmerksamkeit von unbekannten Frauen bekamen. Die Ursachen dafür waren mitunter sehr komplex. Manche der Frauen waren gläubig und wollten den Täter bekehren, andere übernahmen gern die Mutterrolle, und einige schrieben einfach nur Liebesbriefe. Die Absenderinnen hatten in der Regel ein gestörtes Gefühlsleben, wobei die Aufmerksamkeit, die sie von einem Langzeithäftling bekommen konnten, ihnen ein Gefühl der Kontrolle gab.

»Aber Sie haben ihn auch besucht«, hielt Wisting fest.

Die Frau nickte erneut. »Er hat mich darum gebeten.«

»Wann haben Sie ihn zuletzt besucht?«, fragte Wisting, wenngleich er die Antwort kannte.

»Am Montag.«

»Also vor zwei Tagen?«

Lone Mellberg nickte abermals.

»Bitte erzählen Sie mir von dem Besuch«, forderte Wisting sie auf.

Sie zuckte mit den Schultern. »Es war wie immer.«

»Was heißt das?«

»Er wollte wissen, wie es mir ging. Was ich in letzter Zeit so getrieben hatte.«

Wisting schwieg und wartete auf eine Fortsetzung.

»Er hat sich für so was interessiert. Hat sich Sorgen gemacht. Er wollte immer wissen, wie es meinem Vater ging und was mit meiner Tochter sei. Mein Vater hatte letzten Sommer einen Schlaganfall und ist seitdem im Pflegeheim.«

»Sie haben ihm von Ihrer Tochter erzählt?«, fragte Wisting und spürte einen Hauch von Irritation.

»Sie ist bald mit der Schule fertig«, erwiderte Lone Mellberg. »Sie hatte immer schon Probleme, Freunde zu finden und so. Er hat sich Sorgen um sie gemacht. Ich natürlich auch, und da ist es schön, mit jemandem reden zu können, von dem man weiß, dass er nichts weitererzählt.«

Wisting sagte nichts dazu.

»Hat er auch über sich selbst gesprochen?«, fragte er stattdessen.

»Wir haben bloß über ganz alltägliche Dinge geredet. Über eine Fernsehserie, die wir beide gucken. Und über ein Buch, das er gelesen hatte.«

»Hat er Ihnen erzählt, dass er auch den Mord an Taran Norum gestanden hat?«, fuhr Wisting fort.

Lone Mellberg schluckte, legte eine Hand um das Wasserglas auf dem Tisch, trank aber nicht.

»Nein«, sagte sie.

»Wussten Sie, dass er gestern wegen eines Ortstermins aus dem Gefängnis kommen sollte?«

»Wir haben nie über solche Sachen gesprochen«, erwiderte Lone Mellberg.

Wisting stellte noch ein paar Fragen und erfuhr Einzelheiten über die Begegnungen und Gespräche im Gefängnis. Doch nichts von dem, was Lone Mellberg sagte, hatte Relevanz für den Fall, weswegen er einen Schritt weitergehen wollte.

»Was haben Sie letzte Nacht in Larvik gemacht?«, fragte er in etwas schärferem Ton.

»Wie meinen Sie das?«

»Sie sind gestern um 17:23 Uhr von zu Hause weggefahren«, erläuterte Wisting. »Um 18:56 Uhr haben Sie versucht, in das Gebiet zu gelangen, wo Tom Kerr zuletzt gesehen wurde, sind aber nicht durchgelassen worden. Die ganze Nacht lang sind Sie dann in der Gegend herumgefahren, wo wir ihn vermutet haben.«

Die genauen Zeitangaben sollten den Eindruck hervorrufen, dass die Polizei mehr Details kannte, als es tatsächlich der Fall war. Dadurch würde es Lone Mellberg nicht so leichtfallen, eine ausweichende Antwort zu präsentieren.

»Ich habe nach ihm gesucht«, gab sie schließlich zu.

»Wovon reden Sie?«

»Ich habe in den Nachrichten gehört, dass er getürmt ist. Also bin ich zum Ort des Geschehens gefahren.«

»Weswegen?«

»Um nach ihm zu suchen«, wiederholte Lone Mellberg. »Die Polizei ... Sie haben ja früher schon mal auf ihn geschossen. Ich weiß nicht ... Ich dachte, wenn ich ihn finden und mit ihm reden könnte, dann würde sich die Situation vielleicht klären. Und alles würde gut ausgehen.«

»Sind Sie zuvor schon mal in der Gegend gewesen?«, wollte Wisting wissen.

Sie schüttelte den Kopf.

»Nein, ich habe mein Handy benutzt, um mich zu orientieren.«

Wisting ließ sie alles noch einmal von vorn erzählen. Wie sie im Radio gehört hatte, dass Tom Kerr geflohen war, dann beschlossen hatte, ihm zu helfen, und schließlich die ganze Nacht umhergefahren war. Lone Mellberg wirkte so naiv, dass ihre Aussage glaubwürdig erschien. Wisting hatte Druck ausgeübt. Jetzt befand sie sich in der Situation, die ihm geeignet erschien, um ihr die entscheidenden Fragen zu stellen.

»Hat Tom Kerr Sie jemals um irgendwelche Gefälligkeiten gebeten?

»Was für Gefälligkeiten?«

»Haben Sie jemals Briefe oder Nachrichten ins Gefängnis hinein- oder auch herausgeschmuggelt?«

Lone Mellberg gab keine Antwort, was Wisting als ein Ja deutete.

»Was für eine Nachricht?«, fragte er.

»Bloß einmal«, sagte sie.

»Worum ging es?«

»Um einen Brief.«

»Wann war das?«

Sie antwortete nicht auf die Frage.

»Es war ein persönlicher Brief«, sagte sie stattdessen. »Er wollte nicht, dass er von Justizbeamten oder sonst wem gelesen wird.«

»An wen ging der Brief?«

»An einen Freund.« Sie schluckte. »Es war jemand, mit dem er schon lange gut befreundet war. Tom hat gehofft, dass der Freund ihn besuchen kommen könnte. Es war ein dicker Brief. Er hatte viele Seiten geschrieben.«

»Erinnern Sie sich, wie dieser Freund heißt?«

Lone Mellberg nickte.

»Er hat mich zweimal darum gebeten«, sagte sie leise. »Das erste Mal vor einem Monat und dann letzte Woche.«

»Und Sie wissen noch den Namen?«

Sie nickte.

»Er heißt Theo. Ich habe mir den Namen und die Adresse notiert, bevor ich den Brief eingeworfen habe. Der Zettel liegt bei mir zu Hause. Ich dachte, ich könnte Kontakt mit ihm aufnehmen und ihm erzählen, wie es Tom geht und dass er Besuch gebrauchen könnte.«

»Theo«, wiederholte Wisting. »Und wie weiter?«

»Der Nachname klang nicht norwegisch«, erklärte Lone Mellberg. »Eher deutsch. Aber er wohnt in Oslo. Ich hab die Adresse auf dem Zettel stehen.«

29

Die Plätze am Konferenztisch waren fast alle besetzt. Die Abschrift von Lone Mellbergs Vernehmung war an alle Anwesenden verteilt worden. Wisting saß am Ende des Tisches. Der Fall Kerr betraf mehrere verschiedene Polizeidistrikte, doch Wisting sollte die Aufgaben koordinieren, weil sich Tom Kerrs Flucht in seinem Distrikt abgespielt hatte.

»In der Datenbank gibt es keinen Theo oder Teo«, informierte Semmelmann die anderen. »Ich hab's mit verschiedenen Schreibweisen probiert.«

»Sie hat doch gesagt, der Name sei deutsch oder so«, meinte Hammer. »Vielleicht ist das Ihr Kandidat. Dieser Osteuropäer, den ihr nie aufspüren konntet.«

Wisting betrachtete das Beziehungsdiagramm.

»Wir bekommen bald den Namen und die Adresse«, sagte er. »Wir sollten uns bereithalten.«

Er wandte sich an Christine Thiis.

»Wir brauchen einen Durchsuchungsbeschluss.«

Die Polizeijuristin nickte.

»Kein Problem.«

Wisting griff zum Telefon, um die Zentrale in Oslo über den bevorstehenden Einsatz zu informieren.

»Wie weit sind denn die verdeckten Ermittler gekommen?«, fragte er, während er die Telefonnummer heraussuchte.

Das Team, das Lone Mellberg in den letzten vierundzwanzig Stunden beschattet hatte, befand sich auf dem Weg nach

Hokksund, um in ihrer Wohnung nach dem Zettel zu suchen, auf den sie Namen und Adresse des Mannes geschrieben hatte, mit dem Tom Kerr in Verbindung stand.

»Die müssten bald da sein«, meinte Stiller.

Er hielt sein Mobiltelefon in der Hand und schien jeden Moment auf eine Meldung zu warten.

»Hidle und ich fahren hin, sobald wir was von denen hören«, fügte er hinzu.

Wisting schob seinen Stuhl zurück, wandte sich etwas von den anderen ab und bekam die Zentrale in Oslo ans Telefon. Er stellte sich kurz vor, erläuterte die Situation und erhielt die Durchwahl des Einsatzleiters, der sie unterstützen würde, wenn sie die Adresse in Oslo aufsuchten.

Torunn Borg kam in den Besprechungsraum und schloss die Tür hinter sich.

»Sie haben das Boot gefunden«, erklärte sie. »Es liegt außerhalb von Tønsberg unter Wasser.«

»Er hat es versenkt«, konstatierte Hammer.

»Eines der Rettungsschiffe hat es gefunden«, fuhr Torunn Borg fort. »Das Polizeiboot ist jetzt auf dem Weg dahin. Ich habe die Koordinaten.«

Ove Hidle nahm den Zettel entgegen und gab die Position in den Computer ein, der mit einem Großbildschirm verbunden war. Die Stelle befand sich auf der Westseite des Oslofjords, genau zwischen Tønsberg und Åsgårdstrand. Der Kartenausschnitt gab weiter nichts her, woraufhin Hidle zu einem Satellitenbild derselben Gegend wechselte, auf dem ein felsiger Küstenstreifen und dahinter dichter Wald zu sehen waren.

»Keine Bebauung«, stellte Stiller fest.

»Er muss auf die Ufersteine aufgesetzt und dabei ein Loch in den Rumpf geschlagen haben.«

»Hier gibt es einen Weg«, sagte Ove Hidle und nahm den Mauszeiger auf dem Bildschirm zu Hilfe, um eine Strecke durch den Wald zu kennzeichnen. »Fast runter bis zum Fjord.«

»Vielleicht hatte er da einen Wagen stehen, oder jemand hat ihn da abgeholt«, mutmaßte Stiller. »Wir müssen uns die Daten der infrage kommenden Mautschranken ansehen.«

Wisting stimmte zu. »Zoomen sie bitte mal zurück«, sagte er. Ihn interessierte, wo sich der Fundort des Bootes im Verhältnis zu Eftang befand.

Hidle tat, worum er gebeten wurde. Der Fundort lag einige Kilometer südlich der Ölraffinerie Slagentangen. Hammer schätzte die Entfernung bis Eftang auf etwa dreißig Seemeilen. »Dafür dürfte er etwa anderthalb Stunden gebraucht haben«, rechnete er aus.

Adrian Stillers Handy gab einen Signalton von sich.

»Theo Dermann«, las er laut vor.

Der Handybildschirm zeigte einen gelben Klebezettel, auf den Lone Mellberg den Namen und die Adresse geschrieben hatte:

Theo Dermann
Anton Brekkes vei 72
0041 Oslo

Hidle wechselte zum Vorstrafenregister und gab den Namen ein. Kein Treffer. Er öffnete die Website des Einwohnermeldeamts, aber auch dort gab es unter diesem Namen keinen Eintrag.

»Ausländer«, meinte Hammer. »In Norwegen nicht vorbestraft.«

Hidle versuchte es mit dem Fahndungsregister, aber auch hier gab es kein Ergebnis.

Semmelmann gab den Namen in seine Datenbank ein.

»Kein Dermann«, berichtete er.

»Überprüfen Sie mal die Adresse«, sagte Wisting. »Wer wohnt sonst noch da?«

»0041 müsste Sagene sein«, meinte Semmelmann. »Da gibt's viele Hochhausblöcke.«

Die Überprüfung der Adresse ergab nichts.

»Die Postleitzahl 0041 ist gar nicht in Verwendung«, erklärte Hidle und konzentrierte sich weiter auf seine Tastatur. »Es gibt einen Anton Brekkes vei in Fredrikstad. Der einzige Ort in Norwegen mit diesem Straßennamen, aber die Hausnummern gehen gar nicht so weit.«

»Was für ein verfluchtes Chaos«, meinte Hammer. »Versuchen Sie's mal mit Google oder Facebook.«

Ove Hidle kopierte den Namen in die Google-Suchleiste. Der an erster Stelle stehende Treffer bezog sich auf ein deutsches Kinderbuch mit dem Titel *Theo und der Mann im Ohr*.

Hammer stöhnte. »Was ist das, verdammt? Gibt's auf der ganzen Welt keinen einzigen Theo Dermann?«

»Ruf mal bei der Post an«, bat Wisting. »Die müssen doch irgendein Register haben. Immerhin haben sie zwei Briefe an ihn geliefert.«

Hammer nickte und versprach, sich darum zu kümmern.

»Sofern wir Lone Mellberg trauen können«, fügte er hinzu.

Nachdem noch weitere Aufgaben verteilt worden waren, beendete Wisting die Besprechung.

Die Stuhlbeine schabten über den Boden, als alle aufstanden und in ihre Büros gingen. Adrian Stiller packte seine Papiere und sein Laptop in eine Tasche, warf sie sich über die Schulter und trat zu Wisting.

»Ich komme mit Ihnen ins Gefängnis«, sagte er.

Wisting nickte.

»Ich muss aber erst nach Hause und Line abholen«, sagte er. »Sie muss mitkommen. Ihr Wagen steht immer noch bei euch.«

30

Es hatte wieder angefangen zu regnen. Line saß in ihrem Arbeitszimmer im Keller und hörte das Rauschen in den Fallrohren.

Amalie brauchte neue Gummistiefel, fiel ihr ein. Aus den alten war sie schon herausgewachsen, und auch das Regenzeug wurde ihr langsam zu klein.

Draußen hupte ein Wagen. Das musste ihr Vater sein. Vor einer Viertelstunde hatte er eine SMS geschickt und Line gebeten, sich bereitzuhalten.

Sie loggte sich aus dem Computer aus, ging die Treppe hinauf, blickte durchs Küchenfenster und sah, dass auch Adrian Stiller im Wagen saß.

Ihr Vater hupte ein zweites Mal.

Line zog sich die Jacke über, verließ das Haus und setzte sich hinten in den Wagen.

»Hallo«, sagte sie.

Stiller drehte sich zu ihr um und lächelte. Der Vater blickte sie im Rückspiegel an.

»Hast du die Autoschlüssel dabei?«, fragte er.

Sie nickte, warf aber sicherheitshalber noch einmal einen Blick in die Handtasche.

»Gibt's was Neues?«, wollte sie wissen.

Ihr Vater schüttelte den Kopf.

»Was war denn das für eine Aktion heute Morgen?«

»Wir sind in eine Hütte auf der Südseite von Eftangland eingedrungen«, erklärte er. »Aber er war nicht da.«

»Wir haben übrigens Ihre Tonausrüstung gefunden«, fügte Stiller hinzu. »Mikro und Sender. Bekommen Sie bald zurück.«

»Er hatte sich also in einer Hütte versteckt«, stellte Line fest. »Und wie lange?«

»Nicht lange.«

»Soll heißen?«

»Er ist mit einem gestohlenen Boot entkommen, vermutlich noch bevor der Helikopter eingesetzt wurde«, erwiderte Stiller. »Das Boot wurde draußen vor Tønsberg gefunden. Dort enden alle Spuren.«

Stiller war mitteilsamer als ihr Vater. Line gefiel das. Dadurch fühlte sie sich beteiligt.

»Und was machen wir jetzt?«, fragte sie weiter.

»Hinweisen nachgehen«, sagte Wisting.

Line schaute aus dem Fenster. Die Antwort ihres Vaters irritierte sie. Vollkommen nichtssagend, eine Antwort von der Sorte, die Journalisten auf Pressekonferenzen bekamen.

»Habt ihr überprüft, mit wem er im Gefängnis Kontakt hatte?«, fragte sie nach einer Weile. »Besucherlisten und so?«

»Daran arbeiten wir gerade«, erwiderte ihr Vater.

Line änderte ihre Sitzposition.

»Konntest du gestern noch mit dem ehemaligen Ermittlungsleiter reden?«, fragte sie.

»Ja.«

»Und was hat er gesagt?«

Der Vater fuhr auf die E18 und erhöhte die Geschwindigkeit.

»Er hat mir erzählt, wie er versucht hat, den Anderen zu finden«, gab er zurück.

»Gibt es Verdächtige?«

Wieder blickte der Vater sie im Rückspiegel an.

»Wir stecken mitten in einem laufenden Fall«, sagte er.

»Jetzt beruhige dich ein bisschen und warte ab, bis alles vorbei ist.«

Line seufzte und fuhr sich demonstrativ mit der Hand über die Stirn.

»Ich bin keine Journalistin mehr«, sagte sie und beugte sich vor. »Ich frage, weil es mich etwas angeht. Ich war dabei, als Tom Kerr geflohen ist. Ich habe von der Explosion noch immer Kopfschmerzen. Ich kann nicht warten, bis alles vorbei ist. Ich werde mich erst beruhigen, wenn er wieder im Gefängnis sitzt.«

Die beiden Männer schwiegen. Lines Vater drehte das Radio lauter. Die Scheibenwischer kratzten über die Frontscheibe. Line schüttelte den Kopf und ließ sich jäh in den Sitz zurücksinken.

»Wo liegt denn diese Hütte, die ihr überprüft habt?«, fragte sie. »Das ist doch wohl nicht geheim. Wie heißt der Besitzer?«

Adrian Stiller drehte sich halb zu ihr um.

»Wir haben Aufnahmen von der Aktion«, sagte er. »Ich könnte versuchen, sie freizugeben.«

Er lächelte.

»Wenn das alles hier vorbei ist«, fügte er hinzu.

31

Das Türschloss summte. Wisting drückte die Gittertür auf, durchquerte das äußere Gefängnisgelände und trat mit Stiller auf den massiven Backsteinbau zu.

Aus einem der Fenster im zweiten Stock rief jemand etwas. Irgendeine verworrene Botschaft über Recht und Gerechtigkeit.

Der Gefängnisdirektor stand oben auf der breiten Treppe und nahm die beiden Polizisten in Empfang. Sie wurden registriert und erhielten nach Vorlage ihrer Dienstausweise Besucherkarten. Danach folgten sie dem Gefängnisdirektor in sein Büro.

»Wir haben die Sicherheitsmaßnahmen in der gesamten Abteilung verschärft und halten die Insassen voneinander getrennt«, erklärte er. »Die haben natürlich über Radio und Fernsehen von Kerrs Flucht erfahren, aber wir wollten sicherstellen, dass untereinander nicht darüber gequatscht wird.«

»Gibt es jemanden, der etwas wissen könnte?«

»Tommy Hornland ist noch immer hier«, erwiderte der Gefängnisdirektor. »Er hat das Ganze ja ins Rollen gebracht.«

»Der Informant?«

»Ja. Wenn jemand etwas erzählen kann, dann wohl am ehesten er. Haben Sie vorher schon mal mit ihm gesprochen?«

Wisting schüttelte den Kopf. Auch Stiller war Hornland nie begegnet und hatte nur die Berichte darüber gelesen, was Tom Kerr ihm über den Mord an Taran Norum anvertraut hatte.

»Lassen Sie sich nicht von seinem Auge irritieren«, warnte der Gefängnisdirektor. »In seinem Kopf passieren weitaus verrücktere Dinge, als an der Außenseite zu sehen sind.«

»Was stimmt denn nicht mit seinem Auge?«

»Er wurde mit einer leeren Augenhöhle geboren. Früher hat er ein Glasauge benutzt, aber jetzt nicht mehr.«

»Wir müssen auch mit Kerrs Kontaktbeamten reden«, sagte Wisting.

»Sein Kontaktbeamter heißt Fredrik Molander. Er war ein paar Tage krankgemeldet, ist jetzt aber wieder bei der Arbeit.«

Der Gefängnisdirektor beugte sich über ein Mikrofon und bat Molander über die interne Sprechanlange, in sein Büro zu kommen.

Wisting präsentierte die Papiere, die ihnen erlaubten, Tom Kerrs Zelle zu durchsuchen.

»Molander kann sie begleiten«, meinte der Gefängnisdirektor.

Ein Mann in den Dreißigern mit ungebügeltem Uniformhemd trat ein. Der Gefängnisleiter stellte Wisting und Stiller vor und bat den Beamten, alle eventuell auftauchenden Fragen zu beantworten.

»Die beiden Kollegen möchten Kerrs Zelle sehen«, schloss er. »Können Sie sich bitte darum kümmern?«

»Selbstverständlich.«

Der Beamte zog ein Schlüsselbund hervor und führte die beiden Polizisten in die Abteilung für Sicherungsverwahrung.

Wisting konnte das Gefühl von Freiheitsberaubung gleichsam am eigenen Leib spüren. Metalltüren, die auf- und zugeschlossen wurden, schwache Leuchtstoffröhren und lange graue Korridore.

»Wie lange waren Sie Kontaktbeamter für Tom Kerr?«, erkundigte er sich.

»Seit er hierherkam«, erwiderte Molander. »Über vier Jahre.«

»Sie haben sich in der Zeit also gut kennengelernt?«

»Das ist Sinn der Sache«, gab Molander zurück. »Ein gutes Verhältnis zwischen Insassen und Kontaktbeamten wirkt sich positiv auf die Sicherheit aus, und das Konfliktniveau sinkt.«

Sie durchquerten einen Gemeinschaftsraum mit Sitzecken und Küchenzeile und betraten einen weiteren Gang.

»Jeder Häftling hat während des gesamten Aufenthalts dieselbe Kontaktperson«, fuhr Molander fort. »Wir unterstützen sie und sind auch ihre Gesprächspartner.«

Seine Erklärung wirkte etwas belehrend, doch Wisting hörte darüber hinweg.

»Worüber haben Sie denn gesprochen?«, fragte er.

»Vor allem über die praktischen Angelegenheiten während der Haft. Beratung und Unterstützung. Hilfe bei diversen Anträgen. Motivationstraining für die Teilnahme an Kursen und Aktivitäten. Zukunftsplanung.«

»Welche Pläne hatte Kerr für die Zukunft?«

Fredrik Molander blieb vor einer Zellentür stehen.

»Unabhängig vom Grund ihrer Verurteilung und dem geplanten Entlassungszeitpunkt sollte man immer die Resozialisierung der Häftlinge im Blick behalten«, sagte er und schob einen Schlüssel in das Türschloss.

Ein Stück entfernt rief jemand etwas Unverständliches aus einer der Zellen.

»Meine wichtigste Aufgabe hier ist es, da zu sein«, fuhr Molander fort und drehte den Schlüssel behutsam herum. »Ich versuche, einen positiven Faktor im Alltag zu verkörpern.«

Hinter der massiven Metalltür befand sich ein Raum, der etwa zwei mal fünf Meter maß. Er enthielt ein Bett, einen

Schreibtisch, Regale mit Aktenordnern, einen Schrank, ein Waschbecken, einen Fernseher und eine Pinnwand.

Wisting ging hinein, trat ans Fenster und blickte zwischen den Gitterstäben hindurch. Der leere Innenhof war von einer sieben Meter hohen Mauer umgeben. Dahinter waren eine üppige Waldlandschaft und ein blaugrauer Himmel zu sehen.

Stiller las vor, was auf einem Zettel an der Pinnwand stand:

»Gesetze sind wie Telefonmasten – du kannst nicht über sie hinwegspringen, sie aber umgehen.«

Wisting widmete sich dem Schreibtisch, auf dem ein Stapel mit Fachliteratur lag. Philosophie, Psychologie, ein Fachbuch über Strafrecht und zwei Selbsthilfebücher.

Er setzte sich und zog Latexhandschuhe über, ehe er die oberste Schublade aufzog. Sie enthielt CDs, Schreibzeug, Briefumschläge und Briefmarken. In einer Mappe lagen Briefe von der Strafvollzugsbehörde, eine andere enthielt die Korrespondenz mit verschiedenen anderen Behörden.

Wisting legte die Mappen zurück und nahm einen Schreibblock aus der Schublade. Es stand nichts darauf, aber die Schrift von der Seite darüber hatte sich auf das Papier durchgedrückt. Wisting hielt den Block schräg ins Fensterlicht, um etwas erkennen zu können. Es schien sich um ein offizielles Schreiben gehandelt zu haben. Als Absender war der Name Tom Kerr zu erkennen. Beim Empfänger schien es sich um die Haft- und Verwahrungsanstalt Ila zu handeln. Der Brief war mit einer Betreffzeile überschrieben gewesen, unter die ein dicker Strich gesetzt worden war.

Wisting legte den Block beiseite, um ihn später mitzunehmen.

In der untersten Schublade lag ein Stapel Briefe, der von einem Gummiband zusammengehalten wurde. Er nahm das Band ab und inspizierte den obersten Brief. Er stammte von Lone Mellberg, das Datum lag drei Wochen zurück. Sie bedankte sich für das Gespräch beim letzten Besuch und schrieb, dass sie verstehen könne, wie schwer es ihm falle, offen über seine Gefühle zu sprechen.

Die meiste Zeit meines Lebens war ich gefühlsmäßig nicht anwesend, schrieb sie mit runden Buchstaben. *Ich weiß also, wie es dir geht. Auch ich wurde nicht dazu erzogen, meine Gefühle zu zeigen. Doch wenn man Gefühle zu lange zurückhält, drängen sie irgendwann nach außen. Ich hoffe, ich kann deinen Damm zum Einsturz bringen ...*

In der Art ging es weiter. Nichts in der Korrespondenz zwischen Tom Kerr und Lone Mellberg konnte als Vorbereitung zur Flucht gedeutet werden.

»Hier!«, sagte Adrian Stiller plötzlich.

Er war beim Durchsuchen des Schranks auf einen Zettel gestoßen.

»*Theo Dermann*«, las er vor.

Auf dem Zettel standen der Name und die Adresse von den Briefen, die Lone Mellberg nach eigener Aussage aus dem Gefängnis geschmuggelt hatte.

Wisting wandte sich an den Kontaktbeamten, der am Türrahmen lehnte.

»Sagt Ihnen der Name etwas?«, fragte er. »Theo Dermann?«

Molander schüttelte den Kopf. Wisting warf einen Blick in das Schrankfach, wo der Zettel gelegen hatte.

»Sonst noch was?«, fragte er.

»Das war alles«, sagte Stiller und legte den Zettel in einen Beweisbeutel.

Wisting kehrte zum Schreibtisch zurück und machte mit den Briefen von Lone Mellberg das Gleiche.

Die dritte Schublade enthielt Artikel aus dem Gefängnisladen: Bonbons, Kekse, Kartoffelchips, Schokolade, Erdnüsse und Kakaopulver.

Im Regal über dem Schreibtisch standen Aktenordner mit Dokumenten zu den gegen ihn erhobenen Anklagen und Briefe von seinem Rechtsanwalt. Der letzte war die Kopie eines Schreibens an die Versicherungsgesellschaft wegen der ausgebliebenen Auszahlung der Versicherungssumme nach dem Feuer auf dem Hof in der Østmarka.

Wisting und Stiller suchten weiter nach Notizen zur Planung der Flucht oder Hinweisen auf die Kommunikation mit einer Kontaktperson außerhalb des Gefängnisses.

Der Mülleimer unter dem Schreibtisch war leer. Nichts steckte hinter der Pinnwand oder dem Spiegel über dem Waschbecken. Vergeblich durchsuchten sie das Bett, blätterten in Zeitschriften und schauten in alle Bücher.

Wisting wandte sich erneut an Molander.

»Hat er irgendwas gesagt oder getan, was Sie im Nachhinein als relevant für die Flucht bezeichnen könnten?«

Molander schüttelte den Kopf.

»Eigentlich nicht. Wir haben die Möglichkeiten eines Hafturlaubs und einer Entlassung auf Bewährung nach Verbüßung der Mindesthaftzeit diskutiert. Ich war ehrlich zu ihm und habe ihm meine Meinung gesagt. Meine Einschätzung war, dass es ganz sicher keine vorzeitige Haftentlassung geben werde, wenn er keine persönlichen Fortschritte erkennen ließ. Ich glaube, dass ihn das auf den Gedanken gebracht hat, auch den dritten Mord zu gestehen, um irgendwie weiterzukommen.«

Wisting beugte sich hinunter und schaute unter das Bett, unter dem ein Paar Pantoffeln stand. Er zog sie hervor und überzeugte sich davon, dass nichts darinsteckte. Dann richtete er sich wieder auf und sah Molander an.

»Erzählen Sie mir, wie es hier mit dem Telefonieren gehandhabt wird«, bat er.

»Inwiefern?«

»Wenn Tom Kerr jemanden draußen anrufen wollte, wie lief das ab?«

»Er kann anrufen, wen er will, hat aber bloß zwanzig Minuten Sprechzeit pro Woche, von Montag bis Freitag. Dazu muss er ein Telefon benutzen, das im Dienstraum an der Wand hängt. Alle privaten Gespräche werden abgehört. Die Kontrolle über seine Briefe hatten Sie ja ohnehin schon.«

Wisting nickte.

»Und Sie als Vollzugsbeamte wussten das?«, fragte er.

»Natürlich«, erwiderte Molander in einem selbstsicheren, fast hämischen Ton.

»Und wie streng werden die Vorschriften eingehalten?«, fragte Stiller.

»Gespräche mit der Polizei oder dem Rechtsanwalt werden nicht auf die offizielle Sprechzeit angerechnet«, erklärte er. »Die werden auch nicht abgehört.«

»Aber wäre es den Häftlingen theoretisch möglich, sich zusätzliche Sprechzeit zu verschaffen, zum Beispiel im Rahmen eines Gesprächs mit einem Psychologen oder Sozialarbeiter? Dürfte der Häftling deren Büroanschluss verwenden?«

Molander schüttelte den Kopf.

»Nicht für private Gespräche.«

»Die Flucht war allerdings sehr gut geplant«, wandte Stiller ein. »Er muss mit jemandem im Vorfeld darüber kommuniziert haben.«

»Besucher«, mutmaßte Molander. »Entweder direkt oder indem jemand Nachrichten rein- und rausgeschmuggelt hat.«

Wisting trat wieder ans Fenster. Draußen im Innenhof hatte der Regen Pfützen hinterlassen.

Sie wussten, dass Lone Mellberg zwei Briefe von Kerr hinausgeschmuggelt hatte, jedoch brauchte man für einen detaillierten Fluchtplan eine Kommunikation in beide Richtungen.

Und bislang hatte Lone Mellberg abgestritten, etwas ins Gefängnis hineingeschmuggelt zu haben.

»Sie sollten mal seinen Anwalt unter die Lupe nehmen«, fuhr Molander fort.

»Claes Thancke?«

»Wäre jedenfalls nicht das erste Mal, dass er abseits seines Berufes agiert hätte.«

Wisting äußerte sich nicht zu diesem Kommentar. Falls der Anwalt als Kurier aufgetreten wäre, hätte Tom Kerr nicht Lone Mellberg benutzen müssen, um Briefe für ihn einzuwerfen.

»Wir sind dann hier fertig«, erklärte er und ließ den Blick noch einmal durch die Zelle schweifen. »Können wir dann mit dem Informanten sprechen?«

»Tommy Hornland«, sagte Molander und nickte. »Allerdings hat er gerade eine schlechte Phase.«

Wisting und Stiller traten aus der Zelle.

»Inwiefern?«

»Er bewegt sich an der Grenze zur Psychose, aber der Arzt will seine Medikation nicht erhöhen. Noch nicht.«

Molander schloss die Zellentür und verriegelte sie.

»Warten Sie doch bitte im Besucherzimmer.«

32

Line empfand es als pure Zeitverschwendung, nach Oslo hineinzufahren, nur um den Wagen zu holen und wieder nach Hause zu fahren. Während sie den Parkplatz hinter dem Gebäude der Kripo verließ, rief sie Ingar Holm an. Er war Producer bei Septemberfilm und ihr Ansprechpartner für die Filmdoku. Schon am Vorabend hatten sie miteinander telefoniert. Sie hatte ihm Einblick in ihre Filmaufnahmen gewährt, und jetzt wollte er sie unbedingt persönlich sprechen. Er hatte sogar einen anderen Termin abgesagt und versprochen, einen Redaktionsraum aufzutreiben, damit sie sich die Aufnahmen gemeinsam ansehen konnten.

Eine Viertelstunde später war Line in Nydalen. Holm erwartete sie am Empfang. Er war etwa zehn Jahre älter als sie und hatte an unzähligen Fernsehproduktionen mitgewirkt – von Realityshows bis zu großen Dramaserien.

»Nina Gullow kommt auch dazu«, sagte er und führte sie in einen Gang. »Sie hat die Aufnahmen noch nicht gesehen.«

Line hatte Nina Gullow schon einmal kurz kennengelernt. Als Herstellungsleiterin war sie für die organisatorische Steuerung zuständig, sobald eine Produktion beschlossene Sache war. Sie wartete bereits im Redaktionsraum und erhob sich von ihrem Stuhl, als Line und Holm eintraten.

»Was für eine Entwicklung«, sagte sie und reichte Line die Hand. Ihre Stimme klang rau und heiser, strahlte aber Autorität aus.

»Wann bekommen wir offiziell Zugang zu dem Material?«

»Das kann noch eine Weile dauern«, erklärte Line und setzte sich. »Die Abmachung lautet, dass das Material freigegeben wird, sobald ein rechtskräftiges Urteil gegen Tom Kerr vorliegt. Und das wird nicht morgen passieren. Sie müssen ihn ja erst mal finden.«

Nina Gullow schien die Antwort nicht zu gefallen.

»Ich stehe in engem Dialog mit Adrian Stiller, dem Ermittlungsleiter bei der Kripo«, fuhr Line fort. »Er hat mir Bilder von der missglückten Aktion letzte Nacht versprochen.«

Ingar Holm ließ die Aufnahme von der Ankunft in Eftang ablaufen. Line sah die Bilder jetzt zum siebten Mal.

»Gibt es unter Umständen einen Interessenkonflikt mit Ihrem Vater?«, erkundigte sich Gullow. »Er ist doch stark in die Sache involviert.«

Line schüttelte entschieden den Kopf. »Das Problem ist eher, dass er mir nichts erzählt. Ich glaube ja, dass da mehr im Gange ist, als was in den Nachrichten gebracht wird.«

»Was denn?«

»Ich glaube, es geht dabei um den Anderen. Anscheinend steckt er hinter der ganzen Sache und hat die Flucht vorbereitet.«

Gullow nickte nachdenklich.

»Tom Kerr hat dabei vermutlich als Lockvogel fungiert«, fuhr Line fort. »Der Andere wurde vielleicht herbeigelockt, indem Kerr aus dem Gefängnis geholt wurde. Ich weiß nicht, ob die Polizei das einkalkuliert hatte, aber irgendwas passiert jedenfalls hinter den Kulissen.«

Auf dem Bildschirm war der erste Sturz von Tom Kerr zu sehen. Niemand sagte etwas, als er aufstand und weiterging. Als er erneut hinfiel, bat Line darum, die Aufnahme noch einmal in Zeitlupe laufen zu lassen. Man konnte sehen, wie Tom Kerr sich das Blut aus dem Gesicht wischte und seine Finger ableckte.

»Da!«, sagte Line und zeigte auf den Handschellenschlüssel in Kerrs Mund.

»Wahnsinn!«, rief Gullow. »Und was hat die Polizei jetzt vor? Gibt es was Neues?«

»Sie haben den ehemaligen Ermittlungsleiter der beiden Fälle hinzugezogen, für die Kerr verurteilt wurde«, erwiderte Line. »In diesem Moment sind sie im Gefängnis, um mit den Angestellten und anderen Insassen zu reden.«

»Sie müssen unbedingt ganz dicht dranbleiben«, sagte Gullow. »Sammeln und dokumentieren Sie so viele Informationen wie möglich.«

»Jetzt kommt es gleich!«, warnte Ingar Holm.

Tom Kerr war losgelaufen. Nina Gullow starrte auf den Bildschirm und wartete, bis der Lichtblitz der Explosion zu sehen war. Überwältigt von den Bildern pfiff sie durch die Zähne.

Die Kamera fiel zu Boden. Erde und Sand regneten herab. Die blonde Polizistin tauchte im Bild auf. Sie hörten die Stimme von Wisting, der wissen wollte, ob Line unverletzt war, und ihr befahl, an Ort und Stelle zu bleiben, während das Kamerabild zeigte, wie die offensichtlich verletzte Polizeibeamtin einem Kollegen beistand.

»Wer ist die Kleine?«, wollte Nina Gullow wissen.

»Ich weiß nicht«, erwiderte Line. »Sie ist noch nicht so lange bei der Polizei. Auf dem Weg vom Gefängnis habe ich mich im Wagen ein bisschen mit ihr unterhalten.«

Auf dem Bildschirm folgte der Polizeihund Tom Kerr in den Wald.

»Spul mal etwas zurück zu der jungen Frau«, bat Nina Gullow.

Holm kam ihrer Bitte nach und hielt die Aufnahme an, als die Polizistin sich nahe an der Kamera befand. Ihr langes Haar war zu einem Zopf geflochten, der ihr über die Schulter fiel. Ihr Gesicht wies mehrere kleine Verletzungen auf.

»Sie ist hübsch«, meinte Nina Gullow. »Finden Sie raus, wer sie ist. Wenn jemand vor der Kamera erzählt, was passiert ist, dann sollte sie es sein.«

33

Wisting stand am Fenster des Besucherzimmers und schaute in den Regen hinaus. Eine Krähe spazierte ungestört durch den Innenhof und pickte auf dem Boden herum. Schon seit zehn Minuten warteten sie auf Tommy Hornland. Die Handys hatten sie am Empfang abgeben müssen. Falls es neue Entwicklungen im Fall Tom Kerr gab, würden sie erst davon erfahren, wenn sie die Gefängnismauern wieder hinter sich gelassen hatten.

Die Tür wurde geöffnet, Wisting drehte sich um. Tommy Hornland war ein großer, dünner Mann mit spitzer Nase und ungepflegtem Haar. Er hatte seine Mutter erstochen und war zudem wegen versuchten Mordes an seinem Vater und seiner Schwester verurteilt worden.

Fredrik Molander setzte sich auf einen Stuhl neben der Tür. Der Häftling ließ sich auf ein Sofa sinken. Sein einäugiger Blick wirkte gleichermaßen argwöhnisch wie abwesend. Die faltige Haut seines Augenlids bedeckte die leere Augenhöhle.

»Vielen Dank«, sagte Wisting und blickte den Vollzugsbeamten an. »Sie können draußen warten.«

Für einen Augenblick schien Molander protestieren zu wollen, doch dann erhob er sich und verließ den Raum.

Wisting stellte sich und Stiller vor. Das Ledersofa knirschte, als Hornland sich darauf bewegte.

»Hab's gewusst«, sagte er und fing an, sich vor und zurück zu wiegen.

Wisting sah zu Stiller, der bloß mit den Schultern zuckte.

Tommy Hornland befand sich jetzt anscheinend in einem anderen mentalen Zustand als zum Zeitpunkt seines Gesprächs mit den Ermittlern der Abteilung für alte und ungelöste Kriminalfälle.

»Hab's die ganze Zeit gewusst«, sagte er.

»Was haben Sie gewusst?«, fragte Stiller.

»Ihr hättet wissen müssen, dass er abhaut«, fuhr Hornland mit einem vorwurfsvollen Schnauben fort. »Alle wussten es.«

»Wir haben entsprechende Vorsichtsmaßnahmen getroffen«, entgegnete Stiller.

»Alle wissen doch, dass ein hungriger Löwe angreift«, sagte Hornland. »Alle wussten, dass Tom Kerr fliehen wollte.«

»Die Flucht war gut geplant«, sagte Stiller. »Offenbar hat er Hilfe bekommen.«

Tommy Hornland verschränkte die Arme vor der Brust.

»Von dem Anderen«, konstatierte er. »Der ihm immer geholfen hat.«

»Hat er mal über den Anderen gesprochen?«, fragte Wisting.

»Niemand weiß, wer er ist«, erwiderte Hornland, ohne auf die Frage einzugehen.

Er schlug ein Bein über das andere und lehnte sich seitlich an die Sofalehne.

»Er hat euch benutzt, genauso wie er mich benutzt hat«, sagte er und wippte mit dem Fuß. »Ich hätte es früher kapieren sollen. Das Geständnis war falsch. Also, nicht wirklich falsch, denn er hat das Mädchen ja getötet. Aber er hat nur deshalb angefangen, mit mir zu reden, weil er aus dem Gefängnis rauswollte.«

Tommy Hornland tippte sich mit dem Zeigefinger an die Stirn, wie um anzudeuten, dass er die Zusammenhänge begriffen hatte.

»Er hat nicht nur mit mir gesprochen, sondern auch mit anderen hier drinnen. Mit allen. Er hat darauf vertraut, dass sich irgendeiner von uns mit der Information an einen Wärter wendet. Ich hab's getan. Ihr wäret nicht darauf reingefallen, wenn er plötzlich zu euch gekommen wäre und gestanden hätte, also hat er mich dafür benutzt. Und ihr habt den Köder geschluckt. Ihr habt ihn hier rausgeholt.«

Obwohl er abgehackt sprach, klangen seine Überlegungen logisch und rational.

»Er hat lange für seine Planung gebraucht«, meinte Hornland. »Jahre. Viele Jahre.«

»Wie konnte er das aus dem Gefängnis heraus organisieren?«, fragte Wisting. »Er muss doch mit jemandem draußen geredet und Hilfe bekommen haben.«

Tommy Hornland spähte mit seinem Auge zur Tür hinüber.

»Der Andere«, wiederholte er. »Der ihm immer geholfen hat. Bei allem.«

»Wie würden Sie das machen, wenn Sie mit jemandem draußen kommunizieren wollten?«, fragte Stiller. »Ohne dass die Wärter es mitkriegen?«

»Ich würde Nachrichten schicken«, erwiderte Hornland und sah wieder zur Tür, als ob er gern aus dem Raum hinauswollte. »Für einige ist das einfacher als für andere. Viel einfacher.«

»Für wen ist das einfacher?«

»Für viele.«

»Für wen denn genau?«

Tommy Hornland ließ den Kopf kreisen und blickte Wisting mit seinem Auge an.

»Es ist einfacher für die, die einen Anwalt haben«, erwiderte er. »Die Anwälte kommen und gehen. Rein und raus. Die ganze Zeit. Ich hab keinen Anwalt. Seit zwölf Jahren nicht mehr. Ich hab auch keine Frau oder einen Bruder. Ich hab eine Schwester, aber die kommt nicht hierher.«

Wisting sah Hornland nachdenklich an. Er nickte verständnisvoll und versuchte, das Gespräch in eine Richtung zu lenken, aus der sich relevante Informationen ergeben könnten, aber Hornlands Antworten wurden immer unklarer. Schließlich stand Wisting auf und klopfte an die Tür, um das Ende des Gesprächs zu melden.

Hornland blieb im Besucherzimmer, während Wisting und Stiller wieder zum Empfang begleitet wurden, wo sie ihre Handys zurückerhielten.

Wisting hatte elf Anrufe bekommen, darunter zwei von Semmelmann und zwei von der Polizeipräsidentin. Die restlichen Nummern waren ihm nicht bekannt. Vermutlich Journalisten.

Er rief die Polizeipräsidentin an, während sie durch den Regen zum Wagen gingen.

»Gibt's was Neues?«, wollte sie wissen.

»Nein«, sagte er. »Wir haben gerade das Ila-Gefängnis verlassen.«

»Die Spezialeinheit will mit Ihnen reden«, informierte ihn die Polizeipräsidentin. »Ein Ermittler kommt nach Larvik. Sie sollten für ihn erreichbar sein.«

34

»Wir sollten mit Floyd Thue sprechen«, meinte Stiller, als sie wieder im Wagen saßen. »Dem ehrenamtlichen Besucher vom Roten Kreuz. Der wohnt gar nicht weit von hier entfernt, in Bekkestua.«

Wisting warf einen Blick auf das mächtige Gefängnisgebäude, bevor er vom Parkplatz wegfuhr.

»Glauben Sie, der ist jetzt zu Hause?«, fragte er.

»Laut meinen Unterlagen ist er Investor und arbeitet von zu Hause aus. Erstellt Finanzanalysen. Kauft und verkauft Aktien übers Internet. Wir könnten es mal probieren.«

Er suchte die Adresse heraus und gab sie ins Navi ein. Thue wohnte fast genau an der Strecke, die nach Vestfold zurück führte. Sie fuhren Richtung Süden und kamen an einem Golfplatz entlang. Die Bebauung war spärlich, nahm aber immer mehr zu. Schon bald befanden sie sich in einem Villenviertel mit großen Gärten. Das Navi lenkte sie in eine Sackgasse.

»Nummer 32«, sagte Stiller und zeigte auf ein weiß gestrichenes Einfamilienhaus mit glasierten Dachziegeln.

Das geschwungene Tor aus Schmiedeeisen stand offen. Wisting bog auf den Platz vor dem Haus ein. Es waren keine Autos zu sehen, doch unter dem Haus schien es eine große Garage zu geben.

»Er wohnt allein«, erklärte Stiller. »War nie verheiratet. Keine Kinder.«

Wisting betrachtete das prächtige Anwesen. Große runde Säulen säumten den Eingangsbereich.

»Warum besucht jemand, der hier wohnt, einen Mörder im Gefängnis?«, wunderte er sich.

»Am besten fragen wir ihn«, meinte Stiller und stieg aus.

Die schwarz gestrichene Flügeltür war beeindruckend. Die Klingel hörte sich an wie ein Glockenspiel, und Wisting hätte es nicht weiter gewundert, wenn die Tür von einem Butler oder Diener geöffnet worden wäre.

Der Mann, der schließlich an die Tür kam, war in den Dreißigern. Sein Aussehen und seine Kleidung standen in auffälligem Kontrast zu dem Haus. Das dünne, schüttere Haar klebte am Schädel, seine Haut war blass, sein spitzes Kinn wirkte leicht schief, und auf der linken Wange hatte er eine große und zwei kleinere Warzen.

»Floyd Thue?«, fragte Wisting.

»Ja, das bin ich.«

Wisting hatte sich einen Mann im Anzug vorgestellt, doch Floyd Thue trug eine abgeranzte, verschlissene Trainingshose und ein T-Shirt mit Kaffeeflecken.

»Wir sind von der Polizei«, erklärte Stiller. »Es geht um Tom Kerr.«

»Ich habe eigentlich schon auf Ihren Besuch gewartet«, entgegnete Thue und fügte hinzu, dass er Wisting im Fernsehen gesehen habe.

Die beiden Polizisten wurden zu einem Arbeitszimmer auf der Rückseite des Hauses geführt. Auf einem riesigen Schreibtisch in Hufeisenform standen zahlreiche Bildschirme. Zwei davon waren eingeschaltet und zeigten die sich ständig verändernden Börsendaten. Durch einen Vorhangschlitz drang ein wenig Licht in den Raum.

Da es keine Besucherstühle gab, ging Thue nach nebenan und holte zwei Esszimmerstühle.

»Sie standen auf Tom Kerrs Besucherliste«, begann Wisting das Gespräch. »Wie oft haben Sie ihn besucht?«

»Ein- bis zweimal im Monat«, erwiderte Thue.

»Wie lange haben Sie das gemacht?«

»Fast fünf Jahre. Es gibt drei Insassen, die ich regelmäßig besuche. Ich brauche mit dem Wagen nur eine Viertelstunde bis zum Gefängnis.«

Stiller beugte sich ein wenig vor.

»Darf ich Sie fragen, warum Sie das tun?«

Floyd Thue lehnte sich zurück und spielte gedankenverloren an der größten seiner Warzen herum.

»Ich möchte etwas Nützliches für die Gesellschaft tun«, sagte er schließlich. »Bei dem, was ich hier mache, geht es nur um Geld und Zahlen.«

Er deutete mit der Hand auf die Bildschirme.

»Die Menschen, mit denen ich sonst zu tun habe, sind in derselben Branche wie ich. Wir reden über dieselben Dinge. Als ehrenamtlicher Besucher im Gefängnis bekomme ich andere Impulse. Eine ganz andere Perspektive auf das Leben.«

»Worüber haben Sie gesprochen?«

»Über Verschiedenes, meist aber über philosophische oder ethische Fragen. Über Freiheit zum Beispiel.«

»Freiheit?«

Thue lächelte. »Im Grunde genommen hat der Mensch immer die Freiheit zu wählen«, sagte er. »Wir können uns sogar entscheiden, kriminelle Handlungen zu begehen, die gegen die Normen und Regeln der Gesellschaft verstoßen, aber dann müssen wir eben auch die Konsequenzen dieser Entscheidung akzeptieren. Viele von den Häftlingen in Ila sind dort, weil sie eine falsche Entscheidung getroffen haben. Aber hat der Menschen eigentlich einen freien Willen?«

Er ließ die Frage in der Luft hängen, als wollte er wissen, was die beiden Polizisten darüber dachten. Schließlich schüttelte er den Kopf und beantwortete die Frage selbst.

»Was wir für eine freie und unabhängige Entscheidung

halten, ist in Wirklichkeit die unvermeidliche Folge vorangegangener Ereignisse«, sagte er. »Genauso wie man vorhersehen kann, dass ein hungriger Löwe eine Beute jagt, kann man vorhersehen, welche Entscheidung ein Mensch treffen wird, wenn wir dabei seine Vorgeschichte berücksichtigen.«

Wisting erkannte das Bild mit dem Löwen wieder.

»Besuchen Sie auch Tommy Hornland?«, fragte er.

»Mit ihm haben Sie auch gesprochen?«, erwiderte Thue und lächelte.

»Wir kommen gerade aus Ila«, meinte Wisting.

»Freiheit lässt sich von verschiedenen Seiten betrachten«, fuhr Thue fort. »Handlungsfreiheit wird ja für gewöhnlich als Möglichkeit verstanden, zu tun, was wir wollen. Aber je größer unsere Handlungsfreiheit ist, desto größer ist auch die Verantwortung, die wir übernehmen müssen. Man könnte die Sache also auch umkehren und sagen, dass die absolute Freiheit in der totalen Verantwortungslosigkeit liegt, im Unmündigsein. Aus dieser Perspektive heraus kann die Freiheit auch in einem Fixierbett in Ila erlebt werden. Wer dort angeschnallt wird, hat keine Wahlmöglichkeit. Er muss keine Verantwortung übernehmen. Er kann einfach nur daliegen, festgeschnallt und total ausgeliefert. Für Tommy Hornland ist das die optimale Freiheit.«

Wisting dachte daran, wie Tom Kerr und der Andere ihre Opfer gefesselt hatten, ließ es aber unerwähnt.

»Die Häftlinge werden natürlich nie die gleiche finanzielle Freiheit oder Handlungsfreiheit wie ich besitzen. Doch sie würden Freiheit ganz anders und viel intensiver erleben, als ich es jemals könnte. Diese Art von Freiheit können nur die Menschen empfinden, die gefangen gehalten wurden. So gesehen könnte man sogar neidisch werden.«

Thue schien zu begreifen, dass seine Worte Gefahr liefen,

falsch verstanden zu werden. Er lächelte und versuchte, sie zu präzisieren.

»Je mehr man über den Begriff der Freiheit nachdenkt, desto schwieriger wird es«, sagte er. »In Gedanken kann man noch viel weiter gehen, denn die Gedanken sind ja frei. Gleichwohl heißt es in allen Religionen, dass man nicht einmal in Gedanken sündigen soll. Was es einem leichter macht, seine eigene Freiheit einzuschränken. Wir bauen uns unsere eigenen Gefängnisse. Ich versuche, meine Gedanken frei fliegen zu lassen, ein Freidenker zu sein, in jeder Hinsicht. Das endet dann oft mit etwas unbeholfenen Aussagen.«

»Haben Sie mit Kerr über seine Taten gesprochen?«, fragte Stiller.

»Nein. Aber natürlich wusste ich davon. Ich habe den Prozess verfolgt.«

Thue sah wieder Wisting an.

»Es war reiner Zufall, dass ich als ehrenamtlicher Besucher für Tom Kerr eingeteilt wurde«, erklärte er. »Das war kein Wunsch von mir, nur um das klarzustellen. Als ehrenamtlicher Besucher braucht man einen guten Leumund. Das haben Sie bestimmt schon nachgeprüft. Und vermutlich wissen Sie auch von meinem Vater.«

Wisting schüttelte den Kopf.

»Mein Vater hat in Ila gesessen«, erklärte Thue. »Als Kind durfte ich ihn nie besuchen. Es mag seltsam wirken, dass ich heute andere Insassen dort besuche, aber es ist, wie es ist.«

Er änderte seine Sitzposition und warf einen Blick auf ein paar rote Zahlen auf dem einen Bildschirm.

»Kerr und ich haben durchaus interessante Gespräche geführt, aber er hat nie davon gesprochen zu fliehen.«

»Wann waren Sie zuletzt dort?«

»Letzte Woche.«

»Worüber haben Sie da gesprochen?«

»Unter anderem über Sühne und Versöhnung, aber nichts in seinen Worten hat auf sein Vorhaben hingewiesen.«

»Hat er Sie je um einen Gefallen gebeten?«

»Nein, nie. Andere, die ich besuche, haben mal gefragt, ob ich etwas von McDonald's oder Pizza Hut mitbringen könnte. Das ist so ungefähr das Einzige, was erlaubt ist. Kerr hat mich nie um etwas gebeten.«

»Er hat Sie nicht gefragt, ob Sie etwas für ihn mit aus dem Gefängnis nehmen können?«

»Nein.«

»Wurde der Name Theo Dermann mal erwähnt?«

Thue massierte wieder seine Warze an der Wange, ohne dass sich daraus eine Antwort ablesen ließ. Schließlich schüttelte er den Kopf.

»Wer ist das?«, fragte er.

»Nur ein Name, der im Lauf der Ermittlungen aufgetaucht ist.«

Stiller und Wisting stellten noch einige Fragen und baten Thue, seine Aktivitäten der letzten Tage zu schildern. Er war überwiegend zu Hause gewesen, hatte eine Putzfirma im Haus gehabt und sich Essen an die Tür liefern lassen. Darüber hinaus konnten ihm nur die Computer ein Alibi verschaffen.

»Tut mir leid, dass ich nicht so viel beitragen konnte«, sagte er schließlich und stand auf. »Ich hoffe, Sie finden ihn.«

Er begleitete sie hinaus. Es regnete immer noch. Die Frontscheibe war von innen beschlagen, und Wisting musste die Heizung einschalten.

»Was denken Sie?«, fragte er Stiller und sah hinüber zu dem Mann, der auf der Vortreppe stand.

»Ich denke, wir sollten ihn beschatten lassen.«

35

Über die Freisprechanlage kam ein Anruf herein. Der Mann am anderen Ende der Leitung stellte sich als Terje Nordbø vor, Ermittler der Spezialeinheit für interne Polizeiangelegenheiten.

Wisting kannte ihn flüchtig von einer unangenehmen Begegnung vor einigen Jahren. Nordbø hatte ihm vorgeworfen, in einem Mordfall falsche Beweise fabriziert zu haben. Damals hatte er den Eindruck gewonnen, als sei Nordbø im Voraus von seiner Schuld überzeugt gewesen, aber letztlich hatte sich Wisting hoch erhobenen Hauptes aus der Affäre ziehen können.

»Es geht um potenzielle Dienstversäumnisse, die dazu führten, dass Kerr sich dem Strafvollzug entziehen konnte«, fuhr der interne Ermittler in formellem Ton fort. »Falls ich Ihre Polizeipräsidentin recht verstanden habe, stehen Sie für eine Vernehmung zur Verfügung.«

Wisting sah zu Stiller, ohne am Telefon zu erwähnen, dass er nicht allein im Wagen saß.

»In Ordnung«, sagte er. »Gegen Ende der Woche würde es bei mir passen.«

»Wir sind in Larvik und sähen es gern, wenn die Befragung heute stattfinden könnte«, entgegnete Nordbø. »Ich dachte, die Polizeipräsidentin hätte Sie darüber in Kenntnis gesetzt.«

»Verstehe«, sagte Wisting.

Er konnte in anderthalb Stunden in Larvik sein, hatte aber

keine Lust, sich abzuhetzen. Es gab andere Dinge, die Vorrang hatten.

»Ich bin momentan in Bærum beschäftigt, sollte aber gegen vier Uhr bei Ihnen sein«, meinte Wisting.

Damit hätte er ein paar Stunden Spielraum.

»Dann machen wir das so«, erwiderte Nordbø. »Wir haben uns im Hotel Farris Bad eingerichtet.«

Wisting beendete das Gespräch und sah wieder Stiller an.

»Haben Sie auch was von denen gehört?«, fragte er.

»Nein, aber vermutlich bin ich es, den sie drankriegen wollen«, erwiderte Stiller. »Die hören sich erst die anderen Erklärungen an und grillen mich dann zum Schluss. Typische Polizeitaktik.«

Das Handy klingelte erneut. Diesmal rief Semmelmann an.

»Ich bin auf dem Weg zu einer Besprechung mit der Fahndungsgruppe, die für den Mordfall Nanna Thomle zuständig ist«, erklärte der ehemalige Ermittlungsleiter. »Meiner Ansicht nach wäre es ganz sinnvoll für alle, wenn Sie dabei wären.«

»Wann und wo?«, fragte Wisting.

»Polizeidienststelle Lillestrøm«, erwiderte Semmelmann. »Um zwei Uhr.«

Wisting blickte Stiller fragend an. Der wollte ebenfalls dabei sein und nickte.

»Dann sehen wir uns da«, sagte Wisting und beendete das Gespräch.

Sie mussten quer durch Oslo auf die andere Seite der Stadt. Der Verkehr staute sich vor der Einfahrt auf die Ringautobahn, und sie kamen fünfzehn Minuten verspätet an. Eine Beamtin am Empfang lotste sie weiter in die oberen Etagen. An einem großen Konferenztisch saßen sechs Ermittler und warteten auf sie. Eine Frau in den Vierzigern erhob sich von ihrem Stuhl am Tischende.

»Reidun Koksvik«, begrüßte sie die beiden und stellte sich als Ermittlungsleiterin vor.

Wisting setzte sich auf einen freien Stuhl neben Semmelmann. Stiller nahm an der anderen Seite des Tisches Platz. Es gab eine kurze Vorstellungsrunde, bevor Wisting sich zu dem Fall äußern konnte. Er verzichtete auf die Beschreibung der missglückten Überwachung von Tom Kerr und erzählte nur, dass sie ein Sommerhaus gefunden hätten, wo Kerr sich umgezogen und die Schlüssel zu einem Boot gestohlen habe.

»Haben Sie irgendeinen Hinweis darauf, wer ihm geholfen haben könnte?«, wollte Koksvik wissen.

Wisting erzählte von den Briefen an einen gewissen Theo Dermann, die Lone Mellberg aus dem Gefängnis hinausgeschmuggelt hatte.

»Theo Dermann«, wiederholte ein junger Ermittler. »Klingt nach einem falschen Namen.«

Wisting legte den Kopf schräg.

»Was haben Sie gesagt?«, fragte er.

Der junge Ermittler hatte einen westnorwegischen Akzent. Wisting hatte verstanden, was er gesagt hatte, aber die Äußerung hatte irgendetwas in ihm ausgelöst.

»Dass es ein Tarnname sein könnte. Selbst wenn er nicht im Melderegister auftaucht, könnte doch trotzdem irgendwo ein Briefkasten mit diesem Namen hängen.«

»Die Adresse stimmt aber auch nicht«, entgegnete Wisting. »In Oslo gibt es keinen Anton Brekkes vei.«

Er notierte, dass er sich noch bei Hammer erkundigen musste, wie weit dieser mit seiner Nachfrage bei der Post gekommen war.

Reidun Koksvik bedankte sich für die Erläuterungen und begann mit einer Rekapitulation des Mordes an Nanna Thomle.

»Es gibt hier signifikante Übereinstimmungen mit den

Morden, für die Tom Kerr verurteilt wurde, aber auch mit dem Verschwinden von Taran Norum«, erklärte sie. »Das hat uns zu der Überlegung veranlasst, inwieweit der Andere dahintersteckt.«

Sie projizierte ein Bild des Mordopfers auf den Großbildschirm an der Wand. Wisting kannte es aus verschiedenen Medienberichten. Ein rundes, von blondem Haar eingerahmtes Gesicht mit blauen Augen, Sommersprossen und vollen Lippen.

»Nanna Thomle, zweiundzwanzig Jahre alt«, berichtete Koksvik. »Hat in einer Kaffeebar in der Universitetsgate in Oslo gearbeitet. Single, keine längere Beziehung. Wohnte bei ihrer Mutter.«

Das nächste Foto stammte von der Überwachungskamera am Bahnhof. Die Zeitangabe in der Ecke verriet, dass es am 14. Juli um 01:47 Uhr gemacht worden war.

»Das ist das letzte Foto, das wir von ihr haben«, erklärte Koksvik.

Sie wartete einen Augenblick, ehe sie zu einem Satellitenfoto wechselte, auf dem die Wohnung von Nanna Thomle markiert war. Die Entfernung zum Bahnhof war mit 732 Metern angegeben, die Luftlinie war kürzer.

»Es gab keinerlei Hinweise, die mit diesem Fall in Verbindung gebracht werden könnten«, fuhr Koksvik fort. »Wir haben sämtliche Bewegungen sowie den Autoverkehr in der Umgebung analysiert, Mobilfunkdaten untersucht und Kameraaufzeichnungen berücksichtigt. Nichts, was uns weiterbringen könnte.«

Sie ließ den Blick einmal über die anwesenden Ermittler schweifen. Niemand schien etwas kommentieren zu wollen.

»Vor sechs Wochen wurde ein abgerissener rechter Arm im Svartskog gefunden, einem Waldgebiet in Oppegård zwischen dem Gjersjø und dem Bunnefjord.«

Koksvik illustrierte die Fakten mit einem Kartenausschnitt.

»Sofort wurde eine umfassende Suche gestartet, bei der weitere Leichenteile auftauchten. Nach einer Weile fand man auch den Ort, wo sie vergraben gewesen waren. Mehrere davon wiesen typische Anzeichen auf, dass Tiere sie ausgegraben und mit sich gezerrt hatten.«

Weitere Aufnahmen folgten, unter anderem von Seilresten an Fuß- und Handgelenken. Nahaufnahmen zeigten, dass alle Seile auf dieselbe Art verknotet waren.

»Seile mit identischen Knoten wurden an den beiden Leichen im Wald hinter dem Hof von Tom Kerr gefunden«, fuhr Reidun Koksvik fort. »Es gab keinerlei DNA-Spuren. Die Leichenteile waren mit flüssigem Chlor gereinigt worden. Von außen und von innen.«

Diese Details hatte Wisting bereits von Stiller erfahren, die Fotos hingegen kannte er noch nicht.

»Was sind das für Abdrücke am Oberschenkel?«, fragte er und deutete auf den Bildschirm.

An einem der Schenkel zeichneten sich zwei schwache diagonale Streifen ab. Die Haut an den Stellen war etwas dunkler als sonst.

Reidun Koksvik nickte, wie um Wistings Beobachtungsfähigkeit anzuerkennen.

»Es gibt solche Spuren auch an anderen Leichenteilen«, sagte sie. »Die Techniker gehen davon aus, dass die Leichenteile nach der Zerstückelung in Plastikboxen mit gerilltem Boden verpackt wurden. Anschließend wurden die Boxen mit Chlor gefüllt. Die Rillen haben sich in die zuunterst liegenden Leichenteile dauerhaft eingezeichnet.«

»Konnten Sie herausfinden, welche Art von Plastikboxen verwendet wurden?«

»Sehr wahrscheinlich stammen die von einem schwedischen Produzenten namens Smartstore«, erwiderte Koksvik. »In Norwegen werden die unter anderem in den Europris-Geschäften verkauft. Der Abstand zwischen den Rillen weist darauf hin, dass 70-Liter-Boxen verwendet wurden.«

»Er muss mindestens zwei oder drei benutzt haben«, fügte der junge Ermittler hinzu, der sich schon vorhin zu Wort gemeldet hatte. »Wir haben alle Menschen überprüft, die in den letzten zwölf Monaten solche Behälter gekauft haben. Allerdings sind wir darauf angewiesen, dass sie bargeldlos bezahlt oder ihre Kundenkarte eingescannt haben.«

Wisting nickte und blätterte in seinen Unterlagen.

»Es gibt ein Detail an diesem Fundort, das sich von den Fundstätten der Opfer Thea Polden und Salwa Haddad unterscheidet«, bemerkte Semmelmann. »Diese beiden Leichen waren etwa einen Meter tief im Moorboden vergraben. Die Leichenteile von Nanna Thomle hingegen lagen so weit an der Oberfläche, dass Tiere sie ausgraben konnten.«

Ein Ermittler, der bis jetzt nichts gesagt hatte, ergriff das Wort.

»Der Untergrund im Svartskog ist wesentlich fester, und es gibt viel mehr Baumwurzeln«, erklärte er. »Daher ist es viel schwerer, dort zu graben, und außerdem war er allein. Falls sie doch gefunden werden sollte, war das Risiko eher gering. Er wusste ja, dass die Behandlung mit Chlor funktioniert, und musste nicht befürchten, dass die Polizei DNA-Spuren finden würde.«

»Wurde in diesem Gebiet nach weiteren Leichen gesucht?«, fragte Wisting.

Reidun Koksvik blickte ihn fragend an.

»Ich denke an Taran Norum«, erklärte Wisting. »Sie wurde ja nie gefunden. Falls es sich um denselben Täter handelt, hat er sie vielleicht in derselben Gegend vergraben.«

»In der Umgebung des Fundorts gab es eine Spurensuche mit Hunden. Gefunden wurde dabei allerdings nichts.«

Das Gespräch am Tisch setzte sich fort. Wisting behielt die Zeit im Auge. Er musste erst Stiller bei der Kripo absetzen, bevor er zurück nach Larvik fahren und die Kollegen von der Spezialeinheit treffen würde.

Als sie nach der Besprechung nach draußen traten, hatte der Regen aufgehört, doch die grauen Wolken hingen noch immer tief am Himmel.

»Sie werden es nicht rechtzeitig zu Ihrer Verabredung mit der Spezialeinheit schaffen«, meinte Stiller, als sie sich in den Wagen setzten.

»Die können warten«, erwiderte Wisting.

36

Die Hauptmeldung der Radionachrichten lautete, dass Tom Kerr sich weiterhin auf freiem Fuß befand. Einer der verletzten Polizeibeamten lag noch immer im Krankenhaus, wohingegen die anderen bereits wieder entlassen worden waren.

Line bog von der Autobahn ab und steuerte auf einen Rastplatz zu. Sie könnte einen Informanten bei der Polizei gebrauchen, dachte sie. Eine andere Quelle als ihren Vater. Jemanden, der ein wenig offener reden konnte. Auch jemand anderen als Adrian Stiller. Vielleicht die verletzte Polizistin?

Allerdings kannte sie deren Namen nicht. Adrian Stiller hatte Line den anderen Polizisten vorgestellt und ihre Rolle erläutert, aber niemand von ihnen hatte sich namentlich vorgestellt. Natürlich könnte sie die Videoaufnahmen noch einmal abhören und auf die Nennung von Namen achten, doch dann hatte sie plötzlich eine andere Idee.

Die unbekannte Polizistin hatte erwähnt, dass sie ihr praktisches Jahr in Larvik absolviert, anschließend zwei Jahre in Nordnorwegen gearbeitet und jetzt eine Schwangerschaftsvertretung in Larvik übernommen hatte.

Line zog ihr Handy hervor und startete eine Suche bei *Østlands-Posten*. Jedes Jahr im Herbst brachte die Lokalzeitung einen Bericht über die Absolventen der Polizeihochschule, illustriert mit einem Gruppenbild vor dem Polizeigebäude.

Line fand den gesuchten Artikel mit dem Foto und vergrößerte ein Gesicht nach dem anderen. In der dritten Reihe fand sie die junge Polizistin, als Vierte von links. Die Bildunterschrift verriet, dass sie Maren Dokken hieß.

Die Recherche im Onlinetelefonbuch ergab genau einen Treffer. Maren Dokken, wohnhaft in Hammerdalen. Line kannte die Adresse. Es war ein Wohnkomplex, nur wenige Hundert Meter vom Polizeigebäude entfernt.

Sie schickte Maren Dokken eine SMS, erinnerte an ihre Begegnung und erkundigte sich, ob es ihr gut gehe. Außerdem schrieb sie ihr, dass sie die Ereignisse aufgezeichnet habe, und bot ihr an, bei ihr vorbeizukommen und ihr das Video zu zeigen.

Eine Antwort blieb aus.

Line ließ den Motor an und fuhr zurück auf die Autobahn. Der Regen hatte kräftig zugenommen. Er donnerte gegen die Frontscheibe und erschwerte die Sicht. Als sie wieder von der Autobahn abfuhr und auf Larvik zusteuerte, traf eine SMS ein. Line warf einen Blick aufs Display, sie stammte von Maren Dokken. *Bin krankgeschrieben. Kommen Sie gern vorbei.* Dazu war die Adresse angegeben.

In zehn Minuten, schrieb Line zurück.

Maren Dokken wohnte in der zweiten Etage eines sechsstöckigen Komplexes. Sie stand schon an der Wohnungstür und wartete, als Line die Treppe hinaufkam. Auf ihrem blassen Gesicht klebten zwei Pflaster, und ihr linker Arm lag dicht am Körper an. Sie sah noch sehr mitgenommen aus.

»Wie geht es Ihnen?«, fragte Line.

»Ich hatte Glück«, entgegnete die junge Polizistin. »Ein paar Sehnenrisse in der Schulter, aber sie haben mich wieder zusammengeflickt. Ich wurde heute früh entlassen.«

»Ich hatte noch mehr Glück«, sagte Line. »Hab nur ein paar blaue Flecken abbekommen.«

Sie warf einen Blick in die kleine Wohnung. »Sind Sie allein?«

»Im Augenblick schon«, erwiderte Maren Dokken und ließ Line eintreten.

In einer Vase standen frische Blumen. Auf einem Tischchen lagen eine Tafel Schokolade und ein noch nicht ausgewickelter Blumenstrauß. Line ärgerte sich, dass sie nichts mitgebracht hatte.

»Meine Eltern sind im Ausland und kommen erst in ein paar Tagen wieder nach Hause«, erzählte Maren Dokken. »Gerade waren ein paar Kollegen zu Besuch.«

»Haben sie was über Kerr gesagt?«, erkundigte sich Line.

»Nur, dass alle nach ihm suchen.«

»Er ist mit einem Boot entkommen«, berichtete Line. »Sie haben es draußen vor Tønsberg gefunden.«

»Ich hab's gehört«, sagte die Polizistin und nickte. »William Wisting ist doch Ihr Vater, oder?«

»Stimmt«, sagte Line mit einem Lächeln. »Das hätte ich eigentlich schon im Bus sagen sollen.«

»Möchten Sie Tee oder Kaffee?«, fragte Maren Dokken.

»Nein, danke«, erwiderte Line. »Machen Sie sich keine Umstände.«

Sie setzten sich auf ein Sofa, und Line zog ihr Laptop hervor.

»Haben Sie schon was von meinen Aufnahmen gesehen?«, fragte sie. »Ich habe die Dateien an die Polizei geschickt.«

Maren Dokken schüttelte den Kopf.

»Am Freitag soll's ein neues Debriefing geben«, sagte sie. »Vielleicht wird dabei etwas gezeigt.«

Line stellte das Laptop auf den Tisch und berichtete von ihrem geplanten Dokumentarfilm.

»Laut Absprache kann ich die Aufnahmen verwenden, wenn das Verfahren abgeschlossen ist«, erklärte sie.

»Die von mir auch?«

»Wir können die selbstverständlich wegredigieren, wenn Sie nicht dabei sein möchten.«

Maren Dokken schien allerdings nichts gegen eine Mitwirkung an dem Projekt einzuwenden zu haben.

»Wir würden gern jemanden interviewen, der dabei war«, sagte Line. Sie verzichtete darauf, die Polizistin zu fragen, ob sie sich das vorstellen könne. Dafür war es noch zu früh.

»Sind Sie bereit?«, fragte sie stattdessen und schob den Mauszeiger an die Startposition.

Maren Dokken griff mit der unverletzten Hand nach einem Kissen, legte es sich in den Schoß und nickte.

Die Aufnahme setzte da ein, wo der an Händen und Füßen gefesselte Tom Kerr aus dem gemieteten Minibus stieg.

»Ich habe meine Bachelorarbeit über Menschen wie ihn geschrieben«, sagte Maren. »Über Verbrecher, die von Bosheit angetrieben werden. Sadisten, die sich an den Schmerzen erfreuen, die sie anderen zufügen.«

Sie zog einen Vorhang zu, damit sich das Licht vom Fenster nicht auf dem Bildschirm spiegelte. Dann verfolgten sie, wie Tom Kerr das Kinn in die Höhe reckte und in den Himmel spähte.

»Es gibt nicht viele wie ihn«, fuhr Maren Dokken fort. »Menschen ohne Gewissen.«

»Kennen Sie den Fall?«, fragte Line.

»Ich habe den Prozess verfolgt«, sagte Maren Dokken. »Als ich meine Bachelorarbeit schrieb, habe ich Kontakt zu einem der Gerichtspsychiater aufgenommen, die ihn untersucht haben.«

»*Wir müssen reden*«, hörten sie Kerr zu seinem Anwalt sagen.

Es entspann sich eine Diskussion, an deren Ende Kerr und sein Anwalt sich hinten in dessen Wagen setzten.

»Ich durfte die Berichte lesen«, fuhr Maren fort. »Da stand noch viel mehr als nur das, was beim Prozess bekannt wurde. Er hat einmal ein gleichaltriges Nachbarsmädchen gefesselt, da war er zehn oder zwölf. Er hat sie ausgezogen, ihr eine Plastiktüte über den Kopf gestülpt und alle möglichen perversen Dinge mit ihr gemacht.«

Line wusste, dass Tom Kerr als Kind Haustiere in der Nachbarschaft gequält hatte, aber diese Geschichte war ihr neu.

»Es gab auch noch andere Hinweise darauf, dass etwas ganz und gar nicht mit ihm stimmte, aber niemand hat was unternommen«, ergänzte Maren Dokken.

»Was denn zum Beispiel?«

»Er hat Nacktbilder von sich selbst an ein paar Mitschülerinnen verschickt, ohne Gesicht natürlich.«

»Dick-pics«, bemerkte Line.

Maren Dokken nickte.

»Das war ja noch in der Zeit, bevor alle Handys hatten, also Papierfotos. Darauf war zu sehen, wie er sich mit einem scharfen Messer die Vorhaut aufritzte oder sich mit einem Feuerzeug verbrannte. Die hat er dann zusammen mit anderen Fotos verschickt, die er heimlich von den Mädchen geschossen hatte.«

Line verzog das Gesicht.

»Creepy.«

»Man hätte ihn untersuchen müssen, als er noch klein war«, meinte Maren Dokken. »Vielleicht hätte er eine Therapie in der Kinder- oder Jugendpsychiatrie machen können. Übrigens war genau das mein Thema – die frühzeitige Entdeckung und Intervention bei Fehlentwicklungen.«

»Wie heißt denn der Gerichtspsychiater, der Sie bei Ihrer Bachelorarbeit unterstützt hat?«, wollte Line wissen.

»Elias Wahlberg. In Tønsberg.«

Line schrieb sich den Namen auf. Maren Dokken verfolgte die Geschehnisse auf dem Bildschirm.

»Ich wüsste zu gern, worüber die beiden gesprochen haben«, sagte sie. Tom Kerr und Claes Thancke waren zu sehen, die in dem Mercedes mit den getönten Scheiben saßen und sich unterhielten. Uniformierte Polizisten hatten den Wagen umstellt. Maren Dokken stand vorn vor dem Wagen und konnte die beiden Männer durch die Frontscheibe beobachten.

»Was haben Sie gesehen?«, fragte Line.

»Es war kaum etwas zu erkennen«, erwiderte Maren. »Die haben ja hinten gesessen. Kerr hat in ein paar Papieren geblättert, die er aus einem Umschlag gezogen hatte. Der Anwalt hat weggeguckt, als handle es sich um etwas Privates. Danach hat Thancke ihm etwas auf seinem Handy gezeigt.«

Line spitzte die Ohren.

»Hat Kerr das Handy des Anwalts benutzt?«

Maren Dokken schüttelte den Kopf.

»Dann hätte ich eingegriffen«, sagte sie. »Nein, die haben bloß etwas angeschaut.«

Auf dem Bildschirm wurden die Autotüren geöffnet. Kerr stieg aus. Sender und Mikrofon wurden wieder an ihm befestigt. Line und Maren Dokken konnten seinen schleppenden Atem hören, als er sich in Bewegung setzte.

Dann sahen sie, wie er stolperte. Als er zum zweiten Mal hinfiel, hielt Line die Aufnahme an und erklärte, wie Kerr den Schlüssel für die Handschellen im Mund verborgen hatte.

»Könnten Sie noch mal ein Stück zurückspulen?«, fragte Maren Dokken.

Line ließ die Stelle noch einmal laufen. Das Bild wackelte, weil Line die Kamera packte und sie sich von einer Schulter auf die andere setzte.

»Da!«, sagte Maren Dokken.

Line fror das Bild ein.

»Der Baum«, sagte Maren Dokken und zeigte auf den Bildschirm. »Es sieht so aus, als hätte jemand ein Stück Borke herausgeschnitten.«

Line hatte die Aufnahme mehrmals angesehen, ohne dass ihr der Baum aufgefallen war. Maren Dokken hatte recht.

»Könnte ein Zeichen sein«, sagte sie. »Eine Markierung.«

»Damit er weiß, wo er hinfallen und den Schlüssel aufheben soll«, ergänzte Maren Dokken.

Line blickte die Polizistin überrascht an. Maren Dokken hatte schnell gedacht und womöglich die richtige Schlussfolgerung gezogen. Line fragte sich, ob Adrian Stiller und ihr Vater es ebenfalls bemerkt hatten, und notierte sich die genaue Zeit in der Aufnahme, um ihnen später einen Screenshot zu schicken.

Die Aufnahme lief weiter. Aus dem Blickwinkel der Kamera war nicht zu erkennen, ob Kerr etwas vom Boden aufhob.

Marens Atem beschleunigte sich etwas, als sie sah, wie sich der kleine Trupp dem Zaun an der ehemaligen Weide näherte. Gespannt verfolgte sie die Bilder, zuckte zusammen, als es knallte, sagte aber nichts, als sie sich selbst auf dem Bildschirm entdeckte.

Der Film dauerte noch gut zwanzig Minuten. Line hatte weitere Aufnahmen vom Zeitraum nach der Explosion, die unter anderem zeigten, wie Maren Dokken auf eine Trage verfrachtet und weggebracht wurde, doch sie bot ihr nicht an, diese Bilder auch noch anzuschauen. Sie musste nämlich bald Amalie abholen und hatte beschlossen, vorher einzukaufen.

»Danke«, sagte Maren Dokken. »Es war gut, sich das noch einmal anzuschauen. Ich hatte so viele unklare Bilder im Kopf. Jetzt weiß ich, was passiert ist.«

Line packte ihr Laptop ein und machte sich zum Gehen bereit. Sie brachte es nicht über sich, die Polizistin zu fragen, ob sie in dem Dokumentarfilm mitwirken wollte. Es war einfach nicht der richtige Zeitpunkt.

»Darf ich Ihre Bachelorarbeit lesen?«, fragte sie stattdessen.

Maren Dokken lächelte.

»Ich kann sie Ihnen zuschicken«, sagte sie. »Ich habe eine Eins dafür bekommen.«

Line erhob sich und gab ihr ihre Visitenkarte.

»Ich hoffe, sie schnappen ihn«, sagte sie. »So schnell wie möglich.«

Maren Dokken trat an die Anrichte in der Küche und nahm eine Schmerztablette aus einer Packung. Eine Windböe peitschte den Regen gegen das Fenster.

»Ich auch«, sagte sie. »Ich mag gar nicht daran denken, dass er irgendwo da draußen ist.«

37

Das Telefon klingelte, als Wisting den Wagen vor dem Hotel abstellte. Die Nummer war ihm unbekannt, vermutlich war es jemand von der Spezialeinheit. Er hatte fast eine Stunde Verspätung.

»Wisting«, meldete er sich und blieb geschützt vor dem Regen im Auto sitzen.

»Tim Skage«, meldete sich ein Mann. »Ermittlungsabteilung Oslo West. Haben Sie fünf Minuten für mich?«

Wisting beugte sich vor und nahm an, der Anruf beträfe Tom Kerr.

»Worum geht es denn?«, fragte er.

»Ich habe hier einen verdächtigen Todesfall«, erklärte der Polizeibeamte. »Chris Paust Backe, siebenunddreißig Jahre, wurde vor drei Wochen tot in einer ausgebrannten Wohnung aufgefunden.«

»Mord?«

»Brand- und Todesursache sind noch unklar. In Lunge und Luftröhre wurde Kohlenmonoxid nachgewiesen, er ist also an einer Rauchvergiftung gestorben. Aber jetzt ist der toxikologische Bericht gekommen. In seinem Blut wurden Spuren von Aceton und anderen Lösungsmitteln gefunden.«

»Drogenabhängig?«

»Ja, seit vielen Jahren. Er hatte auch noch so einiges mehr auf dem Kerbholz. Natürlich kann er das Zeug gesnifft haben«, meinte Skage. »Jedenfalls gibt es Hinweise darauf, dass er bewusstlos war, als das Feuer ausbrach.«

Er legte eine kleine Pause ein. Wisting spähte zum Hoteleingang hinüber.

»Ursprünglich wurde die Sache als klassischer Wohnungsbrand eingestuft«, fuhr Skage fort. »Er hatte einen uralten Herd in der Küche. Die technischen Untersuchungen haben gezeigt, dass eine der Platten voll aufgedreht war und dass auf dieser Platte eine Bratpfanne stand. Das Feuer hat sich allerdings sehr schnell ausgebreitet. Außerdem wurden Reste einer brennbaren Flüssigkeit an verschiedenen Stellen nachgewiesen, und die Techniker vermuten, dass das Feuer absichtlich gelegt wurde. Wenn man zwei und zwei zusammenzählt, kommt Mord dabei raus.«

»Aber weswegen rufen Sie mich überhaupt an?«, fragte Wisting.

»Da wir die Sache nicht einfach als Unfall abtun konnten, haben wir mit Leuten gesprochen, die das Opfer kannten«, erklärte Skage. »Es gibt zwei interessante Zeugenaussagen, die etwa gleichlautend sind, nämlich dass Chris Paust Backe in den Tagen vor seinem Tod versucht hat, sich eine Handfeuerwaffe und eine Handgranate zu beschaffen.«

Wisting runzelte die Stirn und sah sich selbst im Rückspiegel.

»Was gestern bei Ihnen passiert ist, stellt unseren Fall natürlich völlig auf den Kopf«, fuhr Skage fort. »Der Mörder, nach dem wir suchen, könnte identisch mit dem Mann sein, der Tom Kerr bei der Flucht geholfen hat. Wir haben also in gewisser Weise gemeinsame Interessen.«

»Was wissen Sie noch?«, fragte Wisting. »Hat vielleicht jemand erzählt, was dieser Typ mit der Handgranate vorhatte? Hat er sich überhaupt eine beschaffen können?«

»Nun, in dem Milieu, in dem Chris Paust Backe unterwegs war, wird ja nicht so viel geredet, aber es heißt, dass er weder die Granate noch die Pistole für sich selbst besorgen wollte, sondern für jemand anderen.«

»Wer das ist, wissen Sie nicht?«

»Nein, aber wir wissen, dass es ihm gelungen ist, die Waffen zu beschaffen. Eine Freundin hat die Handgranate bei ihm zu Hause gesehen, und wir haben auch Informationen, woher er sie hatte.«

»Nämlich?«

»Von Tallak Gleich. Der ist hier bei uns bekannt. Wohnt in Billingstad. Wir bereiten gerade eine Aktion vor und schnappen ihn uns im Laufe des Abends. Vielleicht wäre es interessant für Sie, dabei zu sein?«

Wisting schloss die Augen und spürte deutlich, dass seine Schläfe zu pochen begann.

Vor einer Stunde war er an Billingstad vorbeigekommen und würde jetzt genauso viel Zeit brauchen, um wieder zurückzufahren. Der Termin mit der Spezialeinheit würde vermutlich nicht länger als eine Stunde in Anspruch nehmen.

»Ich könnte in etwa zwei Stunden bei Ihnen sein«, erwiderte er und öffnete die Autotür.

»Dann bis später«, sagte der andere und legte auf.

38

Die Spezialeinheit hatte sich in einem der Konferenzräume im Untergeschoss des Hotels eingerichtet. Wisting blieb an der Türöffnung stehen und telefonierte noch kurz mit Nils Hammer. Er informierte ihn über den Anruf von Tim Skage und bat ihn, mit nach Billingstad zu kommen. Hammer erklärte, dass er in einer Stunde fertig sei und ihn gern begleite. Wisting beendete das Gespräch und schloss die Tür des Konferenzraums hinter sich.

Terje Nordbø blickte von einem Laptop mit großem Bildschirm auf.

»Tut mir leid«, sagte Wisting und deutete auf das Telefon, bevor er es in die Tasche steckte.

Nordbø stand auf. Er trug einen eng geschnittenen, anscheinend neuen Anzug, hatte sich seit ihrer letzten Begegnung vor fünf Jahren ansonsten aber nicht wesentlich verändert. Damals war es Wisting so vorgekommen, als hätte Nordbø sich schon vor Beginn der Befragungen ein Urteil gebildet. Die gesamten Ermittlungen der Spezialeinheit waren einzig darauf ausgerichtet gewesen, Wistings Schuld zu beweisen. Nordbøs Mitarbeiter waren wie Jagdhunde gewesen, mit einem klaren Ziel vor Augen: ihn zu fassen. Während der Ermittlungen war Wisting vom Dienst suspendiert gewesen und hatte von der Seitenlinie aus um den Beweis seiner Unschuld kämpfen müssen. Das Endergebnis war für Nordbø nur schwer zu akzeptieren gewesen.

Sie begrüßten sich mit Handschlag.

Eine Videokamera war auf einen leeren Stuhl gerichtet. Nordbø bat Wisting, Platz zu nehmen.

»Ich wollte eben Ihre Polizeipräsidentin anrufen«, sagte er.

Wisting rückte mit dem Stuhl näher an den Tisch. Er spürte Nordbøs Feindseligkeit.

»Weshalb denn?«, fragte er.

Nordbø überprüfte die Kameraeinstellung.

»Es ist etwas unglücklich, wenn Sie die Treffen mit uns hinauszögern«, erwiderte er. »Es ist außerordentlich wichtig, Klarheit darüber zu erlangen, was gestern geschehen ist.«

Wisting schüttelte den Kopf, um anzudeuten, dass von Verzögerung keine Rede sein konnte.

»Ich war beschäftigt«, sagte er, als die rote Lampe an der Kamera aufleuchtete. »Leider muss ich auch bald wieder weiter.«

Nordbø musterte Wisting und ließ sich viel Zeit, die Formalitäten im Zusammenhang mit einer Aussage vor der Spezialeinheit zu erläutern. Daraufhin wurde Wisting gebeten, den Handlungsverlauf des vergangenen Tages wiederzugeben. Er schilderte die Ereignisse in groben Zügen. Nordbø machte sich keine Notizen, warf aber ab und an einen prüfenden Blick auf die Kamera.

»Der komplette Ablauf wurde gefilmt«, schloss Wisting. »Die Aufnahmen bieten einen guten Überblick. Haben Sie die schon gesehen?«

Nordbø gab keine Antwort.

»Wer war als leitender Ermittler für den Ortstermin verantwortlich?«, fragte er stattdessen.

»Wir haben uns die Verantwortung geteilt«, erwiderte Wisting. »Ziel des Ortstermins war, dass Tom Kerr uns zu der Leiche von Taran Norum führen sollte. Formal betrachtet handelt es sich immer noch um eine Vermisstensache im Bereich des Polizeidistrikts Oslo, allerdings wurde die Verantwortung auf die Einheit für ältere und ungelöste Fälle bei der Kripo übertragen. Adrian Stiller war für die taktische Leitung zuständig und stand im Dialog mit Kerr. Der Ortstermin sollte im Polizeidistrikt Südost stattfinden und fiel daher rein örtlich betrachtet in meinen Kompetenzbereich. Ich hatte Kommissar Kittil Gram für die operative Leitung ausgewählt.«

»Sie haben einen operativen Leiter ausgewählt«, wiederholte Nordbø. »Das heißt also, dass Sie die Aufgabe delegiert haben?«

Wisting nickte.

»Ich habe die Aufgabe jemandem übertragen, der dafür kompetenter war als ich.«

»Aber wenn Sie sich in einer Position befinden, in der Sie bestimmte Aufgaben delegieren können, würde das doch bedeuten, dass Sie die letztendliche Verantwortung tragen, nicht wahr?«, hakte Nordbø nach.

»Ja«, erwiderte Wisting. »Ich hatte die Verantwortung vor Ort.«

»Was heißt das?«

»Unter anderem war es meine Aufgabe, den Ortstermin zu organisieren und vorzubereiten«, sagte Wisting.

»Was bedeutet das konkret?«

»Wie gesagt: einen operativen Leiter auszuwählen, aber auch die Mannschaften herbeizuschaffen, die seiner Ansicht nach für die Aktion nötig waren. Darüber hinaus stand ich in unmittelbarem Kontakt mit der Kripo und habe die Erkundung und Absicherung der betreffenden Gegend veranlasst.«

Nordbø verzog den einen Mundwinkel zu einem halben Lächeln. Wisting hatte sofort das Gefühl, dass er in eine Falle getappt war.

»Wann haben Sie diese Erkundung denn durchgeführt?«, fragte Nordbø.

»Am Freitag.«

Nordbø blickte in seine Unterlagen.

»Freitag, der 11. September«, sagte er. »Vier Tage vor dem Ortstermin.«

Wisting begriff, worauf der andere hinauswollte.

»Ganz richtig«, erwiderte er.

»Wäre es nicht zweckdienlicher gewesen, das am Tag vor dem Ortstermin zu tun?«, fragte Nordbø. »Vier Tage sind eine lange Zeit. Genügend Zeit, um eine Waffe und eine Handgranate zu deponieren.«

»Das Ziel der Erkundung bestand darin, uns mit den Gegebenheiten des Ortes vertraut zu machen, und nicht, einen möglichen Fluchtversuch zu vereiteln. Grundsätzlich sollte niemand wissen, wo oder wann der Ortstermin stattfinden würde. Niemand sollte Gelegenheit bekommen, eine Flucht vorzubereiten.«

»Die Fakten sprechen für sich«, wandte Terje Nordbø ein.

Wisting ging nicht auf die Bemerkung ein. Nordbø blätterte weiter in seinen Unterlagen.

»Welche Maßnahmen wurden ergriffen, um einer Flucht vorzubeugen?«, fragte er.

»Wir waren zahlenmäßig überlegen«, erwiderte Wisting. »Außerdem waren Kerrs Bewegungsmöglichkeiten begrenzt. Er war an Händen und Füßen gefesselt.«

»Eine Flucht war demnach nicht nur eine hypothetische Möglichkeit?«, fragte Nordbø. »Obwohl niemand wusste, wann und wo der Termin stattfinden sollte, haben Sie trotzdem Vorsichtsmaßnahmen ergriffen?«

»Natürlich«, sagte Wisting und nickte. »Man schließt eine Versicherung ab, auch wenn man nicht damit rechnet, dass das Haus abbrennt.«

»Weshalb waren Sie nicht bewaffnet?«

Wisting lehnte sich zurück und sah auf die Uhr.

»Das war eine Bedingung von Kerr und seinem Anwalt«, erklärte er und berichtete, dass die Frage sogar in der obersten Polizeibehörde erörtert worden war.

»Aber Sie haben diese Bedingung akzeptiert?«

»In Abstimmung mit Stiller und dem operativen Leiter«, sagte Wisting und nickte abermals.

»Wäre es denn in Ihren Kompetenzbereich gefallen, die letztendliche Entscheidung darüber zu treffen?«

»Ja, aber die Vorgaben der obersten Polizeibehörde waren eindeutig. Auf Kerr wurde seinerzeit während der Festnahme geschossen. Hätten wir auf Bewaffnung bestanden, wäre es gar nicht zu dem Ortstermin gekommen.«

»Sie sind das Risiko also eingegangen?«

Wisting drückte die Schultern durch.

»Ich äußere mich gern zum Handlungsverlauf und zu den Verantwortungsstrukturen«, sagte er. »Andere dürfen meine Entscheidungen gern beurteilen. Ich werde noch eine Evaluierung des eigentlichen Ortstermins veranlassen, aber das muss warten. Meine derzeitige Priorität besteht darin, Tom Kerr zu finden.«

Ein leichtes Zucken in seinem Mundwinkel verriet, dass Nordbø die Antwort nicht gefiel.

»Wer hat die Entfernung der Fußfesseln veranlasst?«, fragte er.

Wisting ließ sich etwas Zeit mit der Antwort. Die Entscheidung war gemeinsam gefällt worden, allerdings hatte das letzte Wort bei Kittil Gram gelegen.

»Das Gelände war unwegsam«, erklärte er. »Kerr ist zweimal gestürzt. Wir fanden es zweckdienlich, ihm die Fußfesseln abzunehmen.«

»Aber wer hat das entschieden?«

»Kittil Gram.«

»Es war also nicht Ihr Vorschlag?«

Wisting zögerte erneut. Er wusste nicht mehr genau, wie es dazu gekommen war und wer sich wie geäußert hatte.

»Sein Anwalt hat darum gebeten«, fiel ihm schließlich ein. »Er wollte, dass wir Hand- und Fußfesseln entfernen. Ich schlug vor, ihm nur die Fußfesseln abzunehmen, um ihm das Gehen zu erleichtern, aber ungeachtet dessen war Kittil Gram der operative Leiter. Die letztendliche Entscheidung lag bei ihm.«

»Doch Sie hatten ihn ausgewählt«, beharrte Nordbø. »Sie waren sein Vorgesetzter. Hätte er Ihnen widersprochen?«

»Ja«, entgegnete Wisting entschieden.

»Sie sind zehn Jahre älter als er«, wandte Nordbø ein. »Allein aufgrund Ihres Dienstalters verfügen Sie über die entsprechende Autorität und Kompetenz.«

»Aber Kittil Gram hat große Erfahrung im operativen Bereich«, erwiderte Wisting. »Ich bin ohnehin der Ansicht, dass die Einschätzung richtig war, und habe auch kein Problem, die Verantwortung dafür zu übernehmen.«

Nordbø stellte noch einige Fragen dazu, wie Wisting auf die Explosion reagiert und anschließend gehandelt habe.

»Erzählen Sie mir von der elektronischen Überwachung«, bat er dann.

»Zu den Details kann ich mich nicht so gut äußern«, sagte Wisting. »Ich habe erst nach der Flucht erfahren, dass Kerr mit einem Sender versehen worden war. Stiller hatte die erforderliche Genehmigung eingeholt und sich um die praktischen Dinge gekümmert.«

»Aber der Sender führte dazu, dass Sie die ganze Zeit glaubten, Tom Kerr befinde sich in der Nähe, nicht wahr?«, fragte Nordbø.

Wisting nickte. »Wir konnten ihn orten und bis zu einem

Sommerhaus verfolgen. Dort wurden dann Beobachtungsposten eingerichtet und eine Aktion vorbereitet.«

»Wurde auch ein sofortiger Zugriff in Erwägung gezogen?«

»Ja, aber wir fanden es aus taktischen Gründen sinnvoller abzuwarten. Es war ja offensichtlich, dass Kerr einen Fluchthelfer hatte. Er war auch weiterhin auf Hilfe angewiesen, und wir beschlossen daher abzuwarten, um beide gleichzeitig zu stellen.«

»Und den sogenannten Anderen festzunehmen?«

»Diese Möglichkeit hielten wir durchaus für denkbar«, bestätigte Wisting.

Nordbø ordnete seine Unterlagen neu.

»Dieser Andere wird seit fünf Jahren gesucht«, sagte er. »Könnte die potenzielle Festnahme Ihre Entscheidung beeinflusst haben?«

»Wie meinen Sie das?«

»Hat die Möglichkeit einer Verhaftung des Anderen Sie vielleicht geblendet und zu einer Fehleinschätzung geführt?«

»Welche Fehleinschätzung?«

»Nun, Tom Kerr war ja gar nicht mehr in dem Sommerhaus. Er war längst weitergezogen. Der Andere ist nie aufgetaucht. Ihre Entscheidung abzuwarten hat Kerr doch bloß einen weiteren Vorsprung verschafft.«

»Ausgehend vom Informationsstand zu jenem Zeitpunkt war das keine Fehleinschätzung«, wandte Wisting ein. »Abgesehen davon war das nicht meine Entscheidung.«

»Und wer hat dann die Entscheidung getroffen?«

»Die Polizeipräsidentin.«

»Aber Sie haben ihr den Vorschlag unterbreitet?«

Wisting nickte. Auf den Anderen zu warten war Stillers Initiative geschuldet gewesen. Er schien einkalkuliert oder sogar geplant zu haben, dass der Ortstermin mit einer Flucht enden könnte. Wenn sich jemand von der Möglichkeit, den Anderen zu fassen, hatte blenden lassen, dann Stiller.

»Polizeipräsidentin Kiil ist meine Vorgesetzte«, sagte Wisting, ohne auf Stillers Rolle einzugehen. »Insofern war es naheliegend, dass ich ihr den Vorschlag unterbreitet habe. Sie und ihr Stab haben das Für und Wider abgewogen und schließlich grünes Licht gegeben.«

Nordbø verharrte schweigend und starrte auf seine Unterlagen. Wisting konnte dem Drang, auf die Uhr zu sehen, nicht widerstehen. Es war kurz vor sechs.

»Ich habe in einer Dreiviertelstunde einen Termin in Asker …«, setzte er an.

Nordbø hob den Blick. »Denken Sie, dass Sie in irgendeinem Punkt anders hätten handeln können?«

Wisting schüttelte den Kopf. Die Neigung zu verspäteten Einsichten lag ihm fern.

»Wir werden, wie schon erwähnt, den ganzen Vorgang noch evaluieren«, erwiderte er.

Terje Nordbø nickte, kam auf einige Punkte zurück, zu denen Wisting sich bereits geäußert hatte, und stellte einige Fragen leicht umformuliert ein zweites Mal. Nach einer halben Stunde erklärte er die Befragung für beendet.

Wisting stand auf. Vieles war während des Ortstermins mit Tom Kerr schiefgegangen, was aber nicht zwangsläufig bedeutete, dass ein Dienstversäumnis vorlag. Niemand hatte sich unkorrekt verhalten oder wider besseres Wissen gehandelt. Es gab keine Grundlage für eine interne Ermittlung, doch Wisting war klar, woher der Wind wehte. Das Ganze war offenbar eine Art Racheaktion für die Sache vor fünf Jahren. Terje Nordbø hatte sich die Fakten entsprechend zurechtgelegt und die interne Ermittlung eingeleitet, um Wisting an den Karren fahren zu können.

»Sie wissen doch: Man muss niemanden zum Sündenbock machen«, sagte er.

»Da haben Sie recht«, sagte Nordbø und schaltete die Kamera aus. »Das haben Sie ganz allein geschafft.«

39

Der verabredete Treffpunkt war der Parkplatz vor der Schule in Billingstad. Drei Streifenwagen und zwei Zivilfahrzeuge warteten schon, als Wisting und Hammer eintrafen. Der Regen hatte sich verzogen, und es wurde langsam dunkel.

Bevor er aus dem Wagen stieg, überprüfte Wisting sein Handy. Er hatte eine SMS von Line bekommen mit einem Screenshot aus einer ihrer Videoaufnahmen. Es war nicht ohne Weiteres zu erkennen, was darauf abgebildet war, doch Wisting hatte es schon einmal gesehen. Das Foto stellte einen Baum dar, bei dem etwas Borke vom Stamm abgetrennt worden war.

Schon gesehen?, fragte sie in ihrer SMS. *Auf dem Weg, wo Kerr gestolpert ist.*

Ein Mann in Jeans und grauem Kapuzenpullover trat auf den Wagen zu. Wisting stieg aus dem Auto, ohne auf Lines SMS zu antworten.

Der Mann stellte sich als Tim Skage vor, von der Ermittlungsabteilung Oslo West. Wisting machte ihn mit Nils Hammer bekannt und entschuldigte sich für die Verspätung.

»Kein Problem«, meinte Skage. »Nina und ihre Leute sind ebenfalls aufgehalten worden, stehen jetzt aber bereit.«

Eine uniformierte Frau mit Kurzhaarfrisur nickte Wisting zu und zog ein iPad hervor.

»Das hier ist Tallak Gleich«, erklärte sie und deutete auf ein Foto aus der Datenbank der Polizei, das einen glatzköpfigen Mann mit dunklen Augen und Spitzbart zeigte. »Er wurde bereits wegen schwerer Körperverletzung und Verstoßes gegen das Waffengesetz verurteilt.«

Sie versicherte sich, dass alle das Foto gesehen hatten, und wechselte dann zur Satellitenaufnahme eines allein stehenden Hauses, das sich am Ende einer unbefestigten Straße befand.

»Er lebt allein«, erklärte sie. »Die meisten von uns sind schon mal dort gewesen und kennen das Gelände.«

Sie warf einen Blick auf ihre Kollegen und erläuterte dann die bevorstehende Aktion.

»Tallak Gleich steht unter Verdacht, Chris Paust Backe kurz vor seinem Tod eine Waffe und eine Handgranate geliefert zu haben. Backes Tod wird als verdächtiger Todesfall behandelt. Die Pistole und die Granate könnten zur Befreiung von Tom Kerr gedient haben. Wir haben die Erlaubnis zur Bewaffnung, wollen aber den Ball flach halten. Wir machen es einfach und unkompliziert. Wir fahren mit der grünen Minna vor. Zwei Leute gehen raus und klingeln. Der Rest wartet im Wagen.«

Sie zeigte auf den großen, geschlossenen Polizeiwagen.

»Noch Fragen?«

Die Leute von der Einsatzmannschaft schüttelten den Kopf.

»Die Übrigen warten hier hinter der Straßenbiegung«, sagte sie an Skage gewandt und zeigte auf die Karte. »Außer Sichtweite.«

Fünf Minuten später setzten sich alle in Bewegung. Wisting und Hammer folgten als Letzte mit dem Wagen. Die Dunkelheit hüllte sie ein. Als sie den ihnen zugewiesenen Platz erreicht hatten, schaltete Wisting das Licht aus, um keine Aufmerksamkeit auf sich zu ziehen. Hammer kramte ein kleines Fernglas aus dem Handschuhfach hervor, dann stiegen sie aus und gingen zu Skage, der ebenfalls aus seinem Wagen gestiegen war.

In etwa zweihundert Metern Entfernung traf das Scheinwerferlicht des Mannschaftswagens auf das Haus. Es hatte zwei Stockwerke und stand etwas nach hinten versetzt auf einem Grundstück, das an den Wald grenzte.

»Wisst ihr, ob er zu Hause ist?«, fragte Hammer und hielt sich das Fernglas vor die Augen.

Skage schüttelte den Kopf.

»Aber wir gehen in jedem Fall rein«, erwiderte er.

Der Mannschaftswagen fuhr vor, und die Bremslichter leuchteten auf. Er blieb so stehen, dass der Blick auf den Eingangsbereich verdeckt war.

Hammer gab ein unzufriedenes Brummen von sich.

Der Fahrer des Mannschaftswagens stieg aus und verschwand aus dem Blickfeld.

Skages Funkgerät erwachte zum Leben.

»*Ich klingel jetzt an*«, wurde durchgegeben.

Wisting warf einen Blick auf die Fenster. Mehrere davon waren erleuchtet, doch es war keine Bewegung zu verzeichnen.

Etwa dreißig Sekunden vergingen.

»*Ich versuch es noch mal*«, gab der Kollege durch.

Ein jäher Windstoß ließ die umstehenden Bäume rascheln.

»Er haut ab!«, rief Hammer plötzlich.

Er drückte Wisting das Fernglas in die Hand und rannte los. Am Waldrand links neben dem Haus rührte sich etwas, doch die Bewegung war für die Kollegen direkt vor dem Haus nicht zu sehen.

Wisting blickte durch das Fernglas und sah einen Mann in einem blauen Pullover zwischen den Bäumen davonstürmen.

Skage griff zum Funkgerät und rief die Einsatzleiterin.

»Bewegung auf der Westseite des Hauses«, gab er durch.

Er bekam keine Antwort, dafür wurde die Seitentür des

Mannschaftswagens aufgezogen, und vier Polizisten stürmten heraus.

Tim Skage fluchte.

»Sie hätte jemanden zur Hintertür schicken müssen«, sagte er. Im Wagen nebenan wurde der Motor angelassen. Kies wirbelte auf, als er davonschoss. Wisting setzte sich mit Skage in dessen Wagen, und sie fuhren hinterher. Als sie zum Haus kamen, hatten sich die meisten aus der Mannschaft schon auf die Suche nach dem Flüchtigen gemacht.

Plötzlich wurde die Haustür aufgerissen. Ein Beamter hatte sie von innen entriegelt.

»Die Hintertür stand offen«, erklärte er.

Wisting wartete, bis das Haus durchsucht und für leer erklärt worden war, ehe er es zusammen mit Skage betrat.

Das Erdgeschoss bestand aus fünf Räumen. Einer davon war mit einer Bar eingerichtet. In einem anderen Zimmer lagen zwei Matratzen auf dem Fußboden, während die übrigen Räume Kartons und Kisten mit irgendwelchen Gegenständen enthielten, die dort offenbar nur vorübergehend gelagert wurden.

Sie gingen in den ersten Stock und gelangten ins Wohnzimmer, wo im Fernsehen eine Sendung über Goldgräber in Alaska lief. Auf dem Tisch stand eine Dose Cola, daneben lag eine halb aufgegessene Pizza. Der Geruch hing immer noch in der Luft.

Ein Staubsauger stand in der Ecke, schien aber lange nicht benutzt worden zu sein. Leere Flaschen, Teller mit Essensresten und schmutzige Wäsche dominierten den Raum.

Über Funk hörten sie, wie die Suche nach dem Waffendealer organisiert wurde. Die Mannschaft war einem Pfad durch den Wald gefolgt und in einem Wohngebiet gelandet. Streifenwagen wurden in die Gegend entsendet, und Polizeihunde wurden angefordert.

Hammer kam zum Haus zurück.

»Sinnlos«, meinte er.

Sie teilten sich in zwei Gruppen auf, um das Haus zu durchsuchen. Ein Zimmer nach dem anderen wurde nach Waffen, Granaten und anderen Dingen durchforstet, die mit dem Mord an Chris Paust Backe in Verbindung stehen könnten.

In einem Küchenschrank wurden über hundert Gramm Amphetamin entdeckt und dazu die entsprechende Ausrüstung zum Wiegen und Verpacken. Auch kleinere Mengen Hasch und mehrere Pillen tauchten auf, doch es war Hammer, der schließlich fand, wonach sie eigentlich suchten. Ein Holzkasten mit drei Handgranaten, der auf dem Boden eines Kleiderschranks im größten Schlafzimmer stand. Hammer zog ihn heraus und legte ihn auf das Bett.

»Fein«, sagte Skage. »Da haben wir ja gefunden, was wir suchen. Ich rufe die Sprengstofftruppe, damit sie die Granaten sichern können.«

Wisting schoss ein Handyfoto. Die Granaten waren grün mit gelber Aufschrift: *Grenade Hand-Offensive MK3A2 – TNT*. Darunter stand eine Seriennummer, mit deren Hilfe man herausfinden konnte, wo die Granaten produziert worden waren. Die Überreste, die sie in Eftang gefunden hatten, schienen von genau so einer Granate zu stammen.

Er schickte das Foto an Mortensen, um herauszufinden, ob es allesamt Granaten vom selben Typ waren. Nach dreißig Sekunden rief ihn der Kriminaltechniker zurück.

»Wo steckst du?«, wollte Mortensen wissen.

Wisting erklärte ihm, was er gerade machte.

»Und was sagst du zu den Granaten?«, erkundigte er sich.

»Die sind aus amerikanischer Produktion«, erklärte Mortensen. »Auf einigen der Fragmente haben wir Teile einer Seriennummer gefunden, die mit der auf deinem Foto übereinstimmt. Die Granaten stammen vermutlich aus einem Einbruch in ein NATO-Lager in Trøndelag vor etwa vier Jahren.«

Wisting bedankte sich, legte auf und drehte sich wieder zu Skage um. Jetzt gab es jedenfalls einen Faden, den sie weiterverfolgen konnten.

»Was Neues über den Flüchtigen?«, fragte er und deutete auf das Funkgerät an Skages Gürtel.

Der Ermittler aus Oslo schüttelte den Kopf. »Wir werden ihn schon finden«, versicherte er.

Wisting nickte.

»Ich hätte dann gern sofort Bescheid«, sagte er und wandte sich zum Gehen.

40

Maren Dokkens Bachelorarbeit war eine wirklich interessante Lektüre. *Grausamkeit. Über Hass als Motiv.*

Line saß am Küchentisch und las. Von dort aus hatte sie das Haus ihres Vaters im Blick und bekam mit, wann er nach Hause kam.

Die Arbeit war eine theoretische Erörterung des Themas und basierte auf bekannten Informationen und Theorien, enthielt aber auch eigene Reflexionen und kluge Schlussfolgerungen. Der Stoff war übersichtlich präsentiert, die Sprache leicht verständlich.

Das Thema war klar abgegrenzt. Manche Verbrechen waren so schlimm, dass man sie sich kaum anders erklären konnte denn als Resultat reinster Bosheit. Um solche Täter sollte es in dieser Arbeit allerdings nicht gehen. Der Text handelte vom Willen zur Grausamkeit. Von dem Wunsch, eine bösartige Handlung auszuführen, und von den Menschen, denen es Freude machte, ihren Opfern Schmerzen und Leiden zuzufügen.

Line fand in der Arbeit Gedankengänge, die sie gut für ihr Filmprojekt gebrauchen konnte. Am Ende wurde die Frage gestellt, ob Grausamkeit etwas Tierisches sei, das latent in allen Menschen auf der Lauer liege, und ob dies der Grund dafür sei, dass die Katze erst mit der Maus spielte, bevor sie sie tötete, und ob es deshalb diese Gladiatorenkämpfe gegeben habe, die vor langer Zeit den Zuschauern Vergnügen bereitet hatten.

Line stand auf und räumte die Tassen und Teller vom Tisch, wo sie mit Amalie zu Abend gegessen hatte.

Das Licht von Scheinwerfern fiel plötzlich durchs Fenster. Line sah hinaus. Es war ihr Vater, der auf den Hofplatz einbog, aus dem Wagen stieg und dann auf sein Haus zusteuerte. Auf einmal machte er kehrt und kam in ihre Richtung gelaufen.

Line ging zur Haustür, damit er nicht klingeln musste.

»Ich hab dich gesehen«, sagte sie und ließ ihn ein.

»Wie geht's?«, fragte er.

»Gut. Hast du das Foto gesehen, das ich dir geschickt habe? Von der Baumrinde?«

Er nickte. »Etwas weiter vorn am Wegesrand gibt es noch so ein Zeichen. Vermutlich lag da irgendwo die Pistole.«

»Habt ihr noch mehr rausgefunden?«, fragte Line, ohne recht daran zu glauben.

»Nichts Konkretes.«

Sie folgte ihm ins Wohnzimmer.

»Möchtest du etwas essen oder trinken?«

»Nein, danke. Ich dachte, wir könnten uns vielleicht die Aufnahme ansehen?«

»Dann müssen wir runter«, entgegnete Line und deutete auf die Kellertreppe.

»Wolltest du dir was Bestimmtes anschauen?«, fragte sie und ging ihm voraus.

»Ich wollte vor allem zuhören, um mich zu erinnern, wer was gesagt hat.«

Line blieb am Fuß der Treppe stehen und sah ihren Vater fragend an.

»Ich war heute bei der Spezialeinheit«, erklärte er. »Die wollten natürlich wissen, wer die Entscheidung getroffen hat, ihm die Fußfesseln abzunehmen.«

Line hatte die Aufnahme mehrmals gesehen. Sie erinnerte

sich an die Diskussion zwischen ihrem Vater, Adrian Stiller und dem operativen Leiter, wusste aber auch nicht mehr, was genau gesagt worden war.

»Können die sich die Aufnahmen nicht einfach selbst angucken?«, fragte sie.

»Das haben sie anscheinend getan«, erwiderte Lines Vater. »Sie meinen, es sei meine Entscheidung gewesen. Ich kann mich aber nicht daran erinnern.«

Sie setzten sich an den Schreibtisch, und Line fuhr den Computer hoch. Sie hatte sich den Zeitpunkt notiert, an dem Kerr sich das Blut von den Fingern geleckt hatte. Da waren die Fußfesseln bereits entfernt worden. Sie spulte die Aufnahme zwei Minuten zurück und ließ sie dann laufen.

Kerr und der kleine Begleittrupp gingen an dem alten Zaun entlang. Am Gatter blieben sie stehen.

»*Wir müssen da runter*«, sagte Kerr.

Die Kamera drehte sich halbwegs in die Richtung. Das Gelände fiel zu einem Bach hin ab, und sie konnten die Stelle am Waldrand sehen, wo die Granate platziert worden war.

»*Das Gelände ist hier noch unwegsamer*«, hörten sie Claes Thancke sagen.

Auf dem Bildschirm waren wieder Kerr und sein Anwalt zu sehen.

»*Absolut ungeeignet, um in Fesseln da runterzusteigen*«, fuhr Thancke fort. »*Sie gehen das Risiko ein, dass mein Mandant sich noch einmal verletzt.*«

Lines Vater beugte sich vor und hielt das linke Ohr direkt an den Lautsprecher. Line drehte den Ton auf.

»*Ein berechtigter Einwand*«, meinte er.

»*Wir können ihn ja stützen*«, schlug Gram vor. »*Ein Mann an jeder Seite.*«

»*Ziemlich umständlich*«, kam es von Stiller.

Lines Vater war zu sehen, der sich nun an Gram wandte:

»Geht es in Ordnung für Sie, wenn wir die Fußfesseln entfernen?«

Gram nickte und sagte:

»Solange die Handschellen dranbleiben.«

»Dann machen wir es, wie Sie wollen«, meinte Stiller.

Kittil Gram zog die Schlüssel hervor und forderte Kerr auf, den Gürtel zu öffnen. Der Gefangene tat, was von ihm verlangt wurde. Gram entfernte den Schließbügel von Kerrs Fußgelenken, zog die Kette durch sein Hosenbein und löste sie von den Handschellen.

»Weitergehen«, sagte er.

Tom Kerr setzte sich in Bewegung.

Line hielt die Aufnahme an und sah zu ihrem Vater.

»Stimmt das mit deinen Erinnerungen überein?«, fragte sie.

Er nickte. »Mein Vorschlag, Kittil Grams Entscheidung.«

»Ich glaube, Stiller hat vorhergesehen, was passieren würde«, sagte Line.

»Dass Kerr türmt?«

»Oder zumindest, dass es eine interne Untersuchung geben würde, falls das passieren sollte«, erwiderte Line. »Er hat sich nach allen Seiten abgesichert.«

Sie spulte zurück bis zur Stelle, an der Kerrs Anwalt meinte, es sei unverantwortlich, seinen Mandanten auf diese Weise den Hang hinuntergehen zu lassen, und um Entfernung der Fesseln bat. Lines Vater wandte sich zu den anderen.

»Ein berechtigter Einwand«, sagte er.

»Wir können ihn ja stützen«, schlug Gram vor. *»Ein Mann an jeder Seite.«*

»Ziemlich umständlich«, kam es von Stiller.

Line hielt die Aufnahme erneut an und fuhr fünf Sekunden zurück.

»Ziemlich umständlich«, hörten sie Stiller abermals sagen,

ohne dass dabei deutlich wurde, ob er sich auf Grams Vorschlag bezog oder ob er der Ansicht war, dass es am besten sei, die Fesseln abzunehmen.

Line wechselte einen Blick mit ihrem Vater. Er nickte und hatte es offenbar auch durchschaut.

Gram wurde gefragt, ob es in Ordnung für ihn sei, Kerr die Fußfesseln abzunehmen.

»*Solange die Handschellen dranbleiben*«, erwiderte er.

Wie zur Warnung hob Stiller die rechte Hand.

»*Dann machen wir es, wie Sie wollen*«, sagte er und blickte dabei direkt in die Kamera, als ob er sichergehen wollte, dass seine Weigerung, die Verantwortung zu übernehmen, auch registriert würde.

Line unterbrach die Wiedergabe ein weiteres Mal. Was sie eben gehört hatte, gefiel ihr ganz und gar nicht. Ihre Vermutung bestätigte sich, dass Stiller nicht zu trauen war. Und was ihr Filmprojekt anging, war sie immerhin abhängig davon, dass er sein Versprechen hielt.

Ihr Vater fuhr sich mit der Hand durchs Haar. Sein bekümmerter Gesichtsausdruck war nicht zu übersehen.

»Aber die können dich doch nicht für Kerrs Flucht verantwortlich machen?«, fragte sie.

»Terje Nordbø leitet die interne Ermittlung«, entgegnete er.

Line seufzte. »Was hat er bloß gegen dich?«

»Er grollt mir immer noch«, erwiderte ihr Vater.

Line kannte die Vorgeschichte. »Sollte das nicht jemand anderes als ausgerechnet Nordbø übernehmen?«, fragte sie.

Ihr Vater zuckte mit den Schultern.

»Ich kann mich nicht auch noch damit beschäftigen«, sagte er. »Ich habe genug zu tun.«

Line drehte sich wieder zum Bildschirm. Das Standbild zeigte Maren Dokken, die in der Nähe von Tom Kerr stand.

»Willst du noch mehr sehen?«

Ihr Vater schüttelte den Kopf und machte Anstalten aufzustehen.

»Ich war übrigens heute bei Maren Dokken«, sagte Line und deutete auf den Bildschirm.

»Ach ja?«

»Ich hatte mich ein bisschen mit ihr unterhalten, als wir mit dem Minibus zum Ortstermin gefahren sind. Ich wollte wissen, wie es ihr geht.«

»Das hätte ich eigentlich übernehmen müssen«, sagte ihr Vater.

Line verzog die Lippen zu einem kleinen Lächeln.

»Sie hatte Besuch von ein paar Kollegen«, sagte sie. »Du kannst dich nicht um alles kümmern.«

»Wie ging es ihr denn?«

»Sie hat ein paar Sehnenrisse in der Schulter. Deshalb kann sie den Arm kaum bewegen und hat wohl auch Schmerzen, aber ich glaube, am meisten belastet sie, dass sie Kerrs Flucht nicht verhindern konnte.«

»Das kann man ihr nun wirklich nicht anlasten«, wandte Lines Vater ein und erhob sich halbwegs von seinem Stuhl. »Niemand konnte die Ereignisse voraussehen.«

»Jedenfalls denkt sie viel daran und fragt sich, was eigentlich passiert ist. Ich habe ihr die Aufnahmen gezeigt. Ich glaube, das war gut für sie.«

Ihr kam plötzlich ein Gedanke.

»Warte mal«, sagte sie. »Ich möchte dir was zeigen.«

Ihr Vater blieb vor dem Schreibtisch stehen. Line fuhr die Aufnahme zurück bis zu dem Punkt, an dem Kerr und sein Anwalt sich in dessen Wagen setzten.

»Maren sagt, der Anwalt hätte ihm etwas auf dem Handy gezeigt«, erklärte Line. »Sie hat es durch die Frontscheibe beobachtet.«

Ihr Vater blickte auf den Bildschirm.

»Ist das irgendwo in der Aufnahme zu sehen?«, fragte er.

Line schüttelte den Kopf.

»Er hat nicht telefoniert«, fügte sie hinzu. »Der Anwalt hat irgendwelche Unterlagen aus einem Umschlag genommen und Kerr etwas auf dem Display gezeigt.«

Line konnte förmlich sehen, wie sich die kleinen Rädchen im Kopf ihres Vaters drehten.

»Glaubst du, dass der Anwalt mit drinsteckt?«, fragte sie. »Dass er Kerr Informationen geliefert hat?«

»Ich werde Maren bitten, einen Bericht zu verfassen«, entgegnete er.

Es dauerte einen Augenblick, bis Line die Reichweite dessen, was sich hier möglicherweise abzeichnete, überblicken konnte.

»Das würde ja eine Menge Fragen zum Thema Kommunikation zwischen Gefängnis und Außenwelt beantworten.«

»Was sich im Auto abgespielt hat, muss ja nichts Illegales gewesen sein«, entgegnete ihr Vater. »Aber danke, dass du mir die Stelle gezeigt hast.«

Er drehte sich um und trat auf die Treppe zu. Line konnte sehen, dass ihn etwas beschäftigte. Etwas, das ihn vermutlich die ganze Nacht wachhalten würde.

41

Fünf Personen hatten sich zur Morgenbesprechung versammelt. Wisting saß wie üblich am Tischende, und auch Nils Hammer, Torunn Borg, Christine Thiis und Espen Mortensen hatten ihre gewohnten Plätze eingenommen.

»Tore Bergstrand wurde gestern operiert«, informierte Wisting die anderen. »Ein komplizierter Muskelriss im Bein. Er muss wohl noch mehrmals operiert werden, und noch immer steht eine Amputation im Raum. Maren Dokken ist zwei Wochen krankgeschrieben. Die anderen werden gegen Ende der Woche wieder einsatzfähig sein. Alle treffen sich morgen zu einem Debriefing in der Abteilung. Hammer und ich werden ebenfalls daran teilnehmen.«

Hammer rückte mit seinem Stuhl vom Tisch ab und spähte zum Fenster, ehe er sich erhob.

»Blöde Sonne«, brummte er und ging um den Tisch herum, um eine Jalousie vor dem Fenster zu richten.

Wisting erläuterte in groben Zügen die Ergebnisse des Vortags.

»Eine Menge Dinge sind in Bewegung«, schloss er. »Aber wir haben nichts Konkretes.«

Jemand klopfte an. Ohne dass jemand reagiert hatte, wurde die Tür geöffnet. Adrian Stiller schaute vorsichtig herein, als ob er sich vergewissern wollte, an den richtigen Ort gekommen zu sein. Dann trat er näher und schloss die Tür hinter sich.

»Haben Sie was dagegen, dass ich an der Besprechung teilnehme?«, fragte er und deutete auf einen freien Stuhl.

»Wir haben Sie heute gar nicht hier erwartet«, erwiderte Wisting.

»Ich habe um zwölf einen Termin mit der Spezialeinheit«, erklärte Stiller und setzte sich. »In gewisser Weise hat unsere Gruppe für ältere und ungelöste Fälle das Ganze ja in Gang gesetzt. Und verschuldet. Ich würde die Sache aber gern weiterverfolgen. Und wenn ich mit irgendwas beitragen kann, dann mache ich das gern.«

»Haben Sie was Neues von den Beschattern gehört?«, wollte Hammer wissen.

Stiller schüttelte den Kopf.

»Lone Mellberg hatte gestern Abend Besuch von einer Freundin und geht heute erst später zur Arbeit.«

»Was ist mit Floyd Thue?«

»Der hat sich nicht einmal aus dem Haus bewegt. Das Einzige, was wir registriert haben, war eine Essenslieferung an die Tür gestern Nachmittag. Er kennt anscheinend nicht viele Menschen, ist in der Finanzwelt aber durchaus angesehen. Eine Art anonymer Philanthrop. Verdient viel Geld an der Börse, setzt aber auch erhebliche Mittel zur Finanzierung sozialer Projekte ein und spendet großzügig für gemeinnützige Zwecke.«

»Sein Vater war pädophil«, warf Hammer ein und zog eine Dose Snus aus der Tasche.

Die anderen starrten ihn an.

»Auch ich habe meine kleinen Recherchen angestellt«, fuhr er fort. »Er wurde mehrmals verurteilt. Das erste Mal wegen Inzest, er hatte seinen Sohn sexuell missbraucht.«

Stiller nickte.

»Er ist in Ila gestorben, hat sich in der Zelle erhängt«, berichtete Hammer.

Stiller nickte abermals. »Wir werden uns Thues Aktivitäten in den letzten Tagen genauer ansehen und versuchen, jemanden aufzutreiben, der ihn kennt und uns mehr über ihn erzählen kann.«

»Er hat ein Schwimmbecken im Keller«, sagte Hammer. »Vielleicht ist Kerr ja dort gewesen.«

»Woher weißt du das?«, fragte Wisting.

»Google. Ich habe die Info in einem alten Exposé gefunden. Er hat das Haus vor acht Jahren gekauft. Der Verkaufspreis lag damals bei neunzehn Millionen.«

»Ich bespreche das mit Semmelmann«, hielt Wisting fest. »Thue taucht in Kerrs Beziehungsdiagramm nicht auf, aber wir sollten ihn trotzdem eingehend überprüfen.«

Wisting leitete zum nächsten Punkt über.

»Wir haben es hier mit einer Ermittlung zu tun, die mehrere Polizeidistrikte betrifft«, sagte er. »Unsere Aufgabe ist es, Tom Kerr zu finden. Die Suche ist wiederum eng verflochten mit Idar Semmelmanns Jagd nach dem Anderen. Der Polizeidistrikt Ost verdächtigt den Anderen des Mordes an Nanna Thomle, und der Polizeidistrikt Oslo West ist mit der Aufklärung des Mordes von Chris Paust Backe beschäftigt.«

»Wer ist das?«, fragte Stiller.

Wisting erklärte die mutmaßliche Herkunft der Granate.

»Laut einer Freundin von Chris Paust Backe soll er die Granate von einem Mann im Drogenmilieu bekommen haben, Tallak Gleich«, fügte er hinzu und berichtete von der Aktion am Abend zuvor. »Tallak Gleich steht auf der Fahndungsliste. Wir werden informiert, sobald er gefasst wird.«

Stiller zog die Wasserkaraffe zu sich heran und füllte ein Glas.

»Parallel dazu hat die Spezialeinheit eine interne Ermittlung in Gang gesetzt«, fuhr Wisting fort und blickte einen nach dem anderen an. »Aus unserer Abteilung sind nur Hammer und ich davon betroffen.«

Mortensen wurde das Wort erteilt. Er hatte eine Präsentation von seiner Arbeit am Tatort vorbereitet und ging die einzelnen Funde durch. Nichts davon brachte sie weiter.

Hammer hatte sich um den Telefonverkehr in Eftang gekümmert. Die Überprüfung der Daten hatte bislang allerdings auch nichts ergeben.

»Was ist mit Theo Dermann?«, wollte Wisting wissen. »Sind wir da irgendwie weitergekommen?«

»Wir wissen nur, dass es sich bei Dermann um einen deutschen Namen aus Westfalen handelt.«

Torunn Borg hatte eine Liste von eingegangenen Hinweisen aus der Bevölkerung dabei. Diverse angebliche Beobachtungen von Tom Kerr hatten sich indes als falsch erwiesen. »Wir haben alles überprüft«, sagte sie. »Momentan haben wir keine aktuellen Tipps zu möglichen Aufenthaltsorten.«

In den nächsten zehn Minuten sprachen sie darüber, wie sie weiter verfahren sollten. Normalerweise ging es bei einer Ermittlung um die Suche nach Spuren, die letztlich zu einem Täter führten. Doch in diesem Fall war es ganz anders. Alle wussten, wer Tom Kerr war und welche Straftaten er begangen hatte. Sie mussten ihn nur finden. Dabei waren sie abhängig von neuen Hinweisen. Vielleicht würde sich jemand melden, der Kerr irgendwo beobachtet hatte. Oder sie fanden ihn über Umwege. Über den Anderen.

Schließlich war die Besprechung beendet. Wisting stand auf, drehte sich zu Stiller um und musterte ihn.

»Wir beide müssen uns unterhalten«, sagte er. »In meinem Büro.«

42

Wisting blieb an der Bürotür stehen und wartete, bis Stiller sich gesetzt hatte, ehe er die Tür schloss und hinter dem Schreibtisch Platz nahm.

»Ist es denkbar, dass Claes Thancke irgendwie mit drinsteckt?«, fragte er.

Stiller schlug die Beine übereinander. Er trug einen Anzug. Sein Hemd war kreideweiß und frisch gebügelt.

»Der Anwalt?«, sagte er lächelnd. »Wie kommen Sie auf diese Idee?«

»Tommy Hornland hat doch gesagt, der einfachste Weg, Nachrichten in ein Gefängnis hinein- und wieder herauszuschmuggeln, geht über einen Anwalt, der seinen Mandanten besucht.«

»Aber Kerr hat doch seine Freundin überredet, einen Brief für ihn rauszuschmuggeln«, wandte Stiller ein.

»Das könnte ein Ablenkungsmanöver gewesen sein«, meinte Wisting. »Der Empfänger existiert doch gar nicht.«

Adrian Stiller wurde nachdenklich.

»Thancke hat Kerr in den letzten zwei Monaten zehnmal im Gefängnis besucht«, fuhr Wisting fort und zeigte Stiller die entsprechenden Vermerke im Gefängnisprotokoll.

»Kerr wollte einen weiteren Mord gestehen. Das mussten sie eingehend besprechen«, gab Stiller zu bedenken.

Wisting nickte. Die Besuche des Anwalts häuften sich kurz bevor und kurz nachdem sich Kerr gegenüber Hornland über den dritten Mord geäußert hatte.

»Und dann habe ich noch das hier«, fuhr Wisting fort.

Er schob Stiller den Bericht zu, den Maren Dokken auf seine Bitte hin verfasst hatte. Er war noch detaillierter als Lines Erzählung. Tom Kerr hatte einen großen verschlossenen Umschlag entgegengenommen, den er auf dem Rücksitz im Auto des Anwalts aufgerissen hatte.

Stiller runzelte die Stirn, während er weiterlas.

»Sie haben vor, mit ihm zu reden?«, fragte er.

»Das wäre doch eigentlich naheliegend«, sagte Wisting. »Er hatte in letzter Zeit am meisten Kontakt mit Kerr.«

Stiller schüttelte den Kopf. »Ein Rechtsanwalt hat ein besonderes Vertrauensverhältnis zu seinem Mandanten. Er wird Ihnen nichts Relevantes verraten. Wir haben es hier mit Claes Thancke und nicht mit irgendeinem Dorfanwalt zu tun.«

Wisting musterte Stiller und erwog, ihn mit der Szene aus dem Video zu konfrontieren, als Tom Kerrs Fußfesseln entfernt wurden, verzichtete aber darauf.

Vorläufig zumindest.

»Ich habe ihn schon um einen Termin ersucht«, erklärte Wisting. »Manchmal ist es wichtiger, darauf zu achten, was nicht gesagt wird.«

»Dann sollten Sie aber einen Plan haben. Und zwar einen guten.«

»Den habe ich.«

»Wann sind Sie mit ihm verabredet?«

»Um elf in seinem Büro.«

Stiller schob seinen Ärmel zurück. Eine Uhr mit großem Zifferblatt kam zum Vorschein.

»Dann müssen wir jetzt fahren«, sagte er.

»Wir?«, wiederholte Wisting. »Hatten Sie nicht einen Termin mit der Spezialeinheit?«

»Die kann warten.«

43

Im Wartebereich der Anwaltskanzlei Thancke & Co. war es kühl und still. Die Empfangsdame, die sie eingelassen hatte, ging ein paarmal ans Telefon. Sie stellte Anrufe durch oder versprach, eine Nachricht zu hinterlassen. Ab und zu war das Klackern ihrer Fingernägel auf einer Tastatur zu hören. Anwaltsgehilfinnen mit Aktenordnern unter dem Arm liefen hin und her.

Stiller trank aus einem der Wassergläser, die die Empfangsdame ihm und Wisting hingestellt hatte. Zehn Minuten waren vergangen. Schließlich erhob sich die Empfangsdame von ihrem Platz und trat zu ihnen.

»Herr Thancke erwartet Sie jetzt«, sagte sie und begleitete die beiden Polizisten zu einer Tür am Ende des Ganges, öffnete sie und bat die Besucher mit einer Handbewegung hinein.

Das Eckbüro bot keine besondere Aussicht. Nur die Dächer der umliegenden Häuser waren zu sehen. Ventilationsrohre und verschiedene Aggregate dominierten das Bild. Claes Thancke saß hinter einem Schreibtisch mitten im Raum. Er stand auf und kam auf sie zu.

»Gibt es etwas Neues?«, wollte er wissen und reichte ihnen zur Begrüßung die Hand.

»Wir wissen nach wie vor nicht, wo Tom Kerr sich aufhält«, erklärte Wisting.

Thancke presste betreten die Lippen aufeinander.

»Äußerst unglücklich, das Ganze«, sagte er, ging um den

Schreibtisch herum und setzte sich wieder. »Ich fürchte allerdings, dass ich nicht viel zur Lösung dieses Problems beitragen kann. Selbst wenn ich etwas wüsste, könnte ich Ihnen nicht helfen. Ich verstehe, dass Sie zu mir kommen, aber wir reden hier von meinem Mandanten. Schweigepflicht geht vor Zeugnispflicht.«

Wisting und Stiller setzten sich.

»Heißt das, Sie haben Kerr gute Ratschläge gegeben, was seine Fluchtpläne betrifft?«, fragte Wisting.

Thancke blickte ihn verständnislos an.

»Natürlich nicht! Wie kommen Sie denn darauf?«

»Die Schweigepflicht gilt nur für Informationen, die Sie in Ihrer Eigenschaft als juristischer Vertreter und Rechtsberater erhalten haben«, stellte Wisting klar.

Claes Thancke schüttelte entschieden den Kopf.

»Gleichwohl müssen alle Kenntnisse, die mir zu Ohren kommen, vertraulich behandelt werden«, sagte er und warf einen vielsagenden Blick auf die voluminöse Gesetzessammlung vor ihm auf dem Schreibtisch. »Ich habe aber ohnehin nichts zu erzählen.«

Die Frau vom Empfang kam mit neuen Wasserflaschen und Gläsern, die sie auf den Schreibtisch stellte. Wisting wartete, bis sie den Raum wieder verlassen hatte.

»Sie können uns also nicht erzählen, was Sie und Ihr Mandant vor dem Ortstermin in Ihrem Wagen besprochen haben?«, fragte er schließlich.

»Das wäre nicht rechtens von mir.«

»Wir haben Informationen, nach denen Sie Tom Kerr Zugang zu Ihrem Handy gewährt haben, während Sie im Wagen saßen«, fuhr Wisting fort.

Claes Thancke schluckte und versuchte sich dann an einem Lächeln. »Es ging in dem Gespräch um etwas völlig anderes.«

»Haben Sie Kerr erlaubt, Ihr Telefon zu benutzen?«, fragte Wisting.

»Wir hatten eine Kamera, die die ganze Zeit gefilmt hat«, warf Stiller ein, ehe der Anwalt antworten konnte. »Wenngleich ohne Ton.«

Claes Thancke schüttelte langsam den Kopf, als könne er nicht glauben, dass gefilmt worden war, was sich auf dem Rücksitz in seinem Wagen abgespielt hatte.

»Das Gespräch im Auto war völlig ungeplant«, sagte er schließlich. Er zog eines der Gläser zu sich heran und schenkte sich Wasser ein. »Bevor wir losgingen, sagte Kerr, er wolle mit mir reden, aber es ging gar nicht um den Ortstermin oder Taran Norum. In derselben Nacht, als er damals festgenommen wurde, ist sein Hof abgebrannt. Es war offenbar Brandstiftung, und die Versicherungsgesellschaft sprach von Betrug. Dabei saß Kerr schon in Untersuchungshaft, als das Feuer ausbrach, aber die Versicherung weigerte sich trotzdem zu bezahlen. Bevor wir zum Ortstermin gefahren sind, habe ich ihm erzählt, dass die Versicherung endlich ein Angebot gemacht hätte. Darüber wollte er mit mir sprechen. Ich hatte das Angebot per E-Mail bekommen und habe es ihm auf meinem Handy gezeigt.«

Wisting ließ den Anwalt nicht aus den Augen.

»Hier.« Thancke zog sein Handy hervor. »Ich kann es auch Ihnen zeigen.«

Sein Zeigerfinger glitt über das Display, er öffnete die entsprechende App, suchte die E-Mail heraus und öffnete den Anhang. Wisting erkannte das Logo der Versicherungsgesellschaft, allerdings war die Schrift auch mit Heranzoomen zu klein, als dass er sie hätte lesen können.

»Ich kann Ihnen die Daten von meiner Telefongesellschaft besorgen«, bot der Anwalt an. »Dann werden Sie sehen, dass mein Handy zu diesem Zeitpunkt nicht für Gespräche oder SMS verwendet wurde.«

»Das wäre schön«, entgegnete Wisting.

»Ich war auch ziemlich überrascht, dass Kerr sich gar nicht für die bevorstehende Begehung zu interessieren schien, aber hier sind Sie auf der falschen Spur.«

Wisting hielt den Blick weiter auf Thancke gerichtet.

»Und was ist mit dem Umschlag, den Sie ihm gegeben haben?«

Thancke setzte das Glas an den Mund und leerte es in einem Zug.

»Da ging es um dieselbe Angelegenheit«, sagte er. »Am Dienstagmorgen, bevor wir losgefahren sind, hatte ich ein langes Gespräch mit Kerr. Dabei ging es nur am Rande um den Ortstermin. Ihn interessierte die Summe, die die Versicherung ihm erstatten wollte. Ich hatte eine Kopie des letzten Briefes dabei, den ich an die Versicherung geschickt hatte, allerdings lag sie in meinem Wagen. Kerr will immer Kopien haben, von jeder Korrespondenz. Auch dieses Schreiben wollte er sehen, bevor wir losgingen. Meinen Brief und das Angebot, das ich per E-Mail erhalten hatte.«

Die Ausführungen des Anwalts stimmten mit dem überein, was Wisting in der Gefängniszelle gesehen hatte. Kerr schien von dieser Versicherungsgeschichte geradezu besessen zu sein und hatte wohl daher die gesamte Korrespondenz in Kopie gesammelt. Gut möglich, dass sich das Gespräch im Wagen um diese Angelegenheit gedreht hatte, aber ebenso gut konnte es sich um eine ausgeklügelte Lüge handeln.

»Wer ist Theo Dermann?«, fragte Wisting unvermittelt.

Er rechnete damit, keine Antwort zu bekommen, und konzentrierte sich daher auf Thanckes Körpersprache. Ein Muskel am Auge des Anwalts zuckte leicht, als Wisting den Namen erwähnte.

Thancke war darin geübt, keine Miene zu verziehen. Wenn er vor einer Kamera stand und von einem Mandanten oder einem Fall sprach, verriet sein Gesichtsausdruck nie, was er eigentlich dachte. Doch jetzt schien seine Maske für einen winzigen Moment Risse zu bekommen, und eine Art Besorgnis war zu erahnen.

»Wer?«, fragte er nach.

Wisting wiederholte den Namen. Der Anwalt schüttelte den Kopf. »Ich kann Ihnen leider nicht weiterhelfen.«

Stiller beugte sich vor.

»Weil Sie den Namen noch nie gehört haben? Oder haben Sie andere Gründe, aus denen Sie uns nicht helfen können?«, fragte er.

»Ich weiß nicht, wer Theo Dermann ist«, erwiderte der Anwalt.

»Aber den Namen haben Sie schon mal gehört?«, hakte Stiller nach.

Claes Thancke wich der Frage abermals aus. »Woher haben Sie den Namen denn?«

Wisting musterte sein Gegenüber. Der Anwalt kannte den Namen und machte sich Sorgen, weil er in diesem Kontext genannt wurde. Das war nicht zu übersehen.

»Der Name ist bei unseren Ermittlungen aufgetaucht«, sagte Stiller.

»Inwiefern?«

»Es handelt sich um jemanden, mit dem Kerr aus dem Gefängnis heraus kommuniziert hat«, erwiderte Wisting, ohne auf Details einzugehen.

Thancke trat ans Fenster und schaute hinaus. Sein Blick wirkte abwesend, als bereite er sich darauf vor, etwas Entscheidendes zu sagen, und müsse seine Worte sorgfältig abwägen.

»Er ist hier gewesen«, sagte er schließlich und drehte sich

zu den anderen um. »Das ist jetzt vier Wochen her, Mitte August. Er hatte ein Foto von Trude dabei.«

»Wer ist Trude?«

Thancke setzte sich wieder.

»Meine Nichte ...«, sagte er und schob einen Finger hinter den Hemdkragen.

Wisting richtete sich auf.

»Meine Nichte Nora hatte eine Katze, die im Sommer verschwunden ist«, erklärte Thancke. »Sie hieß Trude. Blöder Name für eine Katze, aber so hieß sie nun mal. Eines Tages hat mich ein Mann angerufen und wollte mich treffen. Es gehe um Trude und Nora, sagte er. Er sei sich nicht sicher, ob Trude noch lebte, wollte aber mit mir darüber reden.«

Thancke blätterte in seinem Tischkalender. Es dauerte eine Weile, bis er herausgefunden hatte, dass es am Donnerstag, dem 20. August, gewesen sein musste.

»Ich hatte gleich ein ungutes Gefühl«, fuhr er fort. »Nora ist acht ...« Er schüttelte den Kopf. »Zwei Stunden später war er hier.«

»Was wollte er?«

»Er hat mir ein Foto von der Katze gezeigt. Sie war tot. Auf die übelste Art zugerichtet.«

Thancke hielt einen Augenblick inne und fuhr dann fort:

»Es war natürlich eine Drohung, die sich darauf bezog, dass Nora etwas zustoßen könnte. Er wollte, dass ich einen Brief für Kerr mitnahm, ins Gefängnis. Der Brief war versiegelt. Ich habe keine Ahnung, was da drinstand, aber im Nachhinein betrachtet waren es vermutlich detaillierte Anweisungen für die Flucht, vielleicht sogar mit Fotos.«

Wisting wusste nicht, wo er anfangen sollte.

»Theo Dermann ist kein echter Name«, sagte er. »Niemand in Norwegen heißt so.«

»Er hat sich mir nicht vorgestellt, hat sich aber unter dem Namen beim Empfang eingetragen.«

»Wie sah er aus?«

Claes Thancke seufzte.

»Ich weiß nicht genau«, erwiderte er.

»Sie wissen es nicht?«, wiederholte Wisting. »Aber er hat doch vor Ihnen gegessen.«

»Er war in den Dreißigern und trug einen Bart«, erklärte Thancke. »Aber ich glaube, der war gefärbt. Außerdem denke ich, dass er sich den als Tarnung hat wachsen lassen. Er hatte mehrere Pflaster im Gesicht, trug eine Brille mit gelben Gläsern und eine Baseballkappe.«

»Haben Sie ihn vorher schon einmal gesehen?«

»Nein, nie.«

»Irgendwelche Besonderheiten beim Sprechen?«

»Er hat Englisch geredet. Gebrochenes Englisch, aber das war vermutlich auch vorgetäuscht.«

»Wie lange ist er hier gewesen?«

»Nicht lang. Vielleicht fünf Minuten. Sein Anliegen war ja nicht weiter kompliziert.«

»Sind Sie ihm danach noch mal begegnet?«

»Nur das eine Mal, aber es ist noch ein Brief aufgetaucht, bei mir zu Hause im Briefkasten. Ein Umschlag in einem Umschlag. Mein Name stand auf dem äußeren, Kerrs auf dem inneren. Der Absender lautete Trude.«

»Wann war das?«

»Mittwoch vor einer Woche. Ich habe ihn gleich am nächsten Tag abgeliefert.«

Thancke richtete sich etwas auf.

»Das entspricht zwar nicht den Richtlinien des Strafvollzugs, ist aber auch nicht direkt ungesetzlich«, rechtfertigte er sich.

Wisting hatte nicht übel Lust, ihm ins Gesicht zu sagen,

dass er mit diesem Brief vermutlich zu Kerrs Flucht beigetragen hatte, ließ es aber sein.

»Haben Sie mit Kerr darüber gesprochen?«

»Nein. Er hat die Briefe in Empfang genommen und zur Seite gelegt, sie aber nicht geöffnet, solange ich bei ihm war.«

»Hat er Ihnen Briefe gegeben, die Sie mit hinausnehmen sollten?«

»Nein. Die Kommunikation war nur einseitig.«

»Gibt es andere hier in der Kanzlei, die ihn gesehen oder mit ihm gesprochen haben?«

»Janne.« Er deutete auf die Flaschen und Gläser, die die Empfangsdame gebracht hatte. »Alle anderen waren entweder im Gericht oder bei auswärtigen Besprechungen«, fügte er hinzu. »Janne hat den Anruf durchgestellt und seinen Namen eingetragen, als er kam. Ich habe die Nummer überprüft. Er hat vom Jobcenter in Sagene angerufen, und zwar von einem Apparat, den die Arbeitssuchenden benutzen können. Ich bin sogar extra deshalb hingefahren. Das Ganze sieht so ähnlich aus wie eine altmodische Telefonzelle. Jeder kann sie betreten und von da aus telefonieren. Ohne Kontrolle, ohne Überwachungskameras.«

»Haben Sie hier irgendeine Form von Überwachung?«, wollte Stiller wissen.

Claes Thancke schüttelte den Kopf.

»Unsere Mandanten mögen so etwas nicht. Wir haben eine Kamera unten am Eingang, aber die nimmt nichts auf.«

»Was ist mit dem Brief im Wagen? War der auch von Theo Dermann?«

»Nein. Es ging doch um diese Versicherungsgeschichte. Ich hatte nicht die geringste Ahnung, dass er bei dem Ortstermin fliehen würde.«

»Was haben die Briefe Ihrer Meinung nach enthalten?«, fragte Stiller. »Und was meinen Sie? Von wem kamen die?«

»Ich nehme an, von dem Anderen.«

Stiller warf einen Blick auf Wisting.

»Sie meinen, der Andere war hier? In Ihrem Büro?«

»Nicht er persönlich«, erwiderte Thancke. »Das war wohl eher ein Bote, aber der Inhalt stammte von dem Anderen. Ich glaube, dass Tom Kerr während des Prozesses die Wahrheit gesagt hat, als er abstritt, in den Mord an Taran Norum verwickelt zu sein. Ich halte ihn in diesem Punkt für unschuldig. Aber er hat natürlich kapiert, dass er die Schuld auf sich nehmen und alles gestehen muss, wenn er jemals aus der Sicherungsverwahrung rauskommen wollte. Er hatte ohnehin nichts zu verlieren, indem er einen weiteren Mord zugab. Im Gegenteil. Seine Bereitschaft, die Tat zu gestehen, würde zeigen, dass er sich verändert hatte, was langfristig zu einer Entlassung auf Bewährung hätte führen können. Aber dazu brauchte er Informationen. Er musste wissen, wie der Andere Taran Norum umgebracht und was er mit der Leiche gemacht hatte. Ich vermute, dass in den Briefen alles drinstand, was Kerr wissen musste, um gestehen zu können. Ich bin in einer geradezu unmöglichen Verteidigerrolle gelandet, bei der es tatsächlich im Interesse meines Mandanten gewesen wäre, eine falsche Erklärung abzugeben.«

Wisting ließ die Erklärung des Anwalts auf sich wirken.

»Im Nachhinein hat sich alles als Spiel entpuppt«, fuhr Thancke fort. »Schon von Anfang an, als er mit einem Mitgefangenen darüber geredet hat. Danach ging alles ganz schnell. Vermutlich fast zu schnell. Er hat mich gebeten, den Ortstermin zu verschieben. Die Diskussion um eine mögliche Bewaffnung der Polizei während der Begehung hat ihm in die Hände gespielt. Auf diese Weise gewann er Zeit, um an alle Informationen zu kommen, die er brauchte.«

»Aber das würde ja bedeuten, dass die Kommunikation mit dem Anderen von Kerr ausgegangen ist«, fasste Stiller zusammen. »Dass er sich zuerst an den Anderen gewandt hat, aus dem Gefängnis heraus. Wie konnte das geschehen?«

Thancke zuckte mit den Schultern.

»Keine Ahnung. Es gab ja Leute, die ihn besucht haben. Unter anderem eine Brieffreundin. Aber das sind bloß Spekulationen.«

»Haben Sie eine Idee, wie wir diesen Boten, der hier bei Ihnen war, identifizieren und finden könnten?«

Claes Thancke schüttelte den Kopf.

»Ich weiß nicht mehr als das, was ich Ihnen erzählt habe«, erwiderte er. »Und einiges davon sind reine Vermutungen.«

Wisting und Stiller gingen alles noch einmal durch, stellten weitere Fragen, bekamen eine genauere Version des Besuchs von Theo Dermann und erörterten die Möglichkeit eines Phantombilds.

»Er hat vor Ihnen gesessen und mit Ihnen gesprochen«, meinte Wisting. »Das ist doch ein guter Ausgangspunkt für eine Phantomskizze.«

»Ich kenne solche Skizzen«, wandte Thancke ein. »Die führen selten zu irgendetwas, aber ich bin natürlich gern zu einem Versuch bereit.«

»Haben Sie irgendeine Vermutung, wo Tom Kerr sich befinden könnte?«

Der Anwalt presste wieder die Lippen aufeinander.

»Nein. Das hätte ich Ihnen wirklich verraten.«

44

»So ganz ist mir die Verbindung noch nicht klar«, sagte Stiller, als sie wieder zum Wagen gingen. »Thancke hat also Briefe für Kerr hineingeschmuggelt, während Lone Mellberg Post aus dem Gefängnis herausgebracht hat.«

Wisting nickte. »Semmelmann soll mal die Sache mit dem Jobcenter in Sagene untersuchen. Dieser Anruf ist das Konkreteste, was wir haben.«

»Wir müssen auch mit der Empfangsdame sprechen«, meinte Stiller, als sie zum Auto kamen. »Sie soll Thanckes Aussage gegebenenfalls bestätigen und uns eine Beschreibung liefern.«

Wisting zog sein Handy heraus und stellte fest, dass Hammer es zweimal bei ihm versucht hatte.

»Ich habe eben eine interessante Rückmeldung von der Post bekommen«, sagte Hammer, als Wisting zurückrief.

»Theo Dermann?«

»Die können die angegebene Adresse auch nicht finden, meinten aber, dass ein Brief, der dort hingeschickt wird, in der Abteilung für unzustellbare Sendungen landet.«

»Unzustellbare Sendungen?«

»Alle Postsendungen, bei denen Empfänger oder Absender nicht ermittelt werden können, werden zur Nachforschung ins Postterminal Østland gebracht. Dort landen auch all die falsch adressierten Weihnachtsgeschenke.«

Wisting nickte. Irgendwo hatte er einmal einen Artikel über die sogenannten Postdetektive gelesen.

»Manchmal werden die Briefe auch geöffnet, um eventuelle Hinweise auf den Absender zu bekommen.«

»Die Briefe an Theo Dermann könnten also dort gelandet sein?«, fragte Wisting.

»Der Typ, mit dem ich gesprochen habe, hielt das jedenfalls für wahrscheinlich«, meinte Hammer.

Wisting ließ den Wagen an.

»Wo liegt denn dieses Terminal?«

»In Lørenskog«, erwiderte Hammer.

»Ich bin eine halbe Stunde von dort entfernt«, sagte Wisting. »Schick mir bitte die Adresse.«

Er legte auf und erzählte Stiller, was er gerade erfahren hatte.

»Ich komme mit«, meinte Stiller.

Sie fuhren in Richtung Nordosten, aus dem Zentrum heraus. Kaum hatten sie die Osloer Stadtgrenze passiert, landeten sie hinter einem grünen Trailer der Logistikfirma Bring. Sie folgten ihm durch das Industriegebiet bis zum Postterminal.

Stiller öffnete die Beifahrertür, doch Wisting blieb mit den Händen am Lenkrad sitzen.

»Was ist los?«, fragte Stiller.

Wisting schüttelte den Kopf. Während der Fahrt war ihm ein Gedanke gekommen. Der allerdings war so konspirativ, dass er ihn erst einmal verdauen musste, bevor er sich dazu äußern würde.

Er stieg aus, schloss die Autotür und dachte nach.

»Er muss einen Grund gehabt haben, einen Brief an eine Adresse hinauszuschmuggeln, die es gar nicht gibt«, sagte er dann und blieb vor dem Wagen stehen. »Alles andere war sorgfältig durchdacht und vorbereitet. Was, wenn sein Plan genau darauf hinausläuft, dass der Brief hier landet?«

Stiller blieb stehen und starrte ihn an, bevor ihm aufging, was das bedeuten könnte.

»Weil hier drinnen jemand sitzt, der ihm hilft?«, sagte er und deutete mit dem Kopf auf das Gebäude vor ihnen. »In der Abteilung für unzustellbare Sendungen?«

»Ich wollte es nur erwähnt haben«, meinte Wisting. »Als theoretische Möglichkeit.«

»Glauben Sie, dass der Andere vielleicht hier arbeitet?«

»Nicht unbedingt er, aber jemand, der den Brief weiterschickt – an die Adresse, wo er eigentlich hinsoll.«

»Und was machen wir jetzt?«

Wisting setzte sich in Bewegung. »Wir gehen da rein und sehen nach, ob die Briefe da drinnen liegen. Und falls nicht, können wir rausfinden, wer Zugang zu den Sendungen hat oder hatte.«

Sie wandten sich an den Pförtner und wurden zu einem dicklichen Mann weitergeschickt, der für polizeiliche Anfragen zuständig war. Laut dem Schild an seiner Tür war er verantwortlich für die Einhaltung der Sicherheits- und Qualitätsstandards. Wisting erklärte, dass sie zwei Briefe aufspüren wollten, die an eine falsche Adresse gesandt worden waren.

»Geht es um Tom Kerr?«, fragte der Mann hinter dem Schreibtisch. »Ich hab Sie in den Nachrichten gesehen.«

»Das ist nur einer der Fälle, mit denen wir uns beschäftigen«, erwiderte Wisting. »In diesem Fall geht es um zwei A4-Umschläge, die an eine Osloer Anschrift adressiert wurden, die gar nicht existiert.«

»C4«, korrigierte der untersetzte Mann. »Umschläge, die für A4-Bögen geeignet sind, nennt man C4.«

Wisting lächelte. »Wir würden jedenfalls gern feststellen, ob diese Umschläge in der Abteilung für unzustellbare Post gelandet sind.«

»Verstehe«, sagte der Mann.

Er zog eine Schublade auf und blätterte ein paar Papiere durch.

»Wie lange ist das her?«

»Der eine Umschlag anderthalb und der andere vier Wochen.«

»Dann könnten die durchaus hier gelandet sein«, entgegnete der Mann und schloss die Schublade wieder. »Haben Sie schon ein Nachforschungsformular ausgefüllt?«

»Es eilt«, erklärte Wisting. »Ich möchte, dass Sie uns in die entsprechende Abteilung bringen, damit wir mit Ihren Kollegen reden können. Falls die Briefe dort sind, werden wir sie heute mitnehmen.«

Der Mann starrte ihn an, als versuche er zu ergründen, ob die Erfüllung von Wistings Wunsch dem Regelwerk der Postbehörde entsprach. Schließlich erhob er sich.

»Verstehe«, sagte er. »Dann kommen Sie mal mit.«

Er führte sie durch einen Korridor, eine Wendeltreppe hinunter und durch einen weiteren Gang, der vor einer grauen Stahltür endete. Die Wände des Raums dahinter waren von hohen Wandregalen bedeckt, in denen unzählige rote Kästen mit Paketen und Briefen standen.

Ein Mann und eine Frau saßen an ihren Schreibtischen. Der Sicherheitschef winkte die Kollegin zu sich und erklärte, worum es ging.

Wisting wunderte sich angesichts der großen Menge falsch adressierter Sendungen und machte eine Bemerkung dazu.

»Die Zusammenlegung der Gemeinden nach der Kommunalreform hat uns einige Herausforderungen beschert«, erklärte die Frau. »In vielen neu entstandenen Großgemeinden hat man einige Straßen umbenannt, damit es zum Beispiel nur noch eine Storgate in jeder Gemeinde gibt. Das macht es für die Post wesentlich einfacher, allerdings ist das in der Übergangszeit mitunter noch sehr verwirrend. Die Menschen vergessen oft, ihre Adressänderung an Freunde, Verwandte oder Geschäftspartner weiterzuleiten.«

Wisting ließ den Blick über die Regale gleiten. In einem Kasten gleich vor ihm lagen ein Brief mit unleserlicher Handschrift und ein Paket, bei dem die Angabe des Empfängers völlig fehlte. Auf beiden befand sich ein Aufkleber mit dem Hinweis *Empfänger unbekannt.* Die einzelnen Kästen waren mit gelben Klebezetteln versehen, auf denen ein Datum und so etwas wie eine interne Vorgangsnummer notiert waren. Das System wirkte nicht gerade übersichtlich.

»Wir suchen nach einem Brief, der an einen Theo Dermann im Anton Brekkes vei in Oslo adressiert ist«, sagte Wisting. »Die Adresse existiert nicht, und im Melderegister gibt es niemanden mit diesem Namen.«

»Der müsste hier im System liegen«, sagte die Frau und ging zu ihrem Schreibtisch. Die beiden Polizisten und der Sicherheitschef folgten ihr.

Sie setzte sich und öffnete ein Computerprogramm. Wisting buchstabierte den Namen. Der Mann am anderen Schreibtisch sah neugierig zu ihnen herüber.

»Zwei Treffer«, verkündete die Frau und drehte sich zu ihrem Kollegen. »Die hast du eingegeben, Morgan.«

»Ich kann sie gern suchen«, bot er an.

Die Frau nannte ihm die Vorgangsnummer des ersten Briefs. Der Mann hinkte zu einem der Regale, zog einen Kasten hervor und fing an, den Inhalt durchzublättern. Wisting und Stiller wechselten einen Blick.

»C4-Umschlag«, meinte der Sicherheitschef.

In diesem Moment zog der Mann einen braunen Umschlag aus dem Kasten und wedelte damit.

»Hier!«

Die Frau vor dem Computer nannte ihm eine weitere Nummer. Ihr Kollege fand einen zweiten, identischen Umschlag und nahm beide mit zum Schreibtisch. Die Umschläge waren etwa gleich dick und beide noch ungeöffnet. Empfängername und Adresse waren mit klobigen Buchstaben handschriftlich notiert. In der oberen rechten Ecke klebten Briefmarken.

»Theo Dermann«, sagte der Mann und reichte die Umschläge weiter.

»Wir benötigen einen Beschluss der Staatsanwaltschaft, um Ihnen die Briefe auszuhändigen«, erklärte der Sicherheitschef.

Während Stiller eine Diskussion über die Notwendigkeit eines solchen Prozederes anfing, griff Wisting zum Telefon.

»Ich kläre das«, sagte er und rief Christine Thiis an. »Wir brauchen ohnehin einen Beschluss, um sie zu öffnen.«

Der Sicherheitschef legte die beiden Briefe auf den Schreibtisch der Frau, während Wisting der Polizeijuristin am Telefon erläuterte, worum es ging.

»Haben Sie einen Faxanschluss?«, erkundigte sich Wisting beim Sicherheitschef.

Der schüttelte den Kopf. »Nur E-Mail.«

Wisting ließ sich die Mailadresse geben und gab sie an Christine Thiis weiter.

»Es wird fünf bis zehn Minuten dauern«, sagte Wisting und deutete auf den Bildschirm.

»Kann ich Ihnen was anbieten?«, fragte der Sicherheitschef. »Kaffee? Mineralwasser?«

Stiller lehnte dankend ab. In der Absicht, den Sicherheitschef für einen Augenblick loszuwerden, bat Wisting um einen Kaffee. Der dickliche Mann nickte und verließ den Raum.

»Theo Dermann«, sagte Wisting plötzlich laut. »Ich glaube, ich weiß jetzt, wer das ist.«

»Wer denn?«

Wisting wiederholte den Namen.

»Klingt deutsch, oder?«, fragte er.

»Vielleicht jüdisch«, meinte Stiller.

»Was, wenn er englisch oder amerikanisch wäre?«, fuhr Wisting fort.

Stiller verstand nicht, was er meinte.

»Wie würde man den Namen auf Englisch aussprechen?«, fragte Wisting.

Stiller versuchte es, doch es dauerte einen Augenblick, bis er begriff, worauf Wisting hinauswollte.

»The oder man. The other man«, sagte er. »Der Andere!«

Wisting deutete auf die beiden Umschläge.

»Entweder enthalten die Briefe das, was wir wissen wollen, oder wir wurden ein weiteres Mal an der Nase herumgeführt.«

»Wieso das?«

»Weil die Sache ein Ablenkungsmanöver sein kann.«

Der Sicherheitschef kam mit zwei Tassen Kaffee zurück. Er stellte die eine vor Wisting auf den Tisch und setzte sich mit der anderen in der Hand hin.

»Also, wer ist Theo Dermann?«, fragte er.

Wisting sah auf die Uhr. »Überprüfen Sie bitte Ihre E-Mails.«

Der mollige Mann nahm einen Schluck Kaffee, stellte die Tasse ab und blickte auf den Computerbildschirm.

»Da haben wir es ja ...«

Er spähte auf den Bildschirm und las den offiziellen Beschluss durch.

»Alles in Ordnung«, verkündete er dann und streckte die Hand nach einem Brieföffner auf einem der Regale hinter sich aus.

»Gut«, sagte Wisting.

Er stand auf, nahm die beiden Briefe und ging zur Tür.

»Danke für Ihre Hilfe«, fügte er hinzu.

Die Stuhlbeine schabten über den Boden, als auch Stiller aufstand.

Zwei Minuten später saßen sie im Auto. Wisting hielt die Briefe auf dem Schoß.

Stiller reichte ihm ein kleines Taschenmesser.

»Handschuhe?«, schlug er vor.

Wisting nickte. Es war richtig, den Inhalt der Briefe wie Beweismaterial zu behandeln. Er zog zwei dünne Latexhandschuhe aus einer Packung in der Türablage und streifte sie über. Dann ritzte er den ersten Umschlag vorsichtig auf.

Ein dünner Stapel liniertes Papier lag darin. Wisting zog ihn heraus und sah, dass die Blätter leer waren.

Stiller stöhnte genervt auf. »Der spielt mit uns.«

Wisting öffnete den zweiten Umschlag, doch auch der enthielt nur leeres Papier.

45

»Sie haben keine Kamera dabei?«, fragte der Mann hinter dem Schreibtisch.

Line erwiderte sein Lächeln. Elias Wallberg war einer der beiden Psychiater, die Tom Kerr untersucht hatten. Er war Anfang fünfzig und etwas übergewichtig. Die Schläfen waren ergraut, er hatte ein paar Falten im Gesicht, doch sein Blick war wach und interessiert. Er strahlte eine Autorität aus, die auf Erfahrung und Kompetenz beruhte. Als Gutachter vor Gericht würde er bestimmt überzeugend auftreten. Dieselbe Wirkung würde er auch vor der Kamera erzielen.

»Ich werde heute keine Aufnahmen machen«, sagte Line. »Dazu brauche ich die passende Ausrüstung, richtiges Licht und so weiter. Aber ich bin dankbar, dass Sie mich so kurzfristig empfangen konnten.«

Sie zog eine Mappe mit Notizen hervor.

»Bei der bisherigen Arbeit an meinem Projekt bin ich ziemlich neugierig auf Ihre Rolle geworden. Mich interessiert, was ein Gerichtspsychiater herausfinden kann.«

»Ihnen ist klar, dass ich nicht über den Fall Tom Kerr als solchen reden kann?«, fragte Wallberg.

»Das weiß ich«, sagte Line. »Was ich brauche, ist ein Fachmann, der mir erklären kann, was Bosheit ist. Woher kommt sie und wohin kann sie führen?«

Elias Wallberg beugte sich vor.

»Bosheit ist die innere Finsternis«, erwiderte er. »Ein Drang, anderen Menschen Schmerzen zuzufügen.«

Line machte Notizen. Was sie hörte, gefiel ihr. Wallbergs Stimme klang rau, und er drückte sich sehr bildhaft aus. Das würde im Fernsehen gut ankommen.

»Woher sie kommt, ist schwieriger zu beantworten«, fuhr der Gerichtspsychiater fort. »Ich bin zu der Schlussfolgerung gelangt, dass Bosheit etwas ist, was wir nicht verstehen, weil wir nicht wissen, woher sie kommt. Daher können wir uns nicht dagegen wehren oder sie verhindern. Genau wie bei der Liebe.«

Er verzog den Mund zu einem schiefen Lächeln und richtete sich auf.

»Dabei steht gar nicht fest, ob Bosheit wirklich eine psychische Abweichung ist«, sagte er. »Sie kann auch auf physischen Prozessen im Gehirn beruhen. Die Forschung hat gezeigt, dass Psychopathen Defekte oder Mängel in dem Teil des Gehirns haben, in dem die Persönlichkeit geprägt wird. Das Areal im Gehirn, das erforderlich ist, um Scham oder Mitgefühl zu empfinden, ist bei diesen Menschen geschädigt. Die entsprechenden Gehirnzellen existieren einfach nicht.«

Er klopfte mit dem Zeigefinger an seine Stirn.

»Es fehlt die Hirnmasse an den Stellen, wo die emotionale Reaktion auf Bosheit normalerweise Gefühle wie Reue, Scham, Schuld, Angst oder Unbehagen hervorbringen würde.«

Line erinnerte sich, ähnliche Äußerungen in Maren Dokkens Bachelorarbeit gelesen zu haben.

»Aber Psychopathen kennen den Unterschied zwischen richtig und falsch, oder?«, fragte sie.

»Psychopathen können sich anpassen«, sagte der Psychiater und nickte. »Ausgehend von der Reaktion seiner Mitmenschen kann ein Psychopath beispielsweise begreifen, dass es falsch ist, Tiere zu quälen. Aber er kann keinen Bezug zu seinem eigenen Erleben herstellen. Er empfindet keine

Schuld. Das ist ein angeborener Defekt. Deshalb kann er zwar bestraft werden, wir können ihn ins Gefängnis stecken, aber Strafe hat für ihn keinen pädagogischen Effekt, weil er nicht die Gehirnzellen hat, die nötig wären, um Reue oder Schuld zu fühlen. Psychopathen sind gefühllos. Völlig unwissend im Hinblick auf Verantwortungs- oder Schuldgefühle.«

»Aber Psychopathen müssen nicht unbedingt böse sein«, warf Line ein.

»Nein, die Art von Bosheit und Sadismus, die Sie meinen, zeigt sich meist bei Menschen mit antisozialen Persönlichkeitsstörungen. Meine Schlussfolgerung im Hinblick auf Tom Kerr lautete, dass er ein narzisstischer Psychopath ist.«

»Und der Andere?«, fragte Line. »Was für eine Persönlichkeit ist er?«

Der Psychiater lächelte. »Ich kann natürlich keine Diagnose stellen, aber es muss offenbar jemand mit ähnlichen sadistischen und narzisstischen Zügen wie Kerr sein.«

»Jemand, der unter dem Radar der Polizei bleibt?«

»Ich würde vermuten, dass er irgendwo in den Unterlagen der Polizei zu finden ist. Wahrscheinlich ist er sogar eine angesehene Person.«

»Wie kommen Sie auf diesen Gedanken?«

»Er wurde noch nicht gefasst. Wahrscheinlich ist es jemand, der eine Illusion von Bescheidenheit und Selbstlosigkeit um sich herum geschaffen hat. Jemand, der geschickt darin ist, seine egoistischen und egozentrischen Motive zu verbergen, und als ehrlich, gutherzig und aufopfernd auftritt. Bislang hat er es geschafft, sich als eine bessere Version seiner selbst auszugeben, wohl wissend, dass er den Respekt und den Status, den er sich erarbeitet hat, nicht aufrechterhalten könnte, wenn sein wahres Wesen entdeckt würde.«

»Die Polizei sollte also nach einem Mann in einer hohen Position suchen?«

»Nicht unbedingt«, erwiderte Wallberg. »Dass er bisher nicht gefasst wurde, beweist nur, dass er sich gut anzupassen weiß. Allerdings funktionieren Narzissten am besten innerhalb eines Rahmens, der von Kontrolle und Vorhersehbarkeit geprägt ist. Bei der Polizei oder beim Militär zum Beispiel. Da, wo System und Struktur Schlüsselbegriffe sind.«

»Wollen Sie damit sagen, dass der Andere vielleicht ein Polizeibeamter ist?«, fragte Line.

Elias Wallberg lachte.

»Nein, aber es wäre auch nicht völlig undenkbar. Die Polizei ist ein berufliches Umfeld, das für einen Sadisten durchaus attraktiv sein könnte. Sadisten hegen eine große Faszination für Macht und für die Bestrafung und Kontrolle anderer. Jedenfalls ist der Andere vermutlich kein Krankenpfleger.«

Er sah auf die Uhr. Line wurde bewusst, dass sie zum Ende kommen musste. Wallberg beantwortete ihre letzten Fragen, ehe er schließlich aufstand und Line zur Tür begleitete.

»Ich habe viele Gespräche mit Kerr geführt«, sagte er. »Mehr als die Ermittler, die mit ihm zu tun hatten. Ich glaube, er ist gefährlich und unberechenbar. Das Verhalten eines Tieres wird von Impulsen und Instinkten gesteuert, während normale Menschen nach ihrem Gewissen handeln. Kerr hat kein Gewissen. In dieser Hinsicht gleicht er eher einem Tier als einem Menschen.«

46

Die leere Kaffeetasse stand noch immer am Ende des Tisches, wo Wisting sie nach der Morgenbesprechung abgestellt hatte. Er nahm sie mit in die Teeküche, spülte sie ab und füllte sie mit frischem Kaffee.

Nach und nach kamen die Ermittler wieder in den Raum und nahmen ihre festen Plätze ein. Die an Theo Dermann adressierten Briefe lagen in versiegelten Beweisbeuteln an Mortensens Platz.

»Kannst du aus denen was rausholen?«, fragte Wisting.

»Vermutlich nichts, was uns weiterbringt«, erwiderte Mortensen. »Wäre ja keine große Überraschung, wenn sich Tom Kerrs Fingerabdrücke und DNA darauf finden ließen.«

Der Inhalt der Umschläge war den anderen am Tisch schon bekannt, dennoch wurden die Beweisbeutel von einem zum anderen gereicht, damit alle sie näher betrachten konnten.

»Es gibt tatsächlich jemanden, der sich Theo Dermann nennt«, sagte Wisting und berichtete von dem Mann, der bei Claes Thancke aufgetaucht war.

Die junge Frau am Empfang war ebenfalls vernommen worden. Sie hatte bestätigt, wie der Termin mit Theo Dermann zustande gekommen war, und hatte den Mann ganz ähnlich beschrieben wie Thancke. Aufgrund der Pflaster hatte sie die Vermutung geäußert, dass er mehrere Narben im Gesicht haben müsse.

Die Besprechung fiel diesmal kurz aus. Sie traten auf der Stelle. Es gab nichts, woran sie sich festhalten konnten.

Wisting verließ den Konferenzraum als Letzter und ging in sein Büro, um seine E-Mails und SMS zu lesen. Die meisten Nachrichten stammten von Journalisten, die ihn telefonisch nicht hatten erreichen können. Die letzte SMS war während der Besprechung eingegangen. Ein Journalist von TV2 wollte von ihm einen Kommentar zur internen Ermittlung der Spezialeinheit. Wisting ignorierte die Nachricht und rief gerade die nächste auf, als sein Telefon klingelte.

Es war Tim Skage.

»Gibt's was Neues?«, fragte Wisting.

»Nicht zu Tallak Gleich«, entgegnete Skage. »Wir haben eine Adresse überprüft, wo er offenbar heute Nacht gewesen ist, bei einem Kumpel im Stadtzentrum, aber weit sind wir nicht gekommen. Die Granaten stammen aus einem Militärlager, genau wie Sie vermutet haben.«

Wisting lehnte sich zurück und fasste sich mit der freien Hand an die Stirn.

»Allerdings ist uns etwas anderes aufgefallen«, fuhr Skage fort. »Deshalb rufe ich an.«

»Was ist es denn?«

»Wie Sie wissen, haben wir den Fall lange als Wohnungsbrand eingestuft, als Unglücksfall. Erst vor zwei Tagen wurden im Blut von Chris Paust Backe Betäubungsmittel nachgewiesen, woraus sich ableiten ließ, dass das Feuer absichtlich gelegt wurde. Das heißt, wir behandeln die Sache erst seit zwei Tagen als Mordfall.«

»Ja, und weiter?«

»Bekanntlich haben viele Kriminelle mehrere Handys. Eins für den normalen Gebrauch und eins fürs Business, also die lichtscheuen Aktivitäten. Das eine schwarz, das andere weiß, könnte man sagen. Wir haben uns schon früh die Verbindungsdaten des weißen Telefons von Backe angeschaut, und die zeigten kein einziges Gespräch mit Tallak Gleich.«

»Wie viele Handys haben Sie in der abgebrannten Wohnung gefunden?«, fragte Wisting.

»Zwei. Oder streng genommen fünf, aber nur zwei waren mit einer Telefonnummer verknüpft. Inzwischen sind die Techniker mit ihrer Analyse fertig. Von dem einen Gerät hatten wir die Daten ja schon, das andere war auf seine Großmutter registriert. Die Daten von dem zweiten Handy zeigen, dass er mehrmals mit Tallak Gleich telefoniert hat, aber die letzte Person, die er angerufen hat, war Helene Norum.«

Wisting lief es kalt den Rücken herunter.

»Norum«, wiederholte er.

»Die Mutter von Tom Kerrs drittem Opfer«, erklärte Skage. »Taran Norum.«

Wisting wusste nur zu gut, wer sie war. Immer mehr Fragen tauchten in seinem Kopf auf.

»Gab es mehrere Gespräche zwischen ihnen?«, wollte er wissen.

»Nur das eine. Etwa eine Stunde bevor das Feuer gemeldet wurde. Die beiden haben fast eine Minute miteinander gesprochen.«

»Gibt es da irgendeine Beziehung? Etwas, was die beiden verbindet?«

»Bislang haben wir nichts Derartiges entdeckt.«

Eine Taube landete draußen auf dem Fensterbrett. Wisting erhob sich und trat ans Fenster. Die Taube ließ sich nicht beirren. Wisting blickte zum Leuchtturm Svenner am Ende des Fjords hinüber. Was er erfahren hatte, war in erster Linie verwirrend. Sollte der Mann, der Tom Kerr indirekt zur Flucht verholfen hatte, tatsächlich Verbindungen mit der Mutter eines der Opfer gehabt haben?

»Sie müssen mit Helene Norum reden«, sagte er.

»Wir sammeln gerade weitere Informationen, dann holen wir sie morgen zur Vernehmung«, sagte Skage. »Ich halte Sie auf dem Laufenden.«

Sie beendeten das Gespräch.

Die Taube erhob sich und flog davon. Wisting blieb vor dem Fenster stehen. Viele Fäden mussten zusammengeführt werden. Und dabei fühlte es sich an, als ob noch jemand anderes an ihnen zog. Jemand mit einem ganz eigenen Willen.

47

»Vielen Dank!«

Line ließ sich von Amalie eine Tasse Tee aus ihrer Spielzeugküche servieren. Sie setzte sie an den Mund und tat so, als nähme sie einen Schluck. Amalie strahlte, ging zurück zu der kleinen Küche auf der anderen Seite des Wohnzimmers und rührte in einem Topf. Line stellte die Tasse ab.

Im Fernsehen lief eine Kindersendung, doch Amalie schaute nicht hin.

»Mama muss nur mal kurz telefonieren.«

Line stellte den Ton leiser und rief Maren Dokken an.

»Oh, hallo«, meldete sich die Polizistin mit fröhlicher Stimme.

»Wie geht's Ihnen?«, fragte Line.

»Ich wollte gerade raus«, erwiderte Maren. »Ich dachte, ich mache einen kleinen Spaziergang an der frischen Luft. Bevor es zu regnen anfängt.«

Line hörte Schritte und stellte sich dabei vor, wie Maren die Treppe hinunterlief.

»Ich wollte nur erzählen, dass ich heute mit dem Psychiater gesprochen habe«, sagte Line und begann gleich darauf zu lachen. »Also, ich meine den, der Ihnen mit der Bachelorarbeit geholfen hat.«

»Elias Wallberg.«

»Er scheint mir ein fähiger Mann zu sein«, sagte Line. »Er hat zugestimmt, in dem Dokumentarfilm mitzuwirken.«

»Oh, gut!«

»Ich wollte mich nur für den Tipp bedanken.«

»Ich freu mich drauf, den Film zu sehen, wenn er fertig ist.«

Im Hintergrund hörte Line eine Tür zuschlagen.

»Ich habe mit den Produzenten gesprochen«, fuhr Line fort. »Wir würden Sie sehr gern dabeihaben. Es wäre fantastisch, wenn Sie vor der Kamera erzählen könnten, was am Dienstag passiert ist.«

»Ich weiß nicht ...« Die Polizistin zögerte.

»Sie müssen sich ja nicht sofort entscheiden«, beeilte sich Line zu sagen. »Aber denken Sie darüber nach.«

»Das liegt ja nicht allein in meiner Hand«, wandte Maren ein. »Ich muss das mit der Dienststelle abklären.«

»Natürlich. Aber ich kann mir nicht vorstellen, dass die etwas dagegen hätten.«

»Ich soll mich morgen um neun zu einem Debriefing einfinden«, sagte Maren. »Dafür ist eine Stunde angesetzt. Wir können danach wieder reden. Ich rufe Sie an, ja?«

»In Ordnung.«

Mit einem guten Gefühl legte Line auf.

Amalie kam mit einem Teller imaginärem Essen. Line musste so tun, als ob sie davon probierte. Sie schmatzte zufrieden und wechselte dann den Fernsehsender, um die Nachrichten auf TV2 anzusehen.

Die Sendung begann. Als Erstes erschien das Gesicht von Tom Kerr auf dem Bildschirm. Der Nachrichtensprecher sagte, dass TV2 über exklusives Bildmaterial verfüge, das zeige, was bei der Flucht des brutalen Mörders geschehen sei. Dann wurden Aufnahmen gezeigt, die Tom Kerr beim Wegrennen zeigten, gefolgt von der Explosion. Es waren Lines Aufnahmen. Ihre Bilder.

Ungläubig starrte sie auf den Bildschirm. Drei weitere Nachrichten wurden verlesen, ehe der Sprecher wieder auf

Tom Kerr zurückkam. Er sei immer noch nicht gefasst, und die Polizei habe keine neuen Informationen herausgegeben, erläuterte der Journalist. Dann wurden Archivbilder vom Vortag gezeigt. Ein Reporter erklärte, weshalb Tom Kerr verurteilt worden war und was sich bei seiner Flucht zugetragen hatte. Erneut wurden Ausschnitte aus Lines Aufnahmen gezeigt. Der Reporter wiederholte, dass TV2 Zugang zu exklusivem Bildmaterial habe. Man sah, wie Tom Kerr die Fußfesseln abgenommen wurden, wie er den Abhang hinunterging und plötzlich zu rennen anfing. Polizisten stürmten ihm nach, dann endete der Ausschnitt mit der Explosion.

»Verfluchter Mist!«, brach es aus Line heraus.

Der Beitrag ging weiter. Das Gesicht ihres Vaters war zu sehen. Es war ein Ausschnitt vom ersten Pressebriefing, bei dem er das geliehene Hemd getragen hatte. Der Reporter berichtete weiter, dass die Spezialeinheit für interne Polizeiangelegenheiten eine Untersuchung zu den Fragen eingeleitet habe, wie es zur Flucht kommen konnte und was versäumt worden war.

»Opa!«, rief Amalie und stellte sich vor den Fernseher.

Ein leitender Vertreter der Spezialeinheit bestätigte den Bericht des Reporters, hatte aber weiter nichts zu sagen.

Aufmachung und Schnittfolge der Bilder vermittelten den Eindruck, als trüge Lines Vater die Verantwortung für die Ereignisse und als wäre er das Ziel der internen Ermittlung.

Amalie strahlte und kletterte aufs Sofa.

»Opa!«, rief sie wieder.

Dann war der Beitrag zu Ende. Line stellte den Ton leiser und rief Stiller an. Eigentlich ging es sie nichts an, was die Polizei mit ihren Aufnahmen anfing. Sie war für den Auftrag bezahlt worden, die Bilder gehörten ihr nicht mehr, aber sie wäre gern vorab über die Veröffentlichung informiert worden. Abgesehen davon war es völlig unnötig gewesen. Die Polizei hatte nichts zu gewinnen, indem sie die Aufnahmen freigab.

Stiller meldete sich.

»Ich habe gerade die Nachrichten auf TV2 gesehen«, sagte Line.

»Ach ja? Ich sitze im Auto und bin auf dem Weg zurück nach Oslo.«

Er klang völlig unwissend.

»Weshalb haben Sie TV2 meine Aufnahmen gegeben?«, fragte sie.

»Wovon reden Sie?«

»TV2 hat eben die Aufnahmen von Tom Kerrs Flucht gezeigt«, erklärte Line.

Adrian Stiller räusperte sich. »Davon weiß ich nichts.«

»Und woher hat TV2 die Bilder?«

»Keine Ahnung. Ich werde dem mal nachgehen.«

»Irgendjemand muss sie dem Sender zugespielt haben«, meinte Line. »An wen haben Sie die Aufnahmen weitergeleitet?«

»Ich muss das untersuchen«, wiederholte Stiller. »Aber eigentlich ist das doch gut für Sie.«

»Wieso das denn? Die Exklusivität ist jetzt futsch.«

»Aber dadurch ist es einfacher für Sie, die Nutzung der Aufnahmen genehmigt zu bekommen. Sie wurden schon veröffentlicht. Die Polizei hat also keinen Grund mehr, die Bilder zurückzuhalten. Also müssen Sie mit der Veröffentlichung auch nicht mehr warten, bis der Fall komplett aufgeklärt ist.«

Amalie war müde geworden und drückte sich an Lines Brust.

»Werden Sie der undichten Stelle nachgehen?«, fragte Line und strich ihrer Tochter über den Kopf. »Wegen Verstoßes gegen die Schweigepflicht oder so? Ich wüsste wirklich gern, woher die Aufnahmen gekommen sind.«

»Das wäre allerdings ein Fall für die Spezialeinheit«, erwiderte Stiller. »Eigentlich hat es den Ermittlungen doch nicht geschadet. Eher im Gegenteil. Je häufiger Tom Kerrs Gesicht im Fernsehen auftaucht, desto größer ist die Chance, dass ihn jemand erkennt und sich bei der Polizei meldet.«

»Ich wäre gern dabei, wenn er geschnappt wird«, sagte Line.

»Wie meinen Sie das?«

»Ich will, dass Sie mir Bescheid sagen, wenn es etwas Konkretes gibt«, sagte Line. »Wenn Sie wissen, wo er sich aufhält. Ich würde gern seine Festnahme filmen.«

»Ihr Vater leitet die Ermittlung«, wandte Stiller ein.

»Ihn zu fragen ist völlig sinnlos«, meinte Line. »Er hat panische Angst davor, dass unsere Rollenverteilung durcheinandergerät. Sie haben das Ganze in Gang gebracht. Sie können das regeln.«

Stiller schwieg eine Weile. »Ich werde sehen, was ich tun kann«, meinte er schließlich.

»Danke.«

Bei Stiller kam gerade ein weiterer Anruf rein.

»Ich muss rangehen«, entschuldigte er sich und beendete das Gespräch.

Im Fernsehen wurde über die Proteste gegen neue Mautgebühren berichtet.

Über den Festplattenreceiver ging Line zum Anfang des Beitrags zurück und ließ ihn noch einmal abspielen. Irgendjemand bei der Polizei schien Interesse daran zu haben, dass die Aufnahmen an die Öffentlichkeit kamen. Sie wusste nicht, wer von der Polizei auf das Material zugreifen konnte, doch der Einzige, der ein Motiv gehabt hätte, war Adrian Stiller. Und er hatte recht. Nach der Veröffentlichung im Fernsehen würde sie leichter eine Genehmigung für die Nutzung der Bilder in ihrem Dokumentarfilm bekommen.

»Opa!«, rief Amalie noch einmal und zeigte auf den Fernseher.

Line hielt die Aufnahme an. Das Gesicht ihres Vaters füllte den Bildschirm.

Oder gab es ein anderes Motiv? Die Nachricht, dass die Spezialeinheit derzeit den Fall untersuchte, suggerierte zusammen mit der Bildauswahl, dass ihr Vater sich etwas hatte zuschulden kommen lassen. Womöglich war die Lancierung der Aufnahmen bei TV2 ein Versuch, ihm die Verantwortung für Tom Kerrs Flucht in die Schuhe zu schieben.

48

Es hatte wieder angefangen zu regnen.

Die Lüftungsanlage im Polizeigebäude schaltete sich nachmittags, wenn nur wenige Mitarbeiter Dienst hatten, automatisch aus. Wisting hatte eines der Bürofenster zum Lüften geöffnet, doch als es hereinregnete, schloss er es wieder.

Gleich einem Amphitheater lag die Stadt, die sich um den kleinen Fjordarm herum erstreckte, unter ihm. Sein ganzes Leben hatte Wisting hier verbracht und ansonsten nicht viel von der Welt gesehen. Hier war er zu Hause. Er war ein Teil der Stadt. Und er fühlte sich für sie verantwortlich.

In einer Öffnung zwischen zwei Gebäuden sah er einen Teil der Storgate. Ein Wagen mit eingeschaltetem Blaulicht fuhr in hoher Geschwindigkeit vorbei Richtung Westen. Wisting konnte nicht erkennen, um was für ein Einsatzfahrzeug es sich handelte. Nach einer Weile tauchte das Blaulicht auf der aus Stavern herausführenden Straße wieder auf. Es schien ein Polizeiwagen zu sein.

Er ging zurück zu seinem Schreibtisch. Es hatte eine Weile gedauert, die umfangreiche Datenbank von Idar Semmelmann auf dem Bürocomputer hochzuladen. Als Semmelmann ihnen die verschiedenen Funktionen vorführte, hatte das System beeindruckend, aber einigermaßen logisch gewirkt. Es nun selbst zu bedienen war schwieriger. Wisting probierte es mit einer einfachen Suche nach dem Namen von Thea Poldens Mutter, doch es kam eine Fehlermeldung mit der Aufforderung, in den Einstellungen die gültigen Basisdaten zu markieren. Weil er nicht weitergekommen war, hatte er versucht, Semmelmann anzurufen, doch er wurde nur auf dessen Mailbox weitergeleitet. Er sah davon ab, eine Nachricht zu hinterlassen. Semmelmann würde ihn schon zurückrufen, wenn er seine Nummer unter den verpassten Anrufen entdeckte.

Wisting setzte sich an den Computer, um die Dokumente im Mordfall Chris Paust Backe zu lesen. Normalerweise druckte er sich alle Berichte und Vernehmungsprotokolle aus, um interessante Dinge zu unterstreichen oder Anmerkungen an den Rand zu kritzeln. Jetzt begnügte er sich damit, Notizen auf einen Spiralblock zu schreiben.

Nach einer halben Stunde klingelte das Telefon. Ein Anruf von der Einsatzzentrale.

»Wir haben hier gerade einen Einsatz, zu dem Sie vielleicht einen Ermittler abstellen sollten«, sagte der Einsatzleiter.

»Worum geht es?«

»Die Streifen suchen nach einem weißen Lieferwagen. Ein Zeuge hat gesehen, wie eine Frau hineingezerrt worden ist.«

Wisting erhob sich von seinem Stuhl und trat wieder ans Fenster. Draußen hatte die Dämmerung eingesetzt.

»Wann war das?«

»Die Meldung kam vor einer Dreiviertelstunde rein, aber da soll vorher noch was passiert sein.«

»Und wo?«

»Am Gamle Stavernsvei. Wir haben jetzt eine Streife dort, zusammen mit dem Zeugen. Ich weiß noch nicht genau, worum es geht, aber angesichts der Ereignisse der letzten Tage ...«

Wisting war schon auf dem Weg zur Tür.

»Ich kümmere mich darum«, sagte er. »Ich fahre jetzt los.«

Es dauerte einen Moment, bis es ihm gelungen war, im Gehen die Jacke überzuziehen, aber schon bald saß er hinter dem Lenkrad und fuhr in den Regen hinaus.

Die Fahrt dauerte nicht länger als fünf Minuten. Zwei Streifenwagen standen am Straßenrand, zwischen ihnen lag eine weiße Plane.

Wisting stellte sich vor den vorderen Streifenwagen, Motorhaube an Motorhaube. Ein Mann in Trainingsoutfit saß auf dem Beifahrersitz. Der Polizist am Steuer hielt ein Laptop auf dem Schoß und nickte zur Begrüßung.

Wisting stieg aus und setzte sich hinten in den Streifenwagen. Er stellte sich kurz vor und bat den Zeugen zu wiederholen, was er gesehen hatte.

»Ich bin hier entlanggelaufen, auf der anderen Straßenseite«, erklärte der Mann und deutete auf eine Stelle etwa zweihundert Meter weiter vorn. »Da ging eine junge Frau lang, ich hab sie schon von Weitem gesehen. Ja, und dann kam der Wagen. Er ist an mir vorbeigefahren und dann quer rüber auf die andere Fahrbahn, wo er angehalten hat. Ich hörte eine Tür zuknallen, dann fuhr er in hohem Tempo weiter, und die Frau war weg.«

»Sie ist in den Wagen gestiegen?«

»Ich konnte nicht sehen, was passiert. Der Wagen stand zwischen mir und ihr. Ich habe bloß das Geräusch von einer Schiebetür gehört. Es gab keinen Schrei oder so was, und alles ist ganz schnell passiert, aber die müssen sie da reingezerrt haben.«

»Wir haben eine Beschreibung des Fahrzeugs, aber kein Kennzeichen«, informierte der Polizist hinter dem Steuer. »Ein Kastenwagen. Citroën Berlingo oder Peugeot Partner, ohne Fenster zum Laderaum.«

Der Regen trommelte auf das Autodach. Die Lüftung rauschte, doch die Seitenfenster waren beschlagen. Ein weiterer Streifenwagen fuhr an ihnen vorbei. Der Mann im Trainingszeug blickte ihm hinterher.

»Es muss ja gar nichts passiert sein«, sagte er. »Wahrscheinlich hätte ich auch gar nicht angerufen, wenn da nicht der Schuh gewesen wäre.«

»Welcher Schuh?«

»Da liegt noch ein Wanderschuh, Größe 38«, erklärte der Polizist hinter dem Lenkrad. »Unter der Plane.«

Der Zeuge drehte sich zu Wisting um.

»Ich hatte kein Handy dabei, daher konnte ich erst anrufen, als ich wieder zu Hause war«, rechtfertigte er sich. »Da waren vielleicht zehn Minuten vergangen. Mir kam das sehr merkwürdig vor, während ich nach Hause lief. Da hab ich gedacht, ich ruf besser an.«

Wisting wischte mit der Hand über das Seitenfenster und sah hinaus. Die Straße war wenig befahren. Auf der einen Seite stand dichter Wald, auf der anderen lagen offene Felder. In einiger Entfernung waren ein paar Häuser zu sehen, doch an der Stelle, wo sie sich jetzt befanden, gab es keine Bebauung. Keine Zeugen.

Gerade als er ausstieg, klingelte das Handy. Semmelmann.

»Sie haben angerufen?«, fragte er.

»Ja.«

Er trat an die Seite und hob die Plane an. Der Schuh darunter war grau, mit rosa Muster.

»Worum geht es denn?«

Wisting ließ die Plane wieder sinken. Der Regen tropfte ihm in den Nacken.

»Es ist schon wieder passiert«, sagte er.

49

Wisting saß vornübergebeugt in seinem Wagen und stützte sich mit den Unterarmen auf dem Lenkrad ab. Der Regen fiel gleich Bindfäden in den Lichtkreis der Scheinwerfer. Vier Polizeibeamte ergriffen die Zipfel der Plane und hoben sie an, während ein Fünfter den darunterliegenden Schuh fotografierte. Das weiße Blitzlicht warf scharf umrissene Schatten auf den Asphalt.

»Wir sollten in den Medien nach dem Lieferwagen fahnden lassen«, sagte Wisting und drehte den Kopf etwas mehr zum Mikrofon der Freisprechanlage.

Die Polizeijuristin vom Dienst war anderer Meinung.

»Wir haben das hier schon erörtert«, sagte sie. »Wir müssen die Gesamtumstände berücksichtigen. Noch wissen wir nicht, was wirklich passiert ist.«

»Gerade deshalb«, entgegnete Wisting. »Wir sollten nach dem Wagen fahnden lassen und die junge Frau auffordern, sich zu melden.«

»Wir warten ab, bis wir mehr wissen. Das Ganze kann ein Missverständnis sein. Der Zeuge kann die Situation falsch verstanden haben. Die Medien sind voll von Berichten über die Morde, die Tom Kerr begangen hat. Das kann das Einschätzungsvermögen des Zeugen beeinflusst haben. Er hat vielleicht nur geglaubt, etwas gesehen zu haben. Wir brauchen was Konkreteres, ehe wir richtig loslegen.«

Der Schuh wurde in eine braune Papiertüte gelegt, dann wurde die Plane wieder zusammengefaltet.

»Und der Schuh?«, fragte Wisting.

»Der kann da auch vorher schon gelegen haben.«

»Genau da, wo die junge Frau von einem Lieferwagen mitgenommen wurde?«

Die Polizeijuristin am anderen Ende der Leitung seufzte. »Ich habe die Aussage des Zeugen gelesen. Er stand zweihundert Meter entfernt. Und er kann nicht mit Sicherheit sagen, dass der Schuh genau dort gelegen hat, wo der Wagen anhielt. Er hat lediglich eine Vermutung angestellt, als er ihn entdeckt hat.«

Wisting lehnte sich zurück und blickte auf das kleine Mikrofon über dem Rückspiegel. Die Polizeijuristin wirkte entschlossen. Vermutlich verteidigte sie bloß eine bereits getroffene Entscheidung. Gegenargumente waren zwecklos.

Sie hieß Stemstad. Gro oder Gunn mit Vornamen. Ihre Stimme klang so, als wäre sie höchstens halb so alt wie Wisting. Sie waren sich nie begegnet und kannten sich nicht, hatten jedoch bei früheren Fällen ein paarmal telefoniert. Diese unpraktische Form der Zusammenarbeit war ein Resultat der Umstrukturierung und Zusammenlegung der Polizeidistrikte.

»Tom Kerr ist jetzt seit über achtundvierzig Stunden auf der Flucht«, fuhr die Polizeijuristin fort. »Er ist irgendwo weit weg. Warum sollte er gerade bei uns wieder zuschlagen? Das ist völlig unlogisch.«

Wisting musste ihr recht geben.

»Hier sind über einhundert Hinweise von Menschen eingegangen, die meinen, Tom Kerr gesehen zu haben«, fuhr sie fort. »Einige behaupten, er hätte in einem weißen Lieferwagen gesessen. Das hat sich jedoch als Irrtum erwiesen. Die Leute sehen, was sie sehen wollen. Es ist wichtig, dass wir die ganze Sache nicht übertreiben.«

Die Scheibenwischer fegten den Regen von der Frontscheibe. Die Polizisten hatten sich wieder in ihre Fahrzeuge gesetzt. Der erste ließ den Motor an und fuhr weg. Die anderen folgten ihm kurz darauf.

»Und was schlagen Sie vor?«, fragte Wisting.

»Alle Streifen halten Ausschau nach dem weißen Lieferwagen«, versicherte die Polizeijuristin. »Wir warten erst mal ab. Die Medien halten wir raus. Die dürfen jetzt nicht noch mehr Chaos reinbringen.«

Wisting warf einen Blick in den Rückspiegel. Eine tiefe Furche hatte sich auf seiner Stirn gebildet.

»Was meinen Sie? Was soll das heißen – Chaos?«

»Ich sage nur, dass alles, was gerade passiert, hätte vermieden werden können. Tom Kerr hätte niemals die Gelegenheit zur Flucht bekommen dürfen. Er hätte niemals wieder auf die Gesellschaft losgelassen werden dürfen.«

Das Gespräch wurde beendet. Wisting blickte in den Spiegel.

Wurde die Sache von allen so gesehen? War es seine Schuld, dass Tom Kerr sich wieder auf freiem Fuß befand?

Er hockte da und ließ den Gedanken auf sich wirken. Plötzlich packte ihn ein ungewohntes Gefühl. Ein Gefühl von Schuld. Ein unkontrollierbares, gnadenloses Schuldgefühl.

Der Gedanke, nicht gut genug zu sein, war ihm nicht fremd. Fälle, deren Aufklärung sich ewig hinzog oder die gar nicht gelöst werden konnten, belasteten ihn durchaus. Es war seine Aufgabe, die Ermittlungen in großen, komplizierten Kriminalfällen zu leiten. Und es lag in seiner Verantwortung, Ergebnisse vorzulegen. Eine Verantwortung, an die er sich im Laufe der Zeit gewöhnt hatte, doch Verantwortungsgefühle waren etwas anderes als Schuldgefühle.

Ein Wagen fuhr an ihm vorbei. Wisting blickte auf die trockene Stelle am Straßenrand, wo die Plane gelegen hatte. Bald würde der Regen jede Spur ausgelöscht haben. Er hoffte, dass die junge Polizeijuristin recht behalten würde. Denn wenn ein Verbrechen begangen worden war, trug er die Schuld daran.

50

Die Morgennachrichten hatten keinen Fortschritt bei der Jagd nach Tom Kerr zu vermelden. Dafür war die Kritik an der Polizei zum zentralen Thema herangewachsen. Zwar wurde Wistings Name nicht genannt, doch hatte er am Tag der Flucht von Tom Kerr sein Gesicht als Vertreter der Polizei in die Kameras gehalten. Und dieses Bild tauchte immer wieder auf.

Line trank ihren Orangensaft aus, legte das Telefon weg und blickte zum Haus ihres Vaters. Er war erst nach Hause gekommen, nachdem sie sich schlafen gelegt hatte, und als sie aufstand, war sein Wagen schon wieder weg.

Sie räumte den Tisch ab, half Amalie beim Anziehen und packte ihren Rucksack für den Kindergarten.

Für gewöhnlich ließen sie sich morgens Zeit, denn nur selten gab es einen Termin, den Line unbedingt einhalten musste. In letzter Zeit hingegen war es anders gewesen. Line beeilte sich, Amalie in den Kindergarten zu bringen, damit sie sich voll und ganz auf ihr Filmprojekt konzentrieren konnte. Sie hatte deswegen ein schlechtes Gewissen, tröstete sich aber mit dem Gedanken, dass es nur eine Ausnahme war und Amalie im Kindergarten ohnehin gut zurechtkam.

Völlig isoliert betrachtet musste das Leben eines Psychopathen einfach sein, dachte sie auf dem Heimweg, nachdem sie Amalie weggebracht hatte. Kein schlechtes Gewissen, keine Reue, keine Schuldgefühle.

Noch immer regnete es. Eigentlich hätte sie neues Regenzeug für Amalie kaufen müssen, aber das konnte auch bis Samstag warten. Dann könnte sich Amalie die Farbe selbst aussuchen und die Sachen gleich anprobieren.

Als sie wieder zu Hause war, ging Line hinunter in den Keller. Dort fühlte sie sich wohl – beschützt von den alten Mauern und ohne allzu viel Ablenkung. Alles um sie herum war in irgendeiner Weise mit ihrer Arbeit verbunden. Das half ihr, sich zu konzentrieren und die Gedanken zu ordnen.

In den Notizen aus dem Gespräch mit dem Psychiater hatte sie etwas unterstrichen. Den Gedanken, dass man weder bei der Bosheit noch bei der Liebe genau wusste, woher sie kam.

Im ersten Augenblick hatte sie gedacht, dass das nicht stimmte. Die Liebe kam aus dem Herzen, sie war etwas Echtes. Aber das war im Grunde genommen nur eine Redensart. Das Herz hatte keine andere Funktion, als Blut durch den Körper zu pumpen.

Sie ging ins Internet und versuchte, andere Erklärungen zu finden, andere Stimmen, die etwas über den Willen zur Bosheit sagen konnten.

Es gab einen alten Artikel, in dem der Vorsitzende des Psychologenverbands zu diesem Thema befragt worden war. Seine Gedanken widersprachen dem, was der Gerichtspsychiater über Psychopathen und Narzissten geäußert hatte. Er war der Ansicht, dass die Bosheit auf der Welt meist von gewöhnlichen Menschen ausgeübt werde, welche die Grenze zwischen Gut und Böse überschritten hätten. Oft fange es mit kleinen Dingen an, wie etwa, wenn man sich nicht um andere kümmere. Wenn man nicht überprüfe, ob der auf der Straße liegende Mann seinen Rausch ausschlafe oder tot sei. Wenn man den Taxifahrer rassistische Witze reißen lasse, ohne sich das zu verbitten. Wenn man die Nachbarin nicht nach den blauen Flecken im Gesicht frage oder wenn man achtlos vorbeigehe, wenn ein Bettler seine Hand ausstrecke. Mitunter könne es reizvoll sein, die Wahrheit auszuschmücken oder das Verhalten anderer Menschen auf eine bestimmte Weise zu kommentieren. Dinge zu verschweigen, die uns selbst in schlechtes Licht stellen könnten. Ein kleines bisschen zu übertreiben. Etwas zu sagen, womit wir uns oder jemanden, an dem uns etwas liegt, beschützten. Doch jede Lüge und jede abfällige Äußerung über andere sei ein Schritt in die Richtung des Bösen.

Ein heftiger Windstoß ließ den Regen gegen die Außenwände schlagen. Line überlegte, ob sie hinaufgehen und sich einen Kaffee machen sollte, las stattdessen aber weiter.

Es ging um die Übernahme von Verantwortung. Offenbar war es einfacher, bei irgendetwas mitzumachen, wenn man die Strafe nicht allein tragen musste. In einem solchen Fall wurde die Verantwortung für die Tat auf mehrere verteilt, und man musste die Schuld nicht persönlich auf sich nehmen. Dass dadurch die Moralvorstellungen durchlässiger wurden, demonstrierte der Psychologe unter Verweis auf ein Experiment, bei dem eine Gruppe von Studenten die Rollen von Wärtern und Gefangenen in einem Gefängnis spielen sollten. Noch vor Ablauf der ersten Woche musste das psychologische Experiment gestoppt werden. Die »Wärter« waren von ihrer Macht völlig verblendet gewesen und hatten die »Gefangenen« auf eine Weise erniedrigt und gedemütigt, dass es etliche Nervenzusammenbrüche gegeben hatte. Plötzlich war von »wir und sie« die Rede gewesen. »Die anderen« waren als unzuverlässige, gefährliche und schlechte Menschen definiert worden, die »unsere« Lebensweise bedrohten.

Der Missbrauch von Autorität sowie die Unterdrückung und Kontrolle anderer Menschen schuf die Basis für Bosheit. Gleichzeitig konnten blinder Gehorsam und der unkritische

Glaube an zwingende Regeln friedfertige Demokratien in faschistische Diktaturen verwandeln.

Line kamen einige Aussagen des Psychologen durchaus bekannt vor, doch noch immer fiel es ihr schwer zu begreifen, dass jemand Befriedigung daraus zog, einen anderen Menschen zu kränken oder gar zu vernichten. Doch die Bosheit existierte. Sie war genauso echt wie die Liebe.

Ein Geräusch von oben ließ sie plötzlich zusammenfahren. Der Wind hatte aufgefrischt. Ein Fenster im Schlafzimmer war anscheinend aufgesprungen und schlug hin und her.

Line stand auf und nahm die leere Kaffeetasse mit. Sie betrat die Küche, schaltete die Kaffeemaschine ein und ging dann ins Schlafzimmer, um das Fenster zu schließen. Es hatte hereingeregnet, der Fußboden war nass. Sie musste einen Lappen holen.

Das Filmprojekt entwickelte sich gerade in eine andere Richtung, dachte sie beim Aufwischen. Eine neue Dimension. Es ging nicht nur um eine Rekapitulation der Taten Tom Kerrs und des Anderen, sondern auch darum zu erforschen, wofür sie eigentlich standen. Dafür brauchte sie allerdings jemanden, der die Handlungen der beiden aus deren Perspektive betrachten konnte. Ideal wäre es natürlich, wenn Tom Kerr sich selbst dazu äußern würde. Alternativ dazu könnte sie den Anwalt fragen, ob er teilnehmen wollte. Claes Thancke wirkte jedenfalls nicht so, als hätte er etwas gegen mediale Aufmerksamkeit einzuwenden.

Der Kaffee war durchgelaufen. Line sah auf die Uhr. Es war halb elf. Maren Dokken hatte sich nicht gemeldet. Auch wenn das Debriefing vermutlich vorbei war, konnte es eine Weile dauern, bis sie mit jemandem über die Erlaubnis zur Teilnahme an ihrem Dokumentarfilm gesprochen hatte.

Plötzlich wusste Line nicht mehr genau, was sie verabredet hatten. Wer sollte sich eigentlich bei wem melden?

Sie nahm einen Schluck Kaffee und schrieb eine SMS, bei der sie sich nicht ganz an die Fakten hielt:

Bin gerade in der Stadt und könnte bei Ihnen vorbeikommen, falls Sie bei der Arbeit fertig sind.

Eine Antwort blieb aus. Aus irgendeinem Grund war Line plötzlich beunruhigt.

51

Die Suchaktion wurde um Mitternacht beendet, und auch im Verlauf der weiteren Nacht gab es keine neuen Zwischenfälle. Niemand war als vermisst gemeldet worden. Wisting musste der Polizeijuristin recht geben, und er spürte, dass seine Schuldgefühle etwas nachließen.

Zum Zeitpunkt des seltsamen Vorfalls hatte es gerade angefangen zu regnen. Der Zeuge hatte keinen Schrei gehört. Höchstwahrscheinlich war die junge Frau von jemandem mitgenommen worden, den sie kannte und der sie im Regen nach Hause fahren wollte. Der Schuh konnte schon früher dort gelegen haben. Vielleicht war er aus einer Sporttasche auf dem Gepäckträger eines Fahrrads herausgefallen oder hatte auf dem Dach eines Autos gelegen und war vom Fahrer dort vergessen worden, ehe er losgefahren war. Für Wisting war es ungewohnt, beschönigende Erklärungen zu konstruieren, anstatt sich den schlimmstmöglichen Fall vorzustellen und dementsprechend zu handeln. Gleichwohl merkte er, wie ihn das Ereignis quälte. Ein ärgerliches Gefühl, das ihm erspart geblieben wäre, wenn sich die Polizei an die Öffentlichkeit gewandt und die junge Frau aufgefordert hätte, sich zu melden.

Hammer tauchte an der Bürotür auf.

»Es geht jetzt los«, sagte er.

Wisting erhob sich vom Schreibtisch. Zusammen gingen sie in den großen Konferenzraum in der zweiten Etage und suchten sich Plätze in der letzten Reihe, dicht an der Wand. Alle, die in irgendeiner Weise in die Ereignisse um Tom Kerrs

Flucht involviert waren, fanden sich zu einem gemeinsamen Debriefing zusammen. Neben den Angehörigen der Polizei waren auch die Mitarbeiter des Sanitätsdienstes anwesend.

Eigentlich sollte Line auch hier sein, dachte Wisting. Er hätte das nicht vergessen dürfen. Auch Stiller hätte daran denken müssen. Er hatte sie schließlich für den Auftrag engagiert. Sie hatte keine Arbeitskollegen, mit denen sie die brutalen Erlebnisse hätte teilen oder besprechen können.

Dienstgruppenleiter Frank Kvastmo leitete die Besprechung und hieß erst einmal alle Anwesenden willkommen. Es handelte sich weniger um eine Evaluierung als vielmehr um den Versuch, die psychische Anspannung der Beteiligten zu reduzieren, Unbehagen auszuräumen und nicht zuletzt mögliche Spätfolgen der Geschehnisse zu begrenzen. Jeder, der seine Erlebnisse mit den anderen teilen oder etwas sagen wollte, durfte sich melden.

Wisting erinnerte sich am besten an das Vakuum, das unmittelbar nach der Explosion entstanden war. Die Starre, ehe die allgemeine Verwirrung um sich griff und jeder sich wieder zu regen begann. Das Ganze hatte sich im Bruchteil einer Sekunde abgespielt, in seiner Erinnerung jedoch war die Zeitspanne viel länger gewesen. Wisting sah alles in einzelnen Sequenzen vor sich, und inmitten all dessen sah er Line.

Wisting ergriff ganz zum Schluss das Wort. Er stand auf, trat auf das Podium und ließ den Blick über die Anwesenden gleiten. Ein paar der Polizeibeamten, die beim Ortstermin dabei gewesen waren, saßen ganz vorn. Maren Dokken war nicht dabei, doch Wisting nickte ihrem Kollegen zu, dessen Hand verbunden war, ehe er zu sprechen begann.

Er sagte nichts über seine eigenen Erinnerungen, sondern erläuterte den aktuellen Stand der Ermittlungen. Den Briefwechsel mit Theo Dermann und Claes Thanckes Rolle ließ er unerwähnt, ging dafür aber detailliert auf den Mord an Chris Paust Backe und die Suche nach Tallak Gleich ein.

Während er sprach, klingelte das Handy. Er zog es hervor, sah, dass Line anrief, und stellte es lautlos, ehe er weiterredete.

Nachdem er fertig war, lud Kvastmo zu einer Fragerunde ein, bevor der offizielle Teil der Versammlung beendet war. Getränke und belegte Brote wurden hereingebracht, und alle Beteiligten wurden aufgefordert, noch zu bleiben und sich weiter zu unterhalten.

Wisting holte wieder sein Handy hervor. Abermals hatte Line versucht, ihn zu erreichen. Er trat auf den Gang und rief sie zurück.

»Hallo!«, sagte sie. »Weißt du, ob das Debriefing schon zu Ende ist?«

Wisting wunderte sich über die Frage. »Wir sind gerade fertig geworden. Wieso fragst du? Hast du mit Stiller gesprochen? Hat er dich eingeladen zu kommen?«

»Nein, ich wollte bloß später Maren Dokken treffen. Sie meinte, es würde etwa eine Stunde dauern.«

Wisting sah auf die Uhr. Fast zwei Stunden waren vergangen.

»Es hat etwas gedauert«, sagte er. »Aber Maren Dokken war gar nicht hier.«

»Sie hat aber gesagt, sie wolle teilnehmen.«

»Wann hast du mit ihr gesprochen?«

»Gestern«, erwiderte Line. »Sie antwortet nicht auf meine Nachrichten. Ich habe versucht, sie anzurufen, aber ihr Telefon ist anscheinend ausgeschaltet.«

Nils Hammer und Frank Kvastmo traten auf den Gang. Wisting bat Line, einen Augenblick zu warten.

»Hast du heute was von Maren Dokken gehört?«, wandte er sich an Kvastmo.

Der schüttelte den Kopf. »Sie ist noch krankgemeldet, wollte aber heute eigentlich kommen. Ich habe gestern mit ihr telefoniert.«

Kvastmo ging weiter, doch Hammer blieb stehen. Wisting hielt sich wieder das Handy ans Ohr.

»Kann ja sein, dass sie schläft«, mutmaßte Line. »Sie nimmt ziemlich starke Schmerztabletten.«

»Vielleicht«, meinte Wisting.

Er war daran gewöhnt, immer mit dem Schlimmsten zu rechnen. Vielleicht waren im Zusammenhang mit ihren Verletzungen Komplikationen aufgetaucht. Plötzliche innere Blutungen zum Beispiel oder Verletzungen, die im Krankenhaus nicht entdeckt worden waren. Womöglich war auch etwas noch Ernsteres passiert.

»Ich bin jetzt auf dem Weg in die Stadt«, sagte Line. »Ich dachte, ich fahre mal bei ihrer Wohnung vorbei.«

»Dann sehen wir uns da«, sagte Wisting und legte auf.

»Was ist los?«, fragte Hammer.

Wisting brachte ihn kurz auf den aktuellen Stand.

»Ich hole den Wagen aus der Tiefgarage«, verkündete Hammer. »Ich warte am Haupteingang auf dich.«

Wisting ging in sein Büro, suchte die Adresse von Maren Dokken heraus und überprüfte, wer der Hauseigentümer war. Es handelte sich um eine große Immobiliengesellschaft mit eigenem Hausmeisterdienst. Er schrieb sich die Telefonnummer auf, schnappte sich seine Jacke und eilte hinaus.

Auf dem Gang traf er wieder auf Frank Kvastmo.

»Du hast mich doch eben nach Maren Dokken gefragt«, sagte er.

»Ja?«

»Ihre Eltern haben während des Debriefings versucht, mich zu erreichen. Sie sind zurück aus Singapur und jetzt auf dem Weg hierher. Sie haben bei Maren angerufen, doch sie ist nicht ans Telefon gegangen.«

»Wir konnten sie auch nicht erreichen«, entgegnete Wisting und ging auf die Treppe zu. »Wir fahren jetzt zu ihr nach Hause«, rief er über die Schulter.

Ein Kamerateam von TV2 stand vor dem Polizeigebäude. Im Laufe der letzten Tage hatten sich immer wieder Journalisten mit Kameras an der Polizeidienststelle herumgetrieben. An diesem Morgen war niemand mehr von der Presse zu sehen gewesen, nun aber war TV2 zurück. Mit der Veröffentlichung des exklusiven Bildmaterials von Line hatten sie die Nase vorn gehabt und mussten jetzt an ihren Erfolg anknüpfen.

Wenn es noch geregnet hätte, wären die Fernsehleute in ihren Autos sitzen geblieben, was Wisting ermöglicht hätte, schnell zu Hammer in den Wagen zu steigen.

Jetzt aber standen sie ihm im Weg.

»Gibt es etwas Neues?«, fragte der Reporter, noch bevor der Kameramann zur Aufnahme bereit war.

Wisting wollte sich an ihm vorbeidrücken. Es war nicht mehr seine Aufgabe, die Fragen der Presse zu beantworten. Das fiel nun in den Aufgabenbereich des diensthabenden Polizeijuristen von der Anklagebehörde in Tønsberg. Doch plötzlich kam Wisting eine Idee, und er blieb stehen. Er wartete, bis die Kamera aufnahmebereit war, und erläuterte dann, dass die Polizei keine neuen Erkenntnisse über Tom Kerrs Aufenthaltsort oder die Person gewonnen habe, die ihm zur Flucht verholfen hatte. Anschließend berichtete er von den zahlreichen Hinweisen, die aus der Bevölkerung eingegangen seien.

»In diesem Zusammenhang möchten wir die Öffentlichkeit bitten, uns bei der Suche nach dem Fahrer eines weißen Lieferwagens zu helfen, der eine junge Frau mitgenommen haben soll.«

Er nannte Ort und Zeit des Vorfalls, wies darauf hin, dass die Umstände unklar seien, und wiederholte, dass die Polizei gern Kontakt zum Fahrer und zur Fußgängerin aufnehmen wolle.

Der Reporter nutzte die Gelegenheit und fragte nach den neuen Ermittlungen im Zusammenhang mit dem Mord an Taran Norum sowie der Jagd nach dem Anderen. Wisting entgegnete kurz, er könne dazu nichts sagen, weil die Fälle von der Abteilung für ältere und ungelöste Fälle bei der Kripo sowie vom Polizeidistrikt Oslo untersucht würden. Er versicherte dem Reporter, dass die Ermittlungen natürlich koordiniert würden, seine Aufgabe jedoch in erster Linie darin bestehe, Tom Kerr zu finden. Abschließend nickte er dem Reporter kurz zu und eilte zum Wagen, in dem Nils Hammer saß und auf ihn wartete.

»Was hast du denen erzählt?«, wollte Hammer wissen.

Wisting tat das Ganze mit einer Handbewegung ab.

»Kannst du alles in den Nachrichten sehen«, sagte er.

Vermutlich würde er wegen des spontanen Interviews Kritik einstecken müssen. Er hatte sich über die Person hinweggesetzt, die in der Hierarchie über ihm stand, und war einem taktischen Impuls gefolgt. Er hatte das getan, was er für richtig hielt. Das, was er schon am Tag zuvor hätte tun sollen.

Er starrte aus dem Seitenfenster. Als Hammer gerade in die Storgate einbog, erhaschte Wisting einen Blick auf sein eigenes Spiegelbild. Plötzlich wurde ihm klar, dass seinem impulsiven Auftritt noch etwas anderes zugrunde lag. Tom Kerrs Flucht lag inzwischen drei Tage zurück, und die Kritik an der Polizei wurde immer lauter. Doch jetzt hatte er den Medien etwas Neues geliefert, womit sie sich beschäftigen konnten.

Die Ampel an der Kreuzung schaltete auf Rot. Hammer fluchte und schaltete Blaulicht und Martinshorn ein, bis er die Kreuzung passiert hatte.

»Wir müssen hier nach rechts«, sagte Wisting.

Etwas weiter die Straße hinunter sahen sie Lines Wagen. Hammer hielt direkt daneben. Wisting riss die Tür auf, noch bevor der Wagen zum Stehen kam.

Line kam gerade aus dem Wohnhaus.

»Ich war oben und hab an der Tür geklingelt«, sagte sie. »Sie reagiert nicht.«

Wisting und Hammer folgten Line wieder hinein. Wisting rief den Hausmeisterdienst an. Während sie die Treppen hinaufstiegen, erläuterte Wisting am Telefon, worum es ging.

»In zehn Minuten kommt jemand«, sagte er dann und legte auf.

Hammer klopfte kräftig an die Tür. Die Wand erzitterte. Eine Frau aus dem Stockwerk darunter trat ins Treppenhaus und schaute zu ihnen herauf. Wisting ging ihr ein paar Schritte entgegen.

»Polizei«, sagte er und präsentierte seinen Dienstausweis. »Haben Sie die Frau gesehen, die hier wohnt?«

»Maren Dokken?«

»Ja.«

»Seit gestern nicht mehr.«

»Wann genau haben Sie sie zuletzt gesehen?«

»Am Abend. Sie war auf dem Weg nach draußen.«

Hammer schlug abermals gegen die Tür. Wisting ging noch ein paar Stufen hinunter. Die Frau schien in Marens Alter zu sein.

»Haben Sie mit ihr gesprochen?«, fragte er.

Die Frau schüttelte den Kopf.

»Sie hat telefoniert.«

Line mischte sich ein.

»Wann war das ungefähr?«

»Irgendwann nach sechs«, sagte die Frau, nachdem sie kurz überlegt hatte. »Eher halb sieben.«

Line zeigte ihrem Vater die Anrufliste auf ihrem Handydisplay.

»Dieser Anruf bei Maren um 18:23 Uhr kam von mir«, sagte sie. »Da wollte sie gerade raus an die frische Luft.«

Wisting schluckte. Er rechnete mit dem Schlimmsten.

»Was hatte sie an?«, fragte er die Nachbarin.

»Was sie anhatte? Keine Ahnung.«

»Die Schuhe«, beharrte Wisting. »Können Sie sich erinnern, was für Schuhe sie trug?«

Die Frau schüttelte den Kopf.

»Was für Schuhe trägt sie denn normalerweise? Es ist wichtig!«

»Ich weiß es wirklich nicht«, wiederholte die Frau.

»Scheiß drauf!«, sagte Hammer.

Er machte einen Rückwärtsschritt, hob den Fuß und trat die Tür ein. Der Rahmen gab schon nach dem ersten Versuch nach. Die Tür schwang auf und donnerte gegen die Wand.

»Maren!«, rief Hammer und betrat die Wohnung.

Wisting und Line blieben im Hausflur stehen.

»Warum hast du nach ihren Schuhen gefragt?«, fragte sie.

»Später«, erwiderte Wisting.

Die Wohnung war nicht groß. Hammer brauchte kaum eine Minute, um alles zu durchsuchen.

»Sie ist nicht da«, stellte er fest.

Wisting trat in den Wohnungsflur und hob eine Sandale vom Boden auf, die gleich hinter der Tür lag. Größe 38.

Er legte sie zurück.

Die Frau aus dem Stockwerk darunter war heraufgekommen und schaute neugierig in die Wohnung.

»Sie haben doch nach den Schuhen gefragt«, sagte sie und zeigte Wisting ihr Handy. »Ich habe hier ein Foto, falls Ihnen das irgendwie weiterhilft.«

Das Foto war draußen vor dem Haus geschossen worden,

anscheinend im Sommer, das Wetter war schön, und die Blätter an den Bäumen wirkten frisch und grün. Maren Dokken saß quer auf einer Bank, hatte die Knie bis unter die Brust heraufgezogen und lächelte in die Kamera. An den Füßen trug sie graue Wanderschuhe mit rosa Muster. Wisting erkannte sie sofort. Einen davon hatte er erst vor Kurzem gesehen.

52

»Was ist denn jetzt mit den Schuhen?«, hakte Line nach.

Ihr Vater sah sie an, blickte zur Nachbarin aus dem Stockwerk darunter, dann wieder zu Line. Ernst und Besorgnis lagen in seinem Ausdruck.

»Am Gamle Stavernsvei wurde gestern ein Schuh am Straßenrand gefunden«, sagte er. »Ein Schuh wie der hier. Ein Mann soll dort eine Frau in einen Lieferwagen gezerrt haben.«

Line trat einen Schritt zurück und brauchte einen Augenblick, um zu verdauen, was er gesagt hatte. Plötzlich überkam sie ein lähmendes Gefühl, und ihr wurde schwindelig. Ein paarmal musste sie tief durchatmen, um sich zu beruhigen.

»Tom Kerr?«, fragte sie.

»Sehr wahrscheinlich.« Wisting nickte.

In Lines Kopf tauchten Beschreibungen davon auf, was er mit seinen anderen Opfern getan hatte. Sie schluckte, kniff die Augen zusammen und versuchte, an etwas anderes zu denken.

Die Kamera fiel ihr ein.

Sie hatte die Kamera unten im Wagen liegen. Sie musste sie holen und dokumentieren, was sich gerade zutrug.

Doch sie blieb stehen, war fast ein wenig erstaunt über diesen zynischen Gedanken, der ihr plötzlich gekommen war.

Das Telefon ihres Vaters klingelte. Er ging dran, reagierte knapp und professionell, ohne sie dabei aus den Augen zu lassen. Sein Blick hatte sich geändert, er wirkte jetzt fest und entschieden.

Line drehte sich um und rannte mit großen Schritten die Treppe hinunter. Riss die Haustür auf, eilte zum Wagen und nahm die Kamera heraus.

Es hatte nichts mit Zynismus zu tun, sondern eher damit, dass sie sich hinter der Kamera verstecken konnte. Die Rolle der Dokumentarfilmerin erlaubte es ihr, sich von den Ereignissen zu distanzieren.

Ein Signalton verriet, dass die Kamera einsatzbereit war. Sie richtete das Objektiv auf den Wohnkomplex, filmte die Eingangspartie und Marens Fenster in der zweiten Etage. Ein Schatten war dort oben zu sehen, doch sie wusste nicht, ob es Hammer oder ihr Vater war.

Lines Telefon klingelte. Den Ton konnte sie später einfach aus der Aufnahme herausschneiden, dachte sie und hielt die Kamera weiter auf das Gebäude gerichtet, bis sie das Handy schließlich doch hervorkramte.

Der Anruf kam von Adrian Stiller.

Line ließ die Kamera sinken und ging dran.

»Das ist gut für uns«, sagte er. »Ich werde mit Ihrem Vater reden, aber es wird sich schon alles regeln.«

Line wusste überhaupt nicht, wovon er sprach.

»Dass die Ermittlungsarbeiten von einer Kamera begleitet werden«, erklärte Stiller. »Ich habe das mit der Leitung hier bei uns abgesprochen, ich muss nur noch mit Ihrem Vater reden.«

Line blickte zum Fenster in der zweiten Etage hinauf.

»Haben Sie nicht mit ihm gesprochen?«, fragte sie.

»Noch nicht.«

»Über Maren Dokken, meine ich.«

»Was ist denn mit ihr?«

»Tom Kerr hat sie sich geschnappt. Er hat sie in einen

Lieferwagen hineingezerrt«, erklärte Line und berichtete von den wenigen Fakten, die sie kannte.

»Wann war das?«

»Gestern Abend. Ich habe mit ihr um kurz vor halb sieben telefoniert. Da wollte sie gerade raus an die frische Luft.«

Stiller fluchte. »Die Protokolle«, sagte er und murmelte etwas.

»Wovon reden Sie?«, fragte Line. »Welche Protokolle?«

»Ich rufe wieder an«, sagte Stiller und legte auf, ehe Line noch etwas sagen konnte.

53

Stemstad rief an. Die Polizeijuristin vom Abend zuvor. Sie hatte wieder Dienst. Guro hieß sie. Nicht Gro oder Gunn. Ihre Stimme klang scharf.

»Was hat das zu bedeuten?«, fragte sie. »TV2 sagt, Sie hätten eine Fahndung herausgegeben ...«

Wisting unterbrach sie.

»Es ist Maren Dokken«, sagte er und stieß mit der Schuhspitze gegen die Sandale im Flur. »Er hat sie sich geschnappt.«

»Wer ist Maren Dokken?«

Wisting brachte sie auf den aktuellen Stand. Während er mit ihr sprach, verwandelte sich seine Besorgnis in die schlimmsten Befürchtungen.

»Das ist die Erklärung«, sagte er schließlich. »Deshalb ist Tom Kerr hierher zurückgekehrt und hat zugeschlagen. Er hat jetzt eine von uns.«

Am anderen Ende der Leitung blieb es still. Wisting rechnete der Polizeijuristin den Zeitablauf vor. Mehr als zwölf Stunden waren vergangen.

»Das konnten wir nicht wissen«, sagte sie. »Wir haben getan, was wir konnten.«

Wisting ließ sich gar nicht auf eine Diskussion darüber ein, was wann hätte getan werden können. Jetzt galt es, nach vorn zu blicken.

»Schicken Sie bitte eine Fahndung raus«, bat er. »Alle Medien.«

Die Polizeijuristin hatte keine Einwände. Wisting legte auf, rief Frank Kvastmo an und berichtete in kurzen Sätzen, was vermutlich geschehen war.

»Ihre Eltern können jeden Moment hier eintreffen«, sagte Kvastmo.

Wisting trat ans Fenster und sah hinunter auf die Straße vor dem Wohnkomplex. Dort stand Line mit der Kamera.

»Kümmerst du dich bitte darum?«, fragte er. »Jemand muss sie informieren, ehe wir an die Öffentlichkeit gehen.«

»Ich rufe sie gleich an.«

Sie beendeten das Gespräch.

Hammer telefonierte ebenfalls. Wisting hörte heraus, dass er die Ortung von Maren Dokkens Mobiltelefon veranlasste.

Sein Handy klingelte erneut. Die Polizeipräsidentin. Sie musste von der diensthabenden Polizeijuristin informiert worden sein.

»Wie sicher sind Sie?«, fragte sie.

»Wir sind sicher, dass Maren Dokken verschwunden ist«, erwiderte er. »Alles andere ist unsicher.«

»Was brauchen Sie? Welche Mannschaften? Was sonst?«

»Alles, was möglich ist«, meinte Wisting. »Wir haben nicht viel Zeit. Alle Fahrzeuge, die zu der Beschreibung passen, müssen überprüft werden. Alle Blitzerkästen, alle Mautstationen und Videoüberwachungen. Dafür brauchen wir viele Leute, und wenn die Fahndung raus ist, werden wir mit Tipps nur so überschwemmt werden.«

»Ich werde dafür sorgen, dass alles andere erst einmal zur Seite gelegt wird«, sagte die Polizeipräsidentin. »Alle sollen an diesem Fall arbeiten, ohne Ausnahme.«

Wisting hörte, dass er einen weiteren Anruf bekam.

»Danke«, sagte er. »Ich lege gleich los.«

»Nur eines noch«, fuhr die Polizeipräsidentin fort. »Sie dürfen sich momentan nicht vor der Presse äußern. Die Spezialeinheit untersucht gerade, ob wegen der Flucht von Tom

Kerr ein Dienstversäumnis vorliegt. Derzeit wird noch geklärt, inwieweit Sie etwas mit der Sache zu tun hatten.«

Wisting spürte Gereiztheit in sich aufkeimen. Er hatte nichts dagegen, der Presse auszuweichen, aber dieser Entscheidung lag ein gewisses Misstrauen zugrunde. Es war ein Signal, dass die Medien doch recht hatten, wenn sie andeuteten, dass die Geschehnisse in seiner Verantwortung gelegen hatten und er die Schuld für das Chaos trug.

»In Ordnung«, sagte er nur.

Er beendete das Gespräch und hatte sogleich Stiller in der Leitung.

»Ich hätte schon gestern informiert werden sollen«, sagte er.

»Sie haben davon gehört?«, fragte Wisting.

»Ja, inzwischen schon. Vielleicht habe ich was für Sie.«

»Was denn?«

»Die Überwachungsprotokolle zu Floyd Thue. Gestern Abend um 23:34 Uhr ist ein grauer Ford Transit Connect mit polnischem Kennzeichen vor seinem Haus aufgetaucht. Der stand eine Weile da, bis das Garagentor geöffnet wurde. Er ist reingefahren, und das Tor wurde wieder geschlossen. Fünf Minuten später ist er wieder gefahren.«

»Wer saß am Steuer?«

»Schwer zu sagen. Ein Mann. Was den Halter betrifft, warte ich noch auf eine Antwort aus Polen.«

»Wir müssen in das Haus rein«, konstatierte Wisting.

»Das ist aber alles ziemlich dünn für einen Durchsuchungsbeschluss«, wandte Stiller ein.

»Wir müssen da rein«, wiederholte Wisting.

54

Hammer saß am Steuer. Auf dem Beifahrersitz betrachtete Wisting die Bilder, die Stiller ihm geschickt hatte. Er hatte sich vorgestellt, dass zwei verdeckte Ermittler in einem Zivilfahrzeug saßen und das Haus von Floyd Thue observierten, doch die Überwachung war elektronisch erfolgt. Verkleidet als Arbeiter des Elektrizitätswerkes waren zwei Polizisten auf Laternenmaste in der Nähe des Hauses geklettert und hatten dort Kameras installiert. Von einem Büro im Kripogebäude aus ließen sich die Kameras steuern. Alle Aufnahmen wurden gespeichert, und jedes Mal, wenn der Sensor eine Bewegung registrierte, wurde automatisch ein Standbild angefertigt.

Die Platzierung der Kameras erlaubte einen umfassenden Ausblick auf die Front des Hauses, doch aufgrund des schrägen Winkels war nicht zu erkennen, wer im Wagen saß.

Eine Aufnahme zeigte das Auto auf dem Weg in die Tiefgarage. Mit zwei Fingern zoomte Wisting auf dem winzigen Handydisplay näher heran. Er sah zwei Beine, als ob Floyd Thue dort stünde und wartete.

Auf dem nächsten Bild war der Fahrer ausgestiegen. Der schräge Aufnahmewinkel erlaubte nur einen Blick auf Hüfte und Beine, aber es handelte sich offenbar um einen Mann. Die nächsten drei Bilder zeigten, wie der Mann um den Wagen herumging, als wolle er die Seitentür öffnen. Auf dem letzten Bild schloss sich gerade das Garagentor.

Die Ansicht erlosch, als Wistings Handy klingelte. Ein Anruf von der Anklagebehörde. Ein anderer Polizeijurist, ein anderer Name.

Wisting hatte die Situation zuvor am Telefon erläutert und um einen Durchsuchungsbeschluss für das Haus gebeten. Daraufhin hatte es geheißen, dass die Anklagebehörde sein Anliegen erörtern wolle.

»Die Voraussetzungen für eine Durchsuchung sind nicht erfüllt«, wurde ihm nun am Telefon mitgeteilt.

Wisting hatte schon damit gerechnet. Dass Floyd Thue eine Verbindung zu Tom Kerr hatte und dass bei ihm zu Hause ein Lieferwagen gesehen worden war, reichte nicht aus, um ihn der Entführung von Maren Dokken zu beschuldigen. Wisting hatte allerdings gehofft, dass die Juristen zu einer weniger strikten Auslegung des Gesetzes bereit wären. Jetzt lag der Ball wieder bei ihm.

Sie näherten sich dem Haus. Wisting kannte den Weg und dirigierte Hammer in eine Sackgasse. Das Tor stand offen. Sie fuhren in die Einfahrt und stellten den Wagen an derselben Stelle ab, wo Wisting beim letzten Besuch angehalten hatte.

»Was machen wir jetzt?«, fragte Hammer.

»Wir gehen rein«, sagte Wisting.

Er trat an die Haustür und klingelte. Niemand reagierte. Gerade als er erneut klingeln wollte, rief Adrian Stiller an.

»Hinter einem der Fenster hat sich etwas bewegt, als ihr vorgefahren seid«, sagte er.

Wisting drehte sich um und blickte an den Laternenmasten empor, konnte aber keine Kameras erkennen.

»Sitzt ihr da und beobachtet uns?«, fragte er.

»Fenster zwei-zwei«, ergänzte Stiller.

Wisting trat einen Schritt zurück. Stillers Lagebeschreibung bedeutete offenbar obere Etage, zweites Fenster von links. Die Vorhänge waren geschlossen.

»Er ist nur aus dem Haus gegangen, um die Post reinzuholen und sein Essen in Empfang zu nehmen«, fuhr Stiller fort. »Falls er sich nicht hinten irgendwo rausgeschlichen hat, müsste er immer noch da drin sein.«

Hammer klingelte ein zweites Mal an. Das Geräusch der Türglocke drang bis nach draußen auf die Vortreppe.

»Was Neues über den polnischen Wagen?«, erkundigte sich Wisting, der immer noch telefonierte.

»Ist registriert auf eine Frau in Warschau«, erwiderte Stiller. »Wir graben weiter.«

»Gut«, sagte Wisting. »Danke für die Info.«

Er drückte das Gespräch weg. Ein Schild von einer privaten Wachgesellschaft verriet, dass das Haus alarmgesichert war und von einer Kamera überwacht wurde. Wisting sah keine Kameras, zweifelte aber nicht an deren Existenz. Vermutlich saß Floyd Thue hinter dem Schreibtisch und beobachtete sie auf einem seiner Bildschirme.

»Wir gehen mal ums Haus«, sagte Wisting.

Ein mit Steinplatten belegter Weg führte zur Rückseite des Hauses. Der üppige Garten war gepflegt und von Unkraut befreit. Drei breite Stufen führten zu einer Terrasse mit Schieferboden und schweren Gartenmöbeln aus Gusseisen.

Wisting trat an das Fenster und entdeckte einen Schlitz zwischen den Vorhängen. Dahinter lag der Raum, in dem er mit Floyd Thue gesprochen hatte. Die Bildschirme waren schwarz, der Raum lag im Dunkeln.

Hammer stieß einen leisen Pfiff aus und winkte Wisting zu sich. Er deutete auf die Kellermauer links von ihnen, die mit zwei länglichen Gitterfenstern versehen waren.

»Die wurden erst vor Kurzem eingesetzt«, meinte Hammer.

Wisting stieg von der Terrasse herunter und nahm die alte Mauer in Augenschein. Hammer hatte recht. Der Putz um die Fenster herum wirkte verhältnismäßig neu, höchstens ein Jahr alt.

Wisting drückte einen Busch zur Seite, um einen Blick in das Fenster zu werfen. Das grelle Deckenlicht war eingeschaltet, doch er konnte nur Teile des Raums erkennen. Es gab keine Möbel, die Wände waren beige und schmucklos, der Fußboden hatte eine etwas dunklere Farbe. Dem Fenster gegenüber befand sich eine graue Tür ohne Griff, jedoch mit einer Inspektionsluke, wie bei einer Gefängniszelle.

Hammer schaute in das andere Fenster.

»Verdammt, da liegt jemand«, sagte er.

Ein Zweig brach, als Wisting sich an einem Busch vorbeischob und näher trat. Hammer rückte zur Seite, um ihm Platz zu machen. Eine Person in einer krankenhausartigen Pyjamahose war mit Riemen um die Fußgelenke und oberhalb der Knie an eine gepolsterte Bank gefesselt. Wisting legte den Kopf dicht an die Gitterstäbe, konnte aber von seinem Standpunkt den Körper der Person nicht zur Gänze erkennen. Geschlecht oder Alter waren nur schwer zu bestimmen. Ob sie überhaupt lebte, war höchst unsicher.

Hammer war als Erster auf der Terrasse. Er packte den Türgriff, rüttelte daran, schlug mit der Handfläche gegen die Scheibe. Das Glas vibrierte, aber im Inneren war niemand zu entdecken.

Wisting packte einen der Gartenstühle. Das Eisen verursachte Kratzer auf den Schieferplatten, während er den Stuhl hinter sich herzog. Er hob ihn an und wechselte einen kurzen Blick mit Hammer. Der Kollege nickte, worauf Wisting den Stuhl in die Glasscheibe rammte. Er wartete auf das Aufheulen einer Alarmanlage, doch nur das Splittern des Glases war zu hören.

»Polizei!«, rief Hammer und ging voraus.

Wisting folgte ihm, erst in den angrenzenden Raum und

dann in die Eingangshalle, die er von seinem letzten Besuch kannte. Von dort führte eine Treppe in den Keller.

»Polizei!«, rief Hammer abermals.

Sie folgten dem Kellergang und gelangten zu der Stahltür.

»Verschlossen«, stellte Wisting fest und löste den Bolzen an der Inspektionsluke. Ein strenger Geruch von Urin drang nach draußen.

Die Gestalt auf der Bank hob den Kopf.

»Das ist er!«, entfuhr es Wisting. »Floyd Thue!«, rief er in die Zelle hinein.

Thues Kopf fiel wieder nach hinten. Wisting begann zu ahnen, was vorgefallen war.

»Alles in Ordnung, Thue?«

»Ja«, murmelte er kaum hörbar.

»Wissen Sie, wo der Schlüssel ist?«

Keine Antwort.

Wisting drehte sich zu Hammer um.

»Zwei-zwei«, sagte er und rannte zurück zur Treppe. Mit schnellen Schritten erklomm er die Stufen in das obere Stockwerk.

Er blickte umher und lokalisierte den Raum, in dem Stiller die Bewegung bemerkt hatte. Eine Frau wich erschrocken zurück, als er die Tür aufstieß.

»Polizei«, beruhigte Wisting sie. »Wer sind Sie?«

Die Frau zögerte mit einer Antwort. Wisting überzeugte sich, dass sie allein war. Der Raum erinnerte an ein Hotelzimmer, mit Fernseher und einer kleinen Sitzgruppe. Wisting öffnete die Tür zum Badezimmer. Leer.

»Wie heißen Sie?«, fragte er.

»Regina«, erwiderte die Frau. »Regina Babinski.«

Sie war Mitte zwanzig und schlank, hatte lange schwarze Haare und trug einen Morgenmantel. Ihr Name tauchte vermutlich in irgendwelchen Berichten über das Prostitutionsmilieu in Oslo auf.

»Polnisch?«, fragte er. »Sprechen Sie Norwegisch?«

Die Frau nickte zweimal.

»Was geht hier vor?«, fragte Hammer, der Wisting nach oben gefolgt war.

»Er will das«, erwiderte die Frau. »Für vierundzwanzig Stunden. Ich passe bloß auf und sehe alle vier Stunden einmal nach ihm.«

»Haben Sie den Schlüssel?«

Sie blickte zu einem kleinen Tisch neben der Tür, auf dem der Schlüssel lag. Hammer nahm ihn an sich.

»Wann sind Sie hergekommen?«, wollte Wisting wissen.

»Gestern Abend.«

»Und wie?«

Sie schien nicht zu verstehen.

»Wer hat Sie gefahren?«

»Ein Freund.«

Die Polin erzählte, wie sie mit dem Lieferwagen hergekommen und in der Garage abgesetzt worden war.

»Waren Sie schon mal hier und haben das Gleiche gemacht?«

Sie nickte.

»Bezahlt er Sie dafür?«, wollte Hammer wissen.

Die Frau nickte abermals. Hammer schüttelte den Kopf.

»Sie bleiben hier!«, sagte er und sah sie eindringlich an.

Dann gingen er und Wisting wieder in den Keller hinunter.

»Was ist das denn für eine kranke Nummer?«, kommentierte Hammer.

Wisting erinnerte sich an das Gespräch, in dem Thue behauptet hatte, dass es die optimale Freiheit bedeuten müsse, gefesselt dazuliegen. Wer keine Entscheidungen treffen konnte, hatte auch keine Verantwortung, sondern durfte einfach nur herumliegen, anderen Menschen völlig unterworfen.

Hammer öffnete die Tür.

Floyd Thue hob den Kopf, als sie eintraten. Hammer ging zu ihm, während Wisting an der Tür stehen blieb.

»Lassen Sie mich«, bat Thue.

Hammer löste den Riemen von einer Hand.

»Wir müssen uns unterhalten«, sagte er und befreite auch die andere Hand. »Sie haben keine Wahl.«

»Hier passiert nichts Illegales«, versicherte Thue. »Alles geschieht im gegenseitigen Einverständnis.«

Hammer löste auch die restlichen Fesseln.

»Setzen Sie sich auf!«, befahl er.

Floyd Thue tat, was von ihm verlangt wurde. Er setzte sich auf und ließ die Beine baumeln. Der dünne Pyjama war durchnässt von Urin, der an einigen Stellen schon wieder getrocknet war.

»Sie verstehen das nicht«, sagte er und schüttelte den Kopf. »Es geht um Meditation. Die völlige Leere finden. Etwas erreichen, was unterhalb des Bewusstseins liegt.«

»Passt perfekt«, meinte Hammer. »Wir versuchen nämlich gerade, Tom Kerr zu finden. Sie waren doch derjenige, der in letzter Zeit am meisten mit ihm geredet hat. Haben Sie eine Idee, wo er sein könnte?«

Er legte dem Mann auf der Bank den Zeigefinger an die Stirn.

»An einem Ort tief da drinnen?«

Floyd Tue drehte den Kopf weg.

»Das werden Sie noch bereuen«, sagte er verbittert.

»Je schneller Sie uns sagen, was wir wissen wollen, desto eher können Sie zurück zu Ihrer Nummer«, parierte Hammer.

Thue richtete den Blick auf Wisting.

»Ich habe doch schon alles erzählt, was ich über Kerr

weiß«, sagte er. »Wir haben keine solchen Gespräche geführt. Wenn sein Hof nicht abgebrannt wäre, würde er sich wahrscheinlich dort aufhalten. Er hat daran gedacht, ihn wieder aufzubauen, aber ich habe keine Ahnung, wo er jetzt steckt. Ich vermute, er genießt bloß die Freiheit.«

»Und wie?«

»Im Freien.«

»Wo?«

»Auf einem Berggipfel oder in einem dunklen Wald. Weit weg von anderen Menschen.«

Wisting trat einen Schritt auf Thue zu.

»Haben Sie mit ihm darüber gesprochen?«, fragte er.

Thue fing an, sich eines der Handgelenke zu massieren.

»Manchmal«, erwiderte er. »Viele Gespräche im Gefängnis drehen sich darum, dass die Insassen sich wünschen, woanders zu sein. In der Natur zum Beispiel.«

»Ein spezieller Berggipfel oder Wald?«

»Nein.«

»Das bringt uns nicht weiter«, warf Hammer ein.

»Tut mir leid«, sagte Thue und schluckte. »Ich hab's doch schon mal gesagt. Ich kann Ihnen nicht helfen.«

Hammer legte die Schlüssel für die selbst gebaute Isolationszelle auf die Bank.

»Sie müssen einen Glaser kommen lassen«, sagte er. »Ihre Terrassentür ist zerbrochen.«

Thue nickte, protestierte aber nicht. Wisting hatte den Raum bereits verlassen. Sie hatten schon genug Zeit verschwendet.

55

Ein Name, der ihm schon länger nicht untergekommen war, tauchte auf Wistings Handydisplay auf. Holger Midthun. Er war vor der Umstrukturierung der Polizeidistrikte lange Zeit Lensmann in Revetal gewesen. Seine Dienststelle war inzwischen geschlossen, aber Wisting hatte seine Telefonnummer weiterhin gespeichert.

Wisting nahm den Anruf an, und Midthun meldete sich. Das Telefonat lief über die Freisprechanlage, weswegen Wisting ihn darüber informierte, dass Hammer ebenfalls im Wagen saß und zuhörte.

»Ich will mich auch ganz kurz fassen«, sagte Midthun. »Ihr habt bestimmt schon genug zu tun, aber da gibt es etwas, das euch interessieren könnte. Die Leute hier oben sprechen mich nämlich immer noch an, wenn irgendwas passiert.«

»Lass hören.«

»Mich hat eben ein Mann angerufen, der gehört hat, dass ihr nach einem weißen Lieferwagen sucht. Es geht um eine Beobachtung, die zeitlich ganz gut passen könnte.«

Der pensionierte Lensmann erzählte von einer Schweißwerkstatt, die nicht mehr in Betrieb sei. Am Vorabend gegen halb elf sei dort ein Lieferwagen aufgetaucht, auf den die Beschreibung passe. Er sei in die Werkstatt hineingefahren, woraufhin die Türen hinter ihm geschlossen worden seien. Der Zeuge wohne ein Stück von der Werkstatt entfernt, berichtete Midthun, sei aber angeln gewesen und habe sich gerade auf dem Heimweg befunden.

»Die Werkstatt liegt etwas abgeschieden, aber die Leute, die dort in der Nähe leben, passen ziemlich gut auf. In der alten Werkstatt sind schon andere illegale Dinge passiert. Unter anderem Demontage von vermutlich gestohlenen Fahrzeugen. Vor zwei Jahren dann wurden große Mengen Alkohol gefunden, Schmuggelware.«

Wisting wartete auf die Fortsetzung.

»Die Werkstatt liegt in einer Sackgasse«, erklärte der Lensmann. »Etwa eine Stunde später ist ein anderer Wagen aus dieser Richtung gekommen. Der Anrufer hat ihn vom Küchenfenster aus gesehen und meint, der muss von der Werkstatt gekommen sein.«

»Der Lieferwagen steht also immer noch da drin?«

»Das weiß ich nicht, aber ich dachte, ich fahr mal vorbei und sehe nach.«

Wisting blickte fragend zu Hammer. Der nickte.

»Wir sind in der Nähe«, sagte Wisting. »In einer halben Stunde könnten wir dort sein.«

»Dann warte ich«, erwiderte Midthun.

Er beschrieb ihnen den Weg und beendete das Gespräch.

Etwa zwanzig Minuten später kamen Wisting und Hammer bei der stillgelegten Werkstatt an. Das hässliche Steingebäude mit Flachdach lag dicht an einer Felswand, von der Teile herausgesprengt worden waren. An den Mauern und auf dem Vorplatz wuchs Unkraut.

Ein Subaru mit Allradantrieb stand schräg vor einem Lagerschuppen. Der ehemalige Lensmann stieg aus. Er hatte seit ihrer letzten Begegnung ein Bäuchlein bekommen und sich einen dichten Bart zugelegt.

Die drei Männer begrüßten sich mit Handschlag.

»Gibt's was Neues über die vermisste Frau?«, wollte Midthun wissen.

»Sie ist eine Kollegin von uns«, sagte Wisting und brachte Midthun auf den aktuellen Stand.

»Und ihr habt keine Spur?«, fragte der pensionierte Lensmann sichtlich schockiert.

Wisting schüttelte den Kopf. »Nichts. Ihr Handy wurde geortet, aber gestern Abend ausgeschaltet, etwa zur selben Zeit und am selben Ort, wo sie entführt wurde.«

Hammer ging auf die alte Werkstatt zu.

»Wem gehört das Gebäude?«, fragte er.

»Einem alten Bekannten«, sagte Midthun. »Peter Haugland. Er hat hier früher eine Autowerkstatt betrieben, aber die ist vor etwa fünf Jahren geschlossen worden, kurz bevor ich pensioniert wurde. Wir haben ihn mit gestohlenen Autos erwischt. Seitdem hat das Gebäude mehr oder weniger leer gestanden. Vor zwei Jahren wurde er wieder erwischt, diesmal mit achtzigtausend Litern geschmuggeltem Schnaps. Er sitzt jetzt seine Strafe ab.«

Sie traten näher an das graue Gebäude heran. Die Sichtfenster des Einfahrtstors waren von innen verblendet.

»Ist abgeschlossen«, erklärte Midthun. »Man kann nirgendwo hineinsehen.«

»Kommen wir da irgendwie rein?«

Holger Midthun nickte.

»Hier ist mal was passiert, als der letzte Besitzer seine Schweißwerkstatt betrieben hat«, sagte er. »Ein paar Jugendliche sind durch ein Fenster im Pausenraum auf der Rückseite eingedrungen. Sie hatten ein Loch durch den Fensterrahmen gebohrt und mit einem Draht den Riegel aufgezogen. Ich habe eben mal nachgesehen, das Loch gibt es noch.«

Sie folgten dem Lensmann zur Rückseite des Gebäudes, wo man durch die Fenster ins Innere schauen konnte. In dem ehemaligen Pausenraum stand ein Tisch mit sechs umgedrehten Stühlen darauf. An der Wand gab es eine schmale

Küchenzeile mit einer Kaffeemaschine und einem Kühlschrank.

Das Loch im Fensterrahmen war groß genug, um einen Kugelschreiber hindurchzustecken. Auf dem Boden lagen etwas Isoliermaterial und ein Holzdübel. Offenbar war das Loch später wieder zugestopft worden. Der Lensmann musste es vor ihrer Ankunft aufgestochert haben.

»Ich hab das hier mitgebracht«, sagte er und zeigte ihnen einen langen Stahldraht mit einer Schlinge am Ende.

Hammer grinste.

»Ist vielleicht besser, wenn ich das mache«, schlug Midthun vor. »Nicht, dass ihr noch Ärger bekommt.«

Er schob den Stahldraht durch das Loch und ließ ihn an der Innenseite herunter. Nach zwei Versuchen gelang es ihm, die Schlinge um den Griff des Fensterriegels zu winden. Er straffte den Draht und zog den Riegel hoch. Das Fenster ging auf.

»Bitte sehr«, meinte Midthun.

Hammer kletterte zuerst hinein und reichte einen Hocker nach draußen, um den anderen das Einsteigen zu erleichtern. Wisting folgte als Zweiter. Holger Midthun ging zurück zum Wagen und holte eine Taschenlampe.

»Der Strom ist abgeschaltet«, sagte er, als auch er hereingeklettert kam.

Vom Pausenraum gelangte man direkt in die Werkshalle. Ein paar übereinandergestapelte Reifen lagen in einer Ecke, ansonsten war die Halle so gut wie leer.

Der Lensmann war enttäuscht.

»Da«, sagte Hammer. »Eine Lackierkabine.«

Am hinteren Ende der Werkshalle befand sich eine separate Kabine mit nach draußen führenden Lüftungsrohren und einer Doppeltür, die mit einem Vorhängeschloss gesichert war.

Hammer fand eine Eisenstange und bearbeitete damit das Schloss. Zuerst hielt es, doch nach dem dritten Versuch gab der Bügel nach. Wisting zog die eine Seite der Tür auf und nahm sogleich den scharfen chemischen Geruch von Lack wahr. Der Lensmann leuchtete mit seiner Taschenlampe hinein. Dort stand er. Ein weißer Kastenwagen.

Wisting zog ein paar Latexhandschuhe aus der Hosentasche und streifte sie über. Dann betrat er die Lackierkabine. Midthun folgte ihm mit der Taschenlampe. Die Fenster des Wagens schienen von innen verdeckt zu sein.

Die Fahrertür war nicht verschlossen. Als er sie öffnete, dauerte es ein paar Sekunden, bevor er begriff, was passiert war. Das komplette Führerhaus war von innen mit einer Schicht grauer Lackfarbe bedeckt. Auf dem Sitz lagen eine Spritzpistole und eine Schlauchkupplung, ein paar weitere Teile befanden sich auf dem Boden vor den Pedalen.

Wisting hatte schon Fälle erlebt, bei denen Feuerlöscher eingesetzt worden waren, um nach einem Überfall oder anderen Verbrechen sämtliche Spuren in einem Fluchtauto zu überdecken. Das zog weniger Aufmerksamkeit auf sich als ein brennendes Auto. Dieses Verfahren war allerdings wesentlich avancierter. Durch die feinen Düsen der Spitzpistole drang der Lacknebel bis in die letzten Winkel, legte sich wie eine zweite Haut auf alles und machte es so gut wie unmöglich, Fingerabdrücke oder DNA-Spuren zu finden.

»In der Halle stehen noch ein Kompressor und ein Dieselaggregat«, berichtete der Lensmann.

Sie gingen einmal um den Wagen herum. Wisting zog vorsichtig die Schiebetür auf. Der Laderaum war leer, aber ebenfalls komplett mit Lackfarbe besprüht.

Hinter ihnen erklang ein lautes Scheppern. Hammer hatte die große Tür der Werkshalle von innen geöffnet. Tageslicht fiel herein.

»Ich glaube, das ist der Wagen«, sagte Wisting. »Wir sollten die Techniker kommen lassen.«

56

Nichts an der Straße verriet, wo genau sich der Überfall auf Maren Dokken ereignet hatte.

Line führte die Kamera flach über den Boden, gleich oberhalb des weißen Randstreifens, und filmte. Ein Auto fuhr vorbei. Ihr ganzer Körper war angespannt und von schrecklicher Unruhe erfüllt. Sie konnte nicht anders dagegen ankämpfen, als sich zu beschäftigen und etwas Praktisches zu tun.

Hinterher setzte sie sich hinters Lenkrad und legte die Kamera auf den Beifahrersitz. Das Handy signalisierte, dass eine SMS eingetroffen war. Sofie schrieb, dass sie die Mädchen aus dem Kindergarten abholen und mit zu sich nach Hause nehmen würde.

Line schickte ihr ein Herzchen als Antwort und wendete dann den Wagen. Sie hatte die Adresse bereits ins Navi eingegeben. Schon seit Längerem hatte sie sich vorgenommen, zu dem Ort zu fahren, wo Tom Kerr seine Opfer gefangen gehalten hatte. Zum Hof in der Østmarka.

Es war verhältnismäßig weit dorthin, erst quer durch die Stadt und dann in ein Waldgebiet. Aber Line würde rechtzeitig wieder zu Hause sein, ehe Amalie ins Bett musste.

Unterwegs hörte sie im Radio zwei Nachrichtensendungen. In der ersten wurde durchgegeben, dass die Polizei den Fahrer eines weißen Lieferwagens sowie seine Mitfahrerin dringend auffordere, sich zu melden. In der zweiten hieß es, dass eine siebenundzwanzigjährige Frau vermisst werde und dass es möglicherweise einen Zusammenhang mit der

Beobachtung eines Zeugen gebe, laut der am Abend zuvor eine Frau von einem Lieferwagen mitgenommen worden sei.

Line fuhr erst zweimal an der Zufahrt vorbei und bog dann ein. Es handelte sich um einen unbefestigten Weg mit Gras in der Mitte und dichter Vegetation an den Rändern. Nach etwa hundert Metern gabelte sich der Weg. Die rechte Abzweigung war mit einem Stahlseil abgesperrt, das zwischen zwei Bäumen befestigt war. Daran hing ein Schild. *Privat.*

Line stieg aus und filmte das Schild und den sich fortsetzenden Weg zwischen den Bäumen.

Das Stahlseil war mit einem einfachen Karabinerhaken versehen. Line löste den Haken und legte das Seil an den Wegesrand. Dann fuhr sie ein Stück in den Weg hinein, stieg aus dem Auto und machte das Seil wieder fest.

Die Fortsetzung des Weges bestand eigentlich nur noch aus zwei Wagenspuren. Das Gras in der Mitte war hier höher, abgesehen von einigen Stellen, die aussahen, als sei hier vor nicht allzu langer Zeit ein Wagen entlanggefahren.

Bevor Line aufgebrochen war, hatte sie kurz mit dem Gedanken gespielt, dass Tom Kerr an diesen Ort zurückgekehrt sein könnte, doch dann hatte sie diese Idee verworfen, denn es gab hier nichts, wohin er hätte zurückkehren können. Die Wagenspuren stammten vermutlich von jemandem, der diesen Ort aus ähnlichen Gründen wie Line aufgesucht hatte. Ein Journalist, der etwas über Kerr schreiben wollte, oder vielleicht nur ein paar Neugierige. Gleichwohl verriegelte sie die Wagentür von innen.

Sie fuhr über das Viehgitter, das seinerzeit entfernt worden war, was der Feuerwehr beim Brand die Zufahrt erschwert hatte. Abermals stieg Line aus dem Wagen, filmte und fuhr dann weiter.

Zweihundert Meter weiter vorn öffnete sich der Wald zu einer Lichtung. Line hatte es so verstanden, dass das gesamte Anwesen bei dem Feuer zerstört worden war, aber zwei kleinere Gebäude hatten den Flammen offenbar getrotzt. Das erste war ein rot gestrichener Anbau, gleich hinter der Stelle, wo das Wohnhaus gestanden hatte. Das andere Gebäude war ein Schuppen am Waldrand.

Der Ort war völlig verlassen. Am Himmel über den Bäumen hingen schwere Wolken in einer graublauen Farbe, die sich auf den Aufnahmen bestimmt gut machen würde.

Line öffnete die Autotür, stieg aus und blickte umher. Auf dem Vorplatz, der einst mit Kies bedeckt, aber inzwischen teilweise wieder überwuchert war, standen Regenpfützen. Reifenspuren deuteten darauf hin, dass hier kürzlich ein Wagen gestanden haben musste.

Ein nackter, unverputzter Schornstein aus Ziegelsteinen war alles, was von dem Wohnhaus übrig geblieben war. Verkohlte Balken und zerborstene Dachziegel lagen im Bereich hinter der aufgeplatzten Grundmauer. Brennnesseln und anderes Unkraut hatten sich breitgemacht, einige Bäume wurzelten in der Ruine und waren ein paar Meter in die Höhe gewachsen. Ein verkrüppelter Busch mit weißen Blüten umschlang die Reste eines Balkens in der hintersten Ecke.

In der zerstörten Scheune stand ein verrosteter ausgebrannter Traktor. Von den großen Gummireifen waren nur noch die verstärkenden Metalldrähte erhalten. Ein Teil der Scheune war unterkellert. Line trat an den Rand und schaute hinunter. Zwei schwarze Vögel flatterten erschrocken auf und flogen davon.

Etliche Pflanzen waren aus der Asche erwachsen. Ein Busch mit großen Blättern rankte an einer Maueröffnung in die Höhe, wo einst eine Tür gewesen sein musste. Line trat hinter die Scheune. Sie musste ein Dornengebüsch durchqueren und hielt sich die Hände vors Gesicht, um sich nicht wehzutun.

Sie stieg hinunter in den Keller, durchquerte den ersten Raum und betrat den nächsten, der kleiner war. In der Mitte stand eine altmodische Badewanne ohne Abflussloch von der Art, wie sie auf Bauernhöfen als Wassertrog für Kühe oder Pferde verwendet wurden. Die Emaille war an mehreren Stellen abgeplatzt, verrottetes Laub füllte die Wanne.

In Arbeitshöhe an der Wand befand sich eine verrußte Stahlbank. An ein paar Haken darüber hingen Ketten. In der Ecke lag ein umgestürzter Stuhl mit Stahlbeinen, ohne Sitzfläche oder Lehne.

Line trat einen Schritt zurück. Ein plötzliches Zittern durchfuhr sie, als ihr klar wurde, dass dies der Raum war, wo Tom Kerr seine Opfer zerstückelt und in Chlor getaucht hatte, ehe sie im Wald begraben worden waren. Wie gelähmt verharrte Line für einen Augenblick, ehe sie wieder die Kamera anhob, um zu filmen. Sie machte Aufnahmen aus verschiedenen Winkeln, ging wieder die Treppe hinauf und filmte von oben durch die Öffnung im Fußboden.

Sie brauchte auch ein paar Totalaufnahmen. Damit der Wagen nicht mit aufs Bild kam, wendete sie und stellte ihn so ab, dass die Front in Fahrtrichtung wies. Bereit, um nach Hause zu fahren.

Der Anblick dieses Ortes machte etwas mit Line. Sie spürte eine Nähe zu den Geschehnissen, die sie hoffte, mit ihren Aufnahmen weitergeben zu können.

Für eine bessere Tiefenschärfe justierte sie die Kamerablende manuell. Die dunklen Wolken über dem Wald verstärkten den düsteren Eindruck des verlassenen Ortes.

Rechts neben der ehemaligen Scheune führte ein Pfad durch das hohe Gras. Es sah so aus, als ob jemand ein paarmal zwischen der alten Scheune und dem Schuppen am Waldrand hin- und hergegangen war.

Line hob die Kamera an und fokussierte auf den Schuppen. Die hölzernen Außenwände waren grau und verwittert. Auf der ihr zugewandten Seite gab es ein kleines Sprossenfenster und eine Tür, die mit einem einfachen Zapfen verriegelt zu sein schien.

Ein plötzlicher Windstoß brachte die Blätter in den Bäumen zum Rauschen. Line fröstelte. Sie trug nur Jeans und Pullover. Im Auto lag ihre Jacke, aber sie kümmerte sich nicht darum. Stattdessen ging sie weiter und folgte dem Pfad etwa dreißig Meter bis zu dem Schuppen.

Eine der Scheiben in dem Sprossenfenster war zerbrochen. Line schaute hinein, aber im Dunkeln war kaum etwas zu erkennen. Resolut drehte sie den Holzzapfen zur Seite. Die Angeln ächzten, als sie die Tür aufzog.

Der Schuppen war voller alter Bienenkörbe und Imkerausrüstung. Der Holzboden knirschte, als Line näher trat. Staub wirbelte auf. Die Luft war trocken und abgestanden.

Line blickte umher, suchte nach etwas, das erklären könnte, weshalb jemand hierhergekommen war, sah aber nichts und machte kehrt, um wieder hinauszugehen.

Gleich neben der Tür stand ein Spaten, und auf dem Boden davor lag ein wenig Erde. Line nahm den Spaten mit hinaus ans Tageslicht. Anscheinend war er erst kürzlich benutzt worden. Dunkle feuchte Erde klebte am Spatenblatt.

Line hatte ein beklemmendes Gefühl. Der Pfad, dem sie gefolgt war, führte an der Seite des Schuppens vorbei und in den Wald hinein. Ungefähr dort, wo die Leichen von Thea Polden und Salwa Haddad gefunden worden waren.

57

Jemand aus dem Vorzimmer der Polizeipräsidentin hatte angerufen und mitgeteilt, dass Wisting und Hammer sich in ihrem Büro einfinden sollten. Es verhieß nichts Gutes, wenn man auf diese Weise herbeizitiert wurde. Wisting hatte sich schon früher gegenüber seinen Vorgesetzten verantworten müssen. Unter anderem, als Terje Nordbø und die Spezialeinheit ihn das erste Mal unter die Lupe genommen hatten. Damals war ihm mitgeteilt worden, dass er vom Dienst suspendiert sei.

Sie verließen die Werkstatt, sobald die Techniker gekommen waren und ihre Arbeit aufgenommen hatten. Hammer hatte inzwischen herausgefunden, dass der weiße Lieferwagen auf einen Maurerbetrieb in Asker zugelassen war.

»Die Nummernschilder wurden als vermisst gemeldet«, sagte er, ohne von seinem Handydisplay aufzublicken.

»Gestohlen und dann an ein ähnliches Fahrzeug montiert«, meinte Wisting.

Hammer nickte.

»Das gleiche Muster wie bei den Entführungen von Thea Polden und Salwa Haddad.«

Wisting lenkte den Wagen in das Stadtzentrum von Tønsberg. Vor dem Haupteingang des großen Polizeipräsidiums standen ein paar Journalisten. Hammer fluchte.

»Wir haben jetzt keine Zeit für so was.«

Wisting war der gleichen Ansicht, sagte aber nichts. Der Wagen und die Werkstatt waren womöglich der Durchbruch, auf den sie gewartet hatten. Jetzt mussten verschiedene Rädchen in Bewegung gesetzt werden, wobei es keine Zeit zu verlieren galt.

Keiner von den für die Polizei reservierten Parkplätzen war frei, sodass sie einen Block entfernt parken mussten. Ein paar Journalisten schossen Fotos, als Wisting und Hammer das Gebäude betraten.

Ein Bereich gleich hinter der Eingangstür war mit hohem finanziellen Aufwand in einen Raum verwandelt worden, wo die Polizei die Medienvertreter empfangen konnte. Es gab Glasfaserverbindungen für die Fernsehübertragung, die passende Beleuchtung und eine Wand mit dem Logo der Polizei. Die Tür war offen, und auf einem Tisch standen Gläser und Wasserkaraffen.

Der Aufzug brachte sie direkt in die oberste Etage. Die Vorzimmerdame erhob sich, als sich die Aufzugtüren öffneten.

»Polizeipräsidentin Kiil erwartet Sie«, sagte sie und begleitete sie zu ihrem Büro.

Dort klopfte sie an die Tür und ließ Wisting und Hammer eintreten.

Die beiden Polizisten setzten sich.

»Sie haben den Lieferwagen gefunden, wie ich sehe«, sagte Agnes Kiil und deutete mit dem Kopf auf den Bildschirm.

»Sehr wahrscheinlich«, erwiderte Wisting. »Wir kommen gerade vom Fundort.«

Die Polizeipräsidentin nickte und wechselte dann das Thema.

»Wir sehen uns leider gezwungen, ein paar Änderungen in der Organisation vorzunehmen«, sagte sie. »Eine Ermittlung, die von verschiedenen Bereichen gleichzeitig geleitet wird, ist ungünstig.«

Wisting nickte verständnisvoll. Mittlerweile waren fünf

Ermittlungseinheiten in den vorliegenden Fall involviert. Außerdem waren auch Adrian Stiller und die Abteilung für ältere und ungelöste Kriminalfälle beteiligt.

»Das Wichtigste ist Maren Dokken«, sagte Hammer.

Die Polizeipräsidentin nickte. »Ich habe die ganze Sache mit den anderen Polizeipräsidenten und den Staatsanwälten in den betroffenen Distrikten erörtert, und wir sind uns einig, dass die Einsätze gebündelt werden müssen, um effizienter zu werden. Deshalb wurde entschieden, eine separate Ermittlergruppe einzurichten, die über die Grenzen der betroffenen Polizeidistrikte hinweg operiert.«

Sie ließ ihren Blick auf Wisting ruhen.

»Es wäre naheliegend, Sie mit der Leitung und Koordination zu beauftragen, doch leider ermittelt die Spezialeinheit derzeit gegen Sie.«

»Das ist doch bloß eine Formalität«, wandte Hammer ein.

»Dummerweise ist noch eine andere Sache aufgetaucht«, fuhr die Polizeipräsidentin fort. »Rechtsanwalt Henden hat im Namen von Floyd Thue eine Klage angestrengt. Es geht um unberechtigtes Eindringen in sein Haus sowie beleidigendes und kränkendes Auftreten.«

»Die Sache war völlig berechtigt«, protestierte Hammer und fing an, die Situation zu erläutern.

Die Polizeipräsidentin fiel ihm ins Wort.

»Er hat Aufnahmen seiner Überwachungsanlage hinzugefügt«, sagte sie. »Gut möglich, dass Sie Gefahr im Verzug vermutet haben, aber ein Fenster einzuschlagen, um ins Haus zu gelangen, kommt mir doch etwas übereilt vor. Die Klage wird ohnehin an die Spezialeinheit weitergeleitet. Die Beurteilung, ob etwas Kritikwürdiges geschehen ist, bleibt den Kollegen von der internen Ermittlung überlassen.«

»Und wer soll die Arbeit nun leiten?«, fragte Wisting.

»Idar Semmelmann«, erwiderte Agnes Kiil.

»Semmelmann?«, wiederholte Hammer. »Er hat fünf Jahre lang vergeblich nach dem Anderen gefahndet. Alles, was dabei herausgekommen ist, sind Formulare und Datenbanken.«

»Er ist am besten mit dem Fall vertraut«, konstatierte die Polizeipräsidentin. »Er war von Anfang an dabei.«

»Weiß er es schon?«, fragte Wisting.

Die Polizeipräsidentin nickte. »Ich habe ihm versprochen, Sie zu informieren.«

Sie ordnete ein paar Papiere und sah auf die Uhr.

»Die zuständige Polizeijuristin ist Guro Stemstad hier aus dem Haus«, fuhr sie fort. »Ich werde die Umstrukturierung in dreißig Minuten auf einer Pressekonferenz bekannt geben. Gleichzeitig werden wir publik machen, dass es sich bei der Vermissten um die Polizeibeamtin Maren Dokken handelt.«

»Und was sollen wir machen?«, fragte Hammer. »Wie passen wir in die neue Struktur?«

»Sie werden vorübergehend beurlaubt«, erwiderte Agnes Kiil.

»Soll das heißen, dass wir von dem Fall abgezogen werden?«

Agnes Kiil legte die Hände aufeinander. »Wir haben ein Problem. Abgesehen von der Tatsache, dass Sie beide von der Spezialeinheit unter die Lupe genommen werden, sind Sie auch gefühlsmäßig in den Fall involviert. Die Art Ihrer Vorgehensweise bei Floyd Thue hat das gezeigt. Wenn es um jemanden von uns geht, ist die strikte Einhaltung der Strafprozessordnung unabdingbar.«

Hammer stand auf. »Sie meinen doch nicht ernsthaft, dass wir mit den Händen im Schoß dasitzen sollen, wenn eine unserer Kolleginnen entführt wird?«

»Im Hinblick auf diesen Fall sind Sie beurlaubt«, wiederholte Kiil. »Sie haben in den letzten Tagen viele Überstunden geleistet, die Sie meinetwegen schon ab heute abfeiern können.«

Wisting erhob sich ebenfalls. In seinem Innern herrschte ein Chaos aus Gedanken und Gefühlen, und er musste sich beherrschen, sie nicht zu zeigen.

»War das alles?«, fragte er.

Die Polizeipräsidentin begnügte sich mit einem kurzen Nicken.

58

Zahlreiche Journalisten hatten sich vor dem Präsidium eingefunden. Sie standen in kleinen Gruppen beisammen und warteten darauf, eingelassen zu werden. Einer der Reporter wandte sich an Wisting und fragte, ob es eine neue Entwicklung gebe.

»Pressekonferenz um vier Uhr«, erwiderte Wisting und überprüfte sein Handy.

Es hatte zwei Anrufe gegeben, während sie bei Agnes Kiil gesessen hatten. Beide waren von Line. Sobald er außer Hörweite der anderen war, rief er sie zurück.

»Ich bin in Lerketvedt«, berichtete Line. »Das ist der Hof von Tom Kerr in der Østmarka.«

»Was machst du da?«, erkundigte sich Wisting beunruhigt.

»Ich filme«, antwortete sie. »Lokalkolorit und Recherchematerial für den Dokumentarfilm.«

Wisting und Hammer waren inzwischen wieder am Wagen.

»Irgendwer ist neulich hier gewesen«, fuhr Line fort.

Wisting setzte sich ins Auto. »Ach ja?«

»Das Ganze kommt mir etwas verdächtig vor«, sagte Line. »Jemand war hier und hat gegraben.«

»Gegraben?«

»Der Spaten stand im Schuppen«, erklärte Line. »Da ist noch Erde dran. Ich bin einem Pfad gefolgt, der in den Wald führt, und habe dabei eine Stelle gefunden. Sie ist zwar mit Ästen und Reisig bedeckt, aber irgendwer hat da was vergraben.«

»Bist du sicher?«

»Ich kann dir ein Foto schicken.«

»Mach das bitte.« Wisting ließ den Motor an.

»Ich hab Stiller angerufen, als du dich nicht gemeldet hast«, fuhr Line fort. Das Gespräch lief jetzt über die Freisprechanlage. »Er ist auf dem Weg hierher.«

Wistings Gedanken rasten. Er war von dem Fall abgezogen, aber das hier hatte nur indirekt etwas mit der Ermittlung zu tun. Es ging in erster Linie um seine Tochter. Niemand konnte ihm verbieten, ihr zu helfen.

»Hammer und ich kommen auch«, sagte er und fuhr los.

59

Der Motor gab beim Abkühlen klickende Geräusche von sich. Die Hitze flirrte über der Motorhaube.

Wisting stieg aus und ging zu Line und Stiller, die an der Scheunenruine warteten.

»Sollten Sie überhaupt hier sein?«, fragte Stiller.

Offenbar war er über die Umstrukturierung informiert worden.

»Wir feiern Überstunden ab«, erwiderte Hammer.

»Soll mir recht sein«, meinte Stiller und zuckte mit den Schultern. »Kiil ist ja nicht meine Vorgesetzte.«

»Haben Sie mit Semmelmann gesprochen?«, wollte Wisting wissen.

»Ich habe versucht, ihn anzurufen. Er ist aber nicht erreichbar.«

»Die Pressekonferenz ist wohl noch nicht zu Ende«, sagte Hammer.

Stiller öffnete den Kofferraum seines Wagens, nahm zwei Spaten heraus und reichte einen davon Hammer.

»Wir müssten eigentlich einen Techniker dabeihaben. Oder jemanden, der dokumentieren kann, was wir hier machen«, meinte Wisting.

»Das kann Line übernehmen«, gab Stiller zurück. »Sie hat doch schon früher für uns gearbeitet.«

Er nahm eine Plane, Handschuhe und weiße Overalls aus dem Wagen. Dann folgten sie Line in den Wald.

Einst war hier überall Weidegebiet gewesen, doch inzwischen waren die Flächen zugewachsen, und der Wald rückte allmählich näher. Wisting ging als Letzter und stellte fest, dass sich zwischen den Bäumen tatsächlich eine Art Pfad befand.

Line führte sie etwa zweihundert Meter in den Wald hinein zu einem Moorgebiet. Die letzten dreißig Meter gingen sie an einem Bach entlang.

Die Grabungsstelle war in der Realität leichter zu erkennen als auf dem Foto. Drei der Äste, die sie bedeckt hatten, waren weggenommen und zur Seite gelegt worden. Man sah, dass die oberste Torfschicht in rautenförmigen Stücken herausgelöst und dann wieder zurückgelegt worden war. Die verbliebene Erde war vermutlich in den Bach geschüttet worden. In ein paar Wochen würde man kaum erkennen, dass jemand hier gegraben hatte.

»Sind die anderen Opfer auch hier gefunden worden?«, erkundigte sich Hammer.

Stiller schüttelt den Kopf. »Das war noch weiter im Waldesinneren, aber ansonsten sieht es hier genauso aus. Weiche Erde ohne Wurzeln oder sonstige Hindernisse. Mit Reisig zugedeckt.«

Line filmte. Hammer und Stiller zogen Schutzoveralls und Handschuhe über. Niemand sagte etwas, während sie arbeiteten. Die restlichen Zweige wurden entfernt und zu einem Haufen zusammengelegt. Dann fingen sie an zu graben. Erst wurde die Torfschicht abgetragen, dann folgte die lose Erde.

In etwa einem halben Meter Tiefe tauchte etwas auf. Stiller unterbrach die Arbeit. Hammer fuhr sich mit dem Handrücken über die Stirn und wischte den Schweiß ab. Line ging mit der Kamera näher heran.

»Ein schwarzer Plastiksack«, stellte Stiller fest.

Er breitete die dicke weiße Plastikplane aus, die zwei mal zwei Meter maß. An den Rändern fiel Erde herab, als Stiller den Sack anhob und auf die Plane legte. Wisting konnte gerade noch sehen, dass mehr schwarzes Plastik in dem Loch lag. Er sah zu Line, schaute in die Kamera und wünschte sich, dass sie nicht dabei wäre. Alle wussten, was sie hier vermutlich finden würden, und Wisting hätte seiner Tochter den Anblick gern erspart.

Der Sack war mit einem einfachen Knoten zusammengebunden und zu etwa einem Viertel gefüllt.

»Wir brauchen ein Messer«, sagte Hammer.

Niemand hatte etwas dabei, womit sich der Sack aufschneiden ließ. Stiller nahm schließlich seinen Autoschlüssel, bohrte ein Loch ins Plastik und riss es mit den Händen weiter auf.

Hammer fluchte. Wisting trat näher und sah, was auf der Plane lag: ein Bein und ein Fuß.

60

»Okay«, meinte Stiller und richtete sich gerade auf. »Jetzt müssen die Kriminaltechniker übernehmen.«

»Sie müssen auch Semmelmann informieren«, sagte Hammer.

Line hielt die Kamera starr auf den Sack gerichtet. Bleiche Zehen ragten aus der Öffnung hervor. Ein grauer Regenwurm kroch über die Plane. Sie wartete, bis er aus dem Bild verschwunden war, und zoomte den Riss im Plastiksack heran, bis er den ganzen Kameraausschnitt füllte.

Stiller trat beiseite und telefonierte. Line hielt den Kopf etwas schräg neben die Kamera und betrachtete den Fuß und Teile des Beins. Die Haut war gerötet und mit bleichen Blasen bedeckt. Plötzlich fiel ihr die Größe des Fußes auf.

»Ist das der Fuß eines Mannes?«, fragte sie.

Ihr Vater nickte. Line trat einen Schritt zur Seite, um aus einem anderen Winkel zu filmen. Der Geruch von Chlor drang ihnen in die Nase.

»Der liegt hier noch nicht lange«, meinte Hammer. »Nicht mehr als vierundzwanzig Stunden. Das da sind Verätzungen, kein verfaultes Gewebe.«

»Wer ist das?«, wollte Line wissen.

Ihr Vater öffnete den Mund, schwieg dann aber doch, als wolle er seine Gedanken nicht mit ihr teilen oder vor der Kamera preisgeben.

»Das kann nur einer der beiden sein«, erklärte Hammer. »Entweder Tom Kerr oder der Andere.«

Line ließ die Kamera sinken und versuchte sich vorzustellen, was passiert war. Wie passte das alles zusammen?

»Du meinst, dass einer den anderen umgebracht hat?«, fragte sie.

Hammer nickte. »Scheint mir der nächstliegende Gedanke zu sein.«

Stiller hatte zu Ende telefoniert.

»Die Techniker kommen in der nächsten Stunde«, sagte er. »Wahrscheinlich liegt irgendwo auch noch ein Kopf. Und Hände mit Fingern, von denen sich Abdrücke nehmen lassen. Im Laufe des Abends dürften wir wissen, wer das ist.«

Line überprüfte den Kamera-Akku. Der Strom reichte noch für etwas über eine Stunde. Im Auto lag ein geladener Ersatzakku.

Noch immer war Line verwirrt. Hatte Tom Kerr denjenigen getötet, der ihm zur Flucht verholfen hatte, oder hatte der Helfer ihn umgebracht?

»Das ist Tom Kerr«, sagte ihr Vater und deutete auf den Sack. »Alles andere ergibt keinen Sinn.«

Line richtete die Kamera auf ihn.

»Wieso?«

Ihr Vater sagte nichts mehr. Line versuchte, den Gedankengang ihres Vaters nachzuvollziehen. Tom Kerr war der Einzige, der den Anderen hätte verraten können. Kerr hatte signalisiert, dass er alle Karten auf den Tisch legen wollte, um der Sicherungsverwahrung zu entgehen. Vermutlich war das nur ein Bluff gewesen, um eine Gelegenheit zur Flucht zu bekommen. Doch die Polizei würde ihn höchstwahrscheinlich früher oder später wieder festnehmen. Würde er dann immer noch über die Identität des Anderen schweigen, oder würde er reden, um sich selbst zu entlasten? Solange Tom Kerr am Leben war, stellte er ein Risiko für den Anderen dar.

Line gelang es nicht, die Gedanken vollends zu sortieren, doch was im Augenblick viel mehr bedeutete, war die Tatsache, dass es sich bei der Leiche nicht um Maren Dokken handelte.

Ihr Vater trat an das Loch, das sie gegraben hatten. Er ging in die Hocke, stützte die Ellbogen auf den Knien ab und faltete die Hände. Eine Weile blieb er so sitzen, bis er schließlich den Kopf zu den anderen Polizisten drehte.

»Wie tief mag das sein?«, fragte er.

»Wieso?«, fragte Stiller.

»Ich frage mich gerade, wie viele Säcke dort wohl liegen«, sagte Lines Vater und erhob sich. »Ob es eine Leiche oder zwei sind.«

61

Während Hammer und Stiller gruben, hatte Wistings Handy mehrmals geklingelt. Er hatte den Ton ausgeschaltet, aber das andauernde Vibrieren des Telefons in der Tasche gespürt. Als er schließlich nachsah, stellte er fest, dass dreizehn Mal angerufen worden war. Im Display sah er die Nummern von einigen Journalisten, die er im Telefonbuch abgespeichert hatte, aber auch ihm unbekannte Rufnummern. Nur einer der Anrufer hatte eine Nachricht hinterlassen. Als er sie abspielte, hörte er, dass es Terje Nordbø von der Spezialeinheit war, der um Rückruf bat.

Wisting lehnte sich an den Wagen, warf einen Blick auf den Waldpfad und rief die Online-Ausgaben der Tageszeitungen auf. Die *VG* zeigte ein Foto von der spurlos verschwundenen Maren Dokken in Uniform und eine Aufnahme von Idar Semmelmann, die während der letzten Pressekonferenz gemacht worden war. Er wurde als Leiter der koordinierten Ermittlung vorgestellt, der die Verantwortung für die Jagd nach Tom Kerr übernommen hatte. Drei Tage nach dessen Flucht gab es so gut wie keine Ergebnisse.

Semmelmann konnte indes berichten, dass die bei Kerrs Flucht verwendete Granate zu einem Einbruch in ein Militärwaffenlager zurückverfolgt werden konnte. In diesem Zusammenhang fahndete die Polizei nach dem zweiunddreißigjährigen Tallak Gleich. Das Foto von ihm war mit dem identisch, das der Einsatzleiter den Mannschaften gezeigt hatte, bevor sie in das Haus des Gesuchten eingedrungen waren. Ein glatzköpfiger Mann mit Spitzbart. Jemand, der leicht wiederzuerkennen wäre, wenn man ihm begegnete.

Weiter unten in dem Bericht entdeckte Wisting sein eigenes Foto und verstand mit einem Mal den Grund der vielen Anrufe. Er las, dass er von dem Fall abgezogen worden sei und von der Spezialeinheit wegen eines möglichen Dienstvergehens überprüft werde, das Tom Kerr die Flucht ermöglicht habe. Dass er auf die Anfragen der Zeitung nicht reagiert habe, entsprach sogar den Tatsachen. Polizeijuristin Guro Stemstad wurde zitiert, die verneinte, dass er suspendiert worden sei.

Wisting legte das Handy weg. Seine Gedanken drifteten zurück zu den Geschehnissen bei Tom Kerrs Flucht. Er hatte schon viel Zeit darauf verwendet. Hatte versucht herauszufinden, was er anders hätte tun, sagen oder denken sollen. Doch all das hatte nur zu Selbstvorwürfen geführt. Für gewöhnlich war er gegen negative Gedankenspiralen gut gerüstet, spürte aber, dass diese Sache etwas mit ihm machte.

Das Geräusch mehrerer Fahrzeuge riss ihn aus seinen Gedanken. Ein Streifenwagen kam angefahren, gefolgt von dem großen Kastenwagen der Kriminaltechniker von der Kripo.

Stiller nahm die Kollegen in Empfang und stellte sie Line vor. Wisting und Hammer begrüßten die Neuankömmlinge mit einem knappen Kopfnicken.

Die Ausrüstung wurde aus dem Wagen genommen und in den Wald gebracht. Als die Techniker bereit waren, die Ausgrabung fortzusetzen, hatte die Dämmerung eingesetzt. Ein Zelt war hinzugekommen und Scheinwerfer waren aufgebaut worden. Die kräftigen Lampen warfen ein hartes Licht auf die Öffnung im Boden. Die Gespräche der Spurensicherer wurden von dem dröhnenden Geräusch des Stromaggregats übertönt.

Mehrere scharfe Blitzlichter zuckten in der Dämmerung auf. Der schwarze Plastiksack, der bereits geborgen war, wurde in einen großen Pappkarton gelegt, der beschriftet und zur Seite gestellt wurde. Dann wurde der nächste Sack aus dem Grab geholt und fotografiert. Einer der Techniker schnitt ihn mit einem Tapetenmesser auf, und ein Arm kam zum Vorschein.

Die Techniker arbeiteten sorgfältig weiter und dokumentierten jeden einzelnen Vorgang mit Fotos. Auch Line hatte ihre Kamera auf das Geschehen gerichtet.

Der dritte Sack war schwerer als die anderen. Die Form ließ darauf schließen, dass es sich um den Torso handelte, ohne die Gliedmaßen und den Kopf. Der Techniker schnitt auch diesen Sack auf, und die Vermutung bestätigte sich.

Jemand mit einer Taschenlampe näherte sich auf dem schmalen Pfad. Es waren Semmelmann und zwei weitere Ermittler, die Wisting nicht kannte. Die Techniker legten eine kurze Pause ein, während Stiller das Ergebnis der Ausgrabungen erläuterte. Als er fertig war, drehte sich Semmelmann zu Wisting um.

»Tut mir wirklich leid, dass es so gekommen ist«, sagte er. »Ich habe volles Vertrauen zu Ihnen. Die Entscheidung ist über meinen Kopf hinweg getroffen worden.«

Er warf einen Blick auf Hammer und sah dann wieder Wisting an.

»Aber Sie sind von dem Fall abgezogen«, sagte er. »Sie dürften gar nicht hier sein.«

»Wir bleiben so lange, bis wir wissen, was da in der Erde liegt«, entgegnete Wisting und sah zu den Technikern hinüber.

Für einen Augenblick schien es, als ob Semmelmann etwas dagegen einwenden wollte, doch dann überlegte er es sich offenbar anders.

»Was haben Sie denn bislang?«, fragte er stattdessen und trat auf die drei Pappkartons zu.

»Ein Bein, einen Arm und den Torso«, erwiderte Stiller.

Semmelmann hob einen der Deckel an, nahm einen Kugelschreiber und weitete die Öffnung in dem Sack aus, um selbst nachzuschauen.

»Die müssen zur Untersuchung und Analyse ins Labor«, meinte einer der Techniker.

Semmelmann schien die milde Zurechtweisung zu überhören.

»Können Sie die Finger nicht gleich hier scannen?«, fragte er. »Und die Abdrücke durch das Register jagen, damit wir möglichst bald eine Antwort bekommen?«

»Wir holen erst alle Säcke raus«, antwortete der älteste Techniker.

»Verstehe«, sagte Semmelmann und nickte.

Er legte den Deckel zurück auf den Karton und bedeutete den Technikern fortzufahren. Einer der Männer kletterte wieder in das Loch hinunter und zog einen weiteren Sack heraus. Die Form ließ den Kopf vermuten.

»Jetzt ist nur noch einer übrig«, sagte er und kam wieder nach oben.

Wisting entspannte sich ein wenig. Nur eine Leiche.

Der Plastiksack wurde von allen Seiten fotografiert, bevor man ihn öffnete. Zunächst sah Wisting nur Haare. Lange schwarze Haare. Der Techniker vergrößerte die Öffnung und drehte den Sack zur Seite hin um, bis das Gesicht erkennbar wurde. Es war übersät mit Blasen und Verletzungen, die von einer ätzenden Flüssigkeit stammten. Die Augen waren geschlossen, der Mund war zu einer schiefen Grimasse verzogen. Aber es war eindeutig Tom Kerr.

62

Wisting bog in die Einfahrt ein und fuhr den Wagen langsam vor das Haus. Mit den Händen am Lenkrad blieb er sitzen. Die Frontscheinwerfer warfen ein helles Licht auf Hauswand und Eingangsbereich. Das Holz müsste dringend neu gebeizt werden. Wisting wusste nicht, wann er das zuletzt getan hatte.

Er schaltete den Motor aus. Um ihn herum wurde es dunkel.

Das war ihm nie zuvor passiert. Noch nie hatte er eine ungelöste Aufgabe zurückgelassen. Es hatte Fälle gegeben, die sie zurückstellen mussten, weil sie nicht weitergekommen waren, aber noch nie war er aus einer laufenden Ermittlung ausgeschieden. Das Gefühl der Resignation machte ihn rastlos.

Er stieg aus dem Wagen und warf einen Blick auf Lines Haus. Dann schloss er die Tür zu seinem eigenen Haus auf und schaltete die Außenbeleuchtung ein.

Im Haus war es still und dunkel. Die Leere zehrte an ihm und verstärkte das Gefühl von tiefer Ohnmacht. Ein nagendes Gefühl, das an Hunger erinnerte.

Er ging in die Küche, öffnete den Kühlschrank und nahm eine halb volle Packung Kartoffelsalat und Aufschnitt heraus. Er aß einen Teil davon auf, schob den Teller beiseite und nahm sein Laptop hervor.

In der Online-Ausgabe der *VG* wurde schon vom Leichenfund in der Østmarka berichtet. Ein Foto zeigte Tom Kerr, darunter stand der Hinweis, dass er tot aufgefunden worden sei.

Auf einem anderen Foto war Idar Semmelmann zu sehen, der erst vor wenigen Stunden die Verantwortung für die Ermittlungen übernommen hatte und schon Ergebnisse vorweisen konnte.

Wisting las den Bericht nicht zu Ende, fand es aber richtig, den Tod von Tom Kerr publik zu machen. Seine Flucht hatte bei vielen Menschen Angst ausgelöst, außerdem gab es keinen Grund, diese Information zurückzuhalten.

Wisting loggte sich in das polizeiliche Fallregister ein, suchte darin nach Tom Kerrs Namen und stellte fest, dass er keinen Zugang mehr zu den entsprechenden Dokumenten hatte. Der Ordner war mit einem roten Balken versehen. Als er den Mauszeiger auf den Balken setzte, öffnete sich ein Fenster mit dem Hinweis, dass der Fall gesperrt sei. Für den Fall, dass dienstliche Belange einen Einblick in die Unterlagen erforderten, waren Guro Stemstad und Idar Semmelmann als Ansprechpartner aufgeführt.

Wisting suchte nach dem Fall Maren Dokken, doch auch der war mit einem roten Balken versehen. Seine Stellung und seine dienstlichen Funktionen beinhalteten erweiterte Nutzerrechte. Normalerweise konnte er alle Fälle einsehen, darunter auch solche, in die er nicht involviert war, oder andere, die nur eingeschränkt zugänglich waren, um das Durchsickern von sensiblen Informationen zu verhindern. Jetzt war er von all dem abgeschnitten.

Das Computersystem hatte eine Kommunikationsfunktion, mit der die Nutzer einander kurze Mitteilungen schicken konnten, ohne E-Mails schreiben zu müssen. Ein blinkendes Feld zeigte an, dass ihm jemand eine Nachricht geschickt hatte. Sie kam von Tim Skage, dem Ermittler vom Distrikt Oslo West. Die Nachricht war kurz. Ein Name.

Helene Norum. Dazu ein Link zum Videomitschnitt ihrer Vernehmung.

Wisting klickte den Link an. Auf dem Bildschirm erschien ein steril wirkender Raum, in dem sich zwei Frauen an einem Tisch gegenübersaßen. Die Frau rechts war förmlich gekleidet und hatte einen Ordner vor sich liegen. Die Frau links hatte glänzendes schwarzes Haar und ein rundes Gesicht mit fragendem Ausdruck. Helene Norum, die Mutter des dritten Opfers. Die Mutter der jungen Frau, die niemals gefunden worden war.

Die Zeitangabe in der Ecke rechts oben zeigte, dass es sich um eine kurze Vernehmung von nur vierundzwanzig Minuten handelte. Wisting drückte auf Play. Die Ermittlerin leierte ein paar Formalitäten herunter. Sie nannte Zeit und Ort und sagte, es handele sich um eine Zeugenvernehmung im Kontext der Ermittlungen zum Todesfall Chris Paust Backe. Sie erwähnte weder die Vermutung, dass Backe die bei Tom Kerrs Flucht zum Einsatz gekommene Handgranate besorgt hatte, noch die Tatsache, dass sein Tod mittlerweile als Mordfall behandelt wurde.

»Wie sind Sie mit Chris Paust Backe bekannt?«, begann die Ermittlerin.

Ihre offensive Herangehensweise suggerierte Helen Norum, dass die Polizei bereits von der Bekanntschaft zwischen ihr und Backe wüsste, wodurch es ihr erschwert wurde, eine Verbindung abzustreiten.

Helene Norum schüttelte gleichwohl den Kopf.

»Ich weiß nicht, wer das ist«, erwiderte sie.

Die Polizeibeamtin nickte und schlug eine Seite ihres Notizblocks um, als wechsele sie die Strategie.

»Was für ein Handy haben Sie?«, fragte sie.

»Ein iPhone.«

Die Polizistin las ihr eine Telefonnummer vor, und Helene Norum bestätigte, dass es ihr Anschluss sei.

»Wird Ihr Handy auch von anderen benutzt?«

»Nein.«

»Könnten sich andere Zugang zu Ihrem Telefon verschaffen?«

»Was meinen Sie?«

»Haben Sie es immer bei sich, oder kommt es vor, dass Sie es zu Hause lassen und andere die eingehenden Anrufe beantworten?«

»Ich habe es meistens bei mir«, erwiderte Helene Norum. »Ich lebe allein.«

Die Ermittlerin nickte.

»Am Dienstag, dem 25. August, hat Chris Paust Backe Sie um 21:53 Uhr angerufen«, sagte sie. »Worüber haben Sie gesprochen?«

Helene Norum schüttelte den Kopf.

»Das muss ein Fehler sein«, sagte sie. »Ich habe eine Geheimnummer. Da muss sich jemand verwählt haben. Ich kenne niemanden, der so heißt.«

»Passiert das öfter? Dass Sie fälschlicherweise angerufen werden?«

»Ist schon vorgekommen.«

Die Polizistin schob ein Blatt Papier über den Tisch.

»Das Gespräch hat fast eine Minute gedauert«, sagte sie und klopfte mit dem Zeigefinger auf die Zeitangabe. »Zu lange, als dass sich jemand verwählt haben könnte.«

Helene Norum betrachtete das Papier, ohne etwas zu sagen. Sie schien ehrlich verwirrt zu sein, als suche sie nach einer Erklärung oder Antwort, die es nicht gab.

»Erinnern Sie sich, wer angerufen hat?«, fragte die Polizistin.

»Nein, wirklich nicht.«

Helene Norum zog ihr Handy hervor. Offenbar überprüfte sie die eingegangenen Anrufe.

»Die Einträge reichen nicht so weit zurück«, sagte sie.

Die Polizistin wiederholte das Datum des Anrufs.

»Können Sie sich erinnern, wo Sie an jenem Abend waren?«

Helene Norum überprüfte ihren Kalender und schüttelte den Kopf, als sie keinen Eintrag fand.

Die Polizistin schlug eine andere Richtung ein.

»Haben Sie Kontakt zu Ihrem Ex-Mann?«, wollte sie wissen.

»Wir sind seit zwanzig Jahren geschieden«, entgegnete Helene Norum.

»Sie tragen aber noch denselben Familiennamen?«

»Das ist der Name meiner Familie. Er hat ihn angenommen, als wir geheiratet haben. Das war wohl der Versuch eines Neuanfangs. Ich wusste es damals nicht, aber sein Name war vorbelastet.«

»Inwiefern?«

»Sie haben das sicher in Ihren Unterlagen stehen. Er hat gesessen. Bevor wir uns kennengelernt haben, wurde er in der Gegend, wo er herkam, wegen Vergewaltigung in mehreren Fällen verurteilt. Ich wusste nichts davon. Später, nach unserer Scheidung, ist er wegen derselben Sache noch einmal im Gefängnis gelandet. Wir waren nur drei Jahre verheiratet.«

»Hatten Sie Kontakt zueinander, als Taran verschwand?«

Helene Norum nickte. »Das mussten wir ja. Sie war schließlich unsere gemeinsame Tochter. Die Sache hat ihn ziemlich getroffen, auch wenn Taran in den letzten Jahren nichts mehr mit ihm zu tun haben wollte. Er hat ja wegen Vergewaltigung gesessen.«

Sie hielt inne. Ein vager Gedanke schien langsam Form anzunehmen. Sie hob den Kopf und starrte an die Decke. Die Polizistin hatte es offenbar auch gespürt. Sie schwieg, um die Gedanken der anderen nicht zu stören.

»Da war ein merkwürdiger Anruf«, sagte Helene Norum schließlich. »Ich dachte, es hätte vielleicht was mit Johannes zu tun.«

»Wann war das?«

»Vor drei oder vier Wochen. Spätabends, eine unbekannte Nummer – also eine, die nicht angezeigt wird, wenn es klingelt.«

Sie zeigte auf den Bogen auf dem Tisch.

»Das muss er gewesen sein. Er hat angerufen und gesagt, er hätte jetzt die Sachen besorgt, die wir haben wollten.«

Wisting beugte sich vor und konzentrierte sich aufs Zuhören.

»Was für Sachen?«, fragte die Polizistin.

»Das habe ich ihn auch gefragt«, erwiderte Helene Norum. »Aber ich habe keine Antwort bekommen. Er hat nur wiederholt, dass er besorgt hätte, was wir wollten. Ich sagte dann, dass er sich verwählt haben müsse, aber das war nicht der Fall.«

»Nicht?«

»Nein, er fragte, ob er mit Norum verbunden sei, und hat meine Telefonnummer genannt. Und die stimmte ja.«

»Wie ist das Gespräch dann weiterverlaufen?«

»Es gab kein weiteres Gespräch. Ich fragte, wer am Apparat sei, und er bat mich, kurz zu warten. Ich hörte ein paar Geräusche am anderen Ende der Leitung, als ob er das Telefon beiseitelegte und irgendwelche Papiere durchsuchte. Nach einer halben Minute kam er wieder an den Apparat und sagte ›tut mir leid‹, dann wurde die Verbindung unterbrochen. Als hätte er begriffen, dass er sich verwählt hatte.«

»Wieso denken Sie, dass das mit Ihrem Ex-Mann zu tun haben könnte?«

»Ich glaube, er hat es gesagt. Er sprach von ›du und dein

Ex-Mann‹. Und er hat von den Sachen gesprochen, ›die ihr haben wolltet‹.«

Die Polizistin fragte mehrmals nach, um den Gesprächsverlauf zu rekonstruieren. Dann fasste Sie die Erklärung von Helene Norum zusammen.

Wisting lehnte sich zurück. Irgendetwas stimmte nicht. Es gab eigentlich keinen Grund, an Helene Norums Worten zu zweifeln, aber irgendetwas störte ihn.

Etwa eine Stunde nach dem Telefongespräch war Chris Paust Backe ermordet und seine Wohnung in Brand gesetzt worden. Wisting ließ sich die verschiedenen Szenarien durch den Kopf gehen. Zu gern hätte er mit jemandem darüber gesprochen, aber man hatte ihn von dem Fall abgezogen. Die aus der Vernehmung stammenden Informationen waren nicht für seine Augen und Ohren bestimmt. Ohnehin war es zu spät, um Tim Skage jetzt noch anzurufen. Es war bereits nach Mitternacht.

Die Vernehmung auf dem Bildschirm wurde beendet. Das Bild wurde schwarz, und das Abspielprogramm schloss sich.

Eine weitere Datei lag in seinem Postfach. Die Vernehmung von Tallak Gleich. Der Link war vor einer halben Stunde geschickt worden. Anscheinend war Gleich im Laufe des Abends festgenommen worden.

Wisting klickte auf das Icon, und das Abspielprogramm öffnete sich automatisch. Derselbe Vernehmungsraum. Tim Skage saß auf der rechten Seite des Tisches. Der Mann ihm gegenüber war glatzköpfig, allerdings ohne Spitzbart. Am Tisch saß ein dritter Mann. Er trug einen gut geschnittenen grauen Anzug mit offenem Hemdkragen und blätterte in einem Aktenstapel. Der Verteidiger.

Tallak Gleich nannte seinen Namen und seine Adresse. Der Ermittler fasste zusammen, dass Gleich der Besitz und die Lagerung von Drogen sowie ein Verstoß gegen das Waffengesetz vorgeworfen werde. Er informierte ihn, dass bei der Hausdurchsuchung 123 Gramm Amphetamin, 28 Gramm Hasch und diverse Medikamente sichergestellt worden seien, darüber hinaus drei Handgranaten.

»Der Stoff gehört mir«, erklärte Gleich ungefragt. »Von Handgranaten weiß ich nichts. Die muss mir jemand untergejubelt haben. Jemand, der zu Besuch war.«

»Die lagen in einem Schrank in Ihrem Schlafzimmer«, entgegnete Skage. »Außerdem sind Ihre Fingerabdrücke drauf.«

Tallak Gleich zuckte mit den Schultern. »Ich weiß nicht, woher die kommen.«

»Die stammen aus einem Einbruch in ein Waffenlager des Militärs«, sagte Tim Skage. »Aber deshalb sind Sie nicht hier. Darum geht es heute nicht.«

Gleich blickte seinen Verteidiger an.

»Worum geht es?«, fragte der Rechtsanwalt.

»Ich glaube, das haben Sie beide schon verstanden«, erwiderte Skage. »Diese Granaten werden in Kästen zu jeweils vier Exemplaren aufbewahrt. In dem Kasten bei Ihnen zu Hause waren nur noch drei. Nach unseren Informationen haben Sie die vierte Granate Chris Paust Backe überlassen. Was wir wissen wollen, ist, ob er Ihnen gesagt hat, was er damit vorhat.«

Der Anwalt blätterte in den Akten und beugte sich vor.

»Was sagt denn Backe selbst dazu?«, fragte er.

Tallak Gleich kam Skage zuvor.

»Er ist tot«, sagte er. »In seiner Wohnung verbrannt.«

Tim Skage nickte.

»Chris Paust Backe ist vor drei Wochen gestorben«, bestätigte er. »Wann haben Sie das letzte Mal mit ihm gesprochen?«

Tallak Gleich zögerte. Wistings Mund wurde trocken. Er sah sich nach etwas zu trinken um, wollte den Bildschirm aber nicht aus den Augen lassen.

»Hören Sie«, sagte Skage. »Ich versuche, mit offenen Karten zu spielen. In den Tagen vor seinem Tod hat Chris Paust Backe mehrere Leute gefragt, ob sie ihm eine Handgranate besorgen könnten. Wir haben Grund zu der Annahme, dass diese Granate bei der Flucht von Tom Kerr zum Einsatz kam. Was bedeutet, dass er vermutlich den Anderen getroffen hat.«

Tallak Gleich schien etwas sagen zu wollen, wurde aber von seinem Anwalt daran gehindert.

»Augenblick mal«, sagte der und hob eine Hand. »Ist Chris Paust Backe nicht bei einem Wohnungsbrand gestorben?«

»Ja, aber der Brand wird als verdächtiger Todesfall behandelt«, erwiderte Skage.

»Mord?«, wollte der Verteidiger wissen.

»So lautet zumindest die primäre Hypothese.«

Der Anwalt sah seinen Mandanten an.

»Können wir mal eine Pause machen?«, fragte er. »Wir müssen uns besprechen.«

Skage gab die Uhrzeit an und erklärte die Vernehmung für unterbrochen. Der Bildschirm wurde schwarz. Wisting drückte den Pauseknopf, trat an die Anrichte und füllte ein Glas mit Wasser. Er leerte es in einem Zug, füllte es erneut und ging dann mit dem Laptop ins Wohnzimmer, wo er bequemer sitzen konnte.

Nach der Pause ging die Vernehmung weiter. Der Rechtsanwalt ergriff das Wort.

»Mein Mandant gibt zu, Chris Paust Backe eine Handgranate und eine Waffe überlassen zu haben, aber er hat keine Ahnung, wozu die verwendet werden sollten.«

»Hat er gesagt, für wen die Sachen bestimmt waren?«, fragte Skage.

Tallak Gleich schüttelte den Kopf.

»Nur, dass er sie nicht selbst haben wollte. Die seien für jemand anderen. Chris war so ein Allrounder, der alles besorgen konnte, zu dem man ging, wenn man etwas brauchte.«

»Wann war das?«

»Eine Woche bevor er starb.«

Skage ließ Tallak Gleich erzählen, wie Chris Paust Backe Kontakt zu ihm aufgenommen und wie die Übergabe stattgefunden hatte.

»Ich hab mit ihm gesprochen, nachdem er die Sachen abgeliefert hat«, sagte Gleich. »Er war irgendwie gestresst. Nervös.«

»Wie genau?«

»Vielleicht eher verzweifelt. So als hätte er bereut, etwas in Gang gesetzt zu haben. Er wirkte fast paranoid. Konnte nicht still sitzen. Hat sich ständig umgedreht, als ob ihn jemand verfolgte.«

Wisting unterbrach die Aufnahme. Etwas, das Tallak Gleich gesagt hatte, war ihm aufgefallen. Er spulte ein Stück zurück und ließ die Vernehmung noch einmal laufen.

»*... er war jedenfalls irgendwie anders, und das lag nicht nur an dem Bart ...*«

Die Worte konnten so interpretiert werden, als hätte sich Chris Paust Backe einen Bart wachsen lassen und sein Äußeres geändert. Es war nur ein Detail, doch es korrespondierte mit etwas anderem. Der Mann, der sich als Theo Dermann ausgegeben hatte, war ebenfalls bärtig gewesen. Claes Thancke hatte von eine Art Verkleidung gesprochen. Als hätte sich der Mann einen Bart wachsen lassen, ehe er die Anwaltskanzlei aufgesucht und Claes Thancke gezwungen hatte, den Brief mit ins Gefängnis zu nehmen.

Wisting ließ die Aufnahme weiterlaufen und wartete darauf, dass Tim Skage wegen des Bartes nachfragen würde, doch der Osloer Kollege hatte nicht die gleichen Hintergrundinformationen zur Verfügung wie er, weshalb ihm an den Worten nichts auffallen konnte. Er fuhr stattdessen mit der Vernehmung fort.

»Wann war das?«, fragte er.

»Zwei Tage später. Ich hab mein Geld gekriegt, und das war das letzte Mal, dass ich ihn gesehen habe.«

Tim Skage beugte sich vor.

»Sie haben also noch mal mit ihm gesprochen, nachdem er die Handgranate und die Waffe abgeliefert hatte?«, fragte er.

»Ja.«

»Also ein paar Tage bevor er starb?«

Tallak Gleich nickte.

»Und Sie sind ganz sicher, dass er die Sachen zu diesem Zeitpunkt schon weitergegeben hatte?«

»Ja. Sonst hätte ich mein Geld nicht bekommen.«

Im Augenwinkel registrierte Wisting die Scheinwerfer eines Autos draußen auf der Straße. Er reckte den Hals und sah, dass der Wagen vor Lines Haus hielt. Es war kurz vor zwei.

Auf dem Bildschirm einigten sich Tim Skage und Tallak Gleich darauf, dass Chris Paust Backe die Handgranate und die Waffe mindestens drei Tage vor seinem Tod abgeliefert haben musste.

Wisting begriff, weshalb Skage so genau auf dem Zeitpunkt herumritt. Der passte nämlich nicht zu dem Anruf bei Helene Norum. Wisting hatte ebenfalls angenommen, dass es sich bei den »Sachen«, die Chris Paust Bakke nach eigener Aussage besorgt hatte, um die Handgranate und die Pistole handelte.

Er trank einen Schluck Wasser und saß vor dem Bildschirm, bis Tim Skage die Vernehmung um 23:17 Uhr für beendet erklärte. Irgendetwas stimmte ganz und gar nicht. Die Informationen waren nur wenige Stunden alt. Er brauchte etwas Zeit, um sie zu analysieren. Das war zwar streng genommen nicht mehr seine Aufgabe, aber er konnte den Fall einfach nicht loslassen.

63

Er war im Sessel eingeschlafen und erwachte vom Klingeln des Telefons. Die Uhr zeigte Viertel vor sieben, draußen wurde es langsam hell.

Hammer war am Apparat.

»Ich bin da auf etwas Interessantes gestoßen«, sagte er.

Wisting räusperte sich.

»Ich konnte nicht schlafen und hab die ganze Nacht mit den Fallakten dagesessen«, fuhr Hammer fort.

»Ist dein Zugang etwa nicht gesperrt?«

»Doch, aber ich hab mich mit Semmelmanns Datenbank beschäftigt. Da kommen wir immer noch rein.«

»Das Beziehungsdiagramm?«

»Die Telefondaten«, erklärte Hammer. »Bist du zu Hause?«

»Ja.«

»Dann komme ich vorbei und zeige es dir.«

Wisting ging unter die Dusche und schaffte es gerade noch, eine Kanne Kaffee zu kochen, ehe Hammer auftauchte.

Sie setzten sich an den Küchentisch. Hammer hatte sein Laptop dabei, auf dem er die von verschiedenen Telefongesellschaften abgerufenen Rohdaten systematisiert und geordnet hatte, darunter alle Mobilfunkgespräche, die vor dem Feuer im Funknetzbereich um Tom Kerrs Bauernhof herum stattgefunden hatten, und alle Textmitteilungen, die in diesem Bereich versendet und empfangen wurden. Insgesamt handelte es sich um mehr als eine Million Mobilfunkdaten, verteilt auf einen Zeitraum von drei Monaten. Der kleine

Bauernhof lag abgelegen, jedoch im selben Funknetzbereich wie die E6 und die östlichen Stadtteile von Oslo.

»Auf irgendeine Weise müssen Kerr und der Andere kommuniziert haben«, meinte Hammer. »Semmelmann und seine Leute sind allen Personen nachgegangen, mit denen Kerr telefonischen Kontakt hatte, doch ohne Erfolg.«

Wisting nickte.

»Das heißt, dass sie bei ihrer Kommunikation beide Handys benutzt haben, die offiziell nicht auf sie registriert waren«, fuhr Hammer fort.

»Die Nadel im Heuhaufen«, bemerkte Wisting.

»Semmelmanns Gruppe hat auch Tom Kerrs Bewegungen in der Zeit vor seiner Verhaftung nachgezeichnet. Unter anderem wissen sie, wo er gearbeitet hat. Manchmal war er mehrere Tage am Stück verreist, beispielsweise hat er beim Bau einer neuen Schwimmanlage am Mosjø geholfen. Zwei Wochen hat er sich da oben aufgehalten. Ich habe alle Nummern gestrichen, die in der Zeit aktiv waren, als Tom Kerr nachweislich nicht zu Hause war, und sie komplett aus dem System gestrichen.«

»Hat man das nicht schon gemacht?«

Hammer griff nach einer Tasse und ließ sich von Wisting Kaffee einschenken.

»In dem Material, das wir von Semmelmann haben, gibt es jedenfalls keine entsprechend bearbeitete Liste«, sagte er.

Er führte die Tasse an den Mund und trank einen Schluck.

»Es sind noch immer genug Gespräche und Kurznachrichten auf der Liste, aber die Nummern von den Leuten, die in der Nähe wohnen oder die Gegend regelmäßig frequentieren, sind bereits eliminiert worden. Die übrig gebliebenen Daten sind somit einfacher zu überblicken.«

»Was hast du gefunden?«, fragte Wisting.

»Ich bin davon ausgegangen, dass der Andere vorbestraft ist. Dann habe ich alle Anschlüsse rausgesucht, die auf Personen mit Vorstrafen registriert sind.«

»Aber das hat doch Semmelmanns Gruppe auch schon versucht«, wandte Wisting ein.

»Stimmt. Aber ich fand es trotzdem interessant, mir die Sache näher anzuschauen. Zwischen Kriminellen wandern solche Telefone nämlich oft hin und her.«

Wisting nickte und trank etwas Kaffee.

»Wir sprechen von insgesamt hundertzweiundzwanzig verschiedenen Anschlüssen, die auf vorbestrafte Personen registriert sind«, fuhr Hammer fort. »Vierunddreißig von ihnen wurden wegen verschiedener Sexualdelikte verurteilt.« Er drehte den Bildschirm in Wistings Richtung.

»Interessant sind diese beiden«, sagte er und zeigte auf eine Liste von Gesprächen und Kurznachrichten zwischen zwei Telefonnummern. Sie waren in chronologischer Reihenfolge mit Datum und Uhrzeit aufgeführt.

»Steffen Skjeberg und Tormod Jahren«, las Wisting vor. »Wer sind die?«

»Sexualstraftäter«, erwiderte Hammer. »Steffen Skjeberg wurde wegen einer Vergewaltigung im Tøyenpark verurteilt. Tormod Jahren wegen Inzests und Vertriebs von Kinderpornografie.«

Wisting konnte Hammer ansehen, dass er noch mehr auf Lager hatte. Der Kollege tippte mit dem Zeigefinger auf den Bildschirm.

»Der Punkt ist, dass beide einsaßen, als die Handys benutzt wurden«, sagte er. »Skjeberg im Gefängnis Ullersmo und Jahren in der Haftanstalt Ila. Steffen Skjeberg ist vor zwei Jahren gestorben. Er wurde zweiundsechzig. Jahren ist neunundzwanzig und wurde letztes Jahr aus der Haft entlassen. Er hat jetzt eine andere Mobilfunknummer. Beide kamen aus verschiedenen Stadtteilen. Es gibt keinen Grund anzunehmen, dass sie einander überhaupt kannten.«

»Irgendjemand muss den Handyvertrag doch bezahlt haben«, wandte Wisting ein.

»Entweder handelt es sich um eine Bezahlung per Lastschrift, die mit der Kündigung des Anschlusses erlischt«, meinte Hammer. »Oder es war gar kein Vertrag, sondern eine Prepaidkarte, die man immer wieder aufladen kann.«

Wisting nickte. Als Prepaidkarten in Norwegen eingeführt wurden, war eine Registrierung der Nutzer nicht vorgeschrieben. Später waren die Regeln verschärft worden. Jeder, der eine Prepaidkarte behalten oder sich eine neue zulegen wollte, musste sich ausweisen. Solange der Anschluss aber nicht gesperrt war, konnte prinzipiell jeder x-Beliebige die laufenden Kosten bezahlen, ohne dass sich das konkret nachverfolgen ließ.

»Die beiden Anschlüsse waren zuletzt acht Stunden vor der versuchten Entführung von Freja Bengtson miteinander in Kontakt«, sagte er. »Bevor es schiefging und Tom Kerr verhaftet wurde.«

»Damit hast du den Zeitpunkt ihres letzten Kontakts gefunden«, bestätigte Wisting.

Offenbar näherten sie sich einer Art Durchbruch. Gleichzeitig kehrte die Unruhe zurück. Das nagende Gefühl, dass etwas ganz und gar nicht stimmte. Wisting hatte dieses Gefühl mit in den Schlaf genommen, und nun war es stärker als je zuvor.

Hammer zog das Laptop wieder zu sich heran.

»Wir müssen mit Semmelmann darüber reden«, sagte er.

Wisting erhob sich und trat ans Fenster. Lines Auto stand noch immer vor dem Haus.

»Ich denke, wir sollten das für uns behalten«, sagte er.

»Wie meinst du das?«

Wisting drehte sich zu Hammer um.

»Woher kommen die Telefone?«, fragte er und präzisierte umgehend die Fragestellung. »Wo werden Telefone aufbewahrt, wenn der Besitzer verhaftet wird?«

Hammer schien zu verstehen, was er meinte. Telefone wurden beschlagnahmt, insbesondere bei Sexualdelikten. Fotos und Nachrichten wurden auf der Suche nach Beweismaterial durchforstet. Danach wanderten die Telefone in ein Polizeilager für beschlagnahmtes Material. Waren sie bei einer strafbaren Handlung verwendet worden, wurden sie eingezogen und zerstört. Einige Geräte wurden an Familienmitglieder ausgehändigt oder mit anderem persönlichen Eigentum ins Gefängnis überführt, wo sie bis zur Entlassung des Täters aufbewahrt wurden, doch die meisten Telefone blieben bei der Polizei.

64

Im Schlafzimmer war es hell, als Line wach wurde. Sie hatte letzte Nacht vergessen, die Jalousien herunterzulassen. Der Himmel draußen war dunkelgrau, die Wolken schwer von Regen.

Sie streckte die Hand nach dem Handy auf dem Nachttisch aus und löste es vom Ladekabel. Die Uhr zeigte 07:49. Sie hatte keine Nachrichten bekommen, und auch die Online-Zeitungen brachten nicht viel Neues. Die Artikel hatten zwar verschiedene Überschriften, erzählten jedoch alle mehr oder weniger dasselbe. Tom Kerrs Flucht wurde als Versäumnis der Polizei dargestellt und mittlerweile genau untersucht. Fotos von ihrem Vater, die beim Pressebriefing in Eftang entstanden waren, dienten zur Illustration.

TV2 hatte als einziger Sender einen Kommentar von Claes Thancke erhaschen können. Der Verteidiger gab sich wortkarg und bestätigte lediglich, dass er über den Tod seines Mandanten informiert sei. Auf keinen Fall wollte er sich in Spekulationen ergehen. Der Artikel war mit einem Standbild geschmückt, das aus Lines Filmaufnahmen stammte und Kerr im Augenblick der Flucht zeigte. Weder sie noch die Polizei waren als Urheber des Fotos genannt.

Idar Semmelmann hatte sich nach der improvisierten Pressekonferenz am Abend zuvor nicht weiter geäußert. Wegen der Neuverteilung der Aufgaben schien er bei der Präsentation der laufenden Ereignisse eine führende Rolle zu spielen. Würde der Fall gelöst werden, wäre er der Held. Line würde die Vorbereitungen der Polizei für den Ortstermin vermutlich negativ bewerten müssen, und ihr Vater würde aufgrund von Tom Kerrs Flucht in ein schlechtes Licht gerückt werden.

Die Ereignisse kamen ihr ebenso unwirklich wie unübersichtlich vor. Die Ungewissheit wegen Maren Dokkens Verschwinden machte sie ratlos.

Sie schlug die Bettdecke zur Seite, setzte sich auf und bemühte sich, nicht daran zu denken, was die Polizistin wohl gerade erlebte und welchen Qualen sie möglicherweise ausgesetzt war. Beim Duschen ließ Line das Wasser lange laufen und versuchte sich auf die Arbeit zu konzentrieren. Im Grunde war es nicht wesentlich anders, als in der Zeitung über einen aktuellen Fall zu berichten. Der Unterschied war nur, dass sie noch lange warten musste, ehe sie das gesammelte Material präsentieren konnte.

Sie musste probieren, Claes Thancke zum Reden zu bringen. Im Grunde genommen war er verpflichtet, sich ihren Fragen zu stellen, zumal sein Mandant jetzt tot war.

Das Wasser wurde kalt. Line trat aus der Dusche, wickelte sich in ein Handtuch und ging in die Küche. Sie setzte sich und suchte die Nummer von Thanckes Kanzlei heraus. Der Anruf wurde direkt an einen Anrufbeantworter weitergeleitet. Line fiel ein, dass es Samstag war. Die Kanzlei war geschlossen.

Auf der Website waren die Telefonnummern der Anwälte nicht angegeben. Line konnte Thanckes Durchwahl bestimmt von Stiller oder ihrem Vater erfahren, aber vermutlich war sie ohnehin nicht die Einzige, die ihn heute zu erreichen versuchte.

Stattdessen schrieb sie eine E-Mail, in der sie ihr Projekt kurz umriss. Sie fügte hinzu, dass sie sich bei dem Ortstermin schon begegnet seien, und bat um ein unverbindliches Treffen. Eigentlich rechnete sie nicht damit, etwas von ihm zu hören. Die Pressevertreter bedrängten ihn vermutlich ohnehin, aber eine kurze Anfrage würde es für sie einfacher machen, zu einem späteren Zeitpunkt nachzufassen.

Line ging zurück ins Schlafzimmer, um sich anzuziehen. Das Handy gab einen Signalton von sich. Die SMS kam von Sofie. Sie fragte, ob Line sich um die Kinder kümmern könne, während sie eine Besorgung machte.

Eigentlich passte es Line schlecht. Sie hatte genug zu tun, konnte aber auch nicht Nein sagen.

65

Der Kompressor im Kühlschrank sprang an und gab ein leises Summen von sich.

Wisting und Hammer saßen am Küchentisch. Keiner sagte etwas, doch beide wussten, welche Komplikationen mit ihrer Entdeckung verbunden waren.

»Schwarze Telefone«, sagte Wisting. »Käme jedenfalls nicht zum ersten Mal vor.«

Ursprünglich stammte diese Praxis aus der Drogenfahndung und dem Umgang mit Kontaktleuten. Inzwischen war es ein feststehender Begriff. Ein schwarzes Telefon war ein Gerät, das im Rahmen einer Ermittlung beschlagnahmt worden war, doch von Drogenfahndern aus dem Polizeilager »entliehen« wurde, um mit Informanten aus der Szene Kontakt zu halten. Auf diese Weise reduzierte man das Risiko, dass eine Quelle von anderen Personen im Drogenmilieu enttarnt wurde. Die Gespräche konnten nicht zur Polizei zurückverfolgt werden, sondern führten scheinbar nur zu anderen Kriminellen. Man bewegte sich damit natürlich am Rande der Legalität. Gegenstände, die bei einer strafbaren Handlung benutzt worden waren, wurden »zum Vorteil der Staatskasse eingezogen«, wie es in den Vorschriften hieß. Der Wagen eines verurteilten Drogendealers durfte beispielsweise auf dem Gebrauchtwagenmarkt veräußert werden. Ein Gebrauchttelefon hatte kaum einen Marktwert und wurde daher zerstört, solange der Eigentümer kein Anrecht darauf hatte, es zurückzubekommen.

»Wir müssen die Fälle einsehen können, ehe wir mehr unternehmen«, meinte Hammer. »Zum Beispiel müssen wir herausfinden, ob die Telefone beschlagnahmt wurden, und dann prüfen, ob sie eingezogen oder wieder ausgehändigt wurden.«

»Die Fälle gehören aber nicht zu unserem Polizeidistrikt«, wandte Wisting ein. »Wir haben keinen Zugriff auf die Informationen.«

Er zog das Laptop zu sich heran und suchte die beiden Fälle im Polizeisystem. Die Aktenzeichen fand er, doch wenn er die elektronischen Dokumente lesen wollte, musste jemand sie ihm zuschicken. Normalerweise konnten Ermittler nur solche Fälle einsehen, die den eigenen Polizeidistrikt betrafen. Abgesehen davon war die Geschichte fünf Jahre alt und lag vermutlich in einem elektronischen Archiv. Die zuständige Stelle musste involviert werden, wenn sie die Akten lesen wollten.

»Stiller«, fiel Hammer plötzlich ein. »Die Leute aus der Abteilung für ältere und ungelöste Fälle rufen doch ständig irgendwelche Fälle aus dem Archiv ab.«

»Diese Fälle sind aber nicht ungelöst«, wandte Wisting ein.

»Er hat mit Sicherheit Zugangsrechte für jeden Fall im Land«, entgegnete Hammer. »Dafür muss er doch bloß auf ein paar Tasten drücken. Ruf ihn an!«

Wisting wählte Stillers Nummer.

»Wo sind Sie?«, fragte er, als Stiller sich meldete.

»Zu Hause«, antwortete Stiller. »Gibt's was Neues?«

»Nun ja, wir brauchen Ihre Hilfe.«

Er berichtete, was sie herausgefunden hatten und was sie jetzt benötigten.

»Geben Sie mir zwanzig Minuten«, sagte Stiller.

Nach achtzehn Minuten rief er zurück.

»Sie haben recht«, sagte er. »In der Vernehmung haben Steffen Skjeberg und Tormod Jahren die Telefonnummern angegeben, die Sie gefunden haben. Beide saßen im Gefängnis, als die Telefone in der Østmarka benutzt wurden, aber das wissen Sie ja.«

»Wurden die Geräte beschlagnahmt?«, wollte Wisting wissen.

»Ja. Sie wurden in der Abteilung für Datenkriminalität untersucht, aber nicht eingezogen.«

Bei Sexualdelikten wurden Mobiltelefone grundsätzlich auf belastendes Material hin untersucht. Wurden diese Telefone nicht eingezogen, bedeutete dies, dass keiner der Täter entsprechende Filme oder Fotos auf dem Handy gespeichert hatte.

»Hier steht, dass sie an die Besitzer zurückgegeben wurden«, sagte Stiller.

Wisting schüttelte den Kopf. Das konnte nicht stimmen.

»Vielleicht wurden die SIM-Karten herausgenommen«, mutmaßte Hammer. »Und in einem anderen Telefon weiterbenutzt.«

Stiller war noch nicht fertig. »Weder Skjeberg noch Jahren haben den Empfang quittiert«, berichtete er.

So etwas war nicht ungewöhnlich. Wenn ein Urteil rechtskräftig war, musste das gesamte beschlagnahmte Material erfasst und quittiert werden, bevor der Fall archiviert werden konnte. Mitunter wurden private Besitztümer dann in Briefumschläge gesteckt. Solange sie kein Bargeld, Schmuck oder andere Wertsachen enthielten, wurden sie mit der Post verschickt. Unterschrieben wurden die Briefe nur von dem Ermittler, der die Erfassung durchführte.

»Wer hat unterschrieben?«, fragte Wisting.

»Skjebergs Telefon wurde zusammen mit einem Schlüsselbund rausgegeben«, sagte Stiller. »Dafür verantwortlich war Lina Streif. Sie ist jetzt Abteilungsleiterin bei der Sitte.«

Er hielt kurz inne und fuhr dann fort. »Die Herausgabe von Tormod Jahrens Handy wurde von Polizeikommissar Idar Semmelmann quittiert. Fünf Tage bevor es wieder in Gebrauch genommen wurde.«

66

In den Gängen des Polizeigebäudes war es ruhig. Die Ermittlungen waren nach Oslo verlegt worden, doch der große Konferenzraum stand noch immer für die Suche nach Tom Kerr bereit. Semmelmanns Beziehungsdiagramm hing an der Wand, und etliche Ordner mit Hinweisen aus der Bevölkerung lagen zur Durchsicht bereit.

Stiller war aus Oslo gekommen. Hammer schloss die Tür hinter ihm und verriegelte sie.

»Wir sollten uns an die Polizeipräsidentin wenden«, sagte Wisting.

Stiller setzte sich ans Ende des großen Tisches und zog das Laptop heran.

»Sie beide sind von dem Fall abgezogen«, sagte er. »Ich habe um vier Uhr einen Termin bei ihr. Wir müssen noch mehr Fakten zusammentragen, die können wir ihr dann präsentieren.«

Wisting wollte fragen, was für einen Termin er mit der Polizeipräsidentin vereinbart habe, ließ es aber sein.

»Wo fangen wir an?«, fragte Hammer.

»Wir müssen einen Schnittpunkt finden«, erwiderte Stiller. »Oder einen Startpunkt. Tom Kerr wird dreimal verurteilt, doch Anfang der 2000er-Jahre erreicht Claes Thancke, dass er in einem Vergewaltigungsfall freigesprochen wird. Es gab Verfahrensfehler und Versäumnisse in der Polizeiarbeit.«

Stiller projizierte die elektronische Akte auf den großen

Bildschirm. Die einzelnen Dokumente waren mit Aktenzeichen, Überschrift und dem Namen des Ermittlers versehen, der den Bericht geschrieben hatte. Ein Name tauchte immer wieder auf: Idar Semmelmann.

Hammer nahm einen roten Filzstift vom Tisch, stand auf und ging hinüber zum Beziehungsdiagramm.

»Es ist unvollständig«, erklärte er.

In der Übersicht der Personen, die auf irgendeine Weise mit Tom Kerr verknüpft waren, fehlten die Polizeibeamten.

Der Filzstift verursachte ein Geräusch, als Hammer einen weiteren Kreis in der nächsten Umgebung von Tom Kerr zeichnete. Er zögerte, einen Namen hineinzuschreiben, und ließ ihn leer. Keiner von ihnen hatte bisher die Möglichkeit ausgesprochen, dass der Andere einer von ihren eigenen Leuten sein könnte.

»Helene Norum hat eine Geheimnummer«, sagte Wisting, um die unausgesprochene Theorie zu untermauern. »Das hat sie bei der Vernehmung gesagt. Jemand hat sie an dem Abend angerufen, als Chris Paust Backe starb. Jemand, der Zugang zu ihrer Telefonnummer hatte.«

Ein weiteres Detail drängte sich in Wistings Bewusstsein.

»Der Bart«, sagte er. »Ich muss Tim Skage anrufen.«

Ohne weitere Erklärung zog er sein Handy hervor und rief den Ermittler aus Oslo an. Skage drückte sein Missfallen über die Neuorganisation der Ermittlungen aus.

»Das ist doch alles großer Mist«, sagte er. »Ausgerechnet Semmelmann. Als gäbe es sonst niemanden, um die Ermittlungen zu leiten.«

»Gut, dass Ihre Leute Tallak Gleich geschnappt haben«, meinte Wisting.

»Ich habe Ihnen ja den Link zu den Vernehmungen von ihm und Helene Norum geschickt«, sagte Skage. »Viel haben wir dabei ja nicht herausgekriegt, aber irgendwie werde ich das Gefühl nicht los, dass Chris Paust Backe in etwas involviert war, was ihm über den Kopf gewachsen ist.«

»Ich habe mir die Aufnahme der Vernehmung angesehen«, sagte Wisting. »Er sagt da etwas über einen Bart. Hat Chris Paust Backe einen Bart getragen?«

»Normalerweise nicht, auch nicht bei seinem Tod. Da hatte er sich rasiert. Aber wir haben seine Bewegungen nachgezeichnet, und es gibt Videoaufnahmen, auf denen er einen Bart hat.«

Wisting bat um nähere Erklärung.

»Das läuft über die Nutzungsdaten seiner Bankkarte«, erläuterte Skage. »Wir haben eine Liste mit allen Orten, an denen er seine Bankkarte eingesetzt hat. Außerdem haben wir uns das Videomaterial von allen Orten angeschaut, die über Kameraüberwachung verfügen. Das sind mehr oder weniger alle.«

»Können Sie mir die Daten rüberschicken?«, fragte Wisting.

»Ich dachte, Sie arbeiten nicht mehr an dem Fall?«

»Wir haben hier immer noch eine vermisste Beamtin«, konterte Wisting. »Ich höre nicht eher auf, bis sie gefunden worden ist.«

»Ich packe das Material in eine Datei und schicke Ihnen den Link«, sagte Skage. »Aber da ist nichts zu holen. In den Kameraaufzeichnungen ist er immer allein zu sehen.«

»Vielen Dank trotzdem«, sagte Wisting.

»Semmelmann hätte diesen Job nie bekommen dürfen«, brummte Skage. »Die wollen ihn nur loswerden.«

»Wer will ihn loswerden?«

»Die Leitung«, erwiderte Skage. »Er hat doch lange Jahre bei der Sitte gearbeitet. Da hat er sich zum Kommissar und dann zum Abschnittsleiter hochgearbeitet, aber das wurde nach einer Weile zum Problem.«

»Inwiefern?«

»Es gibt Gerüchte, dass er pervers sei. Semmelmann soll sich extraviel Zeit genommen haben, um beschlagnahmtes Material durchzusehen. Er hat sich auch immer bereit erklärt, die schlimmsten Videos anzuschauen. Angeblich hat er Vergewaltigungsopfer in aller Ausführlichkeit erzählen lassen, was sie genau erlebt hatten. Er wollte jedes Detail wissen. Es gab ein paar Beschwerden, aber man konnte ihm nichts anhängen. Als Tom Kerr gefasst wurde, haben sie ihn innerhalb des Systems versetzt und ihm die Leitung der Gruppe übertragen, die den Anderen ausfindig machen sollte. Fünf Jahre hat er darangesessen. Vielleicht gelingt es ihm ja jetzt, aber ich habe meine Zweifel. Wie gesagt, er hätte diesen Job nie bekommen dürfen.«

67

Es hatte zu regnen angefangen. Wisting trat ans Fenster, schob mit den Fingern zwei Lamellen der Jalousie auseinander und sah hinaus. Ein Mann mit rotem Schirm eilte über die Straße.

Das Laptop gab ein Signal von sich. Tim Skage hatte Chris Paust Backes Kontobewegungen und die Aufnahmen von den Orten geschickt, wo der Tote seine Bankkarte eingesetzt hatte. Wisting öffnete eine Bilddatei nach der anderen. Chris Paust Backe war in diversen Geschäften beim Bezahlen an der Kasse gefilmt worden. Er trug verschiedene Kleidung, sein Bart wurde mit jedem Foto dichter und bedeckte schließlich den ganzen unteren Teil des Gesichts.

Auf einem der letzten Bilder hatte er zudem ein Pflaster an der rechten Wange und eines unter dem linken Auge. Die Zeitangabe verriet, dass das Bild am 20. August um 14:37 Uhr entstanden war.

»Wo ist das?«, fragte Stiller.

Wisting suchte den Dateinamen heraus.

»Deli de Luca in der Akersgate«, las er vor. »Im Stadtzentrum von Oslo, nur eine Straßenecke von Claes Thanckes Kanzlei entfernt.«

»Dann war er der Besucher«, sagte Stiller und nickte. »Er ist Theo Dermann.«

»Er war bloß ein Laufbursche«, meinte Hammer. »Einer, der Waffen organisiert und kleine Jobs übernommen hat.«

»Und einer, den er loswerden musste«, fügte Stiller hinzu.

»Eine Bratpfanne, die auf der Herdplatte vergessen wurde. An so einer Brandstätte ist wohl jeder Polizist schon mal gewesen. Der Herd ist das Erste, was von den Technikern untersucht wird. Und nur in den seltensten Fällen wird dann noch weiter nach Brandursachen geschaut.«

Wisting stand wieder auf, trat ans Fenster und öffnete es. Die Luft, die von draußen hereinkam, war frisch, aber feucht.

»Wir brauchen weitere Fakten«, sagte er.

»Wir können nicht länger warten«, meinte Hammer. »Wenn er Maren Dokken hat, kommt es auf jede Stunde an. Auf jede Minute.«

Stiller hatte mittlerweile Semmelmanns Adresse herausgesucht.

»Er ist geschieden, lebt allein. Keine Kinder.«

»Er muss Zugriff auf einen Ort haben«, fuhr Hammer fort. »Einen Ort, der nicht ihm gehört, über den er aber frei verfügen kann. So ähnlich wie die leer stehende Schweißwerkstatt, wo wir den Kastenwagen gefunden haben.«

»Können wir ihn beschatten lassen?«, fragte Wisting.

Stiller schüttelte den Kopf.

»Ich kann kein Team losschicken, ohne dass die wissen, worum es geht.«

»Wo ist er jetzt?«, fragte Hammer.

»Vermutlich bei der Arbeit«, erwiderte Stiller. »Im Büro. Ich finde das raus. Ich lass mir eine Ausrede einfallen, um ihn anzurufen.«

»Sie könnten ihn fragen, ob er das mit dem Jobcenter in Sagene untersucht hat«, schlug Wisting vor. »Der Anruf bei Claes Thancke kam doch von einem der Telefone dort. Er wollte das überprüfen und herumfragen, ob sich jemand an einen bärtigen Mann erinnern kann, der am 20. August dort war.«

Hammer packte der Eifer. »Wir könnten ihn mit dem Auto

verfolgen«, sagte er. »Seit Marens Verschwinden sind höchstens vierzig Stunden vergangen. Die anderen Opfer hat er mindestens drei Tage festgehalten. Er kann uns zu ihr führen.«

»Er ist ein erfahrener Ermittler«, wandte Wisting ein. »Er wird die Autos wiedererkennen und merken, dass ihn jemand verfolgt.«

»Wenn wir seinen Wagen finden, könnte ich auch einen Sender anbringen«, sagte Stiller. »Dann brauchen wir ihm nicht so dicht zu folgen.«

Hammer hatte schon seine Jacke vom Haken genommen und sah Wisting an. »Kommst du?«, fragte er.

Der Vorschlag wirkte ein wenig übereilt, aber durchaus logisch.

»Ich bin dabei«, sagte Wisting und nickte.

Er war der Letzte, der mit seinem Wagen den Parkplatz hinter dem Polizeigebäude verließ. Noch bevor Wisting die Autobahn erreicht hatte, war Hammer nicht mehr zu sehen. Der Regen peitschte gegen die Frontscheibe und erschwerte die Sicht.

Nach einer Stunde rief Stiller an und stellte eine Konferenzschaltung zwischen den drei Autos her.

»Ich habe mit Semmelmann gesprochen. Wir haben vereinbart, dass ich bei ihm im Büro vorbeikomme. Er hat eine Verbindung zwischen Chris Paust Backe und Johannes Norum gefunden. Sie haben zur gleichen Zeit im Kreisgefängnis Oslo gesessen. Der Anruf bei seiner Ex-Frau am Abend, als Chris Paust Backe starb, deutet darauf hin, dass er vielleicht in die Geschichte involviert ist.«

»Das ist doch bloß ein Teil der Konstruktion«, meinte Hammer. »Der Anruf bei Helene Norum war als Ablenkungsmanöver für eventuelle Ermittlungen geplant.«

»Ich werde das mal mit ihm durchsprechen«, sagte Stiller.

»Semmelmann und seine Kollegen gehen von der Hypothese aus, dass es eine Racheaktion war.«

Wisting hielt an einer Tankstelle an.

»Das verschafft uns etwas Zeit«, sagte er und wandte sich dann an Hammer: »Hast du eine Adresse von Tormod Jahren? Wir müssen ihn nach dem beschlagnahmten Handy befragen.«

»Er wohnt in Stovner«, erwiderte Hammer. »Ich schicke dir die Adresse und seine neue Nummer.«

Wisting fuhr an eine der Zapfsäulen heran und wartete, bis die Telefonkonferenz zu Ende war, ehe er ausstieg, um zu tanken. Dann fuhr er weiter und folgte den Anweisungen des Navis, bis er auf dem großen Parkplatz vor den Wohnblöcken am Einkaufszentrum Stovner angekommen war. Der Regen trommelte auf das Autodach. Er blieb im Wagen sitzen, suchte Hammers SMS heraus und rief die Nummer an, die er zugeschickt bekommen hatte. Eigentlich hatte er nicht damit gerechnet, dass jemand ans Telefon gehen würde, und war daher erstaunt, als Jahren sich sofort und mit vollem Namen meldete.

Wisting stellte sich vor und erklärte, dass er gerade einen Verdachtsfall untersuche, bei dem es um Unterschlagung aus dem Lager für beschlagnahmte Gegenstände gehe.

»In diesem Kontext würde ich gern ein paar Dinge von Ihnen erfahren«, schloss Wisting.

»Worum geht es denn genau?«, erwiderte Jahren. »Ist ja schon ewig her, dass ich etwas mit der Polizei zu tun hatte.«

Die Skepsis in seiner Stimme war nicht zu überhören.

»Ich bin gerade in Stovner«, fuhr Wisting fort. »Könnten wir uns treffen?«

»Ich bin aber nicht zu Hause«, behauptete Jahren.

Wisting sah zu den Wohnblöcken hinüber. Er wusste nicht, in welcher Wohnung Jahren lebte, hatte aber das Gefühl, dass er sehr wohl zu Hause war.

»Konkret geht es um den Verdacht, dass ein Polizeibeamter beschlagnahmte Gegenstände gestohlen hat«, sagte er. »Es gibt Unklarheiten wegen der Nachweise für bestimmte Objekte. Ich hatte gehofft, dass Sie mir helfen könnten, ein paar Dinge zu klären.«

»Geht das nicht auch am Telefon?«, wollte Jahren wissen.

Normalerweise hätte Wisting darauf bestanden, den Mann persönlich zu treffen, aber jetzt beließ er es bei dem Telefongespräch.

»Vor sechseinhalb Jahren wurden Sie verhaftet«, begann er. »Die Polizei hat damals unter anderem Ihren Computer und Ihr Handy beschlagnahmt.«

Der Mann am anderen Ende schwieg.

»Wissen Sie noch, was für ein Telefon Sie damals hatten?«

»Ein Sony Xperia. Das hab ich jetzt auch, allerdings das neueste Modell.«

»Erinnern Sie sich an Ihre Telefonnummer?«

Tormod Jahren zögerte. Er nannte ein paar Ziffern, kam aber nicht weiter.

»Was für ein Anschluss war das damals?«

»Einer mit Prepaidkarte.«

Wisting nickte. »Wissen Sie, wo dieses Gerät jetzt ist?«

»Keine Ahnung.«

Wisting begriff, dass er die Frage falsch gestellt hatte.

»Haben Sie es nach Ihrer Entlassung zurückbekommen?«

»Ja, aber ich weiß nicht, wo es abgeblieben ist. Als ich meine Strafe abgesessen hatte, war das Gerät total veraltet. Ich glaube, ich hab's einfach weggeworfen und mir ein neues gekauft.«

»Aber Sie haben es zurückbekommen?«

»Ich glaube, das Handy hat die ganze Zeit im Gefängnislager gelegen, zusammen mit anderen persönlichen Gegenständen, die wir nicht in der Zelle haben durften.«

»Und die Sachen hat man Ihnen bei der Entlassung ausgehändigt?«

»Das Handy, meine Geldbörse und mein Schlüsselbund, obwohl ich gar keine Wohnung mehr hatte. Und noch ein paar andere Dinge, CDs und USB-Sticks. Ich glaube nicht, dass irgendwas verschwunden ist, jedenfalls habe ich nichts vermisst. Ich denke nicht, dass ich Ihnen weiterhelfen kann.«

Wisting war noch nicht bereit, das Gespräch zu beenden.

»Während Sie im Gefängnis saßen, wurden Ihre Sachen also von der Polizei ins Gefängnis überführt?«

»Davon gehe ich aus. Jedenfalls waren sie da, als ich rauskam.«

»Wissen Sie, wann die Sachen im Gefängnislager gelandet sind?«

»Keine Ahnung. Da müssen Sie sich mit der Gefängnisleitung in Verbindung setzen.«

Tormod Jahrens Antworten waren nicht so eindeutig, wie Wisting gehofft hatte, weckten aber sein Interesse.

»Sie waren in Ila, stimmt's?«, hakte Wisting nach.

»Zu Anfang ja. Das letzte Jahr war ich dann in Berg, in Vestfold. Da habe ich dann auch die Sachen zurückbekommen, als ich entlassen wurde. Aber vermutlich wurden die zusammen mit mir dort hingebracht.«

»Wer war Ihr Kontaktbeamter in Ila?«, fragte Wisting.

»Ich hatte mehrere«, erwiderte Jahren. »Einige haben aufgehört oder wurden versetzt. Einer davon hieß Molander.«

Wisting runzelte die Stirn. Vor seinem geistigen Auge sah er den arroganten Vollzugsbeamten im ungebügelten Hemd, der an der Tür lehnte, während sie Tom Kerrs Zelle durchsuchten.

»Fredrik Molander?«

»Genau. Der hat dann irgendwann zur Sicherungsverwahrung gewechselt.«

Wisting schaute aus dem Seitenfenster. Er hatte plötzlich das Gefühl, als öffne sich eine Tür. Nur einen Spaltbreit, aber dahinter lag vielleicht etwas Wesentliches. Die Möglichkeit einer alternativen Erklärung. Für einen Vollzugsbeamten war es nicht schwieriger, ein Telefon zu unterschlagen, als für einen Ermittler. Im Gegenteil.

Die Scheibenwischer fegten über die Frontscheibe und drängten das Regenwasser beiseite. Wisting blieb nach dem Gespräch einen Augenblick nachdenklich sitzen, ließ dann den Wagen an und wählte Hammers Nummer.

»Stiller ist jetzt im Polizeigebäude«, ließ Hammer ihn wissen. »Ich sitze draußen und warte. Das kann etwas dauern. Hast du mit Jahren gesprochen?«

Wisting erzählte von dem Gespräch mit Tormod Jahren, wollte aber seine Gedanken nicht vollends mit Hammer teilen.

»Ich fahre jetzt nach Ila«, erklärte er. »Ich will wissen, wann das Telefon dort hingekommen ist.«

Sie wussten zwar, wann das Telefon von der Polizei weitergegeben worden war – drei Wochen bevor Tom Kerr und der Andere ihr erstes Opfer überfielen. Doch sie wussten nicht, wann das Telefon ins Gefängnis geliefert worden war. Der Zeitpunkt war entscheidend für ihre weiteren Ermittlungen.

68

Das große Gefängnis lag in einer grauen Nebelwolke. Eine Frau mit zwei kleinen Kindern stand vor dem Besuchereingang. Ein Mädchen und ein Junge im Alter von etwa zehn Jahren. Wisting zog seinen Dienstausweis hervor und folgte den dreien, als die Gittertür geöffnet wurde.

Er hatte sein Kommen angekündigt. Der Gefängnisdirektor war nicht da, doch ein leitender Angestellter empfing Wisting in einem engen Büro. Er war breitschultrig, saß vornübergebeugt mit den Ellbogen auf dem Tisch und hatte die Hände gefaltet.

Wisting erläuterte, dass er drei Tage zuvor da gewesen sei und unter anderem die Zelle von Tom Kerr untersucht habe.

»Wir haben mit seinem Kontaktbeamten gesprochen«, sagte er. »Fredrik Molander. Ist er heute hier?«

Der Beamte schüttelte den Kopf.

»Molander feiert gerade seine Überstunden ab«, sagte er. »Jetzt, da Tom Kerr nicht mehr in der Abteilung ist, hat das gut in den Dienstplan gepasst.«

»War er nicht krankgemeldet?«, erinnerte Wisting sich.

»Ja, aber er ist nach Tom Kerrs Flucht zurückgekommen.«

Der Beamte wechselte seine Sitzposition. »Aber Ihr Besuch gilt jemand anderem, soweit ich weiß. Ein ehemaliger Insasse? Tormod Jahren?«

Wisting war klar, dass er erläutern musste, warum er die Akte einsehen wollte.

»Anscheinend ist der Osloer Polizei seinerzeit ein Fehler bei den beschlagnahmten Gegenständen unterlaufen«, sagte Wisting, damit der Beamte es nicht als Vorwurf gegen das Gefängnis auffassen würde. »Eine Verwechslung«, fügte er hinzu. »Die erst jetzt aufgefallen ist.«

Der Beamte schien nicht ganz überzeugt, hatte aber auch keine Einwände. Er nahm eine Mappe aus dem Aktenschrank und schob sie über den Tisch. Auf dem Umschlag standen der Name und die Insassennummer von Tormod Jahren.

»Wo werden die privaten Besitztümer der Insassen aufbewahrt, während sie ihre Strafe verbüßen?«

»Im Effektenlager«, erwiderte der Beamte, ohne näher darauf einzugehen, wo dieses lag oder wer Zugang dazu hatte.

Wisting öffnete die Akte. Die obersten Seiten betrafen die Überführung in die Haftanstalt Berg. Es gab eine Liste über Wertsachen und sonstige Gegenstände, die in das neue Gefängnis gebracht worden waren. Ein Angestellter hatte den Empfang der Effekten quittiert, der Name war allerdings kaum lesbar. Auf dem Ausdruck der Liste waren alle Gegenstände verzeichnet: DVDs und CDs, Bücher und Magazine mit Angabe der Titel. USB-Sticks mit Angabe der Speicherkapazität. Schuhe, Stiefel, Hosen, Jacken und andere Kleidungsstücke, dazu die Namen der jeweiligen Modemarke. Eine Geldbörse, die keine Banknoten, aber einen Ausweis und Bankkarten enthielt. Ein Schlüsselbund mit Angabe der daran befindlichen Schlüssel sowie ein Handy der Marke Sony Xperia.

Ganz hinten in der Akte befand sich eine kürzere Liste aus der Zeit von Tormod Jahrens Haftbeginn, auf der weniger Filme, Bücher und CDs vermerkt waren und weder Schlüssel noch USB-Sticks oder ein Handy. Jahren selbst hatte quittiert, was er zur Aufbewahrung abgegeben hatte. Die detaillierte Beschreibung der einzelnen Gegenstände diente dazu, eine spätere Beschwerde des Insassen wegen verloren gegangener Dinge zu verhindern.

Wisting blätterte in den Unterlagen. Jedes Mal, wenn Jahren neue CDs oder neue Kleidung gegen alte ausgetauscht hatte, war dies in einem nummerierten und datierten Dokument protokolliert worden. Anscheinend war der Kontaktbeamte für die Aktualisierung der Liste zuständig. Der Name Fredrik Molander tauchte mehrmals in Form einer Unterschrift auf.

Nach Weihnachten war die Liste länger geworden, einige DVDs, CDs und Bücher waren hinzugekommen. Wisting blätterte weiter, bis er fand, wonach er suchte. Während er den Blick mehrmals über den Text wandern ließ, überkam ihn ein mulmiges Gefühl.

Drei Gegenstände. Geldbörse, Schlüssel und Handy. »Überführt von der Polizei«, hatte Fredrik Molander vermerkt. Der Empfang der drei Gegenstände war sechs Tage nach der Festnahme von Tom Kerr quittiert worden.

»Haben Sie gefunden, was Sie suchen?«, erkundigte sich der Beamte.

Wisting blickte auf. »Ja«, sagte er und nahm das Blatt aus der Akte. »Das Datum hier, wird das automatisch generiert?«

Er zeigte auf das Feld oben rechts. Der Beamte beugte sich vor.

»Ja«, erwiderte er.

Wisting hatte ein leichtes Zögern gespürt.

»Aber?«

»Es kann überschrieben werden«, fügte der Beamte hinzu. »Die Effekten bleiben häufig eine Weile im Dienstraum liegen, ehe sie ins Lager hinuntergebracht werden. Das Protokoll kann rückdatiert werden, damit es mit dem faktisch korrekten Vorgang übereinstimmt.«

»Das Polizeisystem funktioniert genauso«, entgegnete

Wisting, um den Beamten zu beruhigen. »Könnte ich eine Kopie bekommen?«, fragte er und hielt die Seite hoch.

Der Beamte wirkte skeptisch, als sei er schon viel zu weit gegangen, indem er der Polizei ohne rechtliche Grundlage Einsicht in ein Protokoll verschafft hatte. Dann aber stand er auf und nahm die Seite mit. Nach zwei Minuten war er zurück, reichte Wisting die Kopie und legte das Original zurück in die Mappe. Wisting musste sich das Blatt noch einmal genau ansehen, um sich zu vergewissern, dass er sich nicht geirrt hatte. Dann faltete er den Bogen zusammen und schob ihn in die Innentasche. Er wollte schon aufstehen, als ihm plötzlich ein Gedanke kam.

»Könnten Sie bitte noch eine Sache für mich herausfinden?«, fragte er.

69

Als Wisting nach dem Besuch im Gefängnis auf sein Telefon schaute, sah er, dass er mehrere Anrufe bekommen hatte, darunter zwei von der Spezialeinheit. Wie es aussah, wollten sie ihn zu einer neuen Befragung einbestellen. Vermutlich hatte sich sein Status von »Zeuge« in »Verdächtiger« geändert.

Bevor er die anderen Anrufe überprüfen konnte, rief Stiller an.

»Bleiben Sie dran«, bat er. »Ich stelle eine Konferenzschaltung mit Hammer her.«

Wisting setzte sich in den Wagen und war gerade auf die Hauptstraße gefahren, als Stiller sich zurückmeldete.

»Es wurde beschlossen, Johannes Norum zur Vernehmung einzubestellen«, berichtete Stiller.

»Die wollen ihn wohl zum Sündenbock machen«, meinte Hammer.

»Möglicherweise schustern sie etwas zusammen, damit es so aussieht, als hätte er Tom Kerr bei der Flucht geholfen, um sich dann an ihm zu rächen, aber es wird ihnen nicht gelingen, Norum zu dem Anderen zu machen«, sagte Stiller.

»Da fehlt die Logik«, bestätigte Hammer. »Warum sollte er Tom Kerr umbringen wollen, bevor der den Ort benannt hat, wo Norums Tochter begraben liegt? Kerr wollte doch erzählen, wo Taran liegt und was passiert ist.«

»Haben Sie den Sender anbringen können?«, fragte Wisting.

»In seiner Computertasche«, sagte Stiller. »Ich bekomme

ein Signal, wenn er sie mehr als zehn Meter vom jetzigen Ort wegbewegt.«

»Sonst noch was?«, fragte Hammer.

»Die Techniker sind jetzt fertig mit dem Wagen, den Sie in der Schweißwerkstatt in Revetal gefunden haben«, erzählte Stiller. »Der Wagen kommt ursprünglich aus Schweden, wurde da aber vor einem halben Jahr als gestohlen gemeldet. Die Nummernschilder stammen von einem entsprechenden Wagen aus Asker.«

Wisting nickte. Das waren Informationen, die er bereits hatte.

»Im Prinzip ist das der gleiche Trick wie bei den anderen Mädchen, die Tom Kerr und der Andere entführt haben«, fuhr Stiller fort. »Vermutlich sollte die Werkstatt zu einem späteren Zeitpunkt in Brand gesetzt werden, wenn man das Feuer nicht mehr automatisch mit der Entführung von Maren Dokken assoziiert hätte.«

Wisting wechselte die Spur und überholte ein Moped.

»Gibt es etwas Neues zu Maren Dokken?«, fragte er.

»Nein«, antwortete Stiller. »Die Techniker glauben, dass Tom Kerr in der Werkstatt getötet und seine Leiche dort zerlegt wurde. Und dass das passiert ist, bevor Maren entführt wurde.«

Wisting bat um nähere Erläuterung.

»Sie gehen davon aus, dass es in der Lackierkabine passiert ist«, erklärte Stiller. »Sämtliche Spuren wurden hinterher mit Lack überzogen. Die Techniker haben unter der Lackschicht an den Wänden und auf dem Boden große Mengen Blut gefunden. Sie kennen schon die Blutgruppe, aber die DNA-Analyse ist noch nicht fertig. Immerhin wissen wir, dass es Tom Kerrs Blutgruppe ist und nicht Maren Dokkens.«

»Wie können die sehen, dass Tom Kerr vor Marens Entführung getötet wurde?«, fragte Hammer.

»Das hat irgendwas mit dem Aushärten des Lacks zu tun«, erwiderte Stiller. »Der Lack im Auto ist nicht so alt wie der in der Lackierkabine. Sie meinen, dass Kerr dort schon am Abend seiner Flucht umgebracht wurde. Dieser Zeuge, der sich beim Lensmann gemeldet hat, ist jetzt auch vernommen worden. Er meint, es wären Leute in der alten Werkstatt gewesen.«

»Das erklärt auch, weshalb sie nicht geschrien hat«, sagte Hammer. »Er war allein, als er sich Maren Dokken geschnappt hat. Und er war für sie ein bekanntes Gesicht. Jemand, dem sie vertraute.«

Wisting sah vor sich, wie Maren Dokken sich mit Händen und Füßen wehrte, als ihr ein Lappen mit Betäubungsmittel aufs Gesicht gedrückt wurde.

»Was ist mit der Obduktion?«, fragte er. »Kann die Rechtsmedizin was über den Todeszeitpunkt sagen?«

»Die Leiche von Tom Kerr wird gerade obduziert«, sagte Stiller. »Ich weiß nicht, wie man eine zerstückelte und mit Chlor behandelte Leiche obduziert, aber ich gehe davon aus, dass es schwierig sein wird, einen exakten Todeszeitpunkt festzustellen.«

»Wo hat das Chlorbad stattgefunden?«, fragte Wisting.

»Auch in der Werkstatt«, erwiderte Stiller. »In der Lackierungskabine steht ein großer Kübel, der ebenfalls mit Farbe übersprüht wurde.«

Wisting versuchte, eine chronologische Abfolge zu rekonstruieren: »Tom Kerr wird also ermordet, zerstückelt und in Säcke verpackt. Dann wird er hundert Kilometer weit transportiert und auf seinem Besitz in der Østmarka begraben. Danach fährt der Andere zurück und besprüht den Tatort mit Lackfarbe.«

»Die Techniker vermuten, dass er die Leiche mit dem Lieferwagen transportiert hat«, erklärte Stiller. »Das Kennzeichen ist unterwegs an verschiedenen Mautschranken registriert worden. Der Wagen fährt gegen zwei Uhr nachts quer durch Oslo und zwei Stunden später wieder zurück.«

»Er kann das Grab auch schon vorher ausgehoben haben«, meinte Hammer.

»Wie passt das eigentlich mit Semmelmanns Bewegungen zusammen?«, fuhr Wisting fort. »Ich habe gegen drei mit ihm telefoniert, vier Stunden nachdem Kerr geflohen war. Und gegen halb sieben war er bei uns.«

»Vielleicht hat er es ja geschafft, Kerr schon früher am Ringshaugstrand aufzulesen, wo das Boot gefunden wurde«, warf Hammer ein. »Dann hat er ihn zur Werkstatt gefahren und ihn dort eine Weile gefangen gehalten. Oder er hat ihn gleich umgebracht und ist dann zurückgefahren, nachdem er in seinem Hotel eingecheckt hat.«

»Er verließ gegen Mitternacht das Polizeigebäude und wollte zum Hotel«, erinnerte Wisting sich. »Dann war er zur Morgenbesprechung wieder da, um kurz nach acht.«

»Er kann das alles geschafft haben«, konstatierte Hammer. »Ohne Probleme. Wir werden ...«

Stiller fiel ihm ins Wort.

»Bewegung«, meldete er.

Seine Stimme klang scharf.

»Idar Semmelmann hat das Gebäude verlassen.«

70

Die Mädchen waren im Wohnzimmer mit der Spielküche und den Puppen beschäftigt. Line saß im Keller am Schreibtisch und schaute ihre Aufnahmen vom Vortag durch. Die Tür zur Kellertreppe stand offen, sodass sie die Stimmen der Kinder bei ihrem Rollenspiel hören konnte.

Auf dem Bildschirm erschien Idar Semmelmann am Fundort. Ihr Vater kniff die Augen zusammen, als der Lichtkegel der Taschenlampe auf sein Gesicht fiel. Seine Falten wirkten tiefer als sonst, und die Schatten unter seinen Augen traten deutlicher hervor. Die Haare standen in alle Richtungen ab, und seine Jacke hing ihm schief über den Schultern. Er sah alt und abgekämpft aus, und zum ersten Mal machte sie sich bewusst, dass er eines Tages nicht mehr als Polizist tätig sein würde. Seine Arbeit als Ermittler würde ihn nicht vor dem Pensionsalter schützen. Line fragte sich, wie es ihm nach der Pensionierung gehen würde. Abgesehen von den Arbeitskollegen kannte er so gut wie niemanden, seine Familie war überschaubar, und er ging auch keinem Hobby nach. Line konnte sich ganz und gar nicht vorstellen, dass er als Detektiv für eine Versicherungsgesellschaft arbeiten würde, wie es viele pensionierte Ermittler taten.

Sie sah, wie Semmelmann darauf hinwies, dass ihr Vater und Hammer von dem Fall abgezogen seien. Die Antwort ihres Vaters war undeutlich. Line justierte die Toneinstellung. Als die Techniker gerade eine Pause einlegten, erklärte Stiller, was sie gefunden hatten. Es war eine präzise Zusammenfassung und hätte sich in der Aufnahme gut gemacht, doch die Tonqualität des in die Kamera integrierten Mikros war zu schlecht.

Die Kamera fokussierte auf Semmelmann, der gestresst und gereizt wirkte, als ob ihm die ganze Situation nicht passte. Er hob den Deckel einer der Kisten an, in denen die Leichenteile lagen, zog einen Kugelschreiber aus der Innentasche und stocherte damit in dem schwarzen Plastik herum, um besser sehen zu können. Eine Hand kam zum Vorschein.

Einer der Techniker wies ihn darauf hin, dass der Inhalt der Plastiksäcke noch nicht endgültig untersucht sei. Semmelmann ignorierte ihn, legte den Kopf schräg und fragte, ob sie nicht gleich Fingerabdrücke nehmen könnten. Er müsse sich gedulden, hieß es, woraufhin Semmelmann den Deckel zurücklegte, einen Blick in die Kamera warf und sich aufrichtete.

Line spulte zurück zu dem Punkt, wo Semmelmann am Fundort eintraf, und setzte eine Markierung, um die Stelle später schneller wiederzufinden.

Eine Meldung in der rechten oberen Ecke des Bildschirms zeigte an, dass sie eine Antwort auf ihre Anfrage bei Rechtsanwalt Claes Thancke erhalten hatte. Er schrieb, dass er am Wochenende in seiner Hütte in Holmestrand sei, um einen Fall vorzubereiten, sie ihn dort aber gern aufsuchen könne.

Line drehte sich um und sah zur Treppe. Maja wurde in einer Stunde abgeholt. Sie konnte Sofie nicht schon wieder bitten, auf Amalie aufzupassen. Da war es besser, sie einfach mitzunehmen.

71

Sie folgten Semmelmann aus Oslo hinaus, über die E18 in Richtung Vestfold. Wisting lag hinter den anderen, womit Semmelmanns Wagen für ihn außer Sichtweite war. Die Telefone der drei Ermittler waren zusammengeschaltet, aber keiner sagte etwas. Nur das Geräusch der Reifen auf dem feuchten Asphalt und die rhythmische Bewegung der Scheibenwischer waren zu hören. Wisting ließ seine Gedanken schweifen. Er ging die konkreten Fakten durch, suchte nach vernünftigen Erklärungen und alternativen Theorien. Er probierte, bisherige Annahmen zu hinterfragen, legte andere Prämissen zugrunde, suchte Bestätigungen und neue Antworten.

Ein Lastwagen tauchte neben ihm auf und überholte ihn. Wisting blickte auf den Tachometer und sah, dass er langsamer geworden war.

»Abfahrt Richtung Tønsberg«, gab Stiller durch.

Wisting befand sich etwa zehn Minuten hinter ihm. Er erhöhte das Tempo, fuhr an dem Lastwagen vorbei und bog von der Autobahn ab. Stiller meldete, er sei auf dem Weg ins Stadtzentrum.

»Er will ins Präsidium«, meinte Hammer. »Irgendeine Besprechung.«

»Das ist meine Besprechung«, konstatierte Stiller. »Ich habe in zwanzig Minuten einen Termin bei der Polizeipräsidentin. Ist ja naheliegend, dass sie Semmelmann bittet, dabei zu sein.«

»Was für eine Besprechung soll das denn sein?«, wollte Hammer wissen.

Stiller antwortete nicht, gab aber durch, dass Semmelmann auf einem der reservierten Plätze vor dem Polizeigebäude geparkt habe.

Wisting hielt an einer Bushaltestelle und nahm sein Laptop vom Rücksitz.

»Gehen Sie nicht ohne mich in die Besprechung«, bat er.

Stiller zögerte. »Der Termin betrifft die interne Ermittlung, Wisting«, sagte er schließlich. »Es geht um Sie.«

Wisting ignorierte ihn. Schon seit dem Besuch im Gefängnis hatte er Ideen und Gedanken hin und her gewälzt, um Platz für neue zu schaffen. Er brauchte noch ein wenig Zeit, spürte aber, dass er kurz davorstand, etwas Unglaubliches zu entdecken.

»Ich bin um vier Uhr da«, sagte er und legte auf.

72

Hammer wartete vor dem Büro der Polizeipräsidentin. Es war Samstag, das Vorzimmer war unbesetzt. Die Uhr an der Wand hinter dem leeren Schreibtisch zeigte vier.

»Sie sind schon reingegangen«, sagte Hammer und deutete mit dem Kopf auf die massive Eichentür.

Wisting klopfte an, wartete aber die Antwort nicht ab, sondern trat einfach ein.

Die anderen saßen an einem Konferenztisch gleich hinter der Tür. Agnes Kiil war mitten in einem Satz, hielt aber inne und sah Stiller fragend an. Idar Semmelmann saß mit dem Rücken zur Tür. Mit gereizter Miene drehte er sich um.

Wisting trat näher und zog einen Stuhl hervor. Die Polizeipräsidentin erhob sich und schien nach den passenden Worten zu suchen.

»Sind wir verabredet?«, fragte sie schließlich.

»Ich habe eine wichtige Information«, entgegnete Wisting.

»Kann das nicht warten?«, fragte Semmelmann.

Wisting schüttelte den Kopf.

»Wir wissen, wer der Andere ist«, sagte er und deutete auf sich selbst und Hammer, der an der geöffneten Tür stehen geblieben war.

»Sie sind nicht mehr an den Ermittlungen beteiligt«, protestierte Semmelmann. »Gegen Sie wird ermittelt.«

Die Polizeipräsidentin ließ sich auf ihren Stuhl zurücksinken.

»Dann sagen Sie schon, was Sie zu sagen haben«, meinte sie.

Wisting setzte sich und wartete, bis auch Hammer am Tisch Platz genommen hatte.

»Theo Dermann«, begann Wisting. »Ich musste immer wieder an seinen Besuch bei Claes Thancke in der Kanzlei denken.«

Semmelmann fiel ihm ins Wort. »Das war Chris Paust Backe«, sagte er. »Die Empfangsdame hat ihn auf Fotos wiedererkannt.«

Wisting nickte und sah zu Stiller hinüber. Auch sie hatten diese Schlussfolgerung gezogen, doch es gab noch etwas anderes, das die ganze Zeit in Wistings Unterbewusstsein herumgespukt hatte.

»Das erste Mal hat er von einem Telefon beim Jobcenter in Sagene in Oslo angerufen«, fuhr er fort. »Aber Chris Paust Backe wohnte in Asker. Das Jobcenter Sagene war gar nicht zuständig für ihn. Abgesehen davon war er seit acht Jahren als berufsunfähig gemeldet.«

»Johannes Norum ist Arbeit suchend«, warf Semmelmann ein. »Er hat sich in Sagene angemeldet. Genau diesen Umstand überprüfen wir gerade. Er wird noch im Laufe des Abends vernommen.«

Wisting nahm keine Notiz von seiner Äußerung.

»Dasselbe Telefon im Jobcenter von Sagene wurde bereits in einem früheren Fall benutzt«, erklärte er. »Und zwar bei einer Erpressungsgeschichte vor vier Jahren. Ich konnte mich an die Details nicht erinnern und brauchte eine Weile, um die entsprechenden Unterlagen zu finden. Damals hat sich ein Vollzugsbeamter in eine Falle locken lassen. Er hat sich mit einem jungen Mädchen in einem Hotelzimmer vergnügt, doch das Ganze wurde heimlich gefilmt. Man hat versucht, ihn damit zu erpressen. Er sollte einem Insassen zur Flucht verhelfen. Der Erpresser nahm Kontakt über das Job-Telefon in Sagene auf. Der Vollzugsbeamte war verheiratet, aber die Trennung von seiner Frau stand ohnehin kurz bevor. Er hat sich dann an die Gefängnisleitung gewandt, woraufhin eine kleine Operation gestartet wurde. Dabei wurde ein Jugoslawe verhaftet und später verurteilt. Der Fall landete nicht in den Medien, wurde aber bei einem Seminar über Korruption und Beeinflussung von Staatsbediensteten als Beispiel präsentiert.«

»Eine bewährte Methode«, meinte Semmelmann. »Aber wo ist die Relevanz für unseren Fall?«

Auch Stiller und Hammer schienen den Zusammenhang nicht zu verstehen.

»Ich komme gleich darauf zurück«, versprach Wisting.

Er bat Hammer, von den Handys zu berichten, mit denen der Andere und Tom Kerr bis zu dessen Verhaftung kommuniziert hatten.

»Tormod Jahren war verurteilt wegen Inzests und Vertriebs von Kinderpornografie«, schloss er und drehte sich dann zu Semmelmann. »Sie waren für die Ermittlungen zuständig.«

Semmelmann nickte langsam, als ob das ein Fall sei, an den er sich nur ganz vage erinnerte.

»Was haben Sie mit dem Telefon gemacht, nachdem es das Lager für beschlagnahmte Gegenstände verlassen hatte?«

Semmelmann schüttelte den Kopf. »Das ist Jahre her. Ich arbeite an vielen Fällen.«

»Was sagen die Vorschriften?«

»Wenn es nicht eingezogen wird, geht es zurück an den Besitzer und wird gegebenenfalls in einem Effektenlager verwahrt.«

»Das ist auch geschehen«, sagte Wisting und nickte. »Allerdings nicht durch Sie. Sie haben es seinem Verteidiger aushändigen lassen. Erst einige Monate später hat dieser es an das Gefängnis weitergeleitet.«

»Claes Thancke!«, entfuhrt es Semmelmann. »Jetzt erinnere ich mich. Sein Rechtsanwalt war Claes Thancke. Ihm habe ich das Telefon ausgehändigt.«

Die Polizeipräsidentin beugte sich über den Tisch.

»Was hat das zu bedeuten?«, fragte sie. »Hat Claes Thancke also Tom Kerr das Telefon eines anderen Mandanten zur Nutzung überlassen?«

Wisting schüttelte den Kopf.

»Das bedeutet, dass Claes Thancke der Andere ist«, erwiderte er.

73

Die Polizeipräsidentin lehnte sich zurück.

»Das ist eine Behauptung, die Sie untermauern müssen«, sagte sie.

Stiller wollte auch etwas sagen, schien aber noch nach den richtigen Worten zu suchen. Das Gespräch hatte eine Richtung genommen, auf die er nicht vorbereitet war.

»Was ist mit dem anderen Handy aus dem Effektenlager?«, fragte er.

»Steffen Skjeberg wurde von einem Assessor aus Thanckes Kanzlei vertreten«, erklärte Wisting. »Aber Thancke hat es zurück ins Gefängnis gebracht.«

Er legte Kopien der Protokolle aus den Effektenlagern der Haftanstalt Ila und des Osloer Kreisgefängnisses auf den Tisch. Den zweiten Ausdruck hatte ihm der Beamte aus Ila besorgt. Seine Kollegen vom Kreisgefängnis hatten das Protokoll eingescannt und gleich nach Ila gefaxt. Auf beiden Protokollen war vermerkt, dass Claes Thancke die Handys abgegeben hatte.

Wisting wandte sich wieder an Semmelmann.

»Wo würden Sie Thancke in Ihrem Beziehungsdiagramm verorten?«, fragte er.

»Er ist gar nicht in der Datenbank aufgeführt«, erwiderte Semmelmann.

»Aber wo würden Sie ihn einordnen? In welcher Beziehung stand er zu Tom Kerr?«

»In einer sehr engen Beziehung«, erwiderte Semmelmann.

»Das reicht nicht«, protestierte die Polizeipräsidentin.

»Thancke hat vor drei Jahren auch Chris Paust Backe vertreten. Backe wurde vorgeworfen, Leute mit einer Schusswaffe bedroht zu haben. Er war also genau der Richtige, den man nach einer Handgranate fragen konnte.«

»Ziemlich riskant«, warf Stiller ein. »Er hat doch die Kanzlei aufgesucht. Andere Angestellte hätten ihn wiedererkennen können.«

»Die Empfangsdame hatte nur sechs Monate dort gearbeitet«, erklärte Wisting. »Die andere musste kündigen, nachdem sie behauptet hatte, sexuell belästigt worden zu sein. Das Treffen war für einen Tag vereinbart, an dem die anderen entweder bei Gericht oder verreist waren. Es war niemand da, der ihn hätte wiedererkennen können.«

»Und als der Job dann erledigt war, musste Thancke ihn loswerden«, meinte Hammer.

Wisting nickte. »Thancke hat auch den Erpresser verteidigt, der das Telefon im Jobcenter von Sagene benutzt hat. 2013 vertrat Thancke einen Vergewaltiger, der sich mit Sonnenbrille und Pflastern maskiert hatte, bevor er über seine Opfer herfiel. Es ist einfach, sie sich ins Gesicht zu kleben, und sie sind ebenso leicht wieder zu entfernen. Und etwas, woran die Opfer sich auf alle Fälle erinnern. In den ersten Wochen hat die Polizei nach einem Täter mit Narben im Gesicht gesucht.«

»Aber wozu dieses ganze Arrangement?«, fragte die Polizeipräsidentin. »Weswegen konstruiert er so eine Situation und gibt dann zu, selbst Nachrichten ins Gefängnis geschmuggelt zu haben?«

»Eine Art Back-up«, erwiderte Wisting. »Für den Fall, dass sich der Verdacht gegen ihn richten würde. Ein Ablenkungsmanöver, das er schon oft vor Gericht eingesetzt hat. Wenn seine Mandanten etwas weniger Schlimmes gestehen, wirken die Lügen, die sie uns später auftischen, glaubwürdiger. Die Strategie hat funktioniert. Wir haben Thanckes Darstellung nie in Zweifel gezogen.«

Die Polizeipräsidentin nickte.

»Und jetzt zum Anruf bei Helene Norum«, fuhr Wisting fort. »Claes Thancke hatte aufgrund der Fallakte von Tom Kerr Zugang zu ihrer Telefonnummer. Der Besitzer der Werkstatt, in der Tom Kerr ermordet wurde, ist Mandant von Thanckes Kanzlei. Er wusste also, dass die Werkstatt leer stand, und hatte vermutlich auch einen Schlüssel. Und 2010 vertrat er einen Autolackierer, der angeklagt war, Prostituierte in seinen Lieferwagen zu locken und sie dort zu vergewaltigen. Bevor die Polizei ihn verhaftete, hatte er den ganzen Laderaum neu lackiert und somit alle Spuren vernichtet.«

»Er passt zum Täterprofil«, räumte Semmelmann ein. »Strategisch denkend und kreativ, hohes Intelligenzniveau. Fähig zu langfristigem Denken, kann Konsequenzen überblicken. Eine renommierte Persönlichkeit, die sich als ehrlich, gutherzig und aufopfernd darstellt.«

Die Beschreibung war die ganze Zeit da gewesen, doch niemand hatte Thancke dahinter erkannt.

»Claes Thancke ist wie ein Schachspieler«, fügte Wisting hinzu. »Er denkt mehrere Züge im Voraus. Sollten wir seine DNA oder Fingerabdrücke in der Schweißwerkstatt oder woanders finden, hat er mit Sicherheit schon vorgesorgt und kann andere und völlig legale Gründe nennen, weswegen er an Ort und Stelle war. Er weiß sehr genau, wann er welchen Zug gemacht und wo er die Spielfiguren hingestellt hat. Das hat ihn zu einem fähigen Verteidiger gemacht, aber eben auch zu einem berechnenden Verbrecher. Er weiß aus Erfahrung, wie die Polizei denkt, und er kann unser Verhalten vorhersehen. So wusste er auch, dass wir Kerr die Fußfesseln abnehmen würden, sofern er ihn instruierte, an der richtigen Stelle zu stolpern und hinzufallen.«

»Die Unterhaltung in seinem Wagen«, fiel Hammer ein. »Er muss Kerr dabei die letzten Instruktionen gegeben haben. Womöglich hat er ihm sogar Fotos von den Stellen gezeigt, wo die Handgranate und die Pistole lagen.«

»Ich habe versucht, mir die Umstände von allen Seiten anzusehen und aus eingefahrenen Denkmustern herauszukommen, aber die Schlussfolgerung ist und bleibt dieselbe. Alles deutet auf Claes Thancke.«

Die Polizeipräsidentin hob die Hand.

»Wo ist Claes Thancke jetzt?«, fragte sie.

74

Der Nebeldunst hing schwer in der Luft. Am Hafen waren die meisten Boote aus dem Wasser geholt worden und standen mit Planen abgedeckt am Ufer. Kleine Wellen schlugen kraftlos an Land. Zwei Möwen erhoben sich von einem alten Kran.

Claes Thancke stand am Steuerpult eines großen offenen Bootes, das langsam in die Bucht einfuhr. Line hob die Hand zum Gruß. Thancke antwortete auf die gleiche Weise und manövrierte das Boot zum Kai hin. Er trug sportliche Freizeitkleidung und eine Baseballkappe und wirkte völlig anders als sonst.

Line schloss den Reißverschluss an Amalies Jacke und sah zu den tief stehenden Wolken hinauf. Weder sie noch ihre Tochter trugen Kleidung, die für eine Bootstour geeignet war. Außerdem würde es schon in wenigen Stunden dunkel werden. Sie hätte dem Anwalt auch vorschlagen können, ihn an einem anderen Tag und einem anderen Ort zu treffen. Es bestand keine Eile, mit ihm über das Filmprojekt zu reden. Eigentlich war Line aus einem anderen Grund hier. Maren Dokken. Claes Thancke hatte Tom Kerr in den letzten Jahren am nächsten gestanden. Wenn es jemanden gab, der sich vielleicht vorstellen konnte, wo Maren Dokken gefangen gehalten wurde, dann er.

Sie trat an den Rand des Kais und nahm das Tau entgegen, als Thancke anlegte.

»Ich musste meine Tochter mitbringen«, erklärte Line. »Ich bin alleinerziehend, da ist es gar nicht einfach, so kurzfristig einen Babysitter zu organisieren.«

Eine winzige Mundbewegung verriet, dass Thancke die Idee nicht besonders gefiel.

»Ich habe keine Rettungsweste in Kindergröße«, sagte er.

»Ich habe vorsorglich eine mitgebracht«, erwiderte Line lächelnd.

Claes Thancke nickte.

»Wie heißt sie denn?«

»Amalie.«

»Na, dann mal alle Mann an Bord.«

Line griff nach der Tasche mit der Kameraausrüstung. Sie wollte zwar nicht filmen, hatte die Kamera aber trotzdem mitgenommen.

»Kann ich den Wagen da drüben stehen lassen?«, fragte sie und zeigte auf ihr Auto.

Abgesehen von Thanckes Mercedes waren keine anderen Autos zu sehen.

»Kein Problem«, erwiderte Thancke.

Line half Amalie an Bord und zog ihr die Rettungsweste über. Thancke stieß das Boot vom Kai ab.

»Es dauert nur zehn Minuten«, sagte er und deutete auf eine Inselgruppe draußen im Nebel.

Das Boot pflügte sich durch die dunklen Wellen. Line drückte Amalie an sich und leckte sich Salzwasser von den Lippen. Der Wind zerrte an Thanckes Baseballkappe, und er hielt sie mit einer Hand fest. Sein Haar war an den Seiten grau. Es dauerte eine Weile, bis Line begriff, dass es Farbe war. An der Hand, mit der er steuerte, befanden sich Farbreste.

»Sind Sie da draußen beim Anstreichen?«, fragte sie.

»Mhm?«

Line deutete auf die Flecken an seiner Hand. »Renovieren Sie gerade?«

Er lächelte kurz.

»Das ist Lackfarbe«, sagte er, ohne näher darauf einzugehen.

Line erwiderte sein Lächeln.

»Vielen Dank, dass Sie es zeitlich einrichten konnten.«

Claes Thancke reagierte mit einem knappen Nicken. Line erzählte von ihrem Filmprojekt.

»Ich nehme an, Sie waren das, die ihn gefunden hat?«, sagte Thancke, ohne den Blick vom Wasser abzuwenden. »Wie sind Sie auf die Idee gekommen, in die Østmarka zu fahren?«

»Ich wollte mir anschauen, wie das Gelände heute aussieht, und ein paar Aufnahmen machen.«

»Ich bin vor Kurzem auch dort gewesen«, sagte Thancke. »War der Weg nicht gesperrt?«

»Unten an der Abbiegung hing ein Stahlseil«, erwiderte Line. »Wann waren Sie denn da?«

»Muss wohl letzte Woche gewesen sein. Der Versicherungsfall wegen des Brandes ist noch nicht ganz geklärt. Ich musste da runter.«

»Da führt ein Pfad in den Wald, hinter dem Schuppen«, sagte Line.

Thancke nickte. »Alles, was ich gefunden habe, war eine tote Krähe, die auf den Steinplatten vor dem Schuppen lag. Ich habe sie mit einem Spaten in die Büsche geworfen.«

Die Bucht lag jetzt hinter ihnen. Thancke korrigierte den Kurs. Das Boot schnitt durch ein paar sanfte Wellen.

»Waren Sie dabei, als die Kriminaltechniker vor Ort waren?«, wollte Thancke wissen.

»Die haben bis zwei Uhr nachts gebraucht«, gab Line zurück.

»Haben die was gefunden?«, fragte Thancke.

»Woran denken Sie?«

»Spuren? Irgendwelche Hinweise, was passiert sein könnte? Und wer dahintersteckt?«

»Ich glaube nicht. Das muss ja erst mal alles ganz genau untersucht werden. Die Techniker sind bestimmt bei Tageslicht noch mal zurückgekommen.«

Weit und breit waren keine anderen Boote zu sehen. Thancke hielt auf eine Insel mit Laubbäumen zu, die bis dicht ans Ufer standen.

»Früher gab's hier Schafe«, erklärte Thancke. »Jetzt ist alles wieder zugewachsen. Man kann die Hütte kaum sehen.«

Ein Bootssteg kam in Sicht. Von dort aus führte ein Weg zu einem weißen Haus. Thancke war anscheinend gerade damit beschäftigt, die Bäume am Wegesrand zu entfernen. Mehrere abgesägte Äste lagen herum, einige waren schon mit einem Häcksler zu Spänen zerkleinert worden.

»Leben Sie allein hier?«, fragte Line.

Claes Thancke nickte.

»Diese Insel war schon vor dem Krieg in Familienbesitz. Hier habe ich meine Ruhe und meinen Frieden. Niemand sonst kommt her.«

Line hatte sich vorab über Thanckes Hintergrund informiert. Er war Verteidiger in dritter Generation, doch diese Familientradition würde mit ihm wohl enden. Er war unverheiratet und kinderlos, und seine Eltern lebten nicht mehr. Es gab nur noch einen Bruder, der irgendwas mit Containerschiffen machte.

Sie legten an, und Thancke vertäute das Boot. Line hob Amalie über die Reling und setzte sie an Land, ehe sie nach ihrer Tasche griff, um hinterherzuspringen. In diesem Moment glitt das Boot vom Steg weg, die Festmacherleine straffte sich, und Line blieb mit dem Fuß daran hängen. Sie stolperte und begriff im selben Atemzug, dass es schiefgehen würde. Sie konnte gerade noch die Tasche mit der Kameraausrüstung an Land werfen, ehe sie erst mit der Schulter und dann mit der Hüfte gegen die Stegkante fiel und ins Wasser stürzte. Mit einer Hand packte sie eine Leine und hielt den Kopf über Wasser.

Claes Thancke ging in die Knie und packte ihren Arm. Es gelang ihr, sich an einem Holzpfahl hochzuziehen.

Amalie blickte ihre Mutter erschrocken an. Line konnte sie nicht in die Arme nehmen, weil die Kleine nass geworden wäre. Stattdessen lachte sie und versuchte, den Schreck zu vertreiben.

»Haben Sie noch andere Kleidung dabei?«, fragte Thancke und blickte auf ihre Tasche.

»Nein, ich …«

»So können Sie jedenfalls nicht herumlaufen«, sagte Thancke entschieden. »Ich habe ein paar Sachen in der Hütte. Da können Sie sich umziehen. Ich habe auch einen Trockenschrank. Vielleicht kriegen wir das ja hin, ehe ich Sie wieder zurückfahre.«

Line war die Situation unangenehm. Sie tastete ihre Taschen ab und zog das Handy heraus. Das Display war verfärbt, aber es schien ansonsten noch zu funktionieren.

»Ist das Handy wasserdicht?«, fragte Thancke.

»Eigentlich schon, aber das Displayglas hat einen Sprung«, erwiderte Line. »Keine Ahnung, wie lange es noch funktioniert.«

Thancke streckte die Hand aus, um das Gerät zu untersuchen.

»Ich schalte mein Handy aus, wenn ich hier draußen bin«, sagte er. »Nur manchmal checke ich meine E-Mails.«

Als er das Telefon umdrehte, lief Wasser heraus.

»Wir legen es in eine Schale mit Reis, dadurch wird dem Gerät die Feuchtigkeit entzogen«, schlug er vor und nahm die Handyhülle ab. »Ich habe Reis in der Hütte.«

Sie setzten sich in Bewegung. Line nahm Amalie an die Hand, Thancke trug die Tasche. Er zeigte ihnen das Badezimmer, nahm Lines Handy an sich und suchte ein paar Sachen für sie heraus.

Line zog Schuhe, Socken, Jacke und Pullover aus, während sie Amalie beruhigte und ihr erzählte, dass nichts Schlimmes passiert sei.

Thancke kam mit einer karierten Schlafanzughose, einem T-Shirt, Wollsocken und einem Pullover zurück.

»Ich glaube, die Hose ist unbenutzt«, sagte er und reichte ihr die Kleidungsstücke.

Line bedankte sich und schloss die Tür von innen ab. Während sie sich weiter auszog, überlegte sie, ob sie ihren BH anbehalten könnte, aber auch der war durchnässt.

Nackt stellte sie sich vor den großen Spiegel, bewegte die Glieder und drehte den Kopf hin und her, um nach Verletzungen zu sehen. Die linke Hüfte und das Bein schmerzten, bestimmt würde sie einen ordentlichen blauen Fleck davontragen.

Line bekam plötzlich Gänsehaut und suchte nach etwas, um sich abzureiben.

»Im Schrank unter dem Waschbecken liegen Handtücher«, sagte Thancke von der anderen Seite der Tür, als ob er ihre Gedanken gelesen hätte.

»Danke!«, rief sie.

Das salzige Meerwasser hatte die Haut rau werden lassen.

»Sie können gerne duschen«, schlug Thancke von draußen vor.

Line warf einen Blick in die geflieste Duschkabine. Es wäre sicher nicht schlecht, jetzt heiß zu duschen, aber das musste warten, bis sie wieder zu Hause war. Sie zog sich an und suchte die feuchten Sachen zusammen. Thancke stand direkt vor der Tür, als sie öffnete.

»Ich nehme die Sachen mal an mich«, sagte er und griff

nach den feuchten Kleidungsstücken. »Der Trockenschrank steht im Waschraum.«

Er öffnete die Tür zu einem Raum gleich gegenüber und schob einen Stecker in die Steckdose. Der Ventilator in dem Trockenschrank setzte sich mit einem Rauschen in Bewegung.

»Aber vielleicht wollen Sie die Sachen lieber selbst aufhängen«, sagte er und gab ihr die Kleidungsstücke zurück.

Line nickte, hängte ihre Hose auf und legte den BH über einen Drahtbügel. Amalie beobachtete sie neugierig. Thancke ging kurz weg und kam mit ihren Schuhen wieder. Er wartete, bis sie fertig war, und stellte die Schuhe dann auf ein Gitter am Boden des Schranks.

»Haben Sie Ihre Autoschlüssel?«, fragte er.

Line hatte das Schlüsselbund in die Gesäßtasche gesteckt. Sie schaute nach. Die Schlüssel waren noch da. Line nahm sie heraus und legte sie zwischen die Schuhe auf das Gitter, um sie später nicht zu vergessen.

Thancke schloss die Schranktür und stellte das Gebläse auf die höchste Stufe.

»Lassen Sie uns in die Küche gehen«, schlug er vor.

Unterwegs blieb er vor einer Tür stehen und blickte auf Amalie hinunter.

»Ich hab da drinnen vielleicht was für dich«, sagte er.

Der Schlüssel steckte im Schloss. Er drehte ihn herum und öffnete die Tür. Es war ein Schlafzimmer. Die Vorhänge waren zugezogen, und Thancke schaltete das Licht ein. Am Fußende des Bettes lagen bunte Pferdefiguren mit Zubehör.

»My little Pony«, sagte Line und lächelte.

Amalie hatte einige solche Figuren zu Hause. Line nahm die Kleine an die Hand und führte sie in das Zimmer. Amalie suchte sich ein Pony mit langer lila Mähne aus und setzte sich damit auf den Fußboden.

»Meine Nichte ist inzwischen zu alt dafür«, erklärte Thancke. »Sie ist schon seit Jahren nicht mehr hier gewesen.«

»Mama ist gleich hier vorn«, erklärte Line ihrer Tochter und zeigte mit dem Finger auf die Küche nebenan.

Thancke schaltete den Wasserkocher ein.

»Sie haben hier fließendes Wasser?«, sagte Line. »Auf einer Insel?«

»Es gibt einen Brunnen mit eigener Pumpe und einen Abwassertank am Steg, der jeden Herbst vom Sanitärdienst der Gemeinde geleert wird. Strom bekomme ich über Seekabel.«

Er nahm eine Schüssel aus dem Schrank und füllte sie mit Reis, ehe er das Handy hineinlegte.

»Das Kabel haben die Deutschen während des Krieges verlegt«, fuhr er fort. »Die hatten hier draußen einen Geschützstand.«

Von irgendwoher kam ein Geräusch, als sei irgendetwas auf den Boden gefallen. Line drehte sich um und blickte in Richtung Gästezimmer, wo Amalie spielte.

Thancke schaltete das Radio ein. Das Wasser kochte. Er nahm Tassen und Teebeutel hervor.

»Earl Grey?«, fragte er.

Line nickte.

»Zucker? Süßstoff?«

»Zwei Stück Süßstoff bitte.«

Der Tee zog auf der Anrichte, während Thancke eine Tüte mit Schokoladenkeksen hervorkramte, die er in eine Schale gab. Dann stellte er sie zusammen mit den gefüllten Teetassen auf den Tisch.

»Was denken Sie über Tom Kerr?«, fragte Line und legte die Hände um die große Teetasse.

»Das anwaltliche Vertrauensverhältnis zwischen Kerr und mir ist immer noch gültig«, warnte Thancke. »Auch wenn er tot ist. Falls ich in Ihrem Dokumentarfilm mitwirken soll, müssen Sie akzeptieren, dass ich Rücksicht auf das nehmen muss, was vermutlich sein Wille und seine Interessen gewesen wären.«

»Er ist grausam«, entfuhr es Line.

»Was meinen Sie?«

»So hat ihn der Gerichtspsychiater beschrieben«, sagte Line. »Er hat einen inneren Drang, anderen Menschen wehzutun.«

Sie nahm einen Schluck aus der Tasse. Der Tee schmeckte bitter.

Claes Thancke sah plötzlich nachdenklich aus. Langsam drehte er die Tasse zwischen seinen Fingern. Sein Blick schien abwesend zu sein, war aber in Brusthöhe auf Line gerichtet.

Line fröstelte und dachte, dass sie doch hätte duschen sollen. Ihr war noch immer kalt.

75

Die Polizeipräsidentin traf schließlich die Entscheidung, dass Claes Thancke festgenommen werden sollte. Sie unterschrieb das entsprechende Dokument und legte es auf ihren Schreibtisch.

»Machen Sie es so diskret wie möglich«, bat sie. »Kein Blaulicht, kein Martinshorn und keine Uniformen.«

Der Haftbefehl lag auf dem Tisch. Semmelmann beugte sich ein wenig vor und schob ihn weiter zu Wisting. Agnes Kiil nickte Wisting zu. Diese Aktion sollte von ihm geleitet werden. Er nahm das Dokument an sich.

Sie teilten sich auf. Semmelmann und Stiller fuhren zur Anwaltskanzlei im Stadtzentrum, während Hammer und Wisting sein Haus im Osloer Westen ansteuerten.

Gerade als sie vom Autobahnring abfuhren, beendete Hammer ein Telefonat mit einem Kollegen.

»Sein Handy ist nicht zu orten«, berichtete er.

»Was hat das zu bedeuten?«

»Dass es nicht in Gebrauch ist. Er hat es entweder ausgeschaltet oder befindet sich irgendwo in einem Funkloch.«

Wisting verstärkte den Griff um das Lenkrad und schlängelte sich durch die ruhigen Wohnstraßen in Frogner. Zwei Streifenwagen standen an einer Kreuzung. Wisting gab sich zu erkennen, während sie vorbeifuhren. Hammer rief die Streifen über Funk und bat sie, das weitere Geschehen abzuwarten.

Wisting stellte den Wagen auf der Straße vor dem Haus ab. Eine dichte Hecke hinter dem hohen schmiedeeisernen Zaun verhinderte den Blick auf das Grundstück. Das Tor war verschlossen und mit einem Schild versehen, das auf Überwachung durch Videokameras hinwies. Im Kies vor dem Haus hatten sich Regenpfützen gebildet. Es waren keinerlei Fahrzeuge zu sehen. Grüner Efeu wuchs an der Außenfassade empor und wand sich um leere dunkle Fenster.

Hammer drückte die Klingel am Torpfosten. Sie warteten einen Augenblick, dann kletterte er über den Zaun. Wisting folgte seinem Beispiel.

Sie betätigten den Türklopfer, aber nichts geschah.

»Alarmanlage«, sagte Wisting und zeigte auf einen Aufkleber der Wachgesellschaft neben der Tür.

Hammer rief die Wachgesellschaft an und bat den Angestellten, ihn über die Telefonzentrale der Polizei zurückzurufen, damit er sicher sein konnte, dass es keine Falle war. Wenig später hatten sie ihn erneut in der Leitung. Während sie um das Haus herumgingen, erklärte Hammer, wo sie gerade seien und dass sie in das Haus eindringen müssten. Der Angestellte der Wachgesellschaft deaktivierte daraufhin die Alarmanlage.

Die Wahl fiel auf eine Sprossentür an der Rückseite des Hauses. Hammer schlug eine Scheibe dicht am Griff ein, schob den Arm hindurch und öffnete die Tür von innen.

Wisting stieg über die Scherben hinweg und sah sich um. Sie befanden sich in einem großzügig ausgestatteten Wohnzimmer mit schweren Möbeln. Der Teppich war weich und dick.

»Polizei!«, rief Hammer.

Keine Reaktion.

Sie nahmen sich einen Raum nach dem anderen vor. Zwei Etagen plus Keller. Nach etwa zehn Minuten konnten sie konstatieren, dass das Haus leer war. Die Einrichtung wirkte alt und ehrwürdig. Hohe Decken, Kronleuchter und große Fenster. Gemälde mit breiten, geschnitzten Rahmen. Die große Villa hatte Thancke anscheinend geerbt, genauso wie die Anwaltskanzlei.

Auf der einen Seite des Hauses befand sich ein Arbeitszimmer mit separatem Eingang. Die Wände waren mit Einbauregalen ausgestattet, in denen dicke Bücher standen, mit Ledereinband und Goldschrift auf dem Rücken. Auf dem Schreibtisch vor dem Fenster gab es keinen Computer, aber alles schien seinen festen Platz zu haben, auch die altmodische Messinglampe mit länglichem grünem Glasschirm. Das Zimmer wurde von einem alten Ledersofa mit passenden Sesseln und einem spiegelblanken Tisch aus Mahagoni oder Teak dominiert.

An der Wand standen vier alte Archivschränke aus Holz. Einer der Rollläden war zur Hälfte geöffnet. Wisting trat näher und schob ihn ganz nach oben. Der Schrank enthielt alte Mandantenakten, alphabetisch geordnet von S bis Å. In zwei weiteren Schränken befanden sich die Akten von A bis R. Nur der Archivschrank ganz links war abgeschlossen.

Das Handy klingelte. Semmelmann. Wisting nahm den Anruf entgegen.

»Ist er zu Hause?«, erkundigte sich Semmelmann.

Wisting zog eine Schublade auf und durchwühlte die darin befindlichen Papiere.

»Nein. Wir sind in seinem Haus, aber hier ist niemand.«

»Das Gleiche hier«, gab Semmelmann durch. »Die Empfangsdame hat uns aufgeschlossen. Wir mussten sie zu Hause abholen. Sie meint, er könnte in seiner Hütte sein. Da ist er in letzter Zeit wohl häufiger gewesen.«

»Soweit ich weiß, hat Thancke keine Hütte«, entgegnete Wisting. Sie hatten das im Vorfeld überprüft.

»Die Kanzlei ist als Eigentümerin der Hütte eingetragen«, erklärte Semmelmann. »Das Häuschen liegt draußen vor Holmestrand.«

Wisting sah auf die Uhr. Etwa eine Stunde mit dem Wagen, rechnete er aus. Sie mussten sofort aufbrechen. Er knallte die Schublade wieder zu. Die Bewegung war so abrupt, dass ein Kugelschreiber hochsprang und zwischen Schublade und Schreibtischkante stecken blieb. Wisting zog die Lade wieder ein wenig auf und wollte sie gerade wieder schließen, als er einen Schlüssel entdeckte.

»Die Hütte ist auf einer Insel gelegen«, fuhr Semmelmann fort. »Stiller hat ein Zivilfahrzeug von der nächsten Polizeidienststelle losgeschickt. Die Kollegen sollen prüfen, ob er vielleicht dort ist. Ein Hubschrauber kommt wegen des Nebels nicht infrage, aber die organisieren ein Boot und halten den Ort unter Beobachtung, bis wir da sind.«

»Gut«, erwiderte Wisting, während er den Schlüssel in die Hand nahm und eingehend betrachtete. Er sah aus wie der Schlüssel für eine altmodische Kiste.

»Wir haben hier noch was Interessantes entdeckt«, sagte Semmelmann. »Eine Eigentumsübertragung. Thancke hat eine Gesellschaft gegründet, die Tom Kerrs Bauernhof in der Østmarka gekauft hat, mit allen ausstehenden Forderungen. Das heißt, das Geld wird ihm zufallen, wenn er sich mit der Versicherung einigen kann. Wir reden hier von fünf Millionen Kronen. Ursprünglich sollte diese Regelung wohl verhindern, dass der Erlös aus der Versicherungssumme den Familien von Kerrs Opfern als Schadensersatz zufällt. Aber Thancke hat natürlich auch ein finanzielles Motiv.«

Wistings Blick fiel auf den abgeschlossenen Archivschrank ganz links. Der Schlüssel könnte ins Schloss passen.

»Wir fahren jetzt los«, schloss Semmelmann. »Mit Kurs auf Holmestrand.«

»Wir sind auch bald fertig«, erwiderte Wisting und beendete das Gespräch.

Er ging um den Schreibtisch herum und trat an den Archivschrank. Der Schlüssel glitt ins Schloss und ließ sich mühelos herumdrehen.

76

Hammer schob den Rollladen hoch. Im Schrank stapelten sich verschiedene Umschläge und Mappen, die allerdings nicht alphabetisch sortiert waren. Wisting zog eine Mappe heraus, auf deren Deckel ein Name und eine Jahreszahl vermerkt waren: *Tanner 2012*. Die Mappe war abgegriffen, als sei sie immer wieder hervorgeholt worden.

Wisting öffnete sie und sah das Foto einer nackten Frau, die mit einem Kissenbezug über dem Kopf an ein Bett gefesselt war. Es gab mehrere Bilder von derselben Frau, die aus verschiedenen Winkeln abgelichtet war. Einige Fotos zeigten in Nahaufnahme, wie die Brüste der Frau mit einer brennenden Zigarette entstellt wurden. Ihr Körper verspannte sich und wand sich vor Schmerzen. Weitere Bilder dokumentierten, wie ihr mit einem Messer in die Haut geschnitten wurde und wie die Frau vaginal und anal erst mit Fingern und dann mit verschiedenen Gegenständen penetriert wurde. Die letzten Fotos zeigten die verletzte und blutüberströmte Frau in einer Pfütze aus Urin.

»Verdammt …«, stöhnte Hammer.

Wisting nahm eine andere Mappe zur Hand. *Krüger 1998*. Die Fotos waren von schlechter Qualität, zeigten aber vergleichbare Szenen. Eine Frau stand an einen Baum gefesselt im Wald. Das Seil straffte sich über den Brüsten und dem Magen und grub sich tief in die weiche Haut. Die Beine waren mit einer Metallstange gespreizt. Im Mund hatte sie einen Knebel, der mit einem Riemen um den Kopf befestigt war.

Das nächste Foto zeigte die Spuren von Peitschenschlägen auf dem Körper, auf einem anderen wurde sie mit Holzstöcken misshandelt. Blut tropfte an ihren Schenkeln herab.

Die nächste Mappe war dicker als die anderen und mit *Loch-Hansen 2014* überschrieben. Eine nackte, anscheinend bewusstlose Frau lag auf einem Sofa. Auf dem Tisch vor ihr standen halb volle Gläser, Aschenbecher und leere Flaschen, neben ihr lagen die Kleider auf einem Haufen. Auf den nächsten Fotos saß sie mit gespreizten Beinen da, ihr Kopf hing über die Rückenlehne des Sofas nach hinten, und verschiedene Gegenstände wurden in sie eingeführt. Ein erigierter Penis wurde ihr in den Mund gepresst, der mit zwei Fingern offen gehalten wurde. Auf mehreren Aufnahmen war ihr mit Sperma verschmiertes Gesicht zu sehen.

Die Mappe enthielt weitere Fotos aus demselben Raum und von demselben Sofa, zeigten aber andere Frauen. Das Alter der Opfer variierte, doch sie wurden alle auf die gleiche brutale Art missbraucht.

»Fredrick Loch-Hansen wurde verurteilt, weil er über zehn Frauen unter Drogen gesetzt und vergewaltigt hatte«, bemerkte Wisting. »Er hat Schlafmittel in die Drinks getan, die er ihnen anbot. Keine der Frauen konnte sich später an die Geschehnisse erinnern. Claes Thancke war sein Verteidiger. Die Fotos in der Mappe wurden mit Loch-Hansens Handy aufgenommen und gehören alle zum Beweismaterial. Ein paar von den Frauen konnten nie identifiziert werden.«

Hammer zog eine weitere Mappe aus dem Archivschrank und entdeckte Fotos von zwei nackten Kindern.

»Stammt alles aus Fällen, die er übernommen hat«, sagte er. »Vieles liegt schon länger zurück.«

Er reichte Wisting die Mappe und nahm eine neue zur Hand. Sie enthielt eindeutige Fotos, die einer von Thanckes Mandanten aus dem Internet heruntergeladen haben musste.

Wisting trat einen Schritt zurück, brauchte ein wenig Zeit, um die Reichweite all dessen zu erfassen.

Von außen betrachtet war Thancke als unkonventioneller Verteidiger erschienen, der seine gesellschaftliche Pflicht darin sah, unpopuläre Fälle zu übernehmen und für Menschen einzutreten, auf die für gewöhnlich hinabgeblickt wurde. Tatsächlich jedoch hatte er nach solchen Fällen Ausschau gehalten und sie übernommen, um seine eigenen Gelüste und Triebe zu befriedigen.

Indem er perverse Vergewaltiger und Sexualverbrecher verteidigte, konnte er sich eine große Sammlung abnormer Fotos zulegen, um damit seine eigenen Fantasien anzuheizen. Dann war er Tom Kerr begegnet. Die Fantasien wurden in die Realität umgesetzt. Er war nicht länger nur ein Beobachter. Er wurde zu dem Anderen.

77

»Sie frieren«, sagte Thancke und sah Line direkt an. »Lassen Sie uns ins Wohnzimmer gehen. Ich kann Feuer im Kamin machen.«

Er schob den Stuhl nach hinten und erhob sich. Auch Line stand auf. Da hörte sie wieder das Geräusch. Eine Art schwaches Klopfen.

»Ich schau mal nach Amalie«, sagte sie.

»Vielleicht möchte sie etwas trinken?«

Line schüttelte den Kopf. »Ich bringe ihr zwei Kekse«, sagte sie und bediente sich aus der Schale.

Amalie war völlig in ihr Spiel versunken. Mit einem kleinen Pferd in jeder Hand lag sie auf dem Bauch und führte ein imaginäres Gespräch.

»Alles in Ordnung?«, fragte Line und gab ihr die Kekse.

»Du hast aber komische Sachen an«, meinte Amalie.

Line lächelte, umarmte ihre Tochter und ging ins Wohnzimmer. Der Kamin wurde mit Gas betrieben, und die Flammen leckten bereits am Sichtglas. An den Wänden hingen diverse Auszeichnungen, Urkunden und gerahmte Fotografien, die Thancke mit Politikern und anderen bedeutenden Persönlichkeiten zeigten.

Zwei Panoramafenster wiesen nach Süden. Der Nebel war dichter geworden, aber noch war das Meer zu sehen. Gleich vor der Fensterfront befanden sich eine mit Schieferplatten ausgelegte Terrasse und ein kleiner Pool, dessen Glasüberdachung durch den heißen Wasserdampf beschlagen war.

Als Line dichter ans Fenster ging, um hinauszusehen, knirschten die Holzdielen, weil sie unbemerkt auf eine Bodenluke getreten war. Im Sommer musste es hier sehr idyllisch sein, doch an einem Tag wie diesem kam ihr das Haus nur kalt und klamm vor.

»Wie schön«, sagte sie dennoch.

Thancke trat neben sie und schob mit dem Fuß einen Flickenteppich zurecht.

»Das ist ein Salzwasserbecken«, sagte er lächelnd. »Da muss ich kein Chlor hinzufügen.«

Thancke hatte die beiden Teetassen mit ins Wohnzimmer gebracht. Line setzte sich mit ihrer direkt neben den Kamin.

»Was denken Sie über Kerr?«, fragte sie.

Thancke wischte sich einen unsichtbaren Krümel von der Hose.

»Man sollte ihn nicht auf seine Taten reduzieren«, erwiderte er. »Ich habe ihn in vielerlei Hinsicht als einen intelligenten Menschen erlebt, der über etliche Ressourcen verfügte und vielseitig interessiert war.«

»Sie hatten viele solche Mandanten«, meinte Line.

»Was meinen Sie mit ›solche‹?«

»Vergewaltiger. Menschen mit übergriffigem und abweichendem Verhalten. Wie ist es, so jemanden zu verteidigen?«

Thancke räusperte sich. »Ich habe nie die Taten dieser Menschen verteidigt und werde das auch niemals tun. Ich verteidige die Rechte meiner Mandanten. Ich kann durchaus nachvollziehen, dass sich die Menschen über die Fälle entsetzen, mit denen ich vor Gericht stehe. Aber meine Aufgabe besteht nun mal darin, die Beweise zu beurteilen und zu entscheiden, ob sie Gewicht haben. Ich muss dafür sorgen, dass der Angeklagte davon profitiert, wenn Zweifel an seiner Schuld bestehen. Damit hatte ich zu keiner Zeit Probleme. Ich lasse bei meiner Arbeit als Verteidiger keine persönlichen

Gefühle zu, sondern engagiere mich in jedem meiner Fälle, so gut es geht.«

Er wäre ein guter Interviewpartner, dachte Line. Seine Antworten waren ausführlich und perfekt formuliert, gleichwohl waren es Antworten auf Fragen, die ihm offenbar schon viele Male gestellt worden waren – sie wirkten einstudiert. Ungeachtet dessen machte er einen reflektierten Eindruck auf sie.

»Macht das nichts mit Ihnen?«, fragte sie.

»Sie meinen, ob ich durch meine Tätigkeit abgestumpft bin?« Er schüttelte den Kopf. »Bei meiner Arbeit kann ich es mir nicht leisten, solche Dinge zu sehr an mich heranzulassen. Genauso wenig wie ein Arzt. Meine Aufgabe ist es, das Traurige und Erschütternde zu verdrängen und mich auf meine Rolle als Verteidiger zu konzentrieren.«

»Sie denken nicht an die Opfer der Männer, die Sie verteidigen?«

Er schien die Frage nicht ganz verstanden zu haben. »Mit der Zeit wird es leichter, und man ist weniger empfindlich. Am Anfang hat so etwas natürlich eine starke Wirkung, aber nach einer Weile wird es zu etwas Alltäglichem. Ich glaube aber nicht, dass ich dadurch gefühlsmäßig abgestumpft bin.«

Das Geräusch war wieder da. Ein dreifaches dumpfes Klopfen.

»Was ist das für ein Geräusch?«, fragte sie.

»Welches Geräusch?«

»Das Klopfen.«

»Ach«, sagte er. »Das ist die Reinigungsanlage des Pools. In den Rohren ist Luft. Ich bin es schon so gewohnt, dass ich es gar nicht mehr höre.«

Line sah an ihm vorbei. Ein Vogel war auf der Überdachung des Pools gelandet.

»Hatten Sie keinerlei Hinweis darauf, dass er fliehen wollte?«, fragte sie.

Thancke schüttelte den Kopf.

»Ich dachte, er wäre mit sich selbst ins Reine gekommen«, erwiderte er. »Ich bin davon ausgegangen, dass er gestehen und sein Leben ändern wollte. Aber ich wurde getäuscht. Er hat alle getäuscht.«

»Wo könnte er sich versteckt haben, bis er umgebracht wurde?«

»Wir wissen ja nicht, wann er umgebracht wurde«, sagte Thancke.

»Ich denke an Maren Dokken und frage mich, wo sie gefangen gehalten wird.«

Das Klopfen von den Wasserrohren war kaum zu hören, übertrug sich aber auf den Tee in der Tasse und bildete kleine Ringe. Mit jedem Klopfen erbebte die Flüssigkeit, als nähere sich ein großes schweres Tier.

»Sie gehen fest davon aus, dass Maren Dokken von Tom Kerr entführt wurde«, wandte der Anwalt ein. »Aber das wissen wir nicht. Das lässt sich überhaupt nicht beweisen.«

»In gewisser Weise sind Sie derjenige, der am meisten von ihm weiß«, fuhr Line fort. »Wenn er irgendwo ein Versteck hätte, wo könnte das sein? Ich verstehe ja, dass das vielleicht nicht im Interesse Ihres Mandanten gewesen wäre, aber Maren Dokken ist nach wie vor spurlos verschwunden. Es könnte also um Leben oder Tod gehen. Setzt das Ihre Schweigepflicht nicht außer Kraft?«

»Ist das nicht ein wenig abseits dessen, was in Ihrem Dokumentarfilm behandelt werden soll?«, fragte Thancke.

Line legte die Hände um die Tasse und starrte auf den Tee.

»Tut mir leid«, sagte sie. »Aber ich habe sie an dem Tag kennengelernt, als Kerr geflohen ist. Und ich habe mit ihr gesprochen, als wir in dem Minibus saßen. Wenn ich mir vorstelle, was sie vielleicht gerade erlebt …«

Erneutes Klopfen. Die Ringe in der Teetasse. Ein gleichmäßiger Rhythmus. Erst drei kurze Geräusche, dann drei lange und schließlich wieder drei kurze.

»Ich habe sie auch kennengelernt«, erwiderte Claes Thancke. »Ich habe mit ihr gesprochen, und wenn ich irgendetwas darüber wüsste, was mit ihr passiert ist, hätte ich das natürlich gemeldet. Aber ich bin genauso ratlos wie die Polizei.«

Line nahm den Blick nicht von der Tasse. Sie konzentrierte sich auf die Geräusche. Drei Mal kurz, drei Mal lang, drei Mal kurz. SOS. Es waren keine zufälligen Intervalle. Jemand versuchte, ein Signal zu geben.

Line blickte auf die Kellerluke am Boden. Wieder hörte sie es drei Mal klopfen. Jemand schlug auf die Wasserrohre unter der Hütte.

»Sie haben Ihren Tee ja gar nicht angerührt«, sagte Thancke. »Stimmt was nicht?«

»Alles in Ordnung«, versicherte Line.

Sie zwang sich zu einem Lächeln und nahm einen Schluck Tee. Gleichzeitig eröffnete sich ihrem Bewusstsein eine ungeheure Möglichkeit. Der Groschen fiel. Die Kommunikation in und aus dem Gefängnis, die Planung, die Vorbereitungen. Claes Thancke hätte am wenigsten Mühe gehabt, Tom Kerr bei der Flucht zu helfen. Und er entsprach dem Täterprofil des Gerichtspsychiaters, in allen Punkten.

Der Tee war nur noch lauwarm. Sie zwang ihn hinunter.

»Wie sind Sie eigentlich mit Tom Kerr in Kontakt gekommen?«, fragte sie.

»Das liegt lange zurück«, erwiderte Thancke. »Ich habe die Kanzlei von meinem Vater übernommen. Er hatte schon Tom Kerrs Vater vertreten. Und als Tom Kerr dann zum ersten Mal einen Rechtsbeistand brauchte, war es naheliegend, dass er sich an meine Kanzlei wandte.«

»Was hatte sein Vater denn getan?«

»Das können Sie bestimmt selbst herausfinden«, entgegnete Thancke mit einem nachsichtigen Lächeln. »Es käme mir nicht richtig vor, wenn ausgerechnet ich es Ihnen erzählte.«

Um irgendetwas zu tun, nahm Line noch einen Schluck Tee. Ihre Gedanken flogen hierhin und dorthin. Es gelang ihr nicht, sie zu ordnen.

»Ich schau mal nach Amalie«, sagte sie und stellte die Tasse auf den Tisch.

Line durchquerte die Küche und trat in den Flur. Sie hörte Amalie spielen und fragte sich, ob sie ihre Tochter nicht einfach an die Hand nehmen und mit ihr fliehen könnte. Aber wohin sollte sie gehen? Das Boot war vertäut und abgeschlossen, und abgesehen davon hatte sie nicht einmal Schuhe an.

Durch das Fenster neben der Tür konnte sie zum Anleger schauen. Das Boot war nur am Heck vertäut. Falls die See heftiger würde oder der Wind sich drehte, könnte sich das Boot womöglich aus der Vertäuung lösen. Thancke musste das andere Anlegeseil vergessen haben oder war nicht dazu gekommen, es an Land zu befestigen, als sie ins Wasser gefallen war.

Sie rief ihn.

»Das Boot ist nicht ordentlich vertäut«, sagte sie und sah zum Steg hinaus.

Thancke erwiderte etwas Unverständliches. Er zog sich eine Jacke und Schuhe über und rannte hinaus.

Line eilte zurück ins Wohnzimmer. Die Luke am Boden war jetzt mit dem Flickenteppich bedeckt. Sie schob ihn zur Seite, öffnete die Luke und blickte hinein.

Unten war Licht. Eine breite Treppe führte zu einem Raum mit Betonboden. Line warf einen Blick in Richtung Küche und Flur, dann stieg sie hinunter.

78

Allem Anschein nach hatte sie nur ein paar Minuten zur Verfügung, vielleicht sogar weniger.

Der Raum war leer. Zwei weitere Türen führten in andere Räume, die ebenfalls leer waren. Am anderen Ende des Ganges führte eine Öffnung in den Fels hinein, die an einen herausgesprengten Grubenflöz erinnerte. Vielleicht Überreste vom Krieg, als die Deutschen hier auf der Insel gewesen waren.

Eine Stromleitung führte von einer Deckenlampe zur nächsten. Parallel zur Stromzufuhr verliefen zwei Metallrohre. Line streckte die Hand aus und legte sie um das eine davon. Sie wartete auf eine Vibration und wollte schon wieder loslassen, als sie das dreifache Klopfen hörte. Hier unten war das Geräusch viel deutlicher. Es musste von einer Stelle kommen, die ein Stück vor ihr lag.

Sie folgte dem Gang. Nach etwa zehn Metern bog er in einem scharfen Winkel nach rechts ab und endete vor einer Tür, die in den Felsen hineingemauert war. Sie war mit Riegel und Bolzen verschlossen.

Erneut fasste sie nach dem Metallrohr, wartete auf das nächste Signal, doch es blieb aus. Sie wollte rufen, hielt aber inne. Stattdessen löste sie einen kleinen Stein aus der Felswand und schlug ihn drei Mal gegen das Rohr. Ein Signal für den- oder diejenige, die sich hinter der Tür verbarg.

Die Antwort kam sofort. Drei Mal schnelles Klopfen und ein gedämpfter Ruf.

Line spürte Panik in sich aufsteigen. Wie eine Welle wanderte sie vom Bauch in den Kopf und erschwerte ihr das Atmen.

Sie machte ein paar tastende Schritte rückwärts, stolperte über etwas, bewahrte aber das Gleichgewicht. Dann machte sie kehrt, rannte zurück, raste die Treppe hinauf, blickte sich um und erwartete, Claes Thancke vorzufinden, doch sie war allein. Sie schloss die Luke und legte den Flickenteppich zurück. Dann eilte sie in die Küche, trat an die Anrichte und steckte die Hand in die mit Reis gefüllte Schüssel. Sie tastete nach ihrem Telefon. Reiskörner fielen über den Rand der Schüssel und zu Boden. Das Handy war nicht da. Er musste es an sich genommen haben.

Sie hörte, wie die Haustür geöffnet wurde.

Line gab die herausgefallenen Reiskörner zurück in die Schüssel und versuchte ihren Atem zu kontrollieren. Als sie einen gleichmäßigen Rhythmus gefunden hatte, trat sie Thancke entgegen.

»Ich denke, Amalie und ich sollten jetzt mal nach Hause«, sagte sie. »In einer Stunde muss sie im Bett liegen.«

Thancke blieb im Gang stehen, zwischen ihr und dem Zimmer, in dem Amalie spielte.

»Ihre Kleider sind noch nicht trocken«, sagte er.

»Macht nichts.«

Er sah an ihr vorbei in die Küche.

»Und Ihren Tee haben Sie auch nicht ausgetrunken«, meinte er.

»Auch nicht schlimm.«

Er trat einen Schritt zurück und fasste mit einer Hand nach der Tür des Gästezimmers. In einer fließenden Bewegung schloss er sie, drehte den Schlüssel herum und zog ihn ab.

79

Die Bestätigung wurde über Funk durchgegeben, als sie etwa die Hälfte der Strecke zurückgelegt hatten: Claes Thanckes Mercedes stand am Jachthafen. Er musste also in seiner Hütte sein.

Ein flacher Sportwagen wich zur Seite aus, als er hinter sich Blaulicht und Martinshörner bemerkte. Agnes Kiil hatte um Diskretion gebeten, solange es Zweifel gab, dass sie den richtigen Mann im Visier hatten. Aber jedweder Zweifel war inzwischen verflogen.

»Wir müssen eine Mannschaft losschicken«, sagte Wisting. »Leute, die näher dran sind als wir.«

»Sind schon unterwegs«, versicherte Hammer. »Aber vermutlich kommen die auch nicht vor uns ans Ziel.«

Je mehr sie sich dem Meer näherten, desto dichter wurde der Nebel. Die Straße wurde immer schmaler und kurvenreicher, bis sie schließlich an einem kleinen privaten Jachthafen endete. Drei Streifenwagen waren bereits vor Ort. Uniformierte Polizisten stiegen gerade in ein Boot mit großem Außenbordmotor.

Wisting blieb hinter dem Lenkrad sitzen. Sein Blick richtete sich auf ein weiteres Fahrzeug. Kalte Angst packte ihn. Es war Lines Wagen.

Er versuchte, die sich aufdrängenden Gedanken beiseitezuschieben, doch ihm war klar, was auf dem Spiel stand.

Der Wagen mit Stiller und Semmelmann kam in den kleinen Hafen gefahren und hielt neben seinem Auto. Wisting öffnete die Tür und stieg aus. Das Boot war bereit zum Ablegen. Der Polizist, der die Vertäuung gelöst hatte, rief ihnen etwas zu.

»Kommen Sie?«, fragte Stiller.

»Line ist da draußen«, sagte Wisting, schlug die Autotür zu und ging zu ihrem Auto hinüber. Es war abgeschlossen.

»Ruf sie an!«, schlug Hammer vor.

Wisting hatte das Handy schon herausgeholt und wählte ihre Nummer, kam aber nicht durch.

Der Mann am Boot rief abermals. Hammer zog Wisting mit sich, und sie nahmen vorn im Boot Platz. Mit einem Ruck setzte es sich in Bewegung und raste los. Der Gegenwind zerrte an seinen Haaren, die Seeluft war schwer von Nebel und Salzwasser. Wisting wischte sich einen Tropfen von der Nase und senkte den Blick.

80

»Sie werden jetzt das tun, was ich Ihnen sage.«

Claes Thancke steckte den Schlüssel in die Hosentasche. Hinter der Tür rief Amalie nach ihrer Mama.

Line überlegte nicht lang und trat zu. Sie hatte Thancke mitten in den Schritt getroffen. Er stieß einen Schmerzenslaut aus und sank in sich zusammen. Hätte Line Schuhe getragen, wäre der Tritt noch wirkungsvoller gewesen.

Sie drückte sich an ihm vorbei in Richtung Haustür. Thancke gelang es, sie zu packen und festzuhalten. Mit ungeheurer Kraft brachte er sie aus dem Gleichgewicht und schleuderte sie gegen die Wand.

Line gelang es, den Schrei zurückzuhalten, doch sie sackte zusammen und schnappte nach Luft. Thancke packte sie erneut und stieß sie wieder brutal an die Wand. Ihr Kopf wurde zurückgeworfen, knallte gegen die Holzverkleidung und kippte dann nach vorn. Seine Stimme summte in ihren Ohren, doch sie hörte nicht, was er sagte, sondern wehrte sich mit Händen und Füßen. Verzweifelt kämpfte sie gegen seine Kraft und seine Körpergröße an. Er presste den linken Unterarm gegen ihren Hals, packte eines ihrer Handgelenke und legte seine Stirn an ihre, sodass sie seinen warmen Atem spüren konnte. Sie drehte das Gesicht weg, senkte den Kopf und biss fest in seine Schulter. Ihre Zähne drangen durch seine Haut, und sie schmeckte Blut.

Claes Thancke stieß einen Schrei aus. Er lockerte den Griff und verpasste ihr eine Ohrfeige. Der Schlag traf sie seitlich im Gesicht, und abermals donnerte ihr Kopf gegen die Wand. Er zerrte an ihren Haaren, riss sie herum und schleuderte sie zu Boden. Irgendwie gelang es Line, auf die Füße zu kommen. Sie nahm Kurs auf die Haustür, wurde aber von Thancke eingeholt. Ein neuer Schlag traf ihren Wangenknochen unter dem rechten Auge. Sie wurde herumgewirbelt und knallte gegen die Tür zum Waschraum, die daraufhin aufsprang.

Line stolperte vorwärts in den Raum, drehte sich dabei und landete auf dem Rücken. Sie setzte sich auf, kroch rücklings in eine Ecke, stieß einen Eimer um und bekam schließlich einen Besen zu fassen. Mit dem Besenstiel versuchte sie, sich zu verteidigen, aber Thancke riss ihn ihr aus der Hand, warf ihn zur Seite und setzte sich auf sie. Mit beiden Händen umfasste er ihren Hals und stieß ihren Hinterkopf wieder und wieder auf den gefliesten Fußboden. Line holte mit den Armen aus, versuchte ihre Finger in sein Gesicht zu bohren, traf aber nicht. Sie spürte, dass er den Griff um ihren Hals verstärkte und seine Daumen auf ihren Kehlkopf presste.

Mit aller Kraft wehrte sie sich. Sie spürte einen brennenden Schmerz hinter den Augen, der Raum um sie herum schien sich zu drehen. Sie hörte sich selbst röcheln, während sie verzweifelt versuchte, seine Finger wegzureißen, um Luft zu bekommen. Doch der Griff um ihren Hals verstärkte sich nur. Vor ihren Augen begann es zu flimmern. Schließlich gelang es ihr, eine Hand unter sein linkes Auge zu bringen. In einem erneuten Versuch, ihn von sich wegzustoßen, bohrte sie ihm die Fingernägel ins Gesicht. Ihr anderer Arm tastete suchend auf dem Boden umher. Sie bekam einen Gegenstand zu fassen und schlug Thancke damit in die Seite. Aus dem Augenwinkel sah sie, dass es eine blaue Sprayflasche war.

Line drehte sie in der Hand, legte zwei Finger auf den Sprühhebel und richtete die Düse auf Thanckes Gesicht. Ein scharfer Spritzer traf Thancke am Kinn. Sofort breitete sich der stechende Geruch von chlorhaltigem Reinigungsmittel aus. Line drückte erneut zu. Der Strahl traf sein rechtes Auge. Die Reaktion ließ nicht auf sich warten. Thancke löste seinen Griff, schrie laut auf und stieß ihren Arm weg.

Line richtete sich auf, während Thancke seine Augen rieb. Sie stürzte in den Gang hinaus und zur Tür, hinter der Amalie war. Fieberhaft rüttelte sie an der Türklinke.

Thancke war ihr schon wieder auf den Fersen. Eines seiner Augen war geschwollen und verklebt. Er stieß einen brüllenden Schrei aus. Line wich zurück. Der Kampf verlagerte sich in die Küche. Line streckte die Hand nach seinem Kopf aus, bohrte ihm die Nägel ins Gesicht und riss an seinen Haaren. Er stieß sie von sich weg, trieb sie weiter hinein ins Wohnzimmer, drückte sie abermals gegen die Wand.

Sie ruderte mit den Armen, tastete umher, bekam eine eingerahmte Urkunde von der Wand zu fassen und schlug sie ihm ins Gesicht. Das Glas zerbrach und verursachte mehrere Schnittverletzungen in seiner Haut.

Line wich zur Terrassentür zurück, rüttelte am Griff. Thancke packte einen Holzstuhl, schwang ihn herum und schlug ihn ihr in die Seite. Line spürte, dass ein paar Rippen brachen. Er holte zu einem neuen Schlag aus, der so kräftig war, dass eines der Stuhlbeine abbrach. Line sank in die Knie. Das Blut tropfte auf den Flickenteppich vor ihr. Ihre Kräfte waren so gut wie verbraucht. Er hatte die Kontrolle zurückgewonnen und wusste es.

Thancke riss den Teppich weg und klappte die Kellerluke auf. Mit letzter Kraft biss Line die Zähne zusammen. Wenn er sie erst dort unten hätte, würde sie vermutlich nie wieder herauskommen. Zumindest nicht lebend. Und sie würde Amalie nie wiedersehen.

81

Die Fender wurden knirschend gegen den Steg gedrückt, als das Boot anlegte. Wisting sprang als einer der Ersten an Land. Die uniformierten Polizisten verteilten sich und bewegten sich aus verschiedenen Richtungen mit erhobenen Waffen auf die Hütte zu. Wisting und Hammer nahmen den direkten Weg.

Aus dem Inneren der Hütte kamen beunruhigende Geräusche. Wisting schaute durch das Fenster neben der Tür. Der Teppichläufer sah aus wie achtlos in die Ecke geworfen. Ein Bilderrahmen lag zerbrochen auf dem Boden. Eine Blutspur zog sich ins Innere der Hütte.

Wisting rüttelte am Türgriff. Die Haustür war abgeschlossen.

Sie eilten auf die Rückseite, zu einer Terrasse mit Schwimmbecken und großen Panoramafenstern. Line lag im Wohnzimmer auf den Knien, Gesicht und Haare voller Blut. Thancke wollte gerade auf sie losgehen. Er wollte sie packen, hielt aber plötzlich inne und drehte sich zu Wisting und Hammer. Das eine Auge war zugeschwollen, der Mund sah schief aus. Er wirkte vollkommen überrumpelt.

Ein uniformierter Polizist trat neben Wisting und richtete die Waffe auf Thancke.

Ohne zu bemerken, was eigentlich um sie herum vorging, erhob sich Line. Sie hielt ein Stuhlbein in der Hand und schwang es wie einen Baseballschläger. Der Schlag traf Thancke seitlich am Hals und ließ ihn in sich zusammensinken. Wisting war schon an der Tür, wurde aber zurückgehalten und zur Seite geschoben. Ein uniformierter Kollege schlug die Scheibe der Terrassentür mit dem Kolben seiner Maschinenpistole ein. Dann stürmten sie das Wohnzimmer, drückten Thancke auf den Boden und legten ihm Handschellen an.

Wisting nahm Line in die Arme, hielt sie fest und drückte sie an sich. Sie zitterte.

»Amalie«, flüsterte sie. »Amalie ist im Gästezimmer.«

Wisting schob seine Tochter ein wenig von sich und blickte sie an, während sie ihre Worte wiederholte.

»Der Schlüssel ist in seiner Hosentasche«, sagte sie und deutete auf Thancke.

Wisting ließ Line los.

»Warte«, sagte sie. »Ich kümmere mich um sie. Du musst … Maren …«

Line drehte den Kopf und sah zu der geöffneten Kellerluke.

»Maren Dokken ist da unten«, flüsterte sie.

»Lebt sie?«, musste Wisting fragen.

»Ich glaube schon.«

Er rief Hammer zu sich. Nacheinander schlüpften sie durch die Öffnung nach unten. Hammer bat einen der anderen Beamten, ihnen zu folgen.

»Werkzeug!«, rief Wisting, als er vor der verschlossenen Tür in der Felswand stand. »Wir brauchen Werkzeug!«

Hammer rannte zurück und gab die Nachricht nach oben weiter. Hektische Aktivität brach aus. Türen wurden geöffnet und Schränke durchsucht. Stiller kam mit einer Brechstange und einem Hammer zurück. Wisting nahm die Brechstange und stemmte die Türbolzen aus der Wand heraus. Putz und Betonklumpen fielen herab. Endlich löste sich der Querbalken, und Wisting öffnete die Tür.

Der Raum war spärlich beleuchtet und verwinkelt. Wände

und Decke waren mit Schaumgummi ausgepolstert, es roch nach Schimmel und Feuchtigkeit. Der Strahl von Hammers Taschenlampe flackerte umher und fuhr an der Wand entlang. Gemeinsam gingen sie hinein. Hinter einer Ecke entdeckten sie Maren Dokken.

Sie lag auf einem Bett, dicht an der Wand. Nackt. Ihre Arme waren gespreizt und mit Handschellen an die Bettpfosten gekettet. Die Beine waren mit Seilen gefesselt. Eines davon hatte sich etwas gelöst, sodass ihr linker Fuß frei war. Die Blutspuren verrieten, wie heftig sie damit gegen das Rohr an der Wand geklopft haben musste.

Sie hob den Kopf und spähte verkniffen in den Lichtschein. Breites Klebeband bedeckte ihren Mund und war zweimal um den Kopf gewickelt. Erleichtert verdrehte sie die Augen und blickte Wisting dann an.

82

Die Dunkelheit senkte sich herab und verdrängte den grauen feuchten Nebel. Line stand mit einer Decke über der Schulter auf dem Bootssteg und sah zur Hütte, in der sich immer noch Claes Thancke und Maren Dokken befanden. Ein Rettungsboot war gekommen, und die Sanitäter bereiteten gerade den Transport von Maren vor.

Amalie war auf dem Bett im Gästezimmer zwischen Wisting und Line eingeschlafen. Dann hatte er das schlummernde Kind an Bord des Rettungsbootes gebracht und sich mit ihr ins Steuerhaus gesetzt. Die Kleine war vor den schlimmsten Eindrücken verschont geblieben, gleichwohl würde Line ein wenig Zeit brauchen, um ihr zu erklären, was sich zugetragen hatte.

Die Hüttentür wurde geöffnet. Stiller trat heraus und kam auf Line zu. Er hatte ihre Tasche mit der Kameraausrüstung dabei.

»Sie bringen ihn als Ersten raus«, sagte er und reichte ihr die Tasche.

Line verstand nicht, was er meinte.

»Sie kommen jetzt mit ihm raus«, wiederholte Stiller und deutete auf die Hütte. »Claes Thancke. Die wollen ihn aus dem Weg haben, bevor sie Maren Dokken holen.«

Line stellte die Tasche auf dem Steg ab. Ein scharfer Schmerz zog durch ihre Rippen, als sie sich vorbeugte, um die Kamera herauszunehmen. Sie reinigte die Linse mit dem Zipfel der Decke, befestigte die Videoleuchte und ging ein paar Schritte auf die Hütte zu, bevor sie die Beleuchtung einschaltete.

Die Tür öffnete sich wieder. Line blickte auf das Display und fokussierte. Ein Polizist kam heraus. Hinter ihm ging Thancke, dicht gefolgt von zwei weiteren Polizisten, die seine Oberarme umfassten, sobald alle durch die Tür getreten waren.

Thancke hielt den Kopf gesenkt. Die Arme waren ihm mit Handschellen auf den Rücken gefesselt worden. Mit schweren Schritten kam er näher, trat in das Licht der Kamera. Line musste sich anstrengen, um die Kamera ruhig zu halten. Die Polizisten in Thanckes Begleitung gingen langsamer. Er hob den Kopf. Sein linkes Auge war bandagiert. Der tiefe Schnitt an der Lippe war behandelt worden, und man hatte ihm etwas Blut aus dem Gesicht gewischt, doch seine Kleidung war blutdurchtränkt.

In einem Abstand von einem Meter ging er an ihr vorbei, starrte sie einäugig durch die Kameralinse an. Sein Blick war so schwarz, dass Line den Übergang zwischen Iris und Pupille nicht erkannte. Als könnte kein Licht ins Innere eindringen oder von dort zurückgeworfen werden. Dann drehte er den Kopf weg und wurde an Bord des wartenden Bootes geführt.

83

»Jetzt kommen sie mit ihm raus.«

Stiller beendete sein Telefonat und deutete mit dem Kopf in Richtung Hoteleingang. Wisting beugte sich zwischen den Vordersitzen nach vorn. Line nahm die Kamera und stieg aus dem Wagen.

Kurz darauf glitten die Hoteltüren auseinander. In Begleitung zweier Beamter aus Stillers Ermittlergruppe trat Terje Nordbø von der Spezialeinheit auf die Straße.

Line näherte sich mit der Kamera.

Sie hatten ihm keine Handschellen angelegt, aber die Bilder würden keinen Zweifel an der Situation erlauben. Terje Nordbø wurde zu einem Wagen mit dunkel getönten Scheiben geführt. Die beiden Kripobeamten hatten seine Oberarme gepackt und hielten ihn zwischen sich fest. Einer der beiden öffnete die rechte Hecktür und hielt ihm schützend die Hand über den Kopf, während Nordbø sich hinunterbeugte, um in den Wagen zu steigen. Als er Line entdeckte, verharrte er für einen Augenblick in der Türöffnung, bevor er sich schließlich den Arm vors Gesicht hielt und den Kopf wegdrehte.

Wisting fand die ganze Aktion übertrieben. Seiner Ansicht nach war die Festnahme unnötig.

»Es geht nicht nur darum, dass er gegen die Schweigepflicht verstoßen und unerlaubt Informationen an die Presse weitergegeben hat«, wandte Stiller ein und blickte dann Wisting an. »Er hat seine Vorgesetzten bewusst in die Irre geführt, um die unberechtigte Anklage gegen Sie zu untermauern. Mit seiner Verleumdung hat er aktiv zu einer Vorverurteilung in der Öffentlichkeit beigetragen.«

Wisting hatte das Beweismaterial vor sich liegen. Es waren Screenshots von den Nachrichtensendungen bei TV2. Die Aufnahmen von Wisting waren in Beiträgen verwendet worden, die den Polizeieinsatz bei der Flucht von Tom Kerr scharf kritisierten und darüber berichteten, dass gegen Wisting ermittelt werde und er von dem Fall abgezogen sei.

Stiller hatte vier Kopien von Lines Aufnahmen weitergereicht. Eine an die Leitung der Kripo, eine an Polizeipräsidentin Agnes Kiil und ihren Stab und eine an Wisting und dessen Ermittlergruppe. Die vierte Kopie hatte er auf Nordbøs Wunsch an die Spezialeinheit weitergegeben. Stiller hatte jeden Film mit einem kaum sichtbaren digitalen Wasserzeichen versehen. Am äußersten Rand der Screenshots konnte Wisting den Buchstaben S für Spezialeinheit erahnen. Die bei TV2 gezeigten Aufnahmen konnten also nur von einer Seite gekommen sein.

Die Türen des Zivilfahrzeugs wurden geschlossen. Einer der Kripoermittler nahm auf der Rückbank neben Nordbø Platz. Der andere setzte sich ans Steuer.

»Die Ermittlung gegen Sie wird noch im Laufe des heutigen Tages eingestellt«, fuhr Stiller fort. »Ich werde dafür sorgen, dass auch TV2 darüber berichtet, und zwar nicht nur am Rande.«

Wisting nickte. Der Ausgang der internen Ermittlung hatte ihm letztlich keine Sorgen bereitet. Er hatte das schon einmal über sich ergehen lassen müssen, gleichwohl war es dieses Mal anders gewesen. Wisting würde sich trotz allem auch weiterhin darüber Gedanken machen, dass der Ortstermin mit Tom Kerr anders hätte organisiert werden können. Die Vorbereitungen hätten sorgfältiger und die Durchführung konsequenter sein müssen. Die Flucht und die daraus resultierenden Ereignisse hätten vermieden werden können. Allerdings hätte die Polizei dann nicht die Antworten bekommen, die ihr jetzt vorlagen. Dann wäre der Andere immer noch irgendwo dort draußen gewesen.

84

Schnee lag in der Luft. Noch schmolzen die dünnen Flocken, sobald sie den Boden berührten, aber schon bald würde es Frost geben.

Wisting hatte den Jackenkragen hochgeschlagen. Die Suche wurde von Maren Dokken geleitet. Drei Monate waren vergangen, sie war wieder im Dienst. Die Schulterverletzungen von der Explosion würden wohl nie richtig ausheilen. In den Streifendienst hatte sie nicht mehr zurückkehren können, dafür hatte sie inzwischen eine Stelle in der Kriminalabteilung bekommen. Ihr Körper hatte auch noch andere Verletzungen davongetragen, am schlimmsten waren jedoch die psychischen Schäden.

Ein Wagen fuhr auf die mit gelbem Gras bewachsene Sommerweide, wendete und blieb stehen. Adrian Stiller und Idar Semmelmann stiegen aus. Sie begrüßten Wisting und Hammer und gingen gemeinsam mit ihnen zu dem alten Sägewerk hinüber.

Drei Beamte standen mit Spaten bereit. Sie waren schon am Tag von Tom Kerrs Flucht im Einsatz gewesen. Line filmte, während die Männer anfingen, in dem Haufen alter grauer Sägespäne herumzugraben. Espen Mortensen hatte sich einen weißen Overall übergezogen. Er stand etwas abseits und war bereit zu übernehmen, falls sie etwas finden würden.

Nils Hammer schob sich einen Beutel Snus unter die Oberlippe.

»Die Leichenhunde hätten eigentlich etwas merken müssen, als wir im September bereits mit ihnen hier waren«, meinte er.

Wisting war sich da nicht so sicher. Seit Taran Norums Verschwinden waren schon viele Jahre vergangen.

»Der Fall Gjervan«, sagte Stiller.

Es war ein Fall, der zwanzig Jahre zurücklag. Ein Bauer hatte ein junges Stallmädchen vergewaltigt und getötet. Die Leiche war schließlich in einem mit Sägespänen gefüllten Verschlag gefunden worden. Die Hunde hatten nicht reagiert, weil die Späne den Geruch überdeckt hatten.

»Claes Thancke war sein Anwalt«, fügte Stiller hinzu. »Kann sein, dass er die Idee von ihm hatte.«

»Tom Kerr kannte sich hier aus«, ergänzte Semmelmann. »Jede zweite Hütte hier draußen hat eine Sauna oder ein Schwimmbecken.«

Die oberste Schicht wurde weggeschaufelt. Darunter waren die Sägespäne zu Kompost geworden. Dunkle, feinkörnige und feuchte Erde.

Die Arbeit ging rasch voran. Es gab keine Steine, Baumwurzeln oder andere Hindernisse. Nach etwa einem halben Meter Tiefe befahl Maren Dokken eine Unterbrechung der Grabarbeiten. Wisting und die anderen traten näher. Ein dunkler Plastikzipfel ragte aus der Erde hervor.

Mortensen näherte sich mit dem Fotoapparat.

»Er hätte kein Plastik nehmen dürfen«, sagte er.

»War eben praktisch für den Transport«, entgegnete Hammer.

Maren übernahm einen der Spaten und schaufelte etwas mehr Erde beiseite. Sie fand den Knoten am anderen Ende des Sacks, wartete auf ein Signal von Mortensen und zog dann den Sack ganz heraus.

Eine weiße Plane war ausgebreitet worden. Maren Dokken

stellte den Plastiksack in die Mitte. Mortensen reichte ihr ein Tapetenmesser, mit dem sie den Sack aufschnitt.

Ein paar kleine Knochen fielen heraus, dann zwei größere. Maren Dokken legte sie nebeneinander auf die Plane, nahm weitere Skelettteile aus dem Sack und legte sie so zusammen, dass sie einen Oberarm, einen Unterarm, eine Hand und fünf Finger bildeten.

Irgendwo in der Nähe bellte ein Hund. Maren Dokken erhob sich und schaute für einen kurzen Moment direkt in Lines Kamera. Dann richtete sie den Blick auf Wisting und verzog dabei den Mund. Nicht zu einem Lächeln, aber doch zu einer Miene der Zufriedenheit. Er nickte ihr bestätigend zu, ehe sie wieder zum Spaten griff und weitermachte.

Maren würde ihren Weg machen, dachte er. Sie war fürs ganze Leben gezeichnet, hatte aber einen starken Willen und würde Erfolg haben. Wisting ließ den Blick über die anderen Ermittler schweifen. Hammer, Stiller, Mortensen und Semmelmann. Sie konnten eine Frau wie Maren Dokken für ihre Arbeit gut gebrauchen. Denn noch immer gab es da draußen andere, die gefasst werden mussten.

Epilog

Dieses Buch handelt von Grausamkeit und dem Willen, anderen Menschen Schmerz und Leiden zuzufügen.

Bösartigen Menschen begegnet man nicht oft im Leben, auch nicht als Polizist. Ich habe Menschen kennengelernt, die bösartige Handlungen begangen haben, aber nur wenige Male bin ich jemandem begegnet, der den wahren Willen zur Grausamkeit in sich trug.

Ich richte nur selten ein Wort an meine Leser, sondern lasse meine Bücher lieber für sich sprechen. In diesem Fall möchte ich Interessierte allerdings gern auf das Buch *Om drap* (Über Mord) von Pål Grøndahl hinweisen, das mir bei der Arbeit an diesem Roman von großem Nutzen war. Ich empfehle es denjenigen zur Lektüre, die sich über das Verständnis der Rechtspsychiatrie zu dem Themenkomplex Mord und Grausamkeit informieren wollen.

Ebenso habe ich von einer Artikelserie über Bösartigkeit und das Leben im Gefängnis profitiert, die im Archiv der Tageszeitung *Aftenposten* zu finden ist. Einer der Artikel stammt von Stig Millehaugen, der sich wegen eines Mordes in Sicherungsverwahrung befindet. In seinem Text werden einige Gedanken erörtert, die auch in Robert D. Hares Band *Gewissenlos. Die Psychopathen unter uns* zu finden sind. Das Buch des Psychologen Philip Zimbardo mit dem Titel *Der Lucifer-Effekt. Die Macht der Umstände und die Psychologie des Bösen* ist das Resultat seiner jahrelangen Forschung und war für mich ebenfalls eine interessante Lektüre.

Die Geschichte, die mich indes am meisten beeindruckt hat, wird in dem Buch *Noen kommer til å bli drept* (Jemand wird ermordet werden) von Jon Gangdal erzählt. Es ist die Geschichte eines Falls in Søgne, wo ein vierzehnjähriger Junge seine gleichaltrige Freundin Alma Gabriela Knutsen auf grausamste Weise umbrachte. Ich bin den beiden begegnet, als ich 2015 im Rahmen einer Lesereise die Schule besuchte, auf die sie beide gingen. Als ich im Jahr darauf erneut eingeladen wurde, war Alma bereits ermordet worden. Ihre Eltern erzählten mir die Geschichte von einem gefürchteten Mörder, der zu jung war, um bestraft zu werden. Für mich war das eine tragische Bestätigung dafür, dass das Böse tatsächlich existiert.

Jørn Lier Horst